# 銀鱗

## 少年の日の海

大久保克吉

長崎文献社

題字　ハシグチリンタロウ
装画　赤間　龍太
装丁　山本　美子

# まえがき

「ヤンマーＥＸ２８Ｂ」というフィッシングボートが、私の海上での相棒である。新船で購入して二十年が経過した。故障もなく調子がいい。漁場は小潮の時は平戸島沖の江島水道、大潮時は佐世保市港外の黒島沖を流すことが多い。エサは大村湾の活きエビで、タイがよく釣れる。エビ漁の漁師さんが少なくなった現在は、釣具店の冷凍エビを使用している。

だれも彼も年老いてしまい、手釣りでの一本釣り漁師は、この港では私一人になってしまった。もっとも、私の本業は江戸前すしの板前である。漁の時間は限られている。それでも海へ出る。

ＥＸ２８Ｂに乗り換えた当時は、嬉しくて嬉しくて、ほとんど毎日のように沖へ向かった。祖父や父のヤマを仕込まれていた私は、いつも大漁だった。どういう経緯だったか忘れたが、東京の有名なマリン雑誌の取材を受けたことがある。プロのカメラマンも同行していて、ボートを背景に数十枚のポーズを取らされた。送られて来た雑誌を見て感動した。半ページ大の写真が掲載されていた。女性ライターの書いた記事は自然体で、簡潔な文章だった。

沖へ出れば、それなりの新しい発見がある。思いがけない経験をすることもある。たとえば、この近海では珍しくクロマグロの巨体が、突然ボートの船首で飛び跳ねたことがある。危うく衝突寸前だった。すぐに漁協で働く友人に電話して「この海域で巨大マグロが獲れたことがあるか」と尋ねた。「シビマグロは年に数回揚がることはあります。イルカと間違えたのではありませんか」と一笑に付された。ばかな、自分は寿司の板前なのだ。イルカとマグロを間違えるはずながない。丸のマグロを数十回となくさばいている。しばらくして、上五島近海の定置網で、百キロ級の本マグロが水揚げされたことを、長崎新聞で知った。築地市場へ空輸されたとのことだった。その結果が知りたいと思った。朝早く起き、記事をチェックした。二、三日して「石だたみ」というコラム欄だったと思うが、ついに見つけた。キロ一万円しなかったらしい。津軽海峡に面した大間《おおま》海域でのマグロのエサはイカで、この辺のイワシのエサでは、魚肉の脂ののり方が違うそうだ。

もう一つ、忘れられないのはクジラだ。クジラがボートの舷側に浮上してきた時は驚いた。体が震えて動けなかった。クジラはシーアンカーで流れる私の船と、数分間一緒だった。やがて佐世保港の高後崎灯台方面へと沈んで行った。私は即、海上保安庁の一一八番へ電話した。交換手が「事件ですか、事故ですか」と聞いてきた。私はことばに窮し「報告です」とこたえた。終始ていねいな対応だった。「貴重な情報ありがとうございました」で切れた。数日後、興味深い記事が長崎新聞紙上で踊っていた。長崎の防波堤の釣り人たちが、浮上してきたクジラを目撃した、と。写真付きだった。海上保安庁のコメントも載っていた。数日前、西海市の西大島近海で、クジラを目撃した、という情報がありました、と。それは私です、と手を挙げたい気分だった。

釣り糸を垂れながら、一人、物思いにふけることが多々ある。いつか、そういう一つ一つの海での出会いを散りばめた、自分流の小説が書いてみたいと。故郷のすばらしい海の風景や、地域の人々の温かで、思いやりのある人間性。心に残る漁師さんたちとのふれあい。幼き日の数々の思い出のシーン、などなど、ほのぼのとしたストーリーに仕上げたいなぁ、とあれこれ構想を練ることが多かった。

いまどき、時代錯誤の小説だと笑う人もいるかもしれないが、それでも私は挑戦したい。たった一人でもいいから、良かったよ、感動したよ、という読者がいれば、私は救われる。素直に嬉しい。

お店の窓の外は海、潮が満ちている。手を伸ばせば海水がすくいとれるほどだ。
さあ、海へ出よう。
ペンをにぎり、真っさらな原稿用紙の海原で、私の長い航海がはじまる。

# 目次

# 一　おもだか橋のうなぎ

長崎県西海《さいかい》市西海町《さいかいちょう》面高《おもだか》郷の港外は、県下でも有数の漁場である。

長崎半島、野母崎《のもざき》の南端から北上することおよそ九十キロ、西の海に五島列島を臨みながら、豊穣《ほうじょう》の海は西彼杵《にしそのぎ》半島の北端に位置する面高港へとつづく。

港口を西へ向けた二つの岬が、面高港の顔だ。

面高の曲《まが》りの鼻と、天久保の松山崎の岬は、ワニが大きな口を開けたような形状で、港の中の懐は深い。

その深い港の一隅から船出を急ぐ一隻の小舟が見える。

老人と少年が乗っている。

少年は艫綱《ともづな》を解き、岸壁の石を勢いよく蹴り出した。舟はするすると海面を流れた。

一丁櫓を少年は片手で繰り、押したり引いたり、巧みな櫓さばきで進んでいた。

祖父の千代吉《ちよきち》は、少年数馬《かずま》が五年生になった頃から、舳《へ》先《さき》で座布団を二、三枚敷いて、横たわることが多くなっていた。数馬は艫《とも》の物入れから、枕と毛布を取り出して、千代吉の体の上へ掛けた。

港の中はほぼ無風状態だった。時折吹いてくる東からの風が、湾内の海面に轍《わだち》のような跡を残して走った。

遠照院《おんしょういん》の寺のある山肌は、うっすらと霧が掛かっていた。虚空《こくぞう》蔵山の頂《いただき》辺りも、霧で隠れてしまった。そこに見えるはずの景色を思い描いて、数馬は舟を漕いだ。

呼崎《よぶさき》の岬の小高い森の中には、石造りの恵比寿様が祭られていた。数馬は石像へ向けて手を上げた。

霧は地下山《じげやま》の頂上も隠していた。海岸線の民家も、白い霧雨で消えかかっている。曲がりの鼻まで来た。外海はすでに深い霧の世界だった。数馬は舟を漕ぐのを止めた。

舟が動かなくなった。舳先の千代吉が、毛布を払いよけて起き出した。

「どうした?」

数馬は沖を指差した。

「何も見えん」

辺り一面が白い厚い壁で遮られていた。白瀬《しらせ》、ガネ瀬、片島はおろか、数馬を待ち焦がれているのであろう洋平の住む黒瀬辺りの島影さえも、白壁の中だった。

千代吉は毛布を股座《またぐら》に押し込みながら、淡々とした調子で語りかけた。

「このまんま進んだら危なか。霧は恐ろしか白か悪魔ぞ。こげん日和もある。引き返せ。今日はタイ釣りはやめて、川でウナギば釣ろうじゃなかな。かば焼きして、洋平の所へ持ってってやれ。お前が来るのを、首ば長うして待っとるはずばい」

数馬はふたつ返事で踵《きびす》を返した。両手での櫓さばきで、小舟は勢いよく進み始めた。

「うまくなった」千代吉は腕枕で、数馬の動きを凝視していた。力を入れて漕いでいるにしては、舟の横揺れは少なかった。速度が上がれば上がるほど、舟は平衡を保って進んでいた。

舟の漕ぎ方を初めて教えた日、数馬は櫓のへその部分を外して、頭から海面へ落ちた。泣き叫ぶ数馬を抱き上げた千代吉は、数馬の尻を叩いて叱った。

「なんばしよっとか、このヘタくそ！」

その昔を懐かしく思い出した。千代吉は「クスッ」と笑った。へたくそも何も、初めて櫓を握らせておいて、叱る方がおかしいではないか。

「えっ、爺ちゃん、どうしたと？」

数馬は祖父の笑顔が好きだった。つるつる頭で頬肉の削げた精悍《せいかん》な顔付きは男らしく、鋭い目、引き締まった口もとなどは、大正生まれの父とは、何かが違っていた。明治時代を生き抜いてきた気概というものが感じられた。その容貌とは裏腹な、ときどき見せる祖父の笑い顔はなんともいえない優しさがあふれていた。

「むかしば思い出して、笑うてしもうた。アッハッハッ。数馬、今日の干潮は何時だったな？釣れても釣れんでも、昼前までは帰って、父ちゃんに料理してもらわんとな」

「八時四十五分やった。夕べ寝る前、潮見表で確認したけん、間違いなか」

「あんまし時間のなかなあ。エサのミミズやけど、数馬、三十匹は用意できるな？」

「できる。お寺の畑へ行けば、うようよしとるよ」

「お寺の？なして知っとると？」

「いつだったか、遊びに行って、かくれんぼしたとき、偶然見つけた。柚子の木の下にムシロの敷いてあって、めくったらびっくりだった」

「ほう、そうな。よし、爺ちゃんば下ろして、お前はすぐ行って来い。お上人さまへ、ちゃんとあいさつせんば、だめぞ。わしゃ、釣り道具ば用意して待っとるけん」

「わかった。舟で行くよ。陸より海の方が早か」

数馬は呼崎の岸伝いを、分教場の広場めざして舟を漕いだ。朝はまだ早く、港の中はシーンと、音のない世界が広がっていた。

数馬の漕ぐ舟が波をつくり、櫓に当たる潮流が、舟の航跡を残してつづいていた。

舟がギイーギイー鳴き出した。数馬は左手一本で櫓杭《ろぐい》から櫓本体を外し、杭へ重なるヘソの部分まで、海水を浸した。音は消えた。

小学校二年生まで学んだ分教場の広場の岸壁まで来て、舟を結んだ。岸壁はそれぞれ形の異なった中小の石を積み重ねたもので、石と石の隙間を狙った。その穴々へ、手と足を掛けて這い上がった。

国道二〇二号線の道路を渡り、遠照院までの、およそ二百メートルの坂道を駆け走った。

朝六時の時鐘を終えたお上人様が、白装束姿で境内の落ち葉を清掃していた。

「おはようございます」

数馬は走り寄り、頭を下げた。線香の匂いがした。「おや、数馬君、こんな朝早く、どうしました？」

「ミミズをもらいに来ました」

「ミミズ？あのニョロニョロしたミミズですか？はて、どこにいるんでしょう？」

「あの柚子の木の畑です」

「ほう、そうですか。好きなだけ取りなさい。帰る時は本堂へ寄りなさい」

「はい」

「あっ、朝ご飯まででしょう？読経はすぐ済みます。庫裡《くり》で朝ご飯食べませんか。トーフとワカメの、おいしいみそ汁ができていますよ」

「わぁ、食べたいけど、爺ちゃんが待っています」

「そうね、そりゃ残念。じゃ、気をつけて」

数馬はペコンと頭を下げて、その畑へ急いだ。もし、その場所でミミズがいなかったら、どこをどう探せばいいのだろう。一瞬の不安が、頭の中をよぎった。

木の下で、数馬は立ち止まった。ムシロはまだ露を含んでいた。片隅を持ち上げてみた。いた。丸々と太ったミミズが、ニョキニョキと姿を見せた。驚いた。ムシロの下では、無数のミミズの大群が折り重なってうごめいていた。

数馬は軍手の両手で、土ごとすくい上げた。目標の三十匹はすぐ獲れた。つややかなミミズたちは、木製の桶の中で、伸び縮みしながら動き回っていた。

本堂では、お上人さまの読経がつづいていた。数馬は「帰ります」とだけ言った。お上人さまは木鉦《もくしょう》の棒を高く上げた。

面高川は二級河川だ。水源は江里、丹納地区の谷間から始まり、面高の新田地区の河口流域まで、およそ四キロの長さで流れている。

千代吉の網代《あじろ》は、面高橋より三百メートルほど上流の、浜田橋の袂《たもと》から河口までの水域だった。

橋の上で千代吉は着物を脱いだ。数馬はそれを折りたたみ、風呂敷に包んで首に掛けた。短パン、ランニング姿の数馬は、右腰に大きな竹カゴ、左腰にはエサ桶を抱えていた。

褌《ふんどし》一枚の千代吉の動きと合わせて、右に左へと動き回る数馬の役目も、楽ではない仕事だった。潮っぽい川水が、黒長靴が沈むほど浸って、冷たかった。

千代吉の鰻釣りは、素朴なものだった。市販のウナギ針にミミズを長いまま刺して、特製の竹の棒先に糸を掛け、ウナギが潜んでいるような石壁の壁面の穴へ　差し込むだけのものだった。

あたりがあれば、緩んだ糸がピーンと張ってくるはずだった。

「来たっ」

千代吉が腰を落とした。褌の前垂れが、川面で泳いでいた。

「いいか、ウナギはミミズに息ば吹きかけてから、少しずつ呑み込んでいく。手で持っていると、その様子が伝わってくる。ウナギはエサを丸のみするんだ。だから、じっくり深うのませてから糸を引く。竹カゴに入れたら、アゴから十センチ上ば、ハサミで切れ。そして新しい仕掛けにミミズを刺せ。わかったな?」

「わかった。あっ、爺ちゃん、引きよるごたる」

「うん、もうよかろう。そーれ」

千代吉は糸を引いた。しかし、ウナギもおとなしくはない。岩肌にピタッと体を張りつめて、出てくる気配はなかった。

「数馬、ここからが勘ひとつぞ。一瞬だけ、こちらが糸を緩める。相手は安心して力を抜く。そこが勝負時だ。そのとき一気に引っ張り出すんじゃ。要領がつかめたら、大漁ぞ。久しぶりのウナギ釣りじゃから、けっこう集まっとるごたる。あとで釣らせるけん、爺ちゃんの釣り方ば、よう見とけ」

「はい、この調子だと、エサのすぐ無かごとなるね」

「ちょうど、潮の按配のよかとやろ。満ち潮になればもっと良うなるぞ」

「川釣りでも、上げ潮と下げ潮の関係はあると？」

「あるさ。釣りは海釣りも川釣りも、とくにこういう河口近くでは、潮の流れ方ひとつぞ」

「川釣りは、ヤマば合わせんでよかけん、海釣りよりは楽かねえ」

「川しだいさ。ここの川幅は五メートルくらいじゃろう。ばって、よその川はこの倍以上はある。そげん広か所は、やっぱりヤマは必要になってくる」

川の流れは、眼に見えるほどの変化は見られなかった。水は静止したままで、透き通った川底を、小魚が泳ぎ回っていた。

小鳥たちの和らいだ鳴き声が、山々からひっきりなしに聞こえてきた。陽射しも強くなった。誰かが自分の名前を呼んだ気がした。振り返ってみたが、人影らしき姿はなかった。

石橋の浜田橋が見えなくなっていた。まもなく河口の面高橋だった。川底が急に深く感じられた。

腰をかがめた千代吉の褌は、すでに水に濡れて、性器の形が透けて見えた。

膝上までの水で、数馬は寒さを覚えた。

「爺ちゃん、寒うなった。帰ろうか」

「おっ、そうな、帰ろう、帰ろう。つい夢中になってしもうた。やり食いじゃからの。上流にもどって、橋の手前に低い土手のあったろう。あそこの石壁ば上がろうで」

腰にくくりつけた竹カゴが、ずっしりと重かった。パチャパチャと動いている。カゴの中をのぞいてみた。型の良いウナギが黒々と輝きを放っていた。

「わあ、爺ちゃん、いつのまにかごうぎ釣れとる。重い重い」

「きょうは良か漁の出来た。お寺のミミズじゃったからの仏様のご利益だったのかもしれんて。南無妙法蓮華経」

千代吉はお題目を唱えながら、水を飛ばして歩いていた。

と、その時、橋の横を通りがかった女の子が、道際まで走り寄って来た。

「さっきから数馬ちゃんて呼んでいるのに知らんふりして・・・なんばしよると？」

同級生の直美だった。直美は優等生で、かわいい女の子だった。お父さんは校長先生だった。

「彼女か？はよ、返事せんかい」千代吉はニコニコ顔だった。

「先に行くぞ。恋人な？うまくやれ」

「そげんじゃなか、もう」

「そっちへ行ってよか？この土手を下りたらいいのよねえ」

直美は川面に背を向けた。足を一歩一歩石穴に掛けた。

その様子を見ていた若い女性が、日傘を放り投げて走って来た。

「危ない。やめなさい直美。なんてことするの、女の子のくせに」

「同じクラスの数馬ちゃんよ。数馬ちゃんは頭もいいし、走るのだって、学校一なんだから」

白地に赤い花をあしらったワンピース姿の女は、直美を陸へ上げて、数馬の方を、じっと見ていた。

「なによ、あんな男の子。色が黒くて、目ん玉だけギョロギョロしてさ。まるで野蛮人じゃないの。ランニングシャツも、土でよごれて汚いし、短パンだって、水に濡れて、よれよれじゃない。シーッ、シーッ、向こうへ行きなさい。私の大事な妹よ。あなたみたいな野蛮な子は要らないの」

「数馬ちゃんは野蛮じゃないわ。ごめんね数馬ちゃん、お姉ちゃんが変なこと言ったりして」

道の真ん中へ飛ばした日傘を拾った女は、直美の手を引いて歩き出した。


「どうした数馬、かわいい女の子は？」

「姉ちゃんから、野蛮な男の子、って言われた。シーッ、シーッ、向こうへ行けって」

「なに、野蛮な子だと。けしからん」

千代吉は折角上流まで来て、ふたたび下流へ向けて急ぎ出した。

千代吉の力強い声が聞こえた。

「こらっ、そこの女、待てい、待たんかい」

日傘の女は立ち止まり、やがて千代吉の方へ寄ってきた。

「何か用かしら？」

日傘を閉じて、右手で杖のようにクルクル回している。

「うちの孫を、ようも野蛮人などと、ぬかしよったな。そんなら、お前はなんじゃ。ヘラヘラの丈の短《みじか》かワンピースなど着よって、下からパンツの丸見えじゃなかかな。それも、真っ赤なパンツばはいて。女のパンツの色は、昔から白ときまっとる。白にはきかえろ。このフーケモンが」

「まア、エッチ。くそジジイが。あんたこそ何よ。みすぼらしい褌姿で、素っ裸も同然じゃないの。孫も孫なら、ジジイもジジイね。よくお似合いよ、お二人。教養のかけらもないんだからサ、イヤンなっちゃう。わたしなんかサ、東京の女子大生だからサ、こんなど田舎の人たちとは違うのよ。ふん、バッカみたい」

「嘆かわしい。お前の親たちに、今の言葉をそっくり聞かせてやりたいもんじゃ。サアサアと、東京弁なんぞ無理に使うて。ヤマトナデシコならば、ナデシコらしい言葉ば使うもんじゃ。恐れ入ります、左様でございますか、などと、しとやかな日本語ば、もっと大事にするものぞ、このばかたれが」

「何よ、アンタなんかにバカ呼ばわりされたくないもんだわ。エロジジイが」

「ナニィ、下りて来い。その根性ば叩きのめしてやる」

「いいでしょ。行くわよ。わたしさ、ケンカして負けたことないんだから」

直美が、姉のワンピースをしきりと引いていた。

「お姉ちゃん、やめてよ。あのお爺ちゃん、誰だか知ってるの?長崎の滑石《なめし》の実家に、よく遊びにきていた大藤校長先生がいたでしょう、テニスの上手な。あの方は、あの校長先生のお父さまなのよ」

「ええーっ、どうしてもっと早く言わないの。行こ行こ。失礼しましたぁ・・・」

女は直美の手を引いて、振り向きもせず走り走った。

「バーカの、何だい急に」

ぶつぶつ言いながら、千代吉はヒョイヒョイと石壁を上った。

「数馬、そのウナギかご、取ってやろう。もそっと持ち上げろ」

両膝ついて、千代吉は竹かごのヒモを軽々と引き上げた。

「ばって、元気の良か女子《おなご》じゃった。これからの女たちは、あげな風に、自分の言いたいことはずけずけと、はっきり言うのじゃろうの。数馬、お前ももっと本ば読んで、心の中の畑ば、栄養十分なものにせんと、頭の良か女子たちには太刀打ちできんぞ」

数馬は千代吉へ手拭いを渡し、首にくくりつけた風呂敷を解いた。

着物を羽織った千代吉は、下半身をごそごそと弄《まさぐ》っていた。褌を外し、竹かごの中へ投げ入れた。

「舟で来て良かったな。新田の船着場も、潮の満ちて、ちょうど良か按配たい」

舟の上の千代吉へ荷物を受け渡し、数馬は細長い石の階段を蹴り出した。

　空は澄み渡った高い青空だった。朝方の霧の余韻など、微塵もなかった。

　父は出刃包丁を砥いでいた。

　祖父からウナギ釣りと聞かされていた父は、新聞紙をチリ紙大に切ったり、木製のまな板も準備して待っていた。

　父のウナギ裂きが始まった。新聞紙片で胴体をつかんだ父は、頭の付け根へ、包丁の刃元で締めを入れた。目打ちを打ち付けても、活きたウナギは、くねくねとまな板の上で暴れていた。

　父の包丁の刃先は鋭い。仕上げ砥で砥澄《とぎすま》された包丁は輝いていた。一度、どれ程の切れ味なのか、父のいない調理場で、刃先具合を試したことがあった。指平で軽く触っただけだったが、刃先は数馬の指を深く抉《えぐ》った。

　滑らかな父の包丁裁きで、竹カゴの中のウナギも残少《のこりすく》なになった。

　母は七輪で火を起こしていた。肝を取り除いた後、炭火で頭と骨を焼いている。それでダシを取り、甘くてコクのあるウナギのタレを作った。

　父の側で父の仕込みを見ていた数馬は、自分もウナギを割いてみたいと思った。最後の一匹となったとき、数馬は意を決した。

「お父さん」とは呼べない。仕事中、父は父ではなく、厳しい親方だった。

「親方、ラストの一匹、自分にやらせてください。それは自分で釣り上げたウナギです」

　数馬の声は震えていた。いつだったか、タイのウロコを外し、内臓を取り出そうと庖丁を入れたとき、父は目を白黒させて怒り出した。「バカヤロー、庖丁をにぎるなど、十年早い。黙っておれの仕事を見ていたら、それでいいんだ。見ることが、いまのお前の仕事だ」と、高下駄で足を踏まれた。今も、同じことを言われた。

「でも、自分で釣り上げたウナギは、自分で料理してもいいと思うけど・・・」

　七輪の前の母が、数馬の方を見て、しきりと首を振っていた。

「数馬、やめなさい。親方の言う通り、仕事振りを見ることも、あなたの大切な修業ですよ」

「ばって、見とるだけじゃ、要領の分からんやろ。親方はいつも見とけ見とけで、これまで一度も魚に触ったことのなか。おいだって自分の庖丁で、自分の魚ば捌《さば》きたかさ。見とるだけじゃ、何も覚えん！」

　父が、自分の方へにじり寄って来るのが分かった。しかし、数馬はもう我慢できない思いが強かった。いつもいつも、見とけ見とけだけでは、いつまでたっても進歩がない、と自分なりの考えがあった。

　親方の力の入った平手打ちが、数馬の頬へ飛んだ。

「あなた、やめてください」と、母が叫んだ。

　それでもコンクリートの床へ押し倒し、親方は下駄で数馬の足を蹴り上げた。グキッと鈍い音がした。左足のスネの辺りに激痛が走った。数馬は立ち上がり「見とるだけじゃ、覚えきらん」と、涙をこらえた。

　親方は拳を握りしめた。

「もう一度言うてみろ、この野郎」

　まさに振り下ろそうとした瞬間、母が父の背中を抱きしめた。

「数馬、お父さんに謝りなさい、早く」

「なして謝ると。見とるだけじゃ、見とるだけじゃ、何にもならん」

　数馬は外へ飛び出した。ついに涙があふれ出した。あとからあとからこぼれ出して、数馬は祖父の家へ走り込んだ。

　部屋は風呂上がりの石けんの匂いが漂っていた。

「どうした？」布団の中の祖父が起き上がった。数馬のすねから、血が流れていた。洋服も汚れている。涙がポロポロだった。

「見とるだけじゃ、覚えきれん・・・」そう言って、祖父の懐にすがって泣いた。

　一部始終を話す間、数馬は何度もしゃくりあげた。

「よし、分かった。来週、佐世保の戸尾《とのお》市場へ言って、まな板やら目打ち、小出刃包丁も買って、ここで爺ちゃんと練習しようで。こう見えても、爺ちゃんも元は職人ぞ。教えてやる。わしが仕込んでやる。うまくなって、父ちゃんば見返してやろうで。ん、それでよかやろ。もう泣くな。お前が泣いたら、爺ちゃんまで悲しゅうなるたい」

　数馬は舟を出した。もう少し待てば、ウナギが焼けてくる。と祖父は言った。しかし、父がさばいたウナギなど、見たくもなかった。到底、父は許せない、と思った。痛む足をこらえて、数馬は洋平の待つ黒瀬の港を目ざした。

　曲りの鼻を過ぎた。湾内の静けさが外洋までつづいていた。海原は凪ぎ渡り、遠く上五島の島々が、くっきり浮かんで見えた。

平戸島の南端でそそり立つ美しい山がある。雨傘を半開きしたような高い山で、水平線上のパノラマでは、その存在感は圧倒的なものがあった。いつの日かあの山へ登り、彼の地からふるさとの景色を眺めてみたいものだ。と祖父のお気に入りの山だった。その志々伎山《しじきさん》の北の沖合では、平島や江島、大立島や小立島が点々としていた。

島のひとつひとつの名称を、千代吉は数馬の幼い頃から、たたき込んでいた。洋平の父親である漁師の茂も、舌を巻くほどだった。

西からの急な大風で大しけとなる「西あがり」の海で、まだ五歳だった数馬は、千代吉の伝馬船で遭難したことがあった。助けられた黒瀬の漁師の人々は親切だった。嵐が過ぎ去るまでの二日間、ふたりは長老の家で夢のような時間を過ごした。

ただひとつ不便だったのは便所だった。小便は地面を掘っただけの穴で、大便は牛小屋の中だった。大ガメが二つだけ無造作に置かれていた。便意を催したときは、板をカメの上に渡して踏ん張った。

口をモグモグさせた大牛が寄って来た。数馬は泣き出したい思いだった。出るものも出ず、しゃがんだままの数馬は、とうとう足がしびれて、身動き取れなくなった。牛小屋と母屋は離れていた。助けを求めても、誰も来てくれなかった。カメの中へ落下してしまうのは時間の問題だった。数馬は大声で泣き出した。

そのとき、牛小屋の前を通り過ぎるひとりの漁師がいた。それが茂だった。運命的な出会いだった。

「どうした坊主、クソの出らんと？」

「足のしびれて、動ききらんごとなった」

吹き出した茂は数馬の体を軽々と持ち上げた。落ちるかと思った、と数馬は茂の胸の中で泣いた。

二晩続いた酒宴の間、数馬はずっと茂のあぐらの上で甘えていた。千代吉は目を細めた。

「この子は、あんたのことが余程好きらしい。どうじゃろ、この先、漁師見習いとして、数馬を鍛えてくれんやろか？もう船にも酔わんし、泳ぎもできる」

「こんなおれで、よかとやろか？」

「よか、この二日間で、あんたのことがよう分かった。海の知識も深かし、漁師としての技量もたいしたもんだ。わしが若ければ、わし自身が弟子入りしたいくらいだ。のう茂よ。人生は一度きりだ。お前ももうひとりのわしの息子として、わしの実家へも顔を見せて欲しい」

「うれしかです。おれんことば、そげん思うてくれた人は、だんなさんが初めてです。見てくんなっせ。坊ちゃんな、おれの手ば握りしめて、スヤスヤです。家は隣です。女房と三人の娘たちがおります。坊ちゃんが遊びん来てくれたら、みんな大歓迎です」

それ以来の、長いつき合いとなった。茂のことを、おじちゃんから、やがて父ちゃんと呼ぶようになった。厳しいだけの父と、包容力のある優しい父ちゃん。二人の父の存在が、少年数馬の成長を支えていた。

水平線が、白みがかった青い色を流していた。足がヒリヒリして痛かった。悲しくて、数馬は舟を漕ぐのをやめた。顔を引きつらせて怒った父の、真っ青な顔が思い浮かんだ。ちくしょう、数馬は声を出して泣いた。涙の粒が、惰性で進む海の上で消え入るようなわずかな円をつくっていた。

国道202号線を通る長崎バスが、南側の海岸線を走っていた。バスは太田和港のバス停で止まったまま、動かなくなった。

朝、霧で隠れていた虚空蔵山が、姿を見せていた。そのなだらかな麓の海沿いで、ひときわ目立つ鉄塔が見えた。呼子崎の鉄塔である。その塔は千代吉がヤマを立てる時の、重要な目印のひとつだった。そのヤマを見るかぎり、数馬の舟はいま、岩瀬の連なる海底の上を通っていた。数馬は海底をのぞいた。海は雲ひとつない青空を映しているだけだった。

ウナギを獲って、もう一人の父である茂の子、洋平への手土産にしようと考えていた数馬は、手ぶらであることの無念さを思い、涙がふたたびこぼれ落ちた。

洋平は満一歳の誕生日を前にして、母親と死別した。茂とのたった一人の息子だった。その葬儀の日、千代吉と数馬は舟を漕いで、寺島水道を渡った。北風が強い日だった。波も高かった。

「端の島をめざして漕げ」と、千代吉は船頭の数馬を励ました。必死だった。風と波で思うような操作ができなかった。波しぶきで、数馬の洋服はすでに水浸しだった。風任せ波任せで、波に乗せるだけを考えて進むしかなかった。千代吉は助けてはくれなかった。毛布を頭から被り、舳先の物入れの中へ体を沈めていた。ときどき毛布の一片を上げて、数馬の様子を伺っていた。

なんとか端の島の島陰へ逃げることができた。島が防波堤となって、そこは信じられないほどの静かな海だった。島伝いで黒瀬の港へ到着したときは嬉しかった。荒波の水道を、ひとりで漕ぎ渡ったのは、これが初めての経験だった。

茂の船からロープを渡して係留した。千代吉が物入れから出て来た。紙袋を下げていた。「数馬、タオルで体ば拭いて、これん着替えろ」いつ用意したものか、千代吉は数馬の下着やら洋服を広げた。

「港の湾の中と外海では、海の模様がまったく違うことのよう分かったやろ。出港する時、宮の下の竹林が揺れていた。網屋の沖も、北風のさざ波が立っていた。気づかなかったか？沖へ出るときは、空模様や自然の様子にも敏感でなければ、本物の漁師とはいえんぞ。ただ魚ば釣るだけでは、その辺のど素人と同じじゃなかかな。急げ、葬式はもう始まっとる時間だ」

千代吉は羽織っていた毛布を投げすてた。吊り橋のような太いロープで組まれた桟橋を、早足で上がってしまった。数馬も着替えて、その後を追いかけて走った。

幼い子供の泣き声が、家の外まで聞こえてきた。それが洋平であることは明白で、数馬は勢いよく木戸を開けた。サンダルやスリッパが散乱していた。

室内も身動きできないほどの人だった。お上人さまとお伴のお坊さんが、お経を唱えていた。

短髪の茂の頭が見えた。長女のナミに抱かれた洋平が泣きじゃくっている。泣かせるな。という苛立った茂の声が、数馬の立つ後方まで聞こえた。次女のミサキと三女のアカリは、俯《うつむ》いて肩を震わせていた。

縁側の一隅の席は、漁師の面々が座っていた。千代吉は父の旅館へ伊勢海老を卸している辰爺の隣席だった。数馬と目の合った辰爺が、ここへ来い、と手招きしている。頭を下げた数馬は、そことは逆の、不機嫌で泣き叫んでいる洋平の方へ向かった。

足の踏み場もないほどだった。混雑した人々の間を縫うように、すみません、すみませんと、一歩ずつ前へ進んだ。

洋平が数馬の姿をとらえた。ナミの懐から逃れようともがいている。ナミがとうとう洋平の尻をたたいた。甲高い洋平の泣き声が、お上人様のお経をかき消した。

「洋平、もう泣かんでよか、来い」

洋平は数馬の腕の中へ倒れ込んで泣いた。「ごめんな洋平、遅うなった。海が時化て、時間のかかってしもうた。ようし、外ん出てションベンしようで」

数馬が抱き上げた途端、洋平の泣き声がピタッと止まった。何事かと、頭を垂れていた人々が、一斉に顔を上げた。数馬は洋平を背負い外へ出た。

庭の木々が風でそよいでいた。浜の海岸線が、ザワザワと騒いでいる。数馬はポケットからキャラメルを出した。洋平が口を開けた。「うまかやろ。どら、小便してから、また家ん中へもどろうで。きょうは洋平を産んでくれたお母さんとのお別れの日ぞ。もう二度と見られんお母さんの姿ば、父ちゃんと兄ちゃんと二人で見送ろうで、なっ？」

数馬の言うことが分かったのかどうか、洋平はコクンとうなずいた。

茂が洋平を抱きしめた。泣き出しそうな洋平は、数馬とつないだ手を放そうとはしなかった。

「大丈夫、兄ちゃんはここんおる。安心しろ。父ちゃんに甘えて、お母さんと最後のさよならしろ、よかな？」

洋平の耳元で、数馬はささやいた。洋平は茂の顔を見上げ、数馬の手を放した。父と子の、母への焼香がはじまった。すすり泣く声々が、後方から波打ってきた。

・・・あの日のことが思い出されて、数馬の悲しみは深くなるばかりだった。

端の島の南側へ舟を寄せた。穏やかな海だった。海の色は透明で、海底の岩々が沖へつづいていた。中の島の岸伝いを、数馬はゆっくり進んだ。

黒瀬港の茂の筏はひっそりしていた。茂の船影はまだなかった。いつもの場所へ舟を結び、数馬は肩を落として歩き出した。洋平が母と死別してから、丸四年が経過していた。

家の前まで来て、洋平の激しい泣き声が聞こえてきた。

# 二　数馬と洋平

尋常ではない洋平の泣き方だった。胸騒ぎがして、数馬は血の気が引いた。勢いよく戸を開けた。ひとりの老人が立っていた。腰が痛いらしく、左手に杖を持ち、右手で腰をさすっていた。隣家の辰爺だった。

「こんにちは、辰爺ちゃん。腰のまだ痛かと?」

「おお、坊ちゃん、よう来た。はよ、家ん中ん上がって。きょうの洋平の泣き方の、いつもと違うごたる。気がかりでな、様子ば見にきたったい。ここの子供たちは、母ちゃんの死んでから、すっかり変わってしまった。ナミは孫の一郎と結婚させるつもりだったばってん、子供ばたたいて泣かせる女ならば、喜んで迎えるわけにはいかんばい。あーあ、アカリがまた洋平ば叩いた。あげな風ないじめ方するけん、洋平はいつまでたっても、声の出らんたい。かわいそうに。はよはよ上がって、助けてくれんね。洋平のかわいそか、ほんなこて」そう言って、辰爺は数馬の背中をたたいた。

アカリとナミが洋平をはさみ、かわるがわる洋平の体を小突いていた。倒れて起きあがろうとする洋平を、アカリが突き飛ばした。体の小さな洋平は、襖《ふすま》ごと次の間へ倒れ落ちた。「わたしは、わたしは、お母さんが生きて欲しかった。洋平が死んで、お母さんが生きてくれたらよかったのに。あなたのせいで、お母さんは死んだのよ、あなたのせいで。許せない」

アカリは倒れた洋平の元へ駆け寄り、泣き叫ぶ洋平の胸ぐらをつかんだ。

「やめてよ姉ちゃん。なんてことを。洋平の泣きよるたい。ナミ姉ちゃんも、なして止めてくれんと?むかしは、あげん優《やさし》か姉ちゃんたちやったとに」

アカリの目は血走っていた。恐ろしいほどの目付きで、数馬へも迫って来た。数馬は洋平を抱き起こした。アカリは裁縫道具の物差しを振り回している。

五年生となった数馬は、体が一回り大きくなっていた。舟を漕ぐだけあって、骨格も少年らしく逞しく成長していた。腰をかがめ、アカリの襲撃に備えた。

隙を見せない数馬を見て、アカリが反転した。

「お姉ちゃん、わたしはもう、この家を出る。洋平がいる限り、二度と帰らないわ。お父さんにそう伝えて」

「高校はどうするの?」

「しばらくは、友だちの所へ居候《いそうろう》する。学校近くの下宿屋さがすから、お金のこと、お父さんに頼んで。洋平を見ていると、頭が狂いそう。こんな、声も出ないような弟のせいで、大好きだったお母さんが死ぬなんて・・・ウーッ・・・」

「待ちなさい。お父さんと相談しましょ」

「だめよ、お父さんなんて。漁から帰っても、疲れた疲れたで、すぐ寝てしまう。洋平のことだって、お姉ちゃんに全部押しつけて知らん顔だもの。お姉ちゃん、よく考えてみて。洋平がいる限り、一郎兄さんとは、いつまでたっても結婚できないんだからね。この家を出た方がいいと思う。わたし、洋平の犠牲だなんて、御免だわ」

　数馬は洋平の手を引いて外へ出た。小さな洋平の体は、まだ震えていた。

「兄ちゃ・・・」洋平は立ち止まった。涙がポロポロだった。

「洋平・・・」数馬も無性に泣きたかった。「アカリ姉ちゃんは、お母さん子だったからな。ナミ姉ちゃんは、もうすぐ結婚式だった。そういうとき、洋平が生まれ、お母さんが死んでしまった。お母さんは自分の命よりも、洋平の命ば守ってくれたんだ。そんな洋平を姉ちゃんたちは、よってたかって痛めつける。洋平がかわいそか。ここから逃げようで。兄ちゃんたちと、一緒に暮らそ。そうだ、その方がいい。今夜、話してみる。だけど、父ちゃんも頑固だからな。ダメだ、というはずだ。そこば、ふたりで頭ば下げて、なんとかしようで。ん?どうした、もう歩けんのか?」

　洋平は泣いてばかりで、動こうとはしなかった。数馬は洋平をおんぶして、港の広場までゆっくり歩いた。

「実はな、兄ちゃんもきょうお父さんから足ば蹴られた。悔しくて、泣きながら洋平の所へ来たったい。見てみろ、この足。まだ血の滲《にじ》んどる」

「兄ちゃ・・・」

　背中の洋平が、声を出して泣き出した。

「悲《かな》しかときは、大声で泣くもんぞ。そうだ、海ん向かって、二人で大声で泣こうで。下ろすぞ。よーし、ちくしょう、ちくしょう、バカヤロー、お父さんも姉ちゃんたちも、バカヤロー」

「兄ちゃ・・・ワァーン、ワァーン」

　洋平が足を踏ん張り、声のかぎりと泣き叫んだ。数馬は洋平の手を握りしめた。

　すると、係留した漁船の機関室の中から、若い男が目を怒らせて、岸壁の石壁をよじ登って来た。

「こらっ、お前ら!人さまが折角いい気分で寝ているというのに、大声出して泣きやがって、こづいたるぞ、ほんまに」

　一見して、それらしき人が、二人の目の前で立ちはだかった。ひまわりの黄色いアロハシャツを着ていた。数馬は洋平を抱きしめた。「ごめんなさい。下で寝とるとは気付きませんでした」

　そこで思いがけない事が起きた。泣いていた洋平が、そのヤクザ風な怖い男の胸に飛び込んで「おじちゃ」と、甘えて抱きついたのだ。

　驚いたのは若い男の方だった。目ん玉を白黒させている。

「なんだ、なんだこのガキは。おれはこんなガキは知らんぞ。放れろ。あっちん行かんか、このガキが」

　男が洋平の胸を押した。男の二の腕に、色鮮やかな蝶々の入れ墨が彫られていた。

「洋平、知らないおじさんだ。そげん風に甘えたらだめぞ。父ちゃんがもうすぐ帰って来る。行こ。浜で待とうで、来い」

　洋平が後ずさりして、男の方をじっと見ていた。男がいきなり、洋平の肩をつかんだ。

「待てっ。いま洋平と言うたな」

「はい。ごめんなさい。この子は何も知らないで、甘えてしまいました。ごめんなさい」

「いや、そうじゃない。洋平って、漁師の茂兄貴の、ひとり息子の洋平か？」

「そうです。お母さんは洋平が初めての誕生日を迎える前、死んでしまいました。かわいそうな子なんです。だから、洋平を返してください」

「違う、違う。何もせん。洋平の死んだお母さんは、おれのたったひとりの実の姉ちゃんだった。そうかあ、洋平って、お前だったか。会いたいと思っていた。墓参りに来た甲斐があった。姉ちゃんが合わせてくれたんだ。洋平・・・ウーッ」

　若い男は洋平を抱きしめて泣き出した。数馬は恐る恐る聞いてみた。

「おじさんて、ヤクザ屋さんですか？」

「そうだ。恐ろしくなったか」

「そんなことはありません。ヤクザ屋さんの友だちがいます」

「えっ、どこのどいつだ」

「佐世保の人です。ときどき公民館で映画の興行をします。ぼくの家は旅館です。爺ちゃんが、二階の部屋で映画を見せてくれたら、旅館代はただにする、と言うたら、若い二人は喜んで、それ以来、仲良しになりました。ひょうきんで面白い人たちです。悪い人ではありません」

「ほう、そうな。おれはな、ケンカして相手を傷つけてしまった。警察と相手の組員たちから追われている。で、船の中に隠れた。暗くなったら、また逃げようと思っていた所だ。お前たちはどうした。何で泣いていたんだ」

　数馬は洋平の姉ちゃんたちのことを話した。自分もときどき父親から暴行される事がある、とつぶやいた。

「ひでえ話しだな。あの娘たちが弟をいじめるとはな。信じられん。お前もたいへんだな。ところで、お前は洋平とどういう関係だ」

「友だちです。ほんとうの兄弟のような、心の友だちです。洋平がまだ歩けない頃から子守りしていました。背中に何回もションベンをかけられました」

「そうな、ありがとう。これからも洋平の友だちでいてくれな。あっ、人の声がする。三、四人はいる。追っ手らしい。また隠れる。何か聞かれたら、適当な事で、あしらってくれ」

　黒いサングラスの男たちが、道の両側に分かれて、広場の方へ歩いて来ていた。

　洋平が海へ向かって小便し出した。数馬は洋平が落ちないよう、背中を支えていた。

「おい小僧、この辺で三十歳位の男を見なかったか？」

　二人は振り返った。人相の悪い男たちが四人立っていた。

「あっ、さっきのあの人かな？ひとり知らないおじさんが、向こうの山の方へ消えました」

「畜生め、やっぱここだったか。逆をつかれた。坊主、この上の三叉路、下へ下ればどこへ出るんだ」

「えーと、黒瀬の長い海岸線がつづきます。佐世保や平戸の山々が見えて、美しい景色が広がっています。突きあたりの丘を上がれば、西大島の牛ヶ首鼻《うしがくびはな》へ出ます。その先は崎戸へ通じる道で、中戸っていう橋があります」

「そうか、ありがとよ。まだ遠くへは行っていまい。追い詰めるぞ、急げ」

　男たちは、来た道を引き返して行った。

　洋平が岸壁の石段を降りていた。係留した漁船のロープを繰り寄せている。船はあと一メートルの所で動かなくなった。

「待てっ。手ば離せ。洋平の力じゃ無理だ」

　数馬は洋平の後ろへ回り、船を引き寄せた。

「おじちゃ」洋平が機関室のドアを開けた。

「行ったな？」洋平の叔父さんが、抱き寄せて頭を撫でていた。

　数馬は頭をかがめて中へ入った。独特な油のにおいが充満していた。

「これからどうすると？」

　男はあぐらの上で、洋平をあやしている。特別な緊張の色は見えなかった。

「博多まで逃げようと思っていたけど、お前たちと出会って考え直した。これから自首しようと思う。襲いかかってきたのは、相手の方だった。正当な防衛だ。それを認めてくれれば、臭い飯もそう長くはないはずだ」

「臭い飯って、刑務所のごはんですか？」

「そうだ。早く娑婆へもどって、洋平の役に立ちたいからな。なぁ洋平、おじさんも洋平の味方ぞ。この兄ちゃんはしっかりしとる。ずっと仲良くしろよ」

　洋平はにこやかな笑顔を見せていた。小さな手で、数馬の手を握りしめた。

「このあたり、交番がどこにあるか知らんか？」

「大島の商店街の近くにあったと思います。でも、ここからだと遠いです。あの人たちが捜しまわっています」

「見つかったら、見つかったで、戦うだけだ。こう見えても、おじさんは強いんだぞ。洋平のおじさんだからな」

　洋平が立ち上がり、数馬の手を引いて外へ出た。静かな港のたたずまいだった。洋平が数馬の和船を指差した。

「ん？あっそうか。あの舟で交番近くの入り江まで行けばいいんだ。そうだろ、洋平」

「兄ちゃ」洋平がコクンと頷いた。

「おじさん、ぼくの小舟で海を渡りませんか。定期船の発着する桟橋の南側には、入り江がたくさんあります。真砂《まさご》の小さな港まで行けば、交番は近いです」

「船は誰が漕ぐんだ。おれは漕げんぞ」

「ぼくが漕ぎます。船を利用したら、あの人相の悪い人たちから、見つかることはないと思います」

　祖父と同じことをした。二枚の座布団を舳先へ並べた。二人を寝かせた上から、毛布を掛けた。

「こうしたら大丈夫です。外からは見えません」

「ありがとうな。俺の名前は弘平だ。姉ちゃんが言うてた。こんど産まれてくる子供が男の子だったら、おれの名前の一字を付けると。それが洋平だ。だから、かわいい」

　洋平が弘平をみた瞬間、抱き付いたのには驚いた。あれは洋平の血が騒いだのだろうか。

　そんなことを思いながら、数馬の舟は黒瀬の港を滑り出した。石炭運搬船が、寺島水道を往来していた。

空に白い雲がうっすらと浮かんでいた。青い海が空の模様を映していた。その上をやんわりと乗り越えながら、舟は進んだ。佐世保行きの定期船が、大島の桟橋から離岸していた。貨物船も港の入り口へ迫っていた。

数馬は舟を岸壁の方へ寄せた。通過した機関船の波が、音もなく舟を左右へ揺さ振った。その先の二つ目の入り江をたどれば、交番の近い港だった。陸上の人影を注視しながら、数馬はゆったりした速度で舟を進めた。

小さな桟橋へ下り立った弘平が、数馬と洋平を呼んだ。

「この封筒の中に、少しばかり金が入っている。逃走資金にと、親分が持たせた金だ。だけど、もう逃げ回る必要もない。この金を洋平のために使ってくれ」分厚い封筒だった。

走り去ろうとする弘平を、洋平がしゃくりあげるような悲しい声で呼び止めた。

「おじちゃ」

弘平は立ち止まり〝バイバイ〟と手を振った。泣いている洋平の手は冷たかった。

「またすぐ会えるさ」

数馬が振り返ったとき、商店街の坂道を駆け上がった弘平の姿は、もう消え去っていた。

黒瀬の浜の小石群を踏み歩いて、数馬と洋平は手をつなぎ、なおも浜辺の水際まで進んだ。さざ波がかすかな波音を立てていた。

対岸の入り組んだリアス状の港の入り口には、行き交う船々はなかった。高後崎《こうござき》灯台下の海峡だけが、賑やかだった。海上自衛隊の艦船が、等間隔を保ち、佐世保港へ入港しようとしていた。灯台下まで来た艦船は、そのまま寄《より》船崎《ふねざき》まで進入し、やがて東へと進路を変えていた。

最後尾の艦船は、まだ崎戸の御床《みとこ》島沖だった。片島の西の沖合から、黒島の東の海上まで、速度を落として進んでいた。

五島通いの貨客船も、ほぼ同じ航路をたどっていた。数馬の目から見て、衝突するのではないか、と思うほどの距離で走行していた。

夜明け近くまでひっきりなしだった汽笛も、いまでは晴れ渡った空の下で静寂な海が広がっていた。

山から崩れ落ちてきたかのような大岩が目の前にあった。表面を削ぎ落として、真っ平となった岩も転がっていた。その下を、二人は手をつないで歩いた。

洋平が立ち竦《すく》んだ。沖の海面を見ている。

「どうした、洋平」

「ボッチョ、ボッチョ」

「ん?」

数馬にはまだ何も見えていない。なだらかな海面が広がっているだけだった。歩き出そうとした瞬間、数馬は沖合の海が一変していることに、やっと気が付いた。

激しい雨に打たれているかのような、ザワザワした音が沸き上がり、海の面々が銀色の星々を流して広がっていた。

「あっ、あれは鰯《いわし》の大群だ」

数馬は足下の小石を拾い、沖へ向けて投げた。石の落ちたほんの一部分の海が、銀色の鱗を輝かせて、鰯のかたまりが大きく飛び跳ねた。跳ね上がった銀鱗は、横一直線の黒い帯状を成して、波打ち際へ向かって走り出した。

「洋平、鰯の来るぞ。ああっ、バケツの無かなぁ。そうだ、浜の下り口に、まだ使える鍋のあった。あれば拾うてくるけん、ここから動くな。よかな?」

洋平は頷いた。

拾った鍋に取手《とって》は無かったが、十分使うことはできた。

浜辺の沖から、ザアッと打ち寄せてくる鰯の大群は迫力があった。ピチピチと飛び跳ねるのではなく、ドボボボと鰯が鰯の魚体を飛び越えて、波打ち際は一瞬にして、銀色の世界へ変わった。

打ち上がった鰯を、ふたりは夢中で拾い集めた。鍋は瞬く間に満杯となった。小石の間で跳ねている鰯を拾い、数馬は右の親指の爪先で頭を落とし、海水で洗った後、洋平の口の中へ入れた。

「どうだ、うまかやろ? こうやって頭を落として、洗うだけでいいんだ。やってみろ」

洋平は小さな指先で頭を落としては、口の中へ入れていた。

「うまい、うまい。身のコリコリして、骨も塩っ気のあって、うまかなあ」

鰯が消え去るのも早かった。夢中で食べている間、その姿は消えていた。

「ボッチョ、ボッチョ」

洋平がふたたび手をたたいて、大喜びしている。洋平が指差したのは海底だった。遠浅の磯浜の底が、銀色の鱗で輝いていた。弱々しい鰯たちが、ひらひら泳いでいるのが見えた。洋平が小躍りするほどの魚の群れは見えなかった。

しかし、海面へ顔を寄せて見てみると、沈みかけた鰯の姿が、薄暗い海底で次々と消えて行く。

「あれっ、魚のおる。一匹二匹じゃなか。岩場の陰から、魚たちのいっぱい顔ば出しとるぞ」

洋平も顔が浸るほど近付けて、海中で「パッ」と消える鰯の姿を追った。

アラカブ（カサゴ）のようだと数馬は思った。それも、かなり大きなアラカブだった。

「よーし、明日、この鰯ば塩してここのアラカブば釣ろうで。家ん帰って、竹ざおで釣り道具ば作る。ばって、ナミ姉ちゃんのおるなぁ。顔は見とうもなか。洋平ばたたく姉ちゃんなど、大嫌いだ」

数馬はのどが渇いていた。鰯のおどり食いを十数匹食べたのだ。洋平は数馬より多く食べていた。

「洋平、水の飲みとうなったな」

洋平は笑顔で〝うん〟と言った。

「よしよし、これからタバコ屋へ行って、パンとジュースば買おうで。あっそうだ。弘平おじちゃんから金ばもろうた。おいたちは金持ちぞ」

ぶ厚い茶封筒だった。札束はてっきり百円札だと思っていた。ところが、それは札帯できっちり縛られた、新札の千円札だった。

「わっ、こげんたくさん。どうしよう。知らないおじちゃんから貰うたと言うても、茂父ちゃんも、うちのお母さんも信じてくれんだろうし、とりあえず、おいの船の沖箱の中に隠しておこうで。おいと洋平の、二人だけの秘密ぞ。面高の家ん帰ってから、郵便局の通帳に入れて、欲しかもんができたとき、佐世保で使う。洋平、そいでよかな？」

洋平は「よかっ」と言って、浜辺の石ころを踏みしめて歩き出した。

洋平の家の前を通り過ぎた。坂道を少し上がった所に雑貨屋があった。タバコ中心のお店で、店先のガラスケースの中は、色んなタバコが並んでいた。メガネをかけた優し気なおばちゃんが、座布団の上で縫い物をしていた。

「おばちゃん、パンとジュースを下さい」

「あいよ、好きな物選んで・・・あらっ、あら、あら、どこかで見たような坊ちゃんだこと。あっ、もしかして、彦爺ちゃんのお葬式のとき、お経を読んだ坊ちゃんじゃなか？」

数馬はメロンパンを、洋平は三角形の長いジャムパンを取った。みかんジュースも二本、帳場の台の上に置いた。

「はい、そうです。明日、彦爺ちゃんのお墓と洋平のお母さんのお墓まで、お参りに行きます」

「まぁまぁ、それはそれは・・・ちょっと待ってね。そこの長椅子で、ゆっくり食べなさい」

お爺ちゃん、お爺ちゃん、と叫びながら、おばちゃんは奥の部屋の方へ消えた。

厚地の前掛けをした爺さんが出て来た。

「この子なんですよ。上手なお経を読むんです。ねぇ坊ちゃん、うちのお爺ちゃんへも、あのお経を読んでくれないかねぇ。わしも聞きたかったと、あれ以来ずっと話していたんですよ」

気難しい感じのする、小柄で痩せた爺さんだった。

「こんにちは」と、数馬は頭を下げた。洋平もそれに倣《なら》った。

「むっ」と言ったきり、爺さんはふたりを見据えた。

眉間にしわを寄せた神経質さは、父とよく似ていた。しかし、大きな瞳の奥に潜む優しさは、祖父の千代吉と同じ輝きをしていた。

「ついて来い」

案内された奥の座敷は、八畳ほどの広い部屋だった。縁側から明るい日差しがこぼれていた。竹細工をしていたものか、ゴザを敷いた廊下は、竹くずが散乱していた。

「お爺ちゃんは手先が器用でね、船を下りてから、漁師さんの注文で、イケスカゴとか作っているんですよ。若い頃はね、鯨取りの船乗りだったの。見てごらん、この飾り物はクジラのヒレを細工したもの。写真のこの大きな捕鯨船で、地球の裏側まで航海したんだよねぇ、お爺ちゃん」

「そうだ」と言った後で「プー」と屁をこいた。太い屁だったので、数馬も洋平も笑った。

「お前たちも、こいてみろ」

洋平が爺さんの側で「ピーッ」と、かわいらしい屁をこいた。数馬も「プーッ」と大きな屁を放った。

「ハッハッハ、よくもまぁ、咄嗟に出るもんじゃのう」

「まァ、お爺さんの笑い声、久しぶり。さぁさぁ、お座りなさい。これね、博多の子供たちから送ってきたお菓子。鶴の子とひよこ、美味しいよ、食べてごらん」

長崎のカステラと同じくらい、美味なお菓子だった。爺さんの膝に抱かれた洋平は、鶏卵型の鶴の子を、首を振りながら二つ食べた。熱々の牛乳はほんのり甘かった。体が冷えていた洋平は、これもフーフー息を吹きかけて飲んでいた。

天井下の壁に、捕鯨船の写真が吊るしてあった。日新丸と書かれた大型船だった。

「爺ちゃんも、クジラに槍を打ったのですか？」

「いいや、わしは体格が無かったからの、船員たちの飯作りじゃった。そうだ、いつか二人で泊まりに来い。捕鯨船のことば、詳しゅう教えるけん。一晩では、とうてい語り尽くせんごと、いろんなことがたくさんあった」

「わぁ、聞きたい。来ます。来ます。うちの爺ちゃんも誘っていいですか？好奇心の強い爺ちゃんなんです。おいたちの大好きな爺ちゃんでもあります」

「よかよか、大歓迎たい。酒でも飲みながら、ゆっくり語ろうで。婆さん、よかやろ？」

「はい、喜んで。布団はたくさんあります。彦爺ちゃんの葬式の日、坊ちゃんと一緒だった人でしょう？」

「そうです。下の辰爺ちゃんの所へは、ときどき遊びに来ます」

「ほう、黒瀬の漁師と仲の良か人じゃったら、わしもぜひ会うてみたい。楽しみだ」

西方へ背を向けた、質素な仏壇があった。その横で存在感のある、重厚な置物があった。全体的に黒っぽい鳥のような物体で、腹が白かった。仏様の前で、数馬はずっとその置物を見ていた。洋平を抱いた爺ちゃんが「それはペンギンのはく製」だと言った。丸みを帯びて、今にも歩き出しそうなペンギンだった。「若い頃、南極大陸でな、自分でつかまえて、自分で作った傑作だ。息子二人へも作ってやった。あの頃は自由に獲れたけどな。船を下りる頃には、いろんなことが制限されてむずかしくなった。これは貴重なものなんだよ」

紫色と白い菊の花が小菊をあしらい、細長い花瓶に活けられていた。

数馬はお鈴を打った。お鈴の音は天井の高い部屋で、わびしい音色を響かせた。

数馬の開経偈《かいきょうげ》が始まる頃、洋平は爺さんの懐の中で、スースーと気持ちよさそうな寝息を立てていた。

ほの暗い闇の海峡だった。貨物船が渡っている。遠去かる船音は、いくつもの船々の気配を巻き込み、数馬たちの寝室へも流れて来た。

二枚の布団を寄せていた。茂の体温が暖かい。茂を挟んだ川の字で寝ていた。

「兄ちゃ、兄ちゃ」

洋平がささやくような声で呼んでいる。

「ここんおるぞ。どうした、ションベンな?」

茂の胸の上まで乗り出した洋平が、小さな手を延ばしていた。冷たい手だった。

「えっ、寒かと?こっちん来るな?こげん体の冷えて。父ちゃんの抱いてくれればよかとに。寒かときは寒かって、合図せんばだめぞ。真夜中たい。ションベンしてから寝ようで。来い」

数馬はナミ姉妹から受けた洋平の出来事を訴えたかった。部屋へ戻っても、茂は高鼾だった。ふたりがごそごそと布団直しをしているとき、茂が寝返りをうった。

「数馬、明日はどうする?また浜辺で遊ぶとやろ?」

「そのつもりです。アラカブ釣りです」

茂が洋平を抱き寄せて、頭をなでている。めずらしいことだった。

「そうな・・・それはそれでいいんだが、くれぐれも用心して欲しいことがある。お前も知っている通り、海岸線にはいろんなものが流れて来る。洋平はまだ小さかけん、危険なものと安全なものとの判断がつかんたい。海辺では何が起きるか分からん。お前が付いていれば安心だが、洋平を守ってくれ。むかしな、この黒瀬の後浜に吹切海岸のあるやろ、あそこで、子供達の悲しい事故が起きてしまった。戦後まもない頃の夏だった・・」

茂は裸電球の灯《とも》る天井に向い、低い重苦しい調子で、ぼそぼそと語りはじめた。

戦後まだ間もないころ、五人の子供たちが、沖を見ていた。黒島と高島の沖合をゆっくり進むアメリカの軍艦は、高後崎灯台をめざして、佐世保港へ入港しようとしていた。

子供たちは歓声をあげた。艦上からいくつもの段ボール箱が、次々と海へ放棄されているのが見えたからだ。

箱の中身は子供たちにとっての大きな宝物だった。ビスケットやチョコレート、カンパンや粉ミルク、そしてピーナッツやナッツ類の缶詰もあった。

宝物は風に吹かれ波に流されて、面高の海岸線や黒瀬の浜へ流れて来た。

重い箱は二人掛かりで、自分たちのアジトへ運んだ。

粉ミルクの箱を見つけた少年が袋を破り、白い粉をペロペロとなめはじめた。顔中がおしろいを塗ったような、真っ白な顔となった。なかまたちが腹を抱えて笑った。

品々は人数分配した。残りはアジトへ隠した。そういう嬉しいプレゼントが、しばらくつづいた。

しかし、宝物は子供たちだけのものとはならなかった。味を占めた漁師たちが、沖へ船を出して、アメリカの軍艦の後を追い回すようになった。

沖でごっそり奪われた宝物は、子供達の待ちつづける浜辺へは、いつしか漂着しなくなった。それでも諦めきれない子供たちは、浜に出て沖を見つめた。

そして、運命の時が来てしまった。

小学校一年生の仲良し五人組が、その日はひとりだけ熱を出して、外出できなかった。

四人は吹切海岸へ向かった。

波打ち際には、宝物はひとつも流れ着いていなかった。

誰かが「チクショウ」と、石を投げた。

カキーンという金属音が響いた。

「あっ、缶詰かもしれん」

子供たちはゴロゴロの石の上を一斉にかけだした。

枯れ草色の細長い物体が、さざ波でユラユラと揺らいでいた。ひとりでは抱えることのできないほど、大きな物だった。

「何だろう、何だろう？この羽のようなものは何だろう？」

子供たちは首を傾《かし》げながら、その物体を囲んだ。

その時、防波堤を通りかかった十九歳の青年が声をかけた。

「こらっ、そこで何ばしよると？」

ひとりの少年が叫んだ。

「兄ちゃん、ここん、何か変なか物の流れて来とるとよ、何だろう？」

青年は浜へ下りていた。

「変なか物？あっ、触るな！上がれ、そこから離れろ！はよ、上がれ。不発弾かもしれん」

青年の緊迫した物言いで、後ずさりしたものの、まだ水の中だった。

「不発弾？不発弾って何ね？」

「爆弾の玉たい。はよ、上がらんか！」

「爆弾の玉の、なしてここんあると？」

「よかけん、つべこべ言うな。逃げろ。はよ、上がらんか！その羽根に触れば、大爆発するぞ！」

青年の息は荒かった。

「お前たちは、あの防波堤の陰に隠れて、もし遊びに来た友達のいたら、絶対、浜へ下すな、よかな?」

「よか、にいちゃんはどうすっと?」

「これから交番まで走って、不発弾の流れて来とることば話してくる。もし、信管の生きていれば、たいへんなことになる。じゃけん、はよ上がれ」

「あっ、兄ちゃん、後ろば見て。太っか波の、こっちん来よるよ」

「えっ、あっ、こりゃ危《あぶ》なか。逃げろ、はよ逃げろ!」

沖を通る大型船舶の波は、時として忘れた頃、高波となって打ち寄せて来る。その波が「ザザッ、ザザッ」と不気味な波音を立てて、迫って来ていた。波頭が白い頭を剥き出している。浅瀬まで来た大波は、岩々にぶつかって、辺り一面を泡の海へと巻き込んだ。

膝まで海の中だった青年は、逃げるのが遅れた。波で足をすくわれていた。

不発弾はその変則的な波の衝撃で、起爆装置が作動した。凄まじい爆発だった。

青年は即死だった。逃げ遅れた子供たち三人は、大爆風で空高く舞い上がり、むき出しの岩々の上に叩き落とされた。大量の血は辺り一面へ飛び散り、その衝撃の凄さを物語っていた。

いち早く岸まで逃げていた浦口少年は、それでも爆風で飛ばされた。倒れた場所が砂地だったため、かすり傷という軽傷で済んだ。

熱を出して寝込んでいた浜田少年は、地響きを伴った大爆発音で布団をかぶった。地震かと思った。家はミシミシと揺れ動き、ガラス窓はガタガタと激しい音を響かせた。恐怖で全身が震えた。

村中が騒然となった。血まみれの少年三人は、戸板に乗せられて、村の診療所へ運ばれた。戸板から少年たちの血がたらたらと流れていた。医師ひとり、看護婦ひとりの診療所では、とても処置できる状況ではなかった。

漁師の船で、大島の炭鉱病院へ搬送されることとなった。しかし、出血多量で、夜明け前、少年三人の死亡が確認された。

十九歳のタニグチ青年と、ババ君、ナガオ君、オオタ君は共に六歳という、短くてはかない人生だった。

風邪で難を逃れた浜田少年は、成人して村役場で働くようになっていた。

軍属関連の担当となったとき、膨大な資料の中から、不発弾などの不慮の事故で犠牲となった人たちへの、弔慰金制度があることを知った。

早速、佐世保の防衛施設事務所へ行った。

過去の子供たちの悲しい事故を、泣きながら説明した。三人は自分の幼馴染で、あの時、熱を出して寝込んでいなかったら、自分も運命を共にしたかもしれないと語った。

部署の人は即、動いてくれた。翌日、定期船で、ひとりの役人が大島まで来た。

浜田は事故現場へ案内し、犠牲となった少年たちの家々を訪問した。

黒っぽい背広の防衛施設の事務員は、誠実で心やさしい人だった。栗原という名前だった。栗原氏は新聞社へ電話したり、地元の交番へも出向いたが、期待した証拠となるものは何も出て来なかった。

「浜田さん、残念ながら証拠となるものが存在しない限り、申請のための書類が、提出できないんですよ・・・」と、本人も肩を落とした。

「写真一枚でもいいんですが」と言い残して、氏は佐世保へ帰った。

当時、村の中で写真機を所有していた人はいなかった。不発弾爆発、少年ら四人死亡、という大事故だったにも係わらず、新聞の記事等も一切残ってなかった。

浜田は役場内で残された資料を捜し回ったが、数十年前の事件事故などを記載した資料はとうとう出てこなかった。

写真もない、資料もない、で途方に暮れた浜田は、幼馴染の浦口と連れ立って飲み屋ののれんをくぐった。

「証拠さえあったら、あいつらの無念さを、少しでも晴らすことができるんだがなぁ」と、当時のアジトのことや、粉ミルクで真っ白になったあどけない三人の仲間たちを思い出して、涙が止まらなかった。二人は声を出して泣いた。

隣席の先輩客が、二人の話を聞いていた。そして、心躍らせる事を話し出した。

「あんた等も黒瀬の人たちだから知っとると思うが、地区の中に、入口左衛門という頭脳明晰な爺様がいた。明治三十八年生まれの人だから、もうこの世の人ではない。爺様は筆まめな人で、村の些細な事件事故など、日記風に詳細に記述していた。それがもう十数冊にもなったと、若い頃聞いたことがある。爺様の実家へ行ってみたらいい」

出勤前、浜田は入口家を訪問した。事情を説明して、爺様の書き残した日記帳を見せて欲しいと訴えた。当主は快諾した。

はやる気持ちをおさえて、退庁時間を待った。

達筆な毛筆だった。文章も短文で、簡潔な表現だった。

浜田は飛び上がって喜んだ。

防衛局へ電話した。栗原氏はその日の予定をキャンセルして来島した。

何枚もの写真を撮り、重要な頁は役場でコピーした。

「おめでとう、は少し変かな、ハッハッハ」「ありがとうございました。ほんとうに、ありがとうございました」

桟橋で、浜田は栗原氏の手を握りしめた。「あなたの、友を想う心が私たちまで動かしたのです。あとで手続き等の必要な書類を送ります。ご遺族の方々の印鑑等も必要ですので、あなた宛へまとめて送ります。よろしくご手配ください。ご不明な点があれば、いつでも電話してください」

「はい、ありがとうございます。よろしくお願いします」

待合室を出て、佐世保行きの定期船へ乗り込もうとする時、漁師の浦口が息を切らして走って来た。

「待ってくれぇ!、ハァ。間に合って良かった。あんたが栗原さんね?こいつがいろいろ世話んなって、ありがとうな。この魚、釣りたての魚たい。ハラワタは出してある。酒の肴で食べてくんなっせ」

その足で二人は吹切海岸へ向かった。

潮は防波堤の際まで満ちていた。

波がそよそよと打ち寄せるだけの、静かな海が広がっていた。

沖を見ていた浦口が、ぽつりとつぶやいた。「あいつら、今頃、どうしているかなぁ。ここん立つたび、あの白い顔が思い出されて、悲しゅうなる・・・」

「三人共、仲良う遊んどるだろうなぁ。悲しかなぁ・・・」

九十九島の沖合を、アメリカ海軍の軍艦が、パイロット船に誘導されながら、高後崎灯台方面へ進んでいた。海上保安庁の巡視船が、二、三隻で護衛しているかのようだった。

ヘリコプターが、空を舞っていた。

語り終えたとき、かすかに茂の声は震えていた。

「お前たちを、あんな悲しい事故で失いたくない。よかな数馬、洋平を守ってくれ」

洋平を脇の下でかかえた茂の手が、数馬の手を握った。

「はい・・・小さい頃、西あがりの海で遭難してからずっと、父ちゃんは優しくしてくれました。冷たい海へ落ちたときも、飛び込んで助けてくれた。伝馬船でひとり漂流したときも、夕暮れて、うす暗い広い海で、捜し出してくれた。うれしかった。いつの日からか、父ちゃんと呼ぶようになった・・・家のお父さんは職人気質の強い頑固な板前で、お父さんらしい愛情を感じたことはありません。きょうも足を蹴られて、泣きながら舟を漕いで来ました。父ちゃん、お願いがあります。少しの間、洋平を爺ちゃんの家に預らせて下さい。このまんまでは、洋平がかわいそうです。お願いします」

深い沈黙が闇の中をさ迷っていた。

「もう少し、もう少し待ってくれんか。様子をみたい・・・」

「いつまで待ったらよかと?父ちゃんはいつもそうやって、待ってくれ、待ってくれで、洋平ば放ったらかしたい。きょう、洋平は姉ちゃんたちから叩かれて、泣きよった。アカリ姉ちゃんは、洋平ば投げ飛ばした。洋平の体はずっと震えていた。かわいそかやろ・・・」

とうとう泣き出した数馬は、布団の中へ隠れた。

「数馬、泣かんでくれ・・・おれも泣きたい・・・母ちゃんが、母ちゃんが生きてさえいたらなぁ・・・」

夜明けが近い頃、茂は出て行った。茂の船のエンジン音が、二階の部屋まで聞こえてきた。船が港を出て行く。ゆるやかな走りだった。

もう、空がたそがれるまで、茂は帰って来ない。ひとり残された洋平は、一日中小突かれて、泣くより他はないのだ。なんとかしてやりたい。

数馬は横で寝ている洋平の寝顔を見た。洋平の目が、自分の方をじっと見ていた。ハッ、とするような輝いた目だった。

「なんだ、起きとったと?父ちゃんは出て行った・・・声でも掛ければ良かとになぁ・・きょうは昨日の浜辺で、アラカブ釣りして遊ぼうで・・・父ちゃんは、母ちゃんの死んでから、元気の無かごとなった気がする・・・大丈夫、兄ちゃんは洋平の味方だ。いつまでも、いつまでもだ。よかな?」　おとなしい洋平が「はい」と、白い歯を見せた。

「よーし、まだ五時半だ。九時半まで寝ようで。あと四時間も眠れるぞ。寒なかな?こっちへ来い。父ちゃんはどこまで走ったかな?片島は越えとらんな。松島差しでイッサキば釣るげな。風の無か、おとなしか日和だなぁ。ハァー、眠うなった・・・」

肩を揺すられて、ハッとして目が覚めた。洋平が掛け時計を指差した。ちょうど九時半だった。

ナミ姉ちゃんからの「朝ごはん」の声はなかった。洋平の手を引いて、タバコ屋へ行った。

おばちゃんがニコニコ顔で迎えてくれた。「おはようございます。おばちゃん、腹の減った。なんか、食べるものある?」

「あるよーっ。玉子焼き作ってあげようねっ。まぁチビちゃん、にいちゃんと手ぇばつないでよかねぇ。むこうの部屋へ行ってごらん。爺ちゃんひとりで、ごはん食べよるから。爺ちゃんねぇ、夕べは上機嫌だったのよ。坊ちゃんやチビちゃんと、友だちになれて」

台所の卓袱台《ちゃぶだい》で、爺ちゃんがお茶を飲んでいた。

「爺ちゃん、おはようございます。朝ごはん、一緒に食べさせて下さい」

「ああ、食え食え。きのう会ったばかりじゃというのに、子供たちはどうしとるのかのぉって、思っていたところだった」

洋平を膝の上に抱いて、爺ちゃんは体を揺すっていた。

「おいたちは、これから浜へ下りて、アラカブ釣りです。爺ちゃんも来ませんか?」

「わしはのう、漁師から頼まれたイケスカゴば作らにゃならん。まだか、まだかって急《せ》かされてな。海ん中へ落ちんようにな。チビちゃんは泳げるのかな?」

「大丈夫です。洋平が泊まりに来た時、風呂ん中で遊ぶんです。洋平は頭ん上で両手を合せ、その格好で頭から飛び込み、浮き上がってきます。もしかしたら、もう泳げるのかもしれません。大した子供です。なぁ、洋平」

卵焼きを頬張った洋平は、にこやかな表情で、爺ちゃんを見上げた。冷ましたお茶を、洋平はチュルチュルと飲みほした。

ふたりは外へ出た。

深呼吸したくなりそうな清々しい陽気だった。おやつに食べなさいと、おばちゃんが手渡した紙袋を洋平は大事そうにかかえ、数馬と手をつないで歩いた。

茂の道具小屋で竹製の釣竿二本と、道具箱、塩漬けしたイワシのエサなどをバケツに入れた。

足元が不安定な石浜だった。数馬は洋平の紙袋を、バケツの中へ入れた。

山から転げ落ちてきたかのような、大きな岩がふたつ並んでいた。その岩の先の波打ち際が、きのう魚の黒い影を見た場所だった。

　潮はまだ満ちていて、岩場の先の波打ち際はパチャパチャと波立っていた。

　頃合の石を見つけた。ふたりは腰を下ろした。

　九十九島の島々の前を、五島通いの定期船が通っている。貨物船や海上自衛隊の艦船も、佐世保港をめざしていた。

　高後崎灯台の西、およそ一キロメートルの海上に、白瀬という浮き瀬がある。遠方から見れば、それはニワトリのトサカに見える小島だ。船々はほとんどその北側を航路としていた。

　千代吉の得意の網代が、白瀬の南側にあった。瀬から三百メートル下っても、水深は二十メートル前後で、場所によっては海底が盛り上がっていて、海藻が海面上でゆらゆらと揺らいでいた。

　根魚《ねうお》の宝庫だった。アラカブやハッカンタロー、アコウやメバル、アイナメなどが、幼い数馬の釣り針にも掛かっていた。

　数馬は自分の知り得る島々や、その背景に連なる山々の名称を、肩を並べた洋平へ指差して教えた。洋平はビスケットをモグモグさせながら頷いている。その目の輝きは、洋平が賢い子供であることを物語っていた。

　相浦の愛宕山から西へ渡る小佐々地区の冷水岳《ひやみずだけ》は、千代吉がヤマを立てる上で重要な山々だった。その先で、どんと構える黒島は、点在する九十九の島々の中では最も大きくて広い島だ。島の北側の海域は、海底の起伏が激しく、深い所では七十メートル前後あった。

　千代吉はイトヨリの刺身が好物で、特に黒島の沖のイトヨリは丸々と太り、脂も乗りきって一キロ近いものがよく釣れていた。

　ただ、朝早く起こされての黒島行きの行程は辛かった。島はすぐそこに見えているのに、漕げども漕げども行きつかない。疲れ果てて釣りどころではなかった。千代吉は「深かなぁ、深かなぁ」と言いながら、イトヨリや大型のアマダイ、コチやマダイなどを釣り上げていた。

　船の上から川棚の虚空蔵山が見えた。山頂の形が、平戸の志々伎山とよく似ていた。

　面高の曲りの鼻の山々を見つけた時、そのあまりの遠さに、数馬は悲しくなった。

　そんな話を聞いていた洋平が、紙袋からキャラメルとボンタン飴の小箱を取り出して、「はい」と数馬へ渡した。

眠たくなるような、やわらかであたたかい陽射しだった。洋平はとうとう数馬の膝枕で寝息をたて始めた。

浜先へ打ち寄せる波は弱く、風もいつしか凪いでいた。今家にいたら、恐らく千代吉と漁に出ているはずだった。今はこうして沖合の海原を眺めながら、洋平と二人、海辺で静かなひとときを過ごしている。不思議な気がした。

面高港の曲りの鼻を、客船が入港しようとしていた。佐世保からの定期船だ。九州商船の大生丸で、船は港の中央付近で速度を落とし、岸壁からの運搬船を待つ。その渡し船を地元の人は、サンパン船と呼んだ。その船の持ち主も船頭も、数馬の父、久憲だった。父は旅館の板前であり、漁師であり、地区の消防団の分団長でもあった。兵隊を満洲で除隊となり、ふたたび徴集される前に、戦争が終わった。

父は九州商船の佐世保航路の代理店を請け負い、一日三往復する大生丸が入港する度、船を出した。

母の久江は、長崎バスの停留所もやっていた。旅館の玄関脇に待合室を作り、切符売りとして、帳場でもいろいろな仕事をこなしていた。

旅館の宿泊客も多かった。工事関係の長期滞在者が多いときは、毎日弁当も作った。外部からの弁当注文にも対応し、二人とも忙しい毎日の繰り返しだった。

数馬が旅館から百メートルほど離れた千代吉の家で寝泊まりすることは、半ば必然的な面もあった。数馬の父方の祖母が亡くなってから、千代吉は旅館で働く中居の一人を自分の家へ入れた。素朴で純粋だった父は、そのことが許せなかった。祖父千代吉と父の仲は最悪なものとなっていた。

中居の名は「志野」といった。志野は千代吉に対して献身的だった。数馬の面倒もよく見てくれた。

ある日、五島出身の志野の元へ、一通の葉書が届いた。親の病気で帰って欲しいという内容だった。千代吉は見舞金を渡し、早く帰って来いと念を押していた。

しかし、父の対応は違った。それ相応の手切れ金を渡し、もう二度と来るな、と追い出した。そのことを千代吉は後日知った。祖父と父の溝は益々深くなった。

「あいつは船を造ろうと貯めていた金を全部志野に渡して、俺は頭にきとる。バカが」

千代吉は沖を見つめながら、いつもそう呟いていた。千代吉も数馬も、もう一度、志野に会いたいと願っていた。

「兄ちゃ、兄ちゃ」

洋平が数馬の傍らで、肩を揺すった。潮が引いた浜辺は、海藻の付着した岩場が顔を出していた。

やはり、アラカブだった。一投目から、手応え十分なアラカブが釣れた。二匹目も三匹目も、エサが海底へ落ちる前のアタリだった。

足場の安定した海藻の少ない岩場に洋平を立たせた。海水が洋平のかわいらしい長靴の底をなでていた。

「よかな、海藻の茂った岩の上ん上がったらだめぞ。滑ってケガするけんな。エサは鰯の頭の付け根の硬いところに刺して落とすだけだ。糸はこの竹竿と同じ長さだ。釣れたら波打ち際の、あの竹カゴに入れろ。わかったな？よし入れてみろ。よーく海の底ば見てな」

米粒大の鉛を付けてあった。二メートルほどの海底は、大きな石が重なり合って、その隙間から魚たちが顔を出していた。黒い影が鰯をのみ込んだ時、エサが消えた。

そのときはすでに魚が掛かった瞬間で、しゃくり上げると、魚の食いの手応えが、ぐんぐん引きまくる。

大潮時のハネ釣りは、極めて簡単素朴な漁法だった。

洋平の竹竿が大きくしなった。キュンキュン引いていた。

「兄ちゃ」

「よか、自分で上げろ。急いで上げるな。ゆっくり、ゆっくり上げろ。そうそう、ゆっくりでよか。うまいうまい。岸の方に寄せろ」

磯浜のハネ釣りでは、特大のアラカブだった。頭が大きく、胴体も丸々と肥っていた。「わぁー、洋平、上手かねぇ。さすが、茂父ちゃんの息子たい」

小石の上で飛び跳ねる魚の両エラを、洋平はタオルでつかみ、釣り針も自分で外した。

同じ場所で、何十匹も釣れた。そろそろ帰ろうか、とするとき、洋平に悲劇が起きた。

「兄ちゃ」

洋平の竹竿が、またまた大きくしなっていた。同じ頃、数馬にも大きなアタリがあった。

数馬は釣り針を二本仕掛けていた。両個《りゃんこ》釣りの醍醐味は、また格別なものがあった。

「洋平見てみろ。兄ちゃんのはリャンコで来た。太かアラカブやろ」

洋平は、釣り上げたばかりの大型の魚を素手でつかもうとしていた。その魚の色を見て、数馬は蒼ざめた。

「やめろ洋平、触るな！」

洋平は咄嗟に、手の中の魚を放り投げた。しかし、不運にも背ビレの一部が、洋平の指を刺していた。

オコゼだった。アラカブオコゼの背ビレにも、猛毒が潜んでいる。アラカブとアラカブオコゼの区別は、おとなでも気付かないことがある。本オコゼは、全体的に泥の溝を被ったような黒褐色で、その魚体はグロテスクだった。

アラカブ系の場合、同じ赤色でありながら、やや淡赤色で、まだらな白色の斑点が散らばっている。刺された者は、おとなでも気絶するほどの激痛で、心臓に疾患のある人は、生死に係わる重態となることがあった。

小学二年生のとき、数馬はガネ瀬沖で、ミノオコゼに刺された。右手親指の指平に少し触っただけであったが、しばらくして、右腕が痛く重くなった。その痛さと言ったら、腕を切ってくれ、と叫びたくなるほどの痛さで、その激痛は数時間にも及び、数馬は泣いた。

目を白黒させていた洋平は、シクシク泣き出し、やがて大声で泣き出した。右の人差し指から血がにじんでいた。

その血を見て、数馬は仰天した。立っていた岩場を踏み外し、海中に投げ出された。尻から落ちてしまい、首まで沈んだ。ドボドボと水際まで這い上がった。

「洋平、大丈夫か、ごめんな、どら・・・」

洋平の指の血を吸い上げた。

道具類は山際の木の根っ子へ集めた。釣果の竹カゴだけを持ち、洋平を背負った。

「冷たかばってん、がまんしろ。家に帰って、ぬるま湯で刺さった指ば、あたためようで。それから毒消し液に指ばつ浸ける。しばらくは痛かぞっ、がんばれよ・・・」

浜を出て数馬はどこをどう歩いて来たか、覚えがなかった。玄関の戸を開けた。

ずぶ濡れの数馬、その背中で蒼ざめて泣いている洋平。どう見てもただ事ではない。なのに、ナミは知らん振りで洗濯物を整理している。洋平が震えていた。

「姉ちゃん、洋平がオコゼに刺された。ぬるま湯ばコップにくれんね。それから毒消しの薬も出して。早《は》よ出してよ！姉ちゃんて！」

ナミは一瞥しただけで、立とうともしなかった。

「何よ、魚に刺されたくらいで。忙しいんだから、外で遊んでなさい。大げさに騒いだりして」

数馬は泣きたくなった。背中の洋平の呼吸が荒々しくなっていた。

「ばって洋平がこげん苦しんどる。ねぇ、早く出してよ」

数馬もとうとう泣き出した。

「お湯くらい、沸かそうと思ったら、すぐ沸かせるやろ・・・ウーッ、もうよか！」

隣の辰爺の家ものぞいた。人の気配はまったくなかった。

「よーし、こうなったら大島の病院に行くしかなか。船で行こう。そうだ、このアラカブは、タバコ屋のおばちゃんにやろう。おやつばいっぱいもろうたけんな。がまんしろよ」

数馬はふたたび走り出した。洋平が心配でときどき立ち止まり、洋平、と呼んでみた。

弱々しい洋平の声が返ってきた。

「兄ちゃ」

「もうすぐぞ、ガンバレ洋平」

タバコ屋のガラスケースの向こう側で、おばちゃんがうたた寝していた。

「おばちゃん、おばちゃん、はい、おみやげばここに置いとくよ」

「あら、坊ちゃん。まァ、そんなに濡れて。背中のチビちゃん、どうかした？」

「オコゼに刺されて苦しんどります。これから大島の病院まで走ろうと思います」

「えっ、オコゼに！ そりゃ大変だ。ちょうどよかった。お爺ちゃんね、いまお風呂。オコゼに刺されたら、体をあためると良いというからね。坊ちゃんも、濡れたまんまだったら風邪ひいてしまう。二人ともすぐにお風呂に入りなさい。さぁさぁ」

「ありがとう、おばちゃん」

数馬の声は涙で震えていた。

「あらあら、どうしたの、泣いたりして。うちのお爺ちゃんもね、バリっていうお魚に刺されて、失神したことあるのよ。この薬、漁師のお母さんたちから聞いて作ったものだからゼッタイよ。きょうはね、隣の家から石炭の屑《くず》ばもろうてね、いつもより早いお風呂なの。風呂場は向こうよ、いらっしゃい。お爺ちゃん、お爺ちゃん」

五右衛門風呂だった。爺ちゃんは洋平を抱き上げて風呂に入れ、胸に抱いたまま肩を沈めた。数馬は洋平の背中にぴったり体を寄せた。

「チビちゃん、どうだ、気持ちの良うなっただろう。へっへへ、爺ちゃんもな、魚に刺されて泣いたことあるんだ。痛かもんなぁ。ようがまんしてここまで来たなぁ。で、兄ちゃんは何でずぶ濡れだった」

「洋平が刺されて、あわてて、落ちてしまいました」

「アッハッハ、海ん落ちたのか、アッハッハ」

タバコ屋の店のベルが鳴った。おばちゃんが店先へ走った。

「ピースばくれんね。誰かお客ね。爺さんの笑い声の聞こえた」

「善次さん、憶えとるでしょ。彦じいちゃんの葬式のとき、お経を読んだ面高の坊ちゃんのこと。あの子が、茂さんとこのチビちゃんと一緒に来とるとよ。にぎやかでしょ」

「えっ、坊ちゃんと洋平が。会いたか、久しぶりやもん、上がってよか?」

「よかよ。今風呂から上がって、爺ちゃんたら、裸でチビちゃんば抱いて寝とるとよ。オコゼに刺されたときは、体ばあたためるとが一番だって。坊ちゃんもね、あわてて海ん落ちてしもうて、爺ちゃんの下着やらで、オッホッホ、おかしかと」

爺ちゃんの褌を締めて、浴衣姿の数馬が、洋平の頭をなでていた。

「坊ちゃん、久しぶり」

突然の男の声で、数馬はビクリとした。


「あっ、善次おじちゃんじゃなか?わぁ、何年ぶりだろ。お元気そうで、ごぶさたでした」

「うーん、坊ちゃん、大人んなったねぇ。茂兄貴のとこへよう来て、洋平ばかわいがってくれると兄貴が喜んどった。会えて嬉しかぁ。どら、肩ば抱かせてくれんね。初めて会うたのは、ちょうど洋平と同じ位の年頃だった。体格もしっかりしてきとる。おじちゃんは嬉しゅうして、涙の出るごたるばい」

「善次おじちゃん、むかしから涙もろくて、泣き虫だったもんね」

「そうそう、兄貴から叱られてばかりで。またいつか、一緒にご飯でも食べたかなぁ。あっ、もう行かんと遅刻する。またな、坊ちゃん、ガンバレよ。どれどれ、洋平の顔も見たか。アレェ、元気のなかごたる。どげんかしたと?」

「おいの不注意で、オコゼに刺されました」

「ええーっ、オコゼにっ、そりゃ痛かったろ。かわいそうに。バイバイ、またな洋平」

店の長机の上に、竹カゴが置いてあった。バタバタと、何かしら音がしていた。善次はその竹カゴの中を見て、わっ、と大声を出した。

「ばぁちゃん、どげんしたと、この大きかアラカブ。オメレンナカ（面高の方言：途方もないという意味。びっくりしたとき等に使う）ごたるアラカブば、こげんたくさん」

「それね、坊ちゃんとチビちゃんの、おみやげだって。バタバタして中身ば見てなかった。どれどれ、まぁ、こげん大きかアラカブ、初めて見た。すごかねぇ、あの二人。漁師だった善次さんが驚くほどだから」

「坊ちゃんな、こまかときから舟に乗せられて、爺ちゃんと沖へ出とったけんな、もう一人前の漁師たい。兄貴にも知らせとこ」

　松島差しの瀬際で、イサキの一本釣り漁の帰途、茂は何気なく黒瀬の浜をながめていた。数羽の黒いカラスが、バケツを取り巻いて、妙に騒々しい。はて、と思った。

　赤いビニールテープを巻いた釣り竿は、子供たちのために自分がこしらえた物だ。それが岸の方へ投げ出されて、数馬と洋平の姿が見えなかった。異常なほどの胸騒ぎだった。

　急いで帰港したかったが、イケスの中は大漁だったイサキが少なくとも二十キロは泳いでいた。漁協は遠い。より近い太田和港の魚屋へ船を飛ばした。

「数馬と洋平はどうした！」

　玄関先で茂が怒鳴った。ナミは出て来なかった。台所の次の間でラジオがガンガン響いていた。茂はコードを引き抜いた。

「子供たちはどうしたんだ、と聞いとる。聞こえたら返事ぐらいはするもんだ。このアホが」

　ナミはポカンとした表情だった。

「どうしたのよ、お父さん。数馬ちゃんたら、洋平がオコゼに刺されたって大騒ぎして」

「なにっ。それでどうした」

「ぬるま湯をくれの、毒消しのクスリをどうのこうのと言ってたわ」

「出してやったのか？」

「わたし、知らないもの、そんなクスリ」

「バカモノ！母ちゃんがアロエとかキンカンば煮つめて、びん詰めしたやつが、その食器棚の下にあったやろ。なして出してやらなかった」

「たかが魚に刺されたぐらいで、お父さんもオーバーだわ。数馬ちゃんたら、泣き出したりして。そういえば、おんぶされた洋平も泣いていた。男たちってすぐ泣くんだから」

　ナミは卓袱台《ちゃぶだい》の上のせんべいをポリポリ食べていた。怒った茂はせんべいを取り上げてナミに向けて投げつけた。

「お前はたったひとりの弟を、どう思っているんだ。ようし、もうよか。そんな思いやりのなかお前に、これ以上、洋平を任《まか》せるわけにはいかん。出て行け！今すぐ出て行け。今ならまだ佐世保行きの最終便に間に合う。それで数馬はどこへ行ったんだ」

出て行けと叱られて、ナミの顔は蒼ざめた。

「隣の家へ寄ってみるって。お父さん、私がこの家を出て行ったら、お父さんたち、これからどうするの？」

「そげんこたぁ、なんとかなる。お前は隣の一郎と所帯を持つというのに、爺ちゃんが腰の痛うして入院したことも知らんのか。ハァ、もう情けない。イケスにオコゼの泳いどるけん、一度刺されてみるか。どげん痛かことか。数馬のことだ。大島の病院まで走ったのかもしれん。お前は急いで身支度して出て行け。おれは洋平のアザだらけの体、前から知っていた。お前がいつか反省してくれると信じていた。だけど、きょうのことではっきりした。バカタレが」

茂は大島の病院へ走り出した。走っては休み、走っては休みして、坂道を越えたとき、前方の自転車の善次と並んだ。

「あれっ、兄貴、そげん急いでどこん行くと？」

「病院だ」

「どっか痛かと？」

「どこも痛とうない」

「どこも痛ないとに、病院に行くと？」

「うるさい、黙って行け」

「坊ちゃんも洋平も、大きゅうなったなぁ」

「見たようなこと、言うな」

「ばって、たった今、この目で見たもん」

「えっ、たった今？どこで見たんだ」

茂は自転車のハンドルをつかんだ。

「兄貴、そげんことしたら、倒れてしまうたいね。タバコ屋で見たと。風呂上がりだった。洋平がオコゼに刺されて、婆ちゃんたちのよう面倒みてくれて、やっと落ち着いたって坊ちゃんの言うとった。坊ちゃんな、洋平のオコゼに刺されて、びっくりたまげて、海ん落ちたんだと。アッハッハ、目に浮かぶごたる」

「それほど洋平のこと心配してくれてるんだ。それに比べ、うちのナミもアカリも、洋平の言葉の出らんごとイジメぬいて、おれがバカだった・・・」

「あれっ、兄貴どうしたと?·泣いたり怒ったり。坊ちゃんたちな、大漁しとった。オメレンナカごと太ったアラカブば、何匹も釣り上げて。特級品だった」

「どら、自転車ば貸せ」

「ダメダメ、もう時間のなか、遅刻してしまうたいね」

「たまにゃ遅刻してもよか。どら、どけ、走ればよかたい」

「うっ、もう。こんどおごれよ、兄貴ーっ」

タバコ屋の前はシーンとしていた。呼びかけたが応答はなかった。奥の方で声がした。茂は長靴を脱いだ。破れたくつ下から指がのぞいていた。

台所で数馬が魚を調理していた。浴衣の裾を持ち上げて帯に挟み、女物の白いエプロン姿だった。

「数馬!」

「あっ、父ちゃん。ごめんなさい、洋平がオコゼに刺されてしまって。おいの不注意です。ごめんなさい。どうなるかと思った」

「よかよか、洋平も漁師の息子ぞ。爺ちゃんたちは?·」

「向こうの部屋です」

いつになく生気のない茂だった。

布団の中の洋平を老夫婦が覗いていた。茂はあいさつして頭を下げた。婆ちゃんがお茶を運んで来た。丸いお盆の上は博多のお菓子が並んでいた。数馬の好きなものばかりだった。鶴の子、ヒヨコ、栗饅頭などを数馬は一個ずつ食べた。

「数馬ちゃん、おいしそうに食べるねぇ」

「おいは爺ちゃんの好きな、長崎の福砂屋のカステラしか知らなかったけど博多のお菓子もおいしかねえ。洋平ば起こそうか、洋平も大好きだから」

茂は洋平の頭をなでていた。

「いや、よう寝とる。もう少し寝かせようで、数馬・・・頼みがある・・・」

茂は泣いているのではないか、と思い、数馬は正座して茂の目を見た。茂が数馬の手を取った。

「ナミを叱りつけた。家を出て行けと言うてしもうた。もうすぐ最終便の佐世保行きの船が出る。一郎のアパートが駅前にある。カギも持っとるから心配ないのだが。乗り遅れないよう、おれの船で大島の桟橋まで送って欲しい。行ってくれるか?」

「えっ、おいにできるかなぁ」

「できる、ずっとおれの船で運転させてきた。このおれが、太鼓判を捺《お》しているんだ。落ち着いて、自信ば持ってやれ」

「ばって、父ちゃんが側におるのと、おらんでは・・・」

「大丈夫って。片島の沖から黒瀬の港までいつもひとりで運転してきたじゃなかかな」

「うーん・・・」

「よし、そんなら試験ばしよう。質問ば三つ出すけん、三つとも正解したら、お前は立派な船長だ。一つ、黒瀬の港ば出たら、寺島水道から貨物船が自分の船めがけて走って来ている。さぁ、お前はどうする」

「えーっと、海上では自船は右側通行が原則だから、向って来る船の右側へ舵ば切って、ゆっくり走ります」

「うんよし、正解だ。次、自分の船の前を走っていた漁船が、急に左へ旋回した。船の後方およそ百メートル上に、黄色いブイを曳いている。全速で走れば、船とブイの間を通りぬけることができる。さぁ、お前ならどうするかな?」

「その船は、多分、青物をねらったテンテン曳き漁の船だと思います。船とブイの間には、透明の糸が流されて、たくさんの擬似針が付いています。だから、その間の通行は止めてブイの後方を通ります」

「よーし、ようできた。その通りだ。最後の問題だ。桟橋の港へ入港しようとしたら、定期船と貨物船が、出港しようとしている。無理したらお前の船の方が、先に入港することができる。さて、お前ならどうする」

「出船入船は、出船の方に優先権があります。だから、おいの船は港の外で二隻の船が出港するまで、待機します」

茂とくじら取りの爺ちゃんが拍手した。

「坊ちゃんな、ようできるねぇ。そげんこと茂さんが教えたと?」

「はい。洋平ぐらいの年から、ずっと」

「そこでだ、数馬、居間の茶ダンスの左側の一番上の引き出しに、新聞紙の敷いてある。その下ば見てみろ。茶封筒があるはずだ。中身は金だ。それば全部ナミへ渡してくれ。アカリとふたり、レストランでうまかもんば食べろって。さぁ、行って来い。落ち着いてな」

「はい」

数馬の力強い声だった。

浴衣の裾をはしょってエプロン姿の数馬が茂の家の前に立ったとき、スーツケースと紙袋を持ったナミが家を振り返っていた。

「ああ、間に合って良かった。姉ちゃん、おいが父ちゃんの船ば運転して、桟橋まで連れて行くけん。忘れ物のあるけん、少し待っててね」

　茶ダンスの新聞紙の下を捜した。茶封筒はあった。中身を見たい気がしたが、のり付けされていた。

「はいこれ。アカリ姉ちゃんとおいしかもんば食べろって茂父ちゃんが」

「えっ、こんなたくさん…」ナミがシクシク泣きはじめた。

「数馬ちゃん、ごめんね・・・洋平はどうなったの?」

「大丈夫、風呂ん入ったり、液薬の中に刺された指ば入れたりして、いまやっと落ち着いたところ。タバコ屋のおばちゃんたちが、面到みてくれたんだよ。父ちゃんも来て、洋平と同じ布団で寝とった。行こ、大きか荷物はおいが持つけん」

「ありがとう。船のこと、お父さん知っとると?」

「うん。父ちゃんの方から、時間のなかけん船で送ってやってくれって」

「まぁ、随分、信頼されているのね。それに比べ、私ったら…」

「姉ちゃん、泣かんで。洋平の声が出るようになったらこんどは優しくしてね」

　エンジンが勢いよく始動した。後部の甲板の上に座布団を敷いて、ナミを座らせた。ナミは声をあげて泣き出した。たそがれ近い青空だった。まだ夕焼けの前ぶれはなく、向う岸の太田和の山々の麓から、のろしのような細長い煙が空へ向けて立ち上がっていた。

　凪ぎ渡った海原には貨物船や漁船の姿もなかった。

　さざ波ひとつない海の上を、数馬はしっかり舵をにぎりしめて大島の桟橋をめざした。

# 三　絆　―茂の涙―

面高港から黒瀬港まで、海路およそ四キロ。茂の漁船で、十分足らずの距離だ。しかし、荒れた日の寺島水道は難所中の難所だった。潮鞘《しおざや》の特殊な高波が立ち、過去には数隻の貨物船が遭難沈没したことのある危険な海域でもある。その海を数馬は小舟を漕いで往来し、育って来た。

西あがりの突然の嵐の海では、祖父千代吉の機転で命拾いしたこともあった。

あの日、海の恐ろしさを、数馬は初めて知った。

朝、遠照院寺の午前六時の鐘が鳴る前だった。西へ向かう数馬の船は、曲り鼻を過ぎた頃から、東風の強い追い風を受けて船の速度は増した。舳先の祖父は腕を組み、西方の水平線ばかり見ていた。沖合の空は灰色だった

江島や大立島・小立島は辛うじて確認できたものの、平島や上五島の島々は、立ちこめた靄《もや》の中で見えなかった。

その日の釣行現場は聞いていた。潮流や風向きの按配なども知らされて、数馬は沖を見る余裕などはなかった。祖父の思惑通りのヤマを立てなければならない。

白瀬灯台を、その背景に連なる佐世保山系のある一点と合わせ、呼子鼻の鉄塔は黒瀬鼻の端の島の一点と合わせた。すべてが順調だった。あとは祖父の合図を待つだけで、数馬は潮帆《しおほ》を投げ入れる準備もできていた。

港を出る時は強かった東の風が、べったり凪ぎ渡り、絶好の釣り日和だと数馬は喜んでいた。

祖父は違った。

「風の来る。雨も降ってくる」

そして血相変えて、

「引き返す。いや、もう間に合わん。そこの端の島の裏ん逃げようで。急げ」

と、その慌て振りは、いつもの祖父の姿ではなかった。祖父は手際よくロープで輪を作り自分と数馬とを結びつけた。それでも数馬はまだ、切迫した状況が理解できてなかった。

沖合の海は次第に黒ずんできたとはいえ、辺りの海は穏やかで風もなかった。

雨が落ちてきた。パラッ、パラッと頬に当った。空を見上げた。青い空はいつの間にか消えていた。どす黒い褐色の雲が、一面の大空を覆い尽していた。風が、それも冷んやりした風が、数馬の顔を撫でるように吹きぬけた。

祖父の千代吉は力強い櫓捌きで端の島めざして逃げていた。沖を振り返ったとき、片島がすでに消えていた。雨が一面の厚い壁となり、遠方の海や島や山々をもかき消して、数

数馬たちの船めがけて迫っていた。

　数馬は、自分たちが重大な局面に立たされていることを、そのとき初めて知った。雨は風を取り巻いて激しさを増した。高波が海の底から、うねり狂うかのような壮絶さで絶え間なく沸き上がってきた。

　西大島の岬の鼻が見えなくなった。あと少しで端の島だった。雨と風と波で吹き飛ばされてしまいそうな気がして、数馬は千代吉の足にしがみついた。

「ひっくり返ったら船にしがみついて放すな！」と、千代吉は大粒の雨と激しい波風を全身に受けて叫んでいる。

島が目前だった。いよいよ白波の沸き立つ海域へ突入した。西風に煽られた周期の短い、鋭く幅広な高波は果てる様子はなかった。船は枯れ葉のように翻弄《ほんろう》され、遂に千代吉の櫓が、真っ二つに折れてしまった。牙をむいた波という波が、倒れたふたりの体の上へ叩き落ちてきた。

　沈没こそ免れたが、船は水船となり、端島の南側へ流されていた。

「助かった。最後の大波で、ようけ流されたからの。あの波で助かった。数馬、ケガしなかったか？」

「うん、ばって、寒うなった」

　ほうほうの体《てい》で、ふたりは黒瀬の港へ辿り着いた。父の旅館へ伊勢海老を卸してくれる漁師の家を頼った。家は辰爺の家で漁師なかまたちとの交流が、そこから始まった。

　数馬をとくに可愛がってくれた彦爺との悲しい別れもあったが、その後、父子のような堅い絆で結ばれることとなった、漁師の茂との出会いがあった。

　長女のナミを追い出したことで、まだ声の出ない洋平とふたりきりの日常生活を迎えることとなった茂は、当然ながら、ある種の不安と戸惑いを抱いていた。炊事洗濯など、生まれてこの方、経験したこともない。

　長年連れ添った女房が、その命と引き換えに、洋平という新たな生命を残してくれた。まさか自分の娘たちが、たったひとりの弟の存在を疎《うと》んずるとは、思いも寄らなかった。手負いの洋平を抱いて、久しぶりの父子の布団ではあったが、茂の意識は一晩中冴え冴えとしていた。浜へ打ち寄せる潮騒の音が絶えず耳の中を流れていた。

　夜明け前になって洋平は茂の懐から放れて、数馬の方へ寄っていた。スタンドの明かりが天井板をかすかに照らしていた。

　数馬の声が聞えてきた。絵本を読み聞かせている様子だった。ページをめくる紙の音が、やっと茂の眠りを誘った。

港の近い丘の一角に墓地があった。

翌朝、茂は洋平の手を引いて、墓地へつづく狭い坂道を上った。数馬は水のたっぷり入ったバケツを下げて、その後へつづいた。

彦爺の墓石には青々としたハナシバが飾られていた。漁師なかまたちが手向けたものだ。墓所も清掃されていた。数馬は線香を洋平にも渡した。心の中でお経を念じ、頭を垂れた。

洋平の母の墓地は、その下だった。畑の中にコンクリートを流して建立された石塔は、海原へ向かって建っていた。新しい白い菊の花が、生き生きとしていた。あっ、と数馬は、あの蝶々の色鮮やかな入れ墨を彫った、洋平の叔父さんのことを思い出した。あの人はどうなったのだろう。いろいろなことがあって、弘平のことは忘れていた。悪人ではない。むしろ善良な人柄の弘平のことを、茂には黙っていていいのだろうか。

「兄ちゃ」

洋平と目が合った。茂の手を借りて、墓石へ水を掛けようとしていた。線香の煙が風のない墓地の外にまで漂い流れていた。

数馬は開経偈《かいきょうげ》をつぶやいた。膝の間に潜り込んできた洋平の手の甲に、自分の手を重ねて、方便品《ほうべんぽん》も読経した。

小鳥たちの鳴き声が、あちこちから聞こえてきた。海峡を渡る貨物船の機関の音も、遠く近く聞こえていた。昨日の洋平のオコゼ騒動が幻のような、静かなひとときだった。

午後一時過ぎ、茂は数馬の伝馬船を曳いて面高港へ向った。ここのところ穏やかな日和がつづいて、ほとんど波のない海を茂は中速で走った。子供たちは肩を寄せて、水平線を眺めていた。数馬は点在する島々を指差して、島の名称を教えている様子だった。

洋平の声が出ないのにもかかわらず、数馬は常に話しかけている。自分にはできないことだ。これからは、洋平と二人だけの生活がはじまる。なんとなく気が滅入る思いがして、茂は空を見上げた。

青い空は雲がなかった。茂の船が網屋の鼻を過ぎて、恵比須神社の横へさしかかる頃、旅館の桟橋へ母の久江がいちはやく出て来た。

母が手を振っている。それを見た洋平が舳先へ走り、ピョンピョン跳《は》ねながら両手を上げた。

父が桟橋のロープを投げた。数馬は無視して洋平を母へ渡した。

「兄貴、久しぶりです」「よう来た。上がれ、上がれ」

舌打ちでもしそうな父が、自身が蹴り上げた数馬の足をじっと見ていた。傷付いた足は、タバコ屋のおばちゃんがアロエのエキスを塗りつけて包帯で巻いていた。

母が心配して、「嫌な音がしたから、心配していたのよ。病院へ行ったの？」と、数馬の肩を抱いた。

「下駄で蹴り上げるんだもの、痛いさ」

父に聞こえるような大声だった。膨れた足はまだ痛かった。

「お昼の仕事が一段落して、これから昼ご飯なの。みんなで一緒に食べましょ。洋平、お爺ちゃんを呼んできて」

「おいも行く。来い」

千代吉は縁側の藤椅子で新聞を広げていた。長崎新聞と読売新聞が愛読紙で、旅館には朝日新聞や西日本新聞もあった。

「爺ちゃ」

洋平は千代吉と仲がいい。泊まりに来た時は一日中側《そば》にいて遊んでいた。新聞のむずかしい社説を千代吉は読んで聞かせることも多かった。

ある日、途中で席を立った。再びつづきを読もうとしたとき、その個所がどこだったのか忘れた。すると、にこやかな洋平が千代吉を振り返り、ここ、と指さしたという。驚いた千代吉は事あるごとに洋平を試してみた。洋平は千代吉を唸《うな》らせてしまった。

「おお、洋平、来たか来たか。元気だったか。ちっとも姿ば見せんで、爺ちゃんな淋しかったばい」

数馬は、ナミが家を追い出された、ことなどを淡々と話した。茂と洋平親子のこれからのことを考えて欲しい、と訴えた。

「分かった。任せておけ」

お昼はウナギだった。母の味付けしたウナギは格別だった。皮は香ばしく焼き上がり、分厚い肉身に染みた甘辛いタレ汁が食欲をそそった。

「あれから、出来たてのウナギをお寺さんへ差し入れして、あなたが帰るまで食べないで待っていたのよ。ねっ、お父さん」

父は茂とビールを飲んでいた。千代吉はコップ一杯の日本酒を冷やでチビリチビリだった。

「のう数馬、朝早《はよ》から苦労して獲ったウナギば誰かさんに横取りされて、おまけに足ば下駄で蹴られたりして、踏んだり蹴ったりとは、このことだよのう」

父がまた怒り出すのではないかと、数馬はハラハラしていたが、父は茂と釣りの話をしており、意に介した様子ではなかった。

千代吉と茂の視線が合った。

「茂よ」

千代吉がいよいよ核心に迫った。数馬は息をのんだ。

「しばらくの間、わしの家で父子ふたり、一緒に暮らさないか。ずっとじゃない。お前が洋平のために新しい嫁をもらうまでの間だ」

気まずい沈黙の時間が流れた。

「えっ・・・考えさせてください」

茂の声は震えていた。

「だめだ。何を考えるというのだ。そうしろ、洋平のためだ」

父が口をとがらせていた。

「急に何ば言いよると、爺ちゃん」

「うるさい、何も知らんで。お前は黙っていろ」

茂は顔を伏せていた。


「一度家に帰って考える時間を下さい」

「そうしたら、きょう、この時から、洋平は置いて行け」

長い沈黙を破ったのは、父だった。

「おれは人さまの家庭の事情に干渉するのは、どうかと思う。茂には茂の生き方もあるだろうし。赤の他人が割り込んで、どうのこうのという事じゃない、なぁ茂」

千代吉が飲み残したコップ酒を、父へ投げ飛ばした。

「黙れ！赤の他人だと！わしは、お前と同様に、茂のことも自分の息子だと思うとる。息子のことを心配する親心が、なんで赤の他人だ。実の息子に大ケガさせて、泣かせるような親が、よくもまぁ、そういうことをぬけぬけと。恥を知れ。洋平は無限の可能性を秘めておる。血のつながりはなくとも、わしたちはむかしから、純粋な心のつながりがある。そこんとこ、よーく考えてくれ。お前と洋平を、わしたちの家族の一員として迎えたい。一緒に暮らしたい。洋平を、みんなで育てて行こうじゃなかな。わしの言いたいことはそれだけだ」

千代吉はヨロヨロと立ち上がった。

「久江さん、大声出して胸の苦しゅうなったごたる。布団ば敷いてくれんね。横んなりたか。数馬も洋平も来い。川の字で昼寝しようで」

数馬は洋平の手を引いて千代吉の後を追った。

「爺ちゃん、ありがとう。おいは嬉しかった」

「茂も頑固じゃからのぅ。素直に甘えてくれたらいいがなぁ。洋平はせめて声が出るまでは手元に置いて育てたい」

大生丸の汽笛が鳴った。佐世保からの便だ。父は船縁《ふなべり》でタバコを吹かせていた。父が何かしらの指示をして、茂は汽船の左舷へぴったりと寄せた。数人の乗客が下船した。父は切符の半券を集めていた。汽笛がピィーと鳴った。父は遠去かる汽船へ手を振った。港は静寂な海へもどった。

千代吉が、お茶が飲みたい、と言った。母が新しい茶葉を入れ替えて、祖父の好む濃い目のお茶を入れた。ふた付きの重厚な古伊万里の湯のみだった。

「うーん、うまい。お母さんのお茶はいつもうまい。お茶菓子のなんもなかなぁ。長崎へまた三人で行こう。福砂屋の大箱のカステラば買うて来《こ》ようで。食堂で、なんか食べたか物はあるか」

数馬は洋平と顔を見合せた。

「いつも新地のチャンポンだから、こんどは天ぷらが食べたい」

「よーし、専門店ば探して、うまか天ぷらば食べようで・・・ああ、腰の痛か・・・洋平、爺ちゃんの腰の上ん立ってくれんか。数馬は大きゅうなり過ぎて、重くなった」

腹這いの祖父の上に洋平が立った。

「もっと右へ、そうそう、うーん。気持ちんよかぁ・・・」

暫くして、茂が部屋の中へ入って来た。

「爺ちゃん、そろそろ帰ります。洋平も連れて帰ります。ありがとうございました」

蒼白い顔だった。

祖父が大きなため息をついた。

「やはり連れて帰るか。ハァー、それは、お前流の遠慮か、わし達は久悳のいうような赤の他人じゃなかぞ。その事は忘れるな。洋平だけは、ここへ残して欲しかった。洋平の人生を左右する、大事な分岐点だとは思わんか?」

茂は洋平の手を引いて引き寄せようとした。洋平はことばにならない奇声を発して、その手を振り払った。

「洋平はおれの命です。明日からは沖へも一緒に出ます。だけど数馬とはこれまでと同じように、仲良う遊んで欲しいと願っています」

千代吉は洋平を前に立たせ、背中をむき出して見せた。

「見てみろ、このアザを。洋平をこんな風な体にさせたのは誰だ。知らなかったでは済まされんぞ。父親たるお前の責任は重い。ばって、もう何も言うまい。なぁ洋平、爺ちゃんないつでも待っとるぞ。数馬に会いとなったら、黒瀬の鼻から兄ちゃーん、て呼んだらよか。わしたちは家族の一員だからな。お前は爺ちゃんの、大切な大切な孫じゃからの・・・」

洋平が突然、千代吉の胸にすがって泣きじゃくった。

逃げ回る洋平をつかまえた茂は、軽々と小脇にかかえて、とうとう船まで運んだ。

洋平が泣き叫び、数馬も目頭が熱くなった。静かなる港は、洋平の泣き声が響き渡り悲しい港となった。

桟橋でただひとり悄然と立ちすくんだ数馬は、洋平の異常なまでの泣き方に、胸騒ぎのする不安なものを感じていた。

綱屋の鼻を過ぎ、船の姿は見えなくなったものの、船の音だけは、はっきり聞き取ることができた。エンジンの回転を上げている。船は速度を上げているはずだ。しかし、それが突然、ぷっつり途絶えた。耳を澄ませても、それまでの船の気配は全く感じることができなかった。おかしい。まだ曲りの鼻は回ってないはずだ。

数馬の動作は早かった。伝馬船へ飛び乗るや、猛然と船を漕ぎはじめた。その様子を母が見ていた。

「あなた、あなた、数馬が何か変ですよ。慌てふためいて。それにしても力強く逞しい船の漕ぎ方だわ。お爺様の姿を髣髴《ほうふつ》させる」

「バカめ、腰の落とし過ぎだ。あれじゃ、すーぐ疲れてしまうだけだ」

「あなたは、褒めることはしないんですね。何でもいいから、ときどきは褒めて下さい」

「まだ包丁研ぎもできんくせして、十年早い。おれの命令は無視するし、第一、おれを見るあいつの目が好かん」

「そうさせたのは誰です。今後二度と、力ずくで数馬の体を傷つけることは止めてくださいね。私にも覚悟があります」

「ほう、何だその覚悟とは」

「そのときが来れば分かります」

そんなやりとりがある間、数馬の船は消えていた。

茂は、シッコ、という洋平のことばで、中速から停止へと、レバーチェンジするつもりだった。ところが、脇見してのクラッチ操作が、誤って高速レバーへとシフトしてしまった。

船縁でごそごそしていた洋平は、急な発進でバランスを崩した。あっという間もなく反転して、海の中へ落ちた。一部始終を見ていた茂は、血の色を無くした。

即エンジンを停止した。洋平、洋平と叫んだが、べったり凪ぎ渡った海原に洋平の姿は無かった。

野球帽が浮き上がってきた。茂は積んであった救命用の浮き輪を投げ入れて、自分も飛び込んだ。

「洋平、洋平！」

帽子だけは拾ったが、肝心の洋平がなかなか浮いて来なかった。水中へ潜ってみた。日射しが放射状の白い光線を四方八方へ導いて、それが海の深い底までも達していくかのようだった。茂はぞっとした。このまま浮いてこなかったら、洋平は死んでしまう。

「しまった。しまった。爺ちゃんの言う通りにすればよかった・・・洋平！」

後悔と自責の念が、さすがの茂を疲労困憊《こんぱい》させた。全身の力が抜けて体は沈み、海面が目の上まできていた。浮き輪をたぐり寄せた片腕を通し、目線を海面すれすれまで落とし三百六十度見渡した。しかし、見えるものはキラキラ光る海原だけで、洋平の形を感じるものは何もなかった。


浮き輪のロープを、さらにたぐり寄せた。ん？ロープがスルスルと軽々と流れてくる。あっ、しまった。ロープをくくりつけてなかったのだ。バカな、バカ、バカ。

無人の船は潮流のまま、沖へ沖へと流されて行く。もう船へ乗り移ることはできないのだ。洋平を助けることができたとしてもこの浮き輪を抱きしめて、岸まで泳ぐしかなかった。

「洋平、父ちゃんが悪かった。出てきてくれぇ。爺ちゃんや数馬と一緒の家で暮らそうで。洋平、許してくれぇ、洋平、洋平」

茂は泣きに泣いた。洋平が死んだら、自分も死ぬしかない。あと五分、あと五分して浮き上がって来なかったら、もう絶望的だ。

茂は焦った。焦る茂を数馬の声が救った。

「父ちゃん、どうしたと？洋平はどうしたと？」

数馬の伝馬船へ、茂はやっとの思いで這い上がった。

「洋平を海ん落としてしまった。停止レバーとスピードレバーを間違えた。帽子は浮いてきたが、本人が浮いてこん。もうダメかもしれん。ああ、おれとしたことが、洋平を死なせてしまった。洋平、洋平・・・・・」

「えーっ、そんな。捜そ、もっと捜そうで。父ちゃん、立って、よーく見渡してみようで・・・洋平、洋平」

いつも慣れ親しんでいる海が、果てしなく広いものだと知った。数馬は遠く流された茂の船を見て、悲しくなった。

血の気を無くした茂は、激しく肩を震わせていた。寒いだけではない。自らが招いてしまった事態の深刻さに戦慄《おのの》いているのだ。海水と涙で濡れそぼり、憔悴しきった茂は、口を開き、その視線も生気がなく白々としていた。

「おれが悪かった。おれがこの手で、洋平を死なせてしまった。爺ちゃんの言う通りにすればよかった。おれがバカだった。爺ちゃん、洋平ば助けてください・・・ウーッ・・・」

茂は泣き叫んだ。

「父ちゃん、どの辺で落としたと？　父ちゃんて！もう、しっかりしてよ！」

茂の体の震えが激しくなった。もはや、茂を頼ることはできない。まずは本船へもどり、高い所から見渡しながら、ここへもどって来た方が良いように思えた。

風の音も波の音さえもなかった。洋平の名を叫びながら、数馬は漂流している茂の船の後を追った。数馬の涙の声が、黒口鼻の岩場で響いていた。

小潮で下げ潮のはずだった。まもなく満ち潮へと変る頃でしばらくは潮は動かない。そのときが勝負かもしれない、と数馬は全神経を集中させて船を漕いだ。

祖父が口癖のように言っていた。潮止まりの瞬時、何かが起こると。

茂の船が近付いた。

「洋平、兄ちゃんの来たぞう、洋平、兄ちゃんの来たぞぅ。合図しろ、どこだあ、洋平っ」

と、そのとき、トンーン、というかすかな音がした、と思った。色めいた数馬は、「洋平っもう一度、もう一度、合図してくれぇ」と大声で叫んだ。耳を澄ませた。トントン、やはり何かを叩く音がした。

生きている。確信した数馬は、茂の肩を揺すった。

「父ちゃん。父ちゃん、洋平の、洋平の生きとった。父ちゃん、て」

ひしゃくで海水をすくい取り、茂の顔へ音がするほど、ぶっかけた。両手で茂のホッペタをペチャペチャと叩いた。

茂が目を醒ました。

「むっ、数馬、どうした？」疲れ果てた茂の声だった。

「洋平が生きとった！」うれし涙の数馬だった。

「どこだ、どこだ、洋平」

「まだわからん。ばって、生きとることは生きとる。洋平、もう一度合図してくれぇ」

トントン

「ねっ、生きとるやろ。どこだろ、どこだろう」

海の上ではない。トントン。木をたたく音だった。数馬の小船は、茂の船のすぐ近くまで来ていた。トントン。

「左舷だ。数馬、船を回せ。左舷へ寄せてみろ」

右舷で沖合ばかりを探していた数馬は、急いで艪を切り、船尾から左舷へと回り込んだ。

いた。

首だけを海面に出した洋平が、船尾から吊るしたロープで編んだ段ばしごに腕を通して浮いていた。

「おお、なんと賢い。洋平、すまなかったなぁ、父ちゃんが悪かった。ありがとう、ありがとう」

茂は身を乗り出して、我が子を救い上げた。船底で顔をこすりつけたものか、洋平の鼻頭と額が貝殻で傷つけたような跡があった。

洋平を抱きしめたまま、茂は動こうとはしなかった。

小船を船尾の小柱に結んだ数馬は、本船のエンジンを始動させた。

「父ちゃん、明治屋へ引き返すよ」

「そうしてくれ、数馬、ありがとうな」

「はい、洋平が無事でよかったです」

ゆるやかな接岸だった。小船のロープをたぐり寄せる頃、父と母が血相変えて出て来た。

「どげんしたと？」

「まぁまぁ、ずぶ濡れで。茂さん、洋平をこちらへ。あれ、体が震えてる。早《は》よ、風呂へ。茂さんも、早《は》よ風呂へ。あなた、茂さんへ肩を貸して」

母は洋平を抱きかかえて走った。数馬は千代吉の部屋へ急いだ。洋平が危ない所だった、と報告した。

「あのバカタレが」

千代吉は数馬の手を借りて外へ出た。萎《な》えた茂が、千代吉の足元で跪《ひざまず》き、泣き出した。

「爺ちゃん。この様《ざま》で、申し訳ありません。洋平を死なせるところでした」

「バカモノ、年寄りの言うたこたぁ、素直にきくもんぞ。遠慮ばかりしよって」

肩を何回も揺すったあと、千代吉は泣き崩れる茂を抱きしめた。

「ばって、よかった。洋平が無事でよかった。お前も寒かろう。早よ風呂ん入れ。数馬、お前も風呂場へ行け。洋平の待っとるぞ。お母さんを呼んでくれ。診療所の先生ば呼ばんと、洋平が心配だ」

慌ただしい中で、父が桟橋でひとり、本船と小船とを係留していた。港はいつも通りの静けさだった。虚空蔵の山々が空の青さの中で凜然と映え渡っていた。

洋平は目立った外傷もなく極めて良好と、先生と父は世間話で盛り上がっていた。父は外面はいいのだ。先生とも仲良しで、休診日は父の船で沖へ出ることもあった。

夕食は茂の釣り上げたイッサキ尽くしだった。塩焼きは、ふっくらとした身が骨からはがれて反り返り、数馬は何も付けずかぶりついた。特にうまいのは頭の目の周辺で、トロッとしたまろやかな甘みはなんともいえず、チューチューと骨までしゃぶりつづけた。

薄造りの湯引した刺身も、小ネギとモミジオロシたっぷりの特製ポン酢で、最高だった。悔しいけれど、父のポン酢はカツオ節のだしが利いて、飲み干すほどのうまさだった。

洋平を除いて、家族が円卓を囲んでいた。

「洋平のおらんと、さみしかなぁ」

千代吉が隣の数馬を見て、あごで合図した。千代吉の部屋へ行き、洋平っと呼んでみた。寝ていた洋平は自ら起き上がり、兄ちゃ、と駆け寄って来た。

「ほら、リンゴジュース。お母さんの手作りだから、うまかジュースぞ。冷たくておいしかやろ」

リンゴを丸ごとすりおろしてサラシで絞り出したジュースは、数馬の大好きな飲み物のひとつだった。

洋平はゴクゴクと一息で飲み干した。

「腹へったやろ、ごはん食べようか」

「はい」

千代吉の隣の席へ座ろうとした洋平は、目の前の茂の姿を見るや、いきなり平手で〝ピシャッ〟とたたいた。

「ごめんな洋平、お前を死なせる所だった。父ちゃんが悪かった。もっとたたけ」

茂の声は震えていた。洋平は茂の鼻をつまんで、千代吉のあぐらの上へ座った。

「アッハッハ、茂、痛い一発じゃったの。年寄りの言う事には素直に従うもんだ。久憲、きょうこの時から、茂と洋平はわしの息子と孫だ。久江さんも、よかね、数馬と同じんごと、あんたの愛情で面倒ばみてやってな。茂よ、今度また、あげな遠慮ばしたら承知せんぞ。わかったか、返事ばせんか！」

　父と母と茂が、一斉に「はい」と応じた。

「よし、そしたら、わしたちの新しい家族ができたんだ。乾杯しようで。乾杯！」

　イッサキの塩焼きを、洋平は左手で、わしづかみして食べていた。

「父ちゃん、洋平がね、どうも左ききのごたる。このままで、いいですか」

「そうな、家内が左ききだった。爺ちゃん、どうしたもんでしょう」

　千代吉のあぐらの上で、洋平が口をもぐもぐさせていた。

「左も右も、両方自由に使いこなせると、いいんだが。もう少し様子ば見とこうで」

　母がデザートのプリンを出してきた。母のプリンには数馬も洋平も目がなかった。カップの底のキャラメルソースまで洋平は舌をのばしてペロペロなめていた。

　ひと口食べた茂が「おいしか・・・」と言って、肩を震わせた。驚いたのは父で、「どうした茂、プリンを食べた大人が、泣き出すとは、おれは初めて見たぞ」

「家内が生きていた頃は、娘たち三人と、こうやって、果物や甘い物を仲良く食べていたものです。洋平が生まれ、女房が死んでからというもの、家族はバラバラで、娘たちは洋平をいじめるような始末で・・・おれはどうしていいのかもわからず、見て見ぬ振りをしてきました。バカな父親です」

「茂、しっかりせい！」

　千代吉が茂のグラスへ酒を注いだ。

「まだ遅いということはない。まず洋平の声が早《は》よう出ること見守って行こうで。お前も、後添いを早く見つけることだ。そうだ、久憲、茂の奥さんが見つかったら、ここで茂の結婚式ばやってくれ。娘たちはもちろん、黒瀬の漁師たちや、世話んなった人たちも呼んで、盛大な式ば挙げてくれんか、ん？」

　父はコップ酒と一気にのみほした。

「それはいい。茂、金は要らんぞ。お前の釣り上げた魚で、料理ば考えよう。タイの刺し身とタイの塩焼き、茶わん蒸し、それとアラカブのみそ汁で立派な会席ができる。二階で六十人の席が作れる。魚だけ用意してくれたら、あとは全部任せてくれ。どこにも恥ずかしくない式を、やってやろうじゃないか。のう久江」

　母は洋平を抱いて頭をなでていた。

「はい。それはもう、心をこめて」

　千代吉が喜んでいた。パチパチと手をたたき、数馬も洋平も拍手した。

「よーし、決まりだ。新しか奥さんができたら、子供の産まれる。その子が女の子だったら、茂、数馬の嫁さんにくれんか。久憲、お前たちもまだ若い。なしてもっと気張らんとか。もう一人も二人も作れ。そして、かわいい女の子が生まれたら、洋平の嫁さんにしろ。夢のような話かもしれんが、現実的ではあるぞ。そうなったら、わしたちはほんとうの家族だ。これ以上ない、堅い絆で結ばれた一族だ」

　その夜、千代吉は上機嫌で酒をのんだ。

「お母さん、わしの部屋で雑魚寝する。茂父子と数馬の布団ば敷いてくれんね。ほらほら、洋平のこっくりこっくりしよる。可愛かもんばい」

　縁側の窓から、星が見えた。雲のない星空で、空全体が海の色を吹き流したようだった。数馬は夜の空が青いことを初めて知った。


洋平が千代吉の隣で寝ていた。

　水が飲みたい、と千代吉が数馬を呼んだ。

　父と茂はまだ酒を飲んでいた。海図を広げて茂がいろいろと説明している。茂はやはり漁師として一流なのだ。と数馬は茂の肩をたたいた。

「父ちゃん、早く寝てくれんと電気が消せんで、まぶしい・・・」

　数馬は左手に水入りのガラス製の容器を持ち、右手でふらふらの茂の腰を抱いて歩いた。

　茂は立ち止まり、縁側の戸を開けた。涼やかな気持ち良い風が流れてきた。遠い夜空が冴え冴えとしていた。

「数馬、きょうは本当にありがとう。洋平を救えたのはお前のお陰だ。ありがとう」

　茂は泣いているようだった。肩が震えていた
「死ぬつもりだった。洋平があのまんま見つからなかったら、おれは身投げするつもりだった。そこへ、お前が来てくれた。正直なところ、もう諦めていた。・・・」

「父ちゃん、洋平からバシッ、と一発やられたね。ウッフッフ、あれで洋平は吹っ切れたと思う。明日からまた、やさしくしてね」

母が茂の浴衣一式、布団の上へ揃えていた。

父の肌着とパンツを着た茂が、浴衣の袖を通した。

「長い一日じゃったろ」

千代吉が体を起こした。数馬はコップへ水を注いで渡した。

「これから、お世話んなります。死なんで済みました・・・ありがとう、ございます」

「もう過ぎたこたぁ、よかたい。今夜はゆっくり洋平ば抱いて寝ろ。海へ落ちた者は、長いこと力の出らんと聞く。二、三日は漁も休んで、ボケーッとここで寝転んでよかとぞ。体の軽うなったら、向うのわしの家ん移ろうで」

「はい。爺ちゃん、よろしくお願いします」

豆電球の下で、洋平が茂の布団の中で寝返りを打った。茂は洋平を抱き寄せた。長い間、じっと洋平の顔を見つめていた。

灯台の灯りが、一定の時間を置いて、障子をサッ、サッ、と掠《かす》めて行く。

その秒間隔を数えている内、いつしか数馬も時を忘れた。

# 四　漂流

寺島水道では、凪いだ日の海でも、海面がざわついていた。大潮のときはとくに顕著で、潮目では潮流が渦を巻いて流れていた。数馬が苦戦する海域で、満ち潮の際は、舵を取られて沖へ流された。流されながら徐々に進路を修正して、千代吉の網代《あじろ》へと船を漕いだ。

潮を上手に取り込み、ひと掻き一メートルの行程を十キロ先の漁場まで、気の遠くなるような作業のくり返しだった。チャッカ船を買って欲しいと願っても、千代吉は「まだまだ」と言うばかりで、数馬は小学五年生の少年となっていた。

舳先で背中を丸めて横になっている千代吉は、座布団を二枚敷いて、その上に更に二枚の座布団を掛け、毛布で体全体を包んでいた。

茂と洋平父子は、三カ月に一度の洋平の検診日で、長崎の大学病院へ朝一番の長崎バスで出掛けていた。

黒島沖を佐世保へ向かう五島からの定期船が見えた。その波が忘れた頃にゆるやかな波なりで迫ってきた。船を斜めに構えて波を越えた。千代吉の枕辺に置いてある茶器が、チリチリと音をたてた。やがて目的地のガネ瀬本島の沖合の岩礁地帯だった。

数馬はタイ釣り用のヤマを、前後左右の山や島々を確認し、千代吉のヤマへ合わせた。

途中、気掛かりなことがあった。飛び瀬の南沖を通過した頃から、見え隠れする奇妙な物体が数馬の船の後を付いてきていた。

あれは一体何なのだろうか。人間のおとなの頭ほどのものが、海面上でキョロキョロしているように思えた。

潮帆を入れて、タイ釣りが始まった。釣りエサは大村湾の活きエビだった。畑下《はたけしも》という、チャッカ船で五十分ほどの港から、祖父の昔馴染《むかしなじ》みの漁師さんが、売りにきていた。

うたせ網漁で、夜を徹して引いた活きエビは貴重品で、魚のかじった小さなかけらでも、祖父は大切に残しておいて、小エビと抱き合わせてタイを釣った。タイ以外の魚は雑魚扱いでイケスも別々だった。

腰が痛い痛いと言いながら、一度釣り糸を垂れた祖父は、一本釣りの漁師らしく毅然とした姿勢を保ち、タイを釣り上げた。

祖父と数馬の仕掛けは、少し違った。

祖父は自分で鉛を溶かし、竹筒を半分切断した型に流し込んだあと、適当な大きさに切り分け、時間をかけて丹念に丸めた。

鉛の下に釣り針を二本、その上三十センチに飛ばし（枝針）を付けた。祖父の得意技はリャンコ釣りで、食いが盛ったときは三本針でタイを誘い、釣り上げた。

数馬の道具は、鉛の下に釣り針はなかった。根がかりを恐れた祖父は、飛ばし一本だけの仕掛けで釣らせた。

それでもよく釣れた。タイの飛ばしへの食い付きは瞬時の引きで、十分な手応えは格別なものがあった。つんつん引きながらの、さらに激しいしくり方。海底から船のイケスまでの、タイとの遣り取りは漁師冥利に尽きる、というのが祖父の口癖だった。

数馬の手が動いていないのを見ると、祖父は口角に泡を吹かせて叱責した。手を動かせ。糸を上下させて、魚を誘え。その日の祖父はとくに細い所まで悟した。

「いいか、小潮で潮が動かんときは、潮帆は上げて艪を使え。船を動かせばエサが踊る。エサが踊れば魚の寄ってくる。簡単なことだ。忘れるな」

食いが止まった。ヤマを見た。瀬は落ちて、砂地の海底を流れていた。

「数馬、弁当ば食べようで」

母が作った弁当は、おかずが多かった。玉子焼き、小魚の干物、昆布の佃煮、祖父の好きな、少し焼き目を入れた明太子、梅干し、奈良漬などで、おにぎりもゴマ塩の味付きでうまかった。

湯のみ茶碗半分の酒をのみほして、水筒のお茶を、千代吉は「ああ、うまい」と沖を眺めていた。休んでいる間、船は大きく流されていた。潮帆を上げた数馬は、ガネ瀬本島沖の、タイの瀬をめざした。

いい凪ぎだった。青空には一点の雲もなかった。塩田から御床島の海岸線も、白く泡立つ様子はなかった。

数馬のあこがれている平戸の志々伎崎より東方の、平戸水道、小佐々町の楠泊、九十九島の島々など、美しい景色はつづいていた。

面高港が見える。虚空蔵山へ視線を移したときだった。朝の正体不明の物体の一部が南東の海面から船の方へ向ってきているように思えた。

「あれっ、爺ちゃん、爺ちゃん」

千代吉は横になっていた。

「なんだ！」頭を右手で支えていた。

「朝からねぇ、何か知らんけど、船の回りをウロチョロしとる物がおるんだけど、さっぱりわからん」

「どらどら、どこだ?・ヤマば言うてみろ」

「えーと、太田和の砕石場の沖に、貨物船の停泊しとるやろ。あれを虚空蔵山の西の麓に掛けて・・・」

千代吉がそこで、ガバッと起き上がった。眉間にしわを寄せていた。そういう時は、必ず大きな雷が落ちた。

「バカ者、きょうが爺ちゃんとの最後の航海だというのに、そのヤマの立て方は何だ。貨物船はいずれ動き出すやろう。ヤマの対象にはならん事ぐらい、わからんとか、このアホウが!」

「ばって爺ちゃん、あの船は錨ば下ろして、動いとらんたい」

「こっちへ来い」

千代吉は自分の前に正座させた。数馬のホッペタをつねり、耳を引っ張った。

「わしに、いつから言い訳するようになった。動く物はヤマにならん、とこれまでずっと教えきたじゃなかな。えっ、何か言うてみろ」

酒の匂いがした。本気で怒っていた。最後の航海とは、どういうことなのだろうか。数馬は小さな声で、

「ごめんなさい」と、謝った。

「声が小さい。そういうときは、大声で話すもんだ。ごめんなさい。申し訳ありませんでした。わたくしが悪うございました。深く反省しています。ほんとうに、ごめんなさい。さぁ、今の通り言うてみろ」

数馬は悲しくなった。最後の航海とは、大好きな祖父と、二度とふたたび、沖へ出られないということなのだろうか。そう思うと胸がいっぱいとなり、涙がこぼれ落ちた。涙で声が震えた。

「ごめんなさい。申し訳ありませんでした。わたくしが悪うございました。深く反省しています。ほんとうに、ごめんなさい」

「もう、よか。まだ下げ潮けん。あと少し押し上げて、潮帆ば下ろせ」

西大島の山並みは、ガネ瀬本島との掛け合せで、魚の種類が、それぞれ違っていた。

「アラカブも釣りたかけん。浅瀬から流せ」

数馬は涙をこらえて、船を漕いだ。二枚重ねの座布団の上で、千代吉はタバコをふかせていた。

「むっ、数馬、見てみろ。白坊主の東側だ。海の表で、顔ば出して、何かキョロキョロしとるごたる」

数馬は千代吉と同じヤマを見た。「あっ、あれあれ。朝からずっとおるとよ」

　黒っぽい物体が、船めがけて進んでいた。頭らしきものに波が当たり、その部分だけ白くなっていた。

「ああっ、ありゃカメだ。太かカメだのう。酒のある。教馬、酒ば飲ませようで、船ば停止させろ」

「カメは酒ば飲むと?」

「カメの大好物たい。それにしても、大きかカメだ。爺ちゃんも、こげん大きかカメは初めて見るぞ。畳一帖はあるかも知れんなぁ。ほれ、この一升ビンごと、飲ませてやれ」

数馬は栓を抜いて、カメが近付いてくるのを待った。幅広い甲羅が、勢いよく波を切っていた。

　千代吉が怪訝な声を上げた。

「数馬、用心しろ。大きかけん、ブレーキのかからんかもしれんぞ」

　カメは二十メートル、十メートルと接近しても、波を切っていた。船をめがけて突進してきた。

「数馬立つな!座れ!」

「ワーッ」

　衝突寸前で、大ガメは船尾へ潜った。カメの甲羅が、ガサガサと船底をたたき、船は一瞬浮き上がった。中腰だった数馬は、揺れ動く船上で、体勢を大きく崩してしまった。あっ、という間に海へ落ちたが、両手で船縁をつかんでいた。驚いたのは千代吉だった。その動作は俊敏だった。数馬の脇をかかえ、一気に持ち上げた。

「オオーッ、びっくりしたぁ。こげんこたぁ、漁師んなって初めてばい。竜宮城に連れて行かれると、本気で思ったぞ。どこも何ともなかかな?」

「うん、大丈夫。あっ、一升びんば海に落としとる」

「よかよか、酒の一本ぐらいカメは縁起もんばってかのう。体の大きゅうして自制できんやったとやろ。いつかまた、沖でカメに会うた時は、酒ば飲ませてやれ。涙ば流して喜ぶぞ。爺ちゃんに、サヨナラって言いに来たのかもしれん」

　千代吉はカメの去った沖合をしばし見つめていた。

「ああっ」

　濡れた洋服を着替えていた数馬が、突然叫んだ。

「爺ちゃん、櫓ば流しとる。ほら、ここから二十メートルぐらいの後に」

「あて、ほんなこて」

「泳いで取って来ようか」

「よかっ、沖で泳ぐなんぞ、もってのほかぞ。しょんなかたい。いいか、いつも爺ちゃんの言うとるやろ。沖で海に落ちたとしても、絶対、泳いだらでけん。バタバタ波立てたら人喰いザメの寄ってくるかもしれんしな。静かんして、浮いとるしかないんじゃ。忘れるな。浮いとるだけでいい。あの洋平ばみてみろ。なんも教えとらんとに、ロープにつかまってじっとして浮いとった。あの子はただ者ではなか。お前はおとなになってからも面倒みてやれ。洋平はたいした男になる」

潮帆を入れて、潮の流れるままの漂流がはじまった。水はある。おやつもある。にぎり飯もまだ残っていた。

千代吉の瀬から遠く離れてしまった。船は砂地の上を漂っていた。数馬はときどきエサを付けて糸を流してみた。五十メートル以上の水深だった。エソかキンフグしか、あたりはなかった。

釣り日和の、ポカポカ陽気だった。千代吉は冷めたお茶を飲んだあと、ずっと横になっていた

「数馬、お前も少し休め。夕暮れにならんと、父ちゃんも茂も助けには来んぞ。爺ちゃんたちが、まさか、こんな風だとは思いもしとらんからなぁ。まぁ、こげん時もあるさ。爺ちゃんの隣ん来て、座布団ば敷け。なっ、ぬっかやろ。座布団は綿の入っとるけんな。布団と同じだ。船にはいつも、五、六枚は積んでおけ。役に立つ」

千代吉の手枕で祖父のからだの温もりが伝わってきた。船底や船縁《ふなべり》をたたく波の音が、間近に聞こえた。貨物船の機関の音がする。海上自衛艦の重低音な汽笛も聞こえてきた。

見上げた空は一面の青空で、空の青さとはこういうものだったのかと、その蒼さの中へ吸い込まれてしまいそうな気がした。

祖父がときどきイビキをかいた。子供のような寝息をたてることもあった。数馬は祖父の鼻から飛び出した数本の鼻毛を、指ではさんで引き抜いた。

「痛っ。静かに寝んか」

はるか空の彼方に一条の飛行機雲が細長い線を描いて流れていた。

「爺ちゃん、寝とる?」

「目ばつぶっとるだけだ。どうした?」

「空の上ば、飛行機雲の流れとる。飛行機ってあげん大きかとに、よう空ば飛びきるよねぇ。不思議でならん。重か

とに、なして落ちらんとやろか？」

「落ちるぞ。わしは、戦争の終りかけた頃、アメリカ軍機の、煙ば吐いて落ちるところば、見たことのある」

「えっ、映画で観たと？」

「生でさ。映画じゃなか。ばって、いま思えば、映画のごたる物語じゃったなぁ・・・」


その日も海へ出ていた。

タイの一本釣り漁を終えて、曲りの沖の番屋の瀬から帰港途中だった。千代吉は虚空蔵の山頂付近より、白い煙を吹き流しながら、異常な低空飛行をつづける米軍の戦闘機を見た。

面高の民家のすぐ上を通過していた。もしかしたら、家々をなぎ倒しながら墜落するのではないかと、千代吉は血の気を失った。

全速力で船を漕いだ。港の入口へさしかかったとき、後浜方面で「バァーン」という、ただごとではない、凄まじい音を聞いた。

戦闘機は後浜の沖合で、海面をたたき、高後崎灯台の西方、およそ一キロ付近で墜落し、沈没した。漁師なかまのひとりが、千代吉の船まで走り寄り、興奮した面持ちで、まくしたてた。

虚空蔵山頂に、海軍高射砲台が建設されたのは、昭和十三年頃だった。

漁師は蒼ざめた顔だった。声は震えていた。

「虚空蔵の砲台から発射された弾《たま》の、アメリカ軍の戦闘機ば撃ち落としたとやろか？」

千代吉は連装砲の発射音は聞いてなかった。

「訓練もしとらん兵隊さんの撃った弾の、動きよる軍機に当たるはずもなか。まぐれでも、そういうことはなかぞ。あれはエンジンか何かの故障だとわしは思う。この目で見たからのう。大砲の弾は一発も飛ばなかった」

面高の後浜は、佐世保港の入口である高後崎灯台の眼前にある。海岸線に沿って民家も多数軒を並べている。

日本国海軍の傷んだ戦艦が、後浜沖を航行する時、数十人の憲兵たちが銃を構え、海岸で家々を見張っていた。

好奇心の強かった千代吉は、岳の城と呼ばれる丘の林の中に隠れては、無惨な戦艦の姿を、何隻も見ていた。

日本は負けるのではないか。もうすぐ戦争は終わる。息子は何のために戦死したのか。自分たちの血税で献納した飛行機はどうなったのか・・・。木の葉をかみしめながら、千代吉の胸に何かしら空しい思いがあふれてきて目頭が熱くなった。

佐世保港の入口は狭い。面高の北端に位置する寄船崎と、対岸の高後崎灯台までは一キロもない。故に海岸線一帯は、軍の海岸防衛上の最重要拠点として、明治、大正、昭和の十数年頃まで、様々な要塞が構築された。

面高砲台、石原岳砲台など、千代吉はいつかのぞいてみたいと、その機会をねらっていたが、砲台看守の目は厳しく、とうとう実現できなかった。

時を同じくして、カソの浜では海軍の水上機の発着訓練が行なわれた。カソの浜は、面高の後浜より東へ徒歩で十分たらずの海岸線だった。住民たちは訓練がいつどこで実施されるのかをどこで知り得たものか、その日は近隣の見学住民たちで埋め尽された。海岸に連なる防波堤の上は鈴なりの人々だった。千代吉は浜へ下りた。水際の石の上で水上機の水しぶきを浴びた。

カソの浜との磯つづき、琴平神社の下方に油手《あぶらで》と呼ばれる砂浜があった。そこには大砲発射試験場が竣工されたばかりだった。千代吉は、その大砲の発射試験も見に行った。

終戦がささやかれ始めた頃、油手でひとつの異変があった。その日、千代吉は後浜で、釣りエサ用の岩虫を掘っていた。午後過ぎ、海鳥たちの異常な鳴き声で腰を上げた。数羽の海鳥が油手方面へ向って飛んでいた。砂浜の波打ち際がとくに騒々しかった。

どういうわけか、油手には、よく鯨の死骸が漂着した。まだ息のある鯨であれば拾いものだった。千代吉は虫取り用のカキ打ちだけを持ち、小走りで油手を目指した。

石を投げて、鳥たちを追い払った、

波に打たれて、ユラユラと揺れていた物体は鯨ではなかった。人の死骸だった。素っ裸で、男だった。ゾッとして、千代吉は尻持ちをついた。首のない死体だった。

体格が良く、体毛が金色だった。手に手帳のような物を握っていた。引き潮で、波がまだ引いていた。首のない死体は波打ち際で干上がり、無気味だった。遠巻きの海鳥たちが激しく鳴いていた。手帳を抜いて、中を見てみようとしているところへ、砲台の兵隊たちの声が近付いて来ていた。褌の中へ手帳を隠した。

鼻の脇に大きなホクロのある兵隊が、首のない死体を見て「ウッ」と声をあげた。ホクロには二、三本の毛が生えていた。

「貴様、おれたちより先にここへ来て、死体に触ったのか？」

「いいえ、とんでもない。見ての通り、首のない死体で、腰を抜かしておりました」

「ふん、バカめ。この死体は、どう見ても日本人ではない。この間墜落した敵の戦闘機の操縦士に違いない。いい様《ざま》だ。このまま放置して、鳥のエサにでもなればいい。よし、帰るぞ」

五、六人の兵隊たちが砂をつかみ、むき出しの死体へ投げつけた。

「待ってくれ。このまんまじゃ、この人がかわいそうだ。穴を掘って、懇ろに弔ってやるのが、武士の情というもんじゃないかのう」

「なにっ！貴様、こいつらのせいで、何千何万という日本国民が死んでいるのだ。こんなアメリカ人のひとりやふたり、鳥のエサにでもなり、海の藻屑となって流されたら、それが当然の報いというもんだ」

「ばって、この人にも生まれ故郷がある。親や兄弟もおる。この人の家族もおるかもしれん。そのみんなが、この人の無事な生還を願っているんじゃ。異国の地で、素っ裸で野垂れ死にさせたんでは、いくら敵国の兵士であってもあまりに忍びない。なっ、線香の一本でも、あげてやろうじゃなかかな」

ホクロの兵隊が、小肥りな体を揺すって、千代吉へにじり寄った。皮靴で足を踏みつけた。バシッ、バシッとビンタを張った。倒れた千代吉の胸のあたりを蹴りあげた。

「この非国民め。クソジジイが。そんなに埋めたけりゃ、お前ひとりでやれ。ホレ、スコップを恵んでやる。バカ者が！ペッ」

唾を吐きかけて、兵隊たちは兵舎への坂道へ消えた。

千代吉の口から、血が流れていた。蹴られた胸も痛かった。ちくしょう、ちくしょう。こんな兵隊どもなら日本は負ける。戦死した息子は犬死だったのではないか？ぶよぶよの死体へ、千代吉は這《は》い蹲《つくば》るようにして、うずくまった。涙が出た。遠い異国の地で、かわいい自分の息子は、どのような死に方だったのだろうか？この屍と同じ、惨めな最期ではなかったのか？

千代吉はヨロヨロと立ち上がり、死体を砂浜の中央まで運んだ。死体と息子の死を重ね、千代吉はこの人を鳥のエサにしてはいけない、と強く思った。

砂を掘ってみた。海水を含んだ重い砂だった。ここではまた波に掠《さら》われてしまい、ふたたび海の底へ沈んでしまう可能性があった。

千代吉は胸の痛みをこらえて、さらに陸地へ近い所まで引き上げた。海鳥たちがピョンピョンと死体のあとを追ってきていた。

風のない、穏やかな海原が広がっていた。西へ口を開けた油手の海岸線は、南からも北からも風の影響をほとんど受けなかった。山々がすっぽり油手だけを守っていた。

石垣を重ねた油手の防波堤が、曲線を描いていた。その内側は、広々とした田んぼだった。千代吉は大潮でも、波をかぶらない場所を捜して歩いた。砂浜の小石がすべて岸へ打ち上げられて、油手の砂浜は上質な砂地が広がっていた。小石の下の砂浜は、陸が近くなってもまだ湿っていた。

山から落ちてきた木々や、漂着した魚網、廃船の木片や太いロープなどが、小石群の上で干上がっていた。砂浜ではめずらしく、ひとかかえもある岩々が転って、やや盛り上がった浜辺の一隅があった。小石は深く厚い層を作っていた。防波堤の根際で、小石の下の砂地は乾いていた。広い砂浜ではあったが、そこだけが海水の打ち寄せる場所ではなかったのだ。ここだと思った。

耳がキーンと鳴りつづいていた。胸も痛かった。千代吉は死体の両脇をかかえ、うしろ向きで、一歩ずつ、そこまで引きつづけた。体がだるく、ヘタヘタと座り込んだ。水が飲みたかった。陸へ上がれば、湧水があるはずだった。しかし、鳥たちが二人を遠巻きで見張っていた。現場を離れるわけにはいかなかった。

波打ち際から涼しい風が吹いてきた。深呼吸して、遠い景色をながめた。曲りの鼻の後方に、切り立った地下山がそびえていた。その山が黒瀬の中の島にかかり、面の下の崖から後浜に面した家並みが見えた。

フーッ、と息を吐いて、千代吉は立ち上がた。目の前の、アメリカ人のパイロットを埋めるための穴を、掘らなければならなかった。困難なのはその深い小石群を払いのけることだった。日本人よりも、はるかに体格の良いアメリカ人だった。

千代吉は石垣に沿って、長さ二メートル、幅一メートルの穴を掘ることにした。木の切れっ端を集めて、穴の大体の枠を作った。拾った小石は穴の回りへ寄せた。砂地に達するまで、長い時間を要した。砂は少しずつ、少しずつ掘り下げた。深さ一メートルの穴を振り上げた頃には、たそがれ色の水平線が、あざやかな蜜柑色で輝いていた。

漂着した漁網は、穴の底へ敷き詰めた。素っ裸の死体をやっとの思いで運び入れた。膨れ上がった性器には、自分の褌を解いて隠した。忘れていた手帳が落ちてきた。千代吉は作業ズボンのポケットに入れた。

波でさらされた、美しい色を成した丸い石が落ちていた。その石を頭の位置へ置いた。やっと人間らしい形と成った。着ていた自分の長袖とシャツ、灰色のネル地の腹巻も取って、裸の上へ掛けた。首に下げていた鬼子母神様のお守りは、両手を合せて巻いた。それだけでは淋しい気がした。浜の東側で小川が流れていたことを思い出した。川が海と合流した砂の上に朽ち欠けた木片があった。よく見れば人形のようだった。千代吉はそれを拾って枕辺へ抱かせた。

辺りの林の中で花を咲かせた木々は見当たらなかった。砂浜の貝殻やつるつる光った石ころを集めて、体の回りへ敷き詰めた。

南無妙法蓮華経のお題目を唱えて、千代吉はしみじみと頭を垂れた。

遺体の穴は、砂を掛けて小石を投げ入れた。そのくり返しで、表面は回りの石を集めた。千代吉の手作りのお墓は、そうやって完成した。

兵隊に蹴られた胸の痛みはつづいていた。張られたビンタの跡も、ひりひりして痛かった。

月の夜で、さざ波の打ち寄せる波音が、なぜかしら悲しかった。

空を見上げながら語っていた千代吉が、

「お茶の飲みとうなった」と、体を起こした。数馬は水筒のお茶を注いだ。

「ねえ爺ちゃん、お墓は波に流されんで、残ったと？それからどうなったと？まだつづきはあると？」

「あるある。少し休ませろ。その黒棒ば一本くれ。お前も食べろ」

「おいは、よか。カステラの食べたか。きょう、長崎みやげば洋平の買ってきてくれるけん」

千代吉は、どっこいしょと立ち上がり、右舷から放尿しはじめた。数馬は左舷でジョゴジョゴと音をたてた。

「アメリカの死んだ飛行士は、アメリカのどこの人だったと？」

「カリフォルニア州だった。タンスの中ば探したら、まだエアメールの手紙のあるはずばい」

「探してもよか?」

「よかよか。数馬も洋平も、おとなんなったら、その人の実家ば訪ねてみたらよか。そして爺ちゃんもみなさんと会いたがっていた、と伝えてくれ。もちろん、英語でだ。英語だけは一生懸命勉強しろ。他の科目は零点でよかけん、英語は百点だ。よかな」

「うん。この間もね、ローマ字ば日本語で読んで、それをまた英語の文章に直して読んだら、先生が怒った。余計なことはするなって」

「ふん、馬鹿な先生だのう。そげん先生は、ぶったたけ。子供の才能ば見抜けんような先生は先生の資格はなかぞ。のう」

「うふふ、爺ちゃんが先生だったら、楽しかったのにね。いまの先生は、いっちょん好かん。性格の誰かさんと、よう似とる」

祖父の胸にもたれて、空を見た。飛行機雲は跡形もなく消えていた。青白い大空が果てしなく広がっていた。

船は潮の流れのままだった。


片島の東側に、のこの歯と呼ばれる三つの小さな浮き瀬があった。それが黒島の崎鼻にかかり、鶴崎鼻からは崎戸半島の御床荘《みとこそう》がのぞいていた。

西大島の沖で、石鯛の小曽根《こぞね》(魚が群がる海中の岩礁)を当てた千代吉は、その日も出漁していた。こんな所で、と思われるような、緑の木々が繁った半島下の浅瀬だった。

活きた小海老での三本針。当たりがあったのは、飛ばしだった。むずむずした食いつきで、千代吉は合わせをじっとがまんした。コクコクッ、と小さな引きがあった。ここぞとばかり思い切り合わせた。手応え十分な引きだった。型の良いタイではないかと思った。しかし、少し違った。もうすぐ姿を見せようかという所まできても、その魚はタイとは異なったしくり方で上がってきた。道糸四号の糸がキュンキュン音をたてた。

紫色の魚体だった。白っぽい模様が泡を吐き出しながら右へ左へ頭を振っていた。

「うおーっ、石ダイ!」千代吉は片膝ついた。慎重な動きで、タビですくい上げた。二投目も三投目も、大振りの石ダイだった。雑魚は皮ハギぐらいで、石ダイはときどき、リャ

ンコで上がった
両生間《いけま》とも、石ダイでぎっしりだった。船尾の物入れも整理して、生間の栓を抜いた。

大漁して引き揚げた港で、終戦を知らされた。そういう日が来ると、思い描いていたことだった。千代吉には特別な感情はなかった。あの日、兵隊にたたかれた耳が聞こえなくなっていた。蹴られた胸も違和感が残り、せきが出るようになっていた。あのような次元の低い兵隊どもで勝つわけがない。と憤りさえ覚えていた。息子だって、馬鹿な上官兵に殺されたのだ。

仏壇の前で、千代吉は何回も何回もお鈴を鳴らしつづけた。千代吉の目に、涙の露が光っていた。

終戦後、まもなくしてアメリカ海軍の小部隊が面高港へもやって来た。海軍の艦船は港の中央で停泊した。千代吉の旅館は上官クラスの宿舎となった。旅館の前の広場には兵舎が建てられた。

調理場で、父の久憲は米軍のコックと一緒に、ステーキを焼いたり、ハンバーグを焼いたりして、大忙しの日々がはじまった。

千代吉は風呂場の担当だった。アメリカの軍人たちは、浴槽の中でシャボンを使った。

数人の人たちが入浴しただけで泡だらけとなってしまった。

上官付きの通訳がいた。ハワイ島出身の日系二世だった。名前はジョージ、三十代の聡明で陽気な、はきはきした好青年だった。ジョージは千代吉のことを〝グランパ〟と呼んだ。ふたりはたちまち、あうんの呼吸が分かる友となった。

日本流の風呂の使い方を説明した。ジョージは翌日、洋風の白いバスタブを二基用意して、兵士たちに運んで来させた。

千代吉は俄然忙しくなった。まず本槽へ湯を沸かし、熱い湯を二つのバスタブへ分配した。夕方五時過ぎのバスタイムに合わせ、昼のランチ過ぎには、石炭で風呂を沸かした。

石炭が無くなるとジョージを呼んだ。現場を見せて、燃料が足りなくなったことを伝えた。ジョージは数時間後、カーキ色の軍用大型トラック満杯の石炭袋を数人の兵士たちに運ばせた。

バスタイムの一時間は、千代吉にとっての戦争だった。素っ裸で上官たちの背中を流して回った。石炭を燃やしたりバスタブのお湯の交換などで息つく暇もなかった。

久憲も大忙しだった。朝のブレックファーストの準備のため、起床は夜明け前だった。まずステンレスの大鍋満杯のコーヒーを沸かすことから始まった。パンケーキは何百枚も焼いた。ソーセージやベーコン、スクランブルエッグ、目玉焼きなども焼いた。目玉焼きのことを、兵士たちはサニーサイドアップと注文した。何のことだかわからず、首を傾げていると、ジョージが、目玉焼のことだよと笑いながら言った。千代吉も久憲もいつしか駐留部隊の人気者となっていた。

二週間ごとの兵士たちの給料日、旅館にも驚くほどの滞在費の支払いがあった。それとは別に、千代吉は上官たちから少なからぬ額のチップももらった。

サンデーモーニング、釣り好きな上官たちを船に乗せて、曲り沖でフィッシングを楽しんだ。

上官たちは面高の海の豊かさと、西の海へ広がる美しい景色を見て、一様に驚嘆していた。

凪ぎ渡った海面を、イワシの群れがバシャバシャとたたいていた。それはまたたく間に大群となり、船縁《ふなべり》で跳ねた。跳ねたイワシは、甲板へ飛んできた。上官たちは子供のようにはしゃぎ出した。イワシを狙った海鳥たちが、四方八方から飛来した。空中から海中へ飛び込む海鳥もいた。羽をすぼめて真っ逆様に落ちて行く海鳥たちの姿は壮観そのものだった。上官のひとりが叫んだ。

「ワオーッ、イッツアメージング!ザッツオスプレイ。オーマーイ、ワンダフル!」

釣り達者な上官がいた。彼はエビからイワシへとエサを変えた。四、五メートル落として、数回しゃくった。大物の魚が、間髪をいれずヒットした。巧なりールさばきだった。釣り上げた魚はハマチだった。他の上官たちも彼の真似をした。ハマチは十数匹上がった。千代吉は出刃庖丁で、頭へ活を入れ血を抜いた。ハマチをイエローテールと呼んでいた上官が、千代吉の肩をたたきながら言った。

「グランパ、コノ魚ヲ　兵士タチへ　調理シテ欲シイ」

身振り手振りで、繰り返し言った。千代吉は〝オーケー、オーケー〟と指を丸めてうなずいた。

上官たちがイエローテールを大漁した、という話は、すぐに広がっていた。皮をすき引きしていた久憲の調理場へ兵士たちが次から次に見学に来た。横でペラペラと話しかける兵士たちへ、久憲はニコニコ笑ってこたえるしかなかった。

頭の中でメニューは決めていた。イエローテールのクリームソース煮がメインで、骨頭はオリーブオイルで炒めたあと大鍋へ移し、スープを作る予定だとジョージへ伝えた。大根や人参、タマネギやジャガイモなども入れたスープで、おいしいはずだ。とも付け足した。

限られた時間で、多勢の分を作らなければならない。千代吉と久憲は、ハマチを五枚おろしにして、厚目の切り身を作った。塩コショウした身は、母がオーブンで焼いた。バターをたっぷり使ったホワイトソースは父の得意なソースだった。焼き上がったハマチの身をステンレス製のトレイにのせた。熱々のソースをかけてコーンと刻んだパセリをふりかけて仕上げた。

スープも大好評だった。洗い場へジョージがやって来た。上官からのチップだと言って、金の入った封筒を千代吉と久憲へ渡した。千代吉はさらにマーキュリー製の新品の船外機もプレゼントされた。多忙ではあったが、新しい発見がつづいて、ふたりは楽しい日々を送っていた。

駐留したアメリカ海軍の主な仕事は、面高近郊にある要塞化した軍事施設の解体だった。

面高砲台、石原岳砲台、ウグメ海岸の資材陸揚場、寄船海軍防空砲台、虚空藏防空砲台などなど、ほとんど活用されなかった日本軍の施設は、陽気で剽軽《ひょうきん》なアメリカ海軍の兵士たちの手によってことごとく処分されていった。

ときどきジョージがジープへ乗せてくれた。米兵のコックがサンドウィッチとオレンジジュースの缶詰を袋に入れて、「ハブ　ア　ナイスドライブ」と千代吉の肩をたたいた。

虚空藏砲台から、寄船の琴平砲台まで、石ころだらけの山道をジープは悠々と走りつづけた。寄船の細い山間《やまあい》の小道を下って海岸へ出た。

油手の砂浜海岸では、大勢の日本人の人夫たちが、砂浜の端から端まで深い穴を掘っていた。

「ジョージ、あの日本人たちは、アサリ貝でも掘っているのかね？」

ジョージは真剣な表情を、一瞬曇らせた。

「ノー。実は困っている。記録によれば、我が国の戦闘機が、この沖で墜落し、乗員の死体が、この浜へ打ち上げられた、とある。日本の兵隊たちが、その死体を懇ろ《ねんご》に葬《ほうむ》ったとのことだ。だが掘っても掘っても、それが出てこないんだよ、グランパ・・・」

千代吉が「エエーッ！」と大声をあげた。ジョージがそり返るほどの声だった。

「あんな所を掘ったって、たとえ地球の裏側まで掘り尽しても出てくるはずもないよ、ジョージ」

「どうして？」

「わしがひとりで、お墓を作ったんだもの。あんな場所じゃない。あそこはすぐ水がにじんでくるじゃろ。水の出ない場所を探して、苦労したんだ」

千代吉はあの日の状況を詳細に話した。

「おかげで非国民とののしられ、ビンタは張られるし、胸は足蹴にされるやらで惨々な目に遭ったよ。右の耳の鼓膜は破れて今でも聞こえない。胸の骨も折れていたんだ。体が冷えるとセキが出てわしも困っておるんじゃ」

「リアリー？ワオーッ。ジャスト　ステイ　ヒヤ」ジョージは慌てた様子でジープを下りるや。砂浜を走り出した。

現場の指揮官らしき、背の高いがっちりした兵隊と話し込んでいた。二人を中心として輪を作り、アメリカ兵士たちが、にわかに騒々しくなった。兵舎で顔見知りの兵士たちが多勢いた。彼らはジープの千代吉へ向けて大きく手を振った。千代吉もジープを下りて手を振った。

笛が吹かれた。作業は中断された。ジョージが無線機を握っていた。指揮官がジープへ走り寄って来た。

「サンキュウ グランパ サンキュウ」と、千代吉の肩を抱いて泣いた。兵士たちがジープを取り巻いた。握手したり、千代吉を抱いたりして、拍手の嵐が千代吉を包んだ。

ジープへもどったジョージが、

「グランパ、現場を確認したい。覚えていますか？」と、彼もまた、千代吉の手を堅く握りしめた。

「わしは本職は漁師だ。本物の漁師は一度ポイントを覚えたら、二度と忘れることはないんだよ。ジョージ」

「オッケー、ファイン」

日本人の人夫たちが解散していた。油手の砂浜は、二十数名のアメリカ人兵士と千代吉だけとなった。

潮が引いていた。あの日と同じような砂浜だった。人夫たちが掘った穴をのぞいてみた。潮水が浸っていた。掘られた砂壁が崩れかけていた。

千代吉は西の海を見た。風はなく、油手の沖の海は穏やかで美しい海原が広がっていた。

「イッツ　ビューティフル」

指揮官が、千代吉の肩を抱き寄せた。

「ヤー、アイ　シンク　ソー　サー」

ジョージが教えてくれた英語で指揮官の顔を見た。

「オーッ、グランパ　ベーリー　グッ」

千代吉は手をつなぎ、海を見ながら後向きで歩き出した。驚いたジョージが走り寄って来た
「グランパ、どうしましたか？」

「前を見ないで後向きで、その場所を当てるというのはどうかな。面白いだろ？」

「ワォー、オーケー　オーケー」

通訳されて、回りの兵隊たちから、歓声が上がった。一歩後退するたび、

「グランパ、グランパ」の合唱が起きた。千代吉は彼らのその陽気さがたまらなく好きだった。

点々と掘られた砂浜の穴をジグザグに歩いて進んだ。陸地が近付いた頃から、兵士たちが騒々しくなった。

「オー　マイ　ガァッ」

穴は人夫たちの手によって、潮の引いた波打ち際と、防波堤の中間点とを横一直線で掘られていた。しかし、千代吉はその穴々を次々と通り越した。防波堤の壁が直前まできていた。

「アンビリーバボゥ」聞き慣れた英語が千代吉の耳へ届いた。

面高の地下山の絶壁のたかりが、黒瀬の中の島辺りへかかり出した。面の下の崖の際からは、後浜の海沿いの家並みが見えはじめた。まもなくだった。千代吉は歩む速度をゆるめて立ち止まった。

ピョンと飛び跳ねて反転した。目の前になつかしい岩々が点在していた。

「イッツ　ヒヤ」

アメリカの兵隊たちが、驚きの声を上げた。誰彼となく拍手が起こった。それはいつまでも油手を包んだ山々に響いた。

千代吉手作りの、形ばかりの墓の前で、整列した兵士たちが深々と頭を下げ、敬礼した。千代吉は心の中でしみじみと思った。

『やはりこの人たちは、勝つべくして勝ったのだ。日本の、あのだらしない兵隊たちとは違う』

千代吉は手を合せて、お題目を唱えた。

「サンキュウ グランパ、サンキュウ」ジョージが握手を求めてきた。

「明日の早朝、佐世保から我々のボスが来ます。グランパも立ち会っていただきます。いいですね」

「いいよ。明日の朝、掘り出す、ということかね？」

「そうです。何か不都合でも?」

「うーん。いま潮が大潮じゃからの。朝早い時間だと海水がまだこの辺まで満ちているよ」

「えっ、そうなんですか?面高へ駐留している小部隊の全員がここに集合します。では時間を変更した方がいい、ということですね?」

「そうだ。潮が引き出したら早いからの。十一時過ぎ頃だったら、大丈夫だよ」

「わかりました。ありがとう、グランパ。日本の漁師ってすごいんですね。ちゃんと潮の満ち引きを考えて、こんな所に埋葬してくれたんですね」

「そうだ。いったい誰が、あんな見当違いな場所を教えたのかね?」

「調べてみます。おそらく、グランパを殴り飛ばした人たちかもしれません。覚えていますか?」

「忘れるもんか。ビンタ張られて目の前がまっ白になったんだ。あの野郎ども、武士の情も知らんで、年寄りだと思ってナメやがって。偉そうな奴は、鼻の横に大きなホクロがあった。ホクロには二、三本の毛が生えていたよ」

「オーケー。それでこれからですね、佐世保のわれわれの病院まで行ってもらいます。グランパの耳と胸を検査させて下さい。治るものなら治してあげたい。もちろんぼくも一緒です。何も心配することはありません。どうですか?」

「そうか、佐世保までどうやって行くんだね?」

「湾内の艦船の小型ボートで行きます。およそ二十分です」

「ボートで二十分、そりゃ早い。乗ってみたか。行く、行く」

千代吉にとって、なにもかも驚くべき出来事ばかりだった。生まれて初めて乗ったモーターボートの滑走には驚いた。故郷の山々や島々があっという間に過ぎ去って行った。振り落とされないようステンレスのレールを握りしめていた。

病院内は整然としていた。あらかじめ連絡済みだったようで、検査はスムーズだった。基地内もあちこち案内してくれた。レストランではアイスクリームを食べた。

帰り際、こぢんまりとした売店へ入った。好きなものを取りなさい、というので、千代吉はスコッチウィスキーをバスケットの中へ入れた。息子の久憲へのおみやげとして、ジョージは高価な葉巻タバコを一箱とナッツの詰め合せを持たせた。ほんとうは沖で使いたい双眼鏡が欲しかった。ドルで値札がついていた。どの品物よりも、ゼロの数が多かったので遠慮した。

「グランパ、ボスがね、何でも好きな物をプレゼントしなさいと言っている。この双眼鏡だって取っていいんだよ」

「えっ、こんなに甘えていいのかね」

「いいんです。あなたの人間味あふれた美しい心は、ぼくたちの心に響いています。ありがとう」

店の会計で、ジョージはサインだけで決済していた。売店のドアには、ＰＸと書かれていた。

長い一日だった。初めて体験することばかりだった。興奮して布団の中で何回も寝返りをうった。意識は冴え冴えしていた。とうとう起き上がった。縁側から空が見えた。爛々《らんらん》と光り輝く星々を見て、千代吉は大切な何かを忘れているような気がした。星が走った。

あっ、と、千代吉はあるひとつのことを思い出した。褌の中に隠したあの手帳のことだった。もう、真夜中だった。ジョージへ知らせておくべきか迷った。気付いたら寝間着のまま兵舎前に立っていた。

「ハーイ、グランパ。キャナイヘルプ　ユー」

当番兵が、椅子から立ち上がって来た。

「イエス、キャナイ　シー　ジョージ？　アイ　ウォントゥ　テル　ヒム　ア　ベーリー　インポータント　シィング」

「オーッ、ベーリーナイス　グランパ　オッケー　ワンミニッツ」

海兵隊のガウンを引っ掛けてジョージが急ぎ足でやって来た。

亡くなった操縦士の手帳を保管していたことを、いま思い出したと告げた。

驚いたジョージは、当番兵へ何かしら指示していた。

「で、どこへ保管してあるんですか、手帳」

「わしんとこの墓場の納骨堂だ」

「墓場？　遠いですか？」

「そうだな、ここから歩いて十五分て、とこかな」

「行きましょう。いますぐ」

「え？　これからかい？」

「プリーズ！」

「わかった。着替えてくる」

「ジープを回します。照明用ライトも用意しますか？」

「大きくて重いんだろ？　いいよ、懐中電灯で」

「五、六人、連れて行きます」

「そんなにかい？　まぁいいか。人数の多い方が心強い。場所が場所だからな」

　ジープで、五分足らずで到着した。

　面高の墓所は、西側に海を抱いて山や畑を切り崩して墓石が建っていた。千代吉の先祖の墓は丘の中腹だった。頂へつづく細い坂道へ、ジープのライトが降り注いでいた。

　人々が歩くたび、虫の声が途切れた。高後崎灯台の明かりがさっと流れては消えていた。誰もが無言で歩いていた。

「ここだよ」

　六本の懐中電灯の灯りで浮かび上がった墓石へ、千代吉は手を合せた。

　納骨堂の扉を開けた。大きな湯のみ茶碗があった。千代吉はあの兵隊たちの追及を恐れて、手帳をその中へ隠していた。

　ジョージへ手渡した手帳の見開きには兵士の家族の写真が貼られていた。幼な子を抱いた若夫婦と、両親や兄弟らしき人たちがにこやかな笑顔で写っていた。

　ジョージは涙ぐんでいた。異常なまでの喜び様で、千代吉の手を強く握りしめた。

「墜落したパイロットの手帳が無傷な状態で残っているなんて奇跡です。ありがとう、ありがとう」


　数ヶ月前までは漆黒の闇に閉ざされていた遥《はる》かな海の沖合で、ぽつりぽつりと漁火《いさりび》が灯っていた。戦時中、長い間見ることのできなかった夜の海の情景だった。

　墓地の崖の下は海だった。風の弱い夜半だった。浜辺へ打ち寄せるかすかな波の音が聞こえた。高後崎灯台の光線が、くり返し掠めては再びもどって来ていた。

　崖へ掛け渡した竹で編んだやぐらの上に千代吉とジョージは並んで立っていた。

「グランパ、そろそろ帰りましょうか。静かな美しい夜ですねぇ」

「夜の空襲が遠い昔のようだ。消えていた漁火が少しずつ見られるようになった。平和っていいもんだな。これがソ連や中国軍の進駐だったらと思うとぞっとする。君たちのおかげだ。ありがとう」

　翌早朝、面高港はアメリカ海軍の艦船で大賑わいだった。小型のモーターボートが波止場と艦船の間を何度も往復していた。

　駐留部隊の兵士たちは整列し、上陸した上官たちへ敬礼して迎えていた。

　波止場周辺の住民たちは、家々の小窓から隠れるようにしてその様子を見ていた。勇気ある者たちは外へ出て物陰にひそんでいた。朝早い時間帯、千代吉が米軍のジープに乗せられて、どこかへ連れて行かれたなど誰かがささやいていた。

千代吉はジョージなど数名の米兵と共に油手の砂浜にいた。労作の墓所はすでに振り起こされていた。あの首のない操縦士の遺体の上には、海軍のコートが掛けられていた。ボスと、その数名の上官たちが現れたとき砂浜の全員が緊張して敬礼した。ボスが聞きとれない速さの米国語でジョージに話しかけた。ジョージは遺体のコートを取り除いた。ボスたちは長い間その姿を見ていた。

頭部に置かれた美しい色をなした丸い石。胸の骨格を隠すようなボロボロの長シャツの布。性器の回りの白い布切れはどういうわけか紐の縫い目が、まだしっかり残っていた。手に組まれた鬼子母神さまのお守りも赤い布がひときわ目立っていた。

遺体の回りに飾られた、人形の形をした木片や多数のつるつると輝いた石塊など、それらはすべて戦死した自分の息子への思いを重ねた千代吉の精一杯のお慈悲だった。

ジョージがボスに敬礼して千代吉を紹介した。

「オーッ、ユー　ア　グランパ！サンキュウ　フォー　ユア　カインドネス。ユーアー　ソー　ビュウティフル。サンキュウ」

背の高い上品でスマートなボスだった。千代吉は握手された。あたたかで柔らかい手だった。

ジョージから教えられた通り、堅く握り返して「サンキュウ　サー」と力強いことばを返した。

やがてボスは、整列した駐留兵士たちの前で遠い異国の言葉を投げかけていた。油手の砂浜へ寄せるさざ波は、カソの浜の山間や本谷の山々にかすかな潮騒を奏でていた。

晴れ渡った水平線は淡い水色だった。一面の空も海も同じような色を吹き流して果てしなく広がっていた。片島がぽつんと浮き上がって見えた。

大勢のアメリカ海軍兵士たちに囲まれた千代吉は、ここが自分の故郷であることをしばし忘れた。

漂流はつづいていた。

船は崎戸半島の鶴崎鼻の沖合、およそ一キロの海上だった。片島が相浦から白浜海水浴場あたりへと移動していた。千代吉が「お茶を飲ませてくれ」と起き上がった。

「そろそろ来てくれんとたいへんなことになる」

数馬はその意味が理解できなかった。空は青々として、一点のくもりも無かった。江島、平島などの島々も、その姿を雄然と映していた。

「爺ちゃん。西の空は晴れとるよ。何がたいへんかと?」

黒棒のおやつと、湯のみ茶わんを渡しながら、数馬は千代吉と並んで座った。

「もうすぐ潮が変わる。これまでは崎戸半島沿いへ流れていたが、下げ潮から満ち潮になれば、船はあの平戸島の志々岐の方へ向ってしまう。そうすれば、貨物船の行き交う航路筋へ突入して非常に危険な状態となる、ということだ」

「なして危険になると?」

「まだわからんな。こげん小さか船は、大型船からは見えにくい。まして陽が落ちれば薄暗くなってますます危なくなる」

「あっ、そうか。わかった。衝突されるということだよね、爺ちゃん」

「そうだ。だから早く来て欲しい。ばって、父ちゃんたちは忙しいだろうし、茂も長崎だしな。まっ、焦ってもしょんなかたい・・・生きようで。とくに、お前を死なせるわけにはいかん。アメリカまで行って欲しかけんな」

二人は空を見上げた。夕暮れ前の空は、まだ青々としていた。貨物船の機関の音が右からも左からも聞こえてきた。数馬は落ち着かなかった。

「爺ちゃん。ジョージたちは、あのあと、どうなったと?」

「任務が完了して、佐世保の基地へ引き揚げて行った。サヨナラパーティーがあっての、爺ちゃんは一杯ご褒美ばもろうたぞ」

砂糖や小麦粉・食用油、缶詰類など物置小屋は、あふれんばかりの物資だった。使いかけの食品もすべて置いていった。

引き揚げの数日前、千代吉は最後のドライブへ誘われた。ジョージの運転するジープは大村湾岸を南下し長崎市内の駐車場で下りた。ジョージは、建物の立派な銀行へ入った。そこで千代吉の口座を作った。番号を控えたジョージは長崎駅前のホテルへ入り、レストランで厚いステーキを注文した。柔らかな肉質のステーキでとろけるようだった。

ジョージは英語の話せるマネージャーを呼んだ。メニューを広げ、いろいろと注文していた。

「ジョージ、もう、お腹いっぱいだよ」

「はい、ノリさんへのテークアウトです」

ノリさんとは息子の久憲の愛称だった。大きな紙袋の中には数枚のステーキと赤と白のフランスワインが入っていた。

一年が過ぎた頃、アメリカからエアメールの手紙が届いた。首のない死体の飛行士の両親からのもので、英文を訳したカタカナの日本文も添えられていた。カタカナはジョージの字体だった。返信用の封筒も同封してあった。あて先は英文でタイプしてあった。

両親は異国の地で果てた自分の息子が、千代吉の負傷した体で、丁寧に埋葬してくれたことへの感謝のことばがつづられていた。体を労《いた》わるようにと少しばかりのお見舞を長崎の銀行へ送金しておきました、と結ばれていた。

英文を書けない千代吉は、漢字とカタカナの手紙を書いて投函した。

ジョージはほんとうに細かな所まで配慮してくれた。千代吉にケガを負わせた件《くだん》の兵隊を見つけ出し、油手で作業員たちに支払った少なからぬ人件費をペナルティとして彼に肩代りさせた。そして、そのほとんどを千代吉への賠償金名目で口座へ振り込んでいた。

ジョージとの別れは悲しかった。ジョージの最後のことばを千代吉はいつまでも忘れることはなかった。

「ハブ　ア　ナイス　ユアライフ！」

すべてが夢のような時間だった。

片島を西へ過ぎた頃から波が高くなった。片島水道を往来する貨物船は、大型船が多くなった。船々が立てる波は数馬たちの小船をすっぽりのみ込むほどの勢いでうねってきた。

潮の流れが変ってからは風も出て来た。北から西寄りの風だった。千代吉が、潮帆のロープを二尋延ばせと叫んだ。船よりも高い波が次から次へ沸き出してきて、数馬は腰が引けた。今や船は潮帆のおかげで辛うじて平衡を保っていた。高波を受けるたび、潮帆のロープがギシッ、ギシッと軋《きし》むようになった。

「チキショウ、沖の波は、やっぱ、質が違うのう・・・」

と、千代吉は物入れから浮き輪をふたつ出した。

「潮帆のロープが切れたら船はひっくり返るかもしれん。ばって、慌てるな。この浮き輪につかまって漂流しようで。ロープで結んであるけんふたりが離れ離れになるこたぁなか。もし爺ちゃんに何か起っても、お前は自分のことだけ考え、なんとしても生きる手段を考えろ。よかな？」

　いつになく、真剣な千代吉の物言いだった。数馬は悲しくなってしまった。西あがりの海ではないにしろ、夕暮れ近い辺りの海域では波がさらに高くなっていた。貨物船が立てた波であったら、たやすくやり過ごせることができた。しかし、その後へつづく北西からの高波の周期や波の質などを思えば、この小さな船ではとうてい持ちこたえることができないことを数馬は実感していた。

「爺ちゃんば放っておくことは、おいにはでけん。なして、そげんこと言うと？まだ、ひっくり返ったわけじゃなかろ？おいが守る。爺ちゃんばおいが守るけん、ふたりで頑張ろうで、ねっ？」

　千代吉は数馬を抱き寄せた。

　思わず涙がこぼれた。

「ありがとう・・・まだまだ子供だと思っていたが、どうしてどうして、いつのまにか大きゅうなった・・・爺ちゃんな嬉しかばい」

　船尾で、ドスンと激しい衝撃があった。大量の海水が流れ込んで来た。雨のような波しぶきが、ふたりの頭の上から降り注いだ。

「大丈夫、慌てるな。これくらいの海水だったらまだ排水口から外へ出る。困るのは今のような高波が次々と襲ってくることだ。早く来て欲しかなぁ・・・久憲のチャッカ船では無理だ。頼りになるのは茂の船だけだ。直行バスは長崎駅前をたしか三時頃の発車だった。それに乗車していたら、五時半か六時前後までには来てくれるはずだが・・・」

　が、それは漁師としての茂の技量を高く評価してのことだった。並の漁師では、この場所を特定することはむずかしい。

　複雑な潮流と強くなった風、二メートル超のたえまない高波、数馬の船は翻弄されつづけていた。

　西大島の百合岳の高みが見えた。片島はその下だった。崎戸半島の御床崎からは、はるか南方のヒキ島が臨いていた。船は黒島本島の、民家の点在を確認できる海域まで流されていた。東西へ細長くのびた黒島の島陰で、風と波が弱まっていた。

　数馬はいつまでも、この場所で留まっていて欲しいと願った。船はやがては島陰を通過し、こんどは平戸水道の北風と高波をもろに受けることになる。

二人は浮き輪を付けたまま立ち上がった。両舷から放尿の音を立てた。

西海の虚空蔵山の頂から北へ流れるなだらかな綾線が、水色の空を背にして面高の地下山までつづいていた。ガネ瀬本島の島々もはっきり捉えることができた。

西大島の沖合へ視線を移した時だった。まっ白な波しぶきを巻き上げて走る、一隻の漁船があった。

「あっ！」と数馬は叫んだ。あれこそが待ちに待った茂の船だった。

「爺ちゃん、爺ちゃん、茂父ちゃんの船だよ。父ちゃんが、こっちん向って、走って来る」

千代吉は咄嗟に、片島の方へ目をやった。白く泡立った海面がぼやけて見えた。もはや年老いた自分の目では正確なヤマなど見ることはできないと悟った。船を下りる決心をそのとき固めた。

「どの辺ば来《き》よると？」

「いま、片島の穴ん口の沖。わぁ、さすが父ちゃんだね。向こうからこげん小さか船の見ゆるとやろか？洋平も一緒かな？よかったね、爺ちゃん、助かった」

洋平がデッキのレールにつかまって白いタオルを振っていた。数馬も首に巻いたタオルをほどいて大きく振った。

本船へ乗り移った千代吉が茂の肩を抱いて、ありがとうと言った。

「港を出て、一直線にここまで来てくれた様だが、ここん流されているってよう分かったな？」

茂は魔法瓶のお茶を茶碗に注いで千代吉と数馬へ手渡した。洋平は数馬の手を握っていた。

「おれは片島の下を通って鶴崎から御床めざしていたんだけど、洋平がおれの手を取ってしきりと黒島の沖を指差すもんだから。これは洋平のお手柄です」

「ふーん、そうな。洋平、爺ちゃんとこへ来い。ありがとう」

千代吉は洋平を抱きしめた。

「して、大学の病院の先生様は、洋平のこと何て言うたな？」

茂がキャビンの中から、毛布を二枚出してきた。その一枚を千代吉の肩へ掛けながら言った。

「劇的な改善だそうです。もう、いつことばが出てもおかしくない所まで来てると。先生が、名前が書けるかなぁと言うたらこいつ、ひらがなとカタカナ、漢字、そして英語でスラスラと書いたんです。涙が出ました。誰が教えてくれましたか？と聞いたら、洋平は数馬兄ちゃんと、しっかりした口調で反応したのです」

「ほう、よしよし。洋平は秀才だもんな。こんどまた佐世保へ行ったら、金明堂の本屋さんで洋平の読みたか本ばたくさん買うてやるからな。兄ちゃんと一緒に行け」

洋平は笑顔で千代吉の懐の中で甘えていた。

「腰の痛うなった。中で休ませてもらう。洋平、爺ちゃんと寝ようで、来い」

数馬は舵を取った。

黒島の陰を抜けた途端、風と波が厳しくなった。中速で走り、鋭く高い波がつづいた時はさらに速度を落として船を波に乗せることを意識した。片島が崎戸の中戸橋を通過した頃から波が弱くなった。それまでの高波は何だったのかと、信じられないほどの静けさだった。

船はガネ瀬本島の北側を走っていた。茂が無言で前方の海を見ていた。

「父ちゃん、今朝、この辺の海で大亀と衝突した。おいは海に落ちた。爺ちゃんがすぐ助けてくれた。大騒ぎして、気が付いたら船の艪を流していた。泳いで取りに行こうと思ったけど、爺ちゃんが沖で泳いではだめだって・・・それから漂流が始まった」

「そうだったか。実はな、診察が終ってから洋平の様子が変わった。兄ちゃん、兄ちゃんと騒ぎ出しての。そいけん急いで帰ることにした。間に合ってほんとうによかった。あげな小さか伝馬船で、ようも、ひっくり返らなかったもんだ。海の神様が運をくださったのだ。この運を大事にしろよ」

茂の船は速い。

夕焼けの名残が、平戸島から上五島の島々を紅く染めていた。

# 五　奇跡のチロ

潮風が、山を削り落としてできたような坂道を吹き上げて来た。大潮のあとの若潮だった。昼を過ぎても波打ち際まで遠く潮が引いていた。後浜の防波堤の先は九十九島の島々が、ぽっかり浮かんで見えた。

高後崎灯台前の、ハーバーリミット（港の境界）を越えてきた海上自衛隊の艦船がゆったりした速度で波を切っていた。黒島の東側まで航行していた別の艦船は、崎戸半島の西沖へ出て東シナ海方面へと針路を向けていた。

佐世保の冷水岳のなだらかな山並みは、高い空を背景に映《は》え映《ば》えとしていた。

数馬はその景色へ向かって坂道を駆け下りた。洋平が学校帰りの自分を、浜辺で石投げをしながら待っているはずだった。

茂の漁船から放り出されて九死に一生を得て以来、洋平と数馬は祖父千代吉の家で寝起を共にしていた。

洋平の父の茂は、五島の漁師仲間の誘いで研修を兼ねて現地で働いていた。千代吉の家へ帰ってくるのは毎月の月末で、娘のアカリの学費や生活費などを母へ預けていた。

「兄ちゃ！」洋平が両手を振っていた。

面高の後浜の海岸線は、カソの浜から西へ黒岩と呼ばれる海岸までおよそ二キロ。佐世保の九十九島の小島群と面した、石ころで敷き詰められた美しい遠浅の海岸だった。浜へ下りる整備された階段などはなかった。石を積み重ねてつづく防波壁の二、三か所、幅一メートルほどの斜面上に凹凸の石を組み込んだだけの、危なっかしい段々坂があった。

洋平はにこやかだった。母が持たせたおやつの紙袋を抱えて数馬の元へ駆け寄って来た。

数馬は大きな石を捜した。ふたり並んで、沖の海を見渡した。

佐世保港を目指したさまざまな大型船が、平戸島の沖合から黒島の沖へとつづいていた。

高後崎灯台へ連なる佐世保の山々と、対岸の寄船岳の山並みは船々にとって重要な目印であるに違いない。

二人は飽きることのない海をながめながら、母のおやつを食べた。おやつは菓子パンの日が多かったが、ときどき母の手製のサンドウィッチが入っていた。

洋平はゆで卵をみじん切りして、マヨネーズで和えた具材と、キュウリとトマトの薄切でサンドしたものが好物で、数馬は自分のものも食べさせた。

潮の引いた波打ち際は、波の音はなかった。

遠く沖合を走る船々が、思い出したかのような汽笛を鳴らしていた。

「ん？」

突然、洋平が立ち上がった。

「兄ちゃ、兄ちゃ、ネコ・・・」

そういえば、子ネコの鳴き声が、どこからともなく聞こえてきた。歩き出した洋平の後を追うように、数馬も腰を上げた。アンパンをかぶりついて、みかんジュースを飲みながらだった。

洋平も口をもぐもぐさせて歩いていたが、やがて走り出した。石だらけの、足場の悪い浜辺だった。

「洋平、危なかけん、走るな！」

それでも走りつづけた洋平は、石浜に深く打ち込まれた孟宗竹の根元で、捨てられた巾着袋を見つけた。

「兄ちゃ、兄ちゃ」と、真ん丸い目玉を輝かせて袋を持ち上げた。

「洋平、こっちへ来い。兄ちゃんなさっき走るなと言うたやろ。なして走ったと？この間カゼひいて、お母さんに迷惑かけたばかりやろ。転んでケガしたらまたお母さんが心配する。よかな、できるだけお母さんに心配かけんごとしようで。わかったな？コクンとしただけではだめだ。はい、と大きな声で返事しろ」

洋平は背筋をのばして「はい」と応えた。

袋の中身はネコだった。子ネコが三匹入っていた。二匹はすでに息がなく、一匹の三毛猫が弱々しい声で鳴いていた。

「兄ちゃ・・・」洋平は抱き上げて涙を流した。

数馬は浜で拾った弁当箱へジュースを注いだ。子猫はチュルチュル、チュルチュルと勢いよく飲んだ。洋平は紙袋の中からビン入りの牛乳を持ってきた。紙の蓋を指で押しこんだために、牛乳が飛び散って洋平の顔や指を濡らした。洋平の腕の中で子ネコはペロペロと顔をなめはじめた。

「ウォッホッホ、チーロ、チーロ」

満面の笑みをたたえて、洋平は子ネコの名前まで付けた様子だった。

一瞬の不安が、数馬の胸の中をよぎった。家の生業は旅館業だった。食べ物屋商売で、昔かたぎな職人の父が、家の中でネコを飼うことなど、とうてい許してくれるとは思えなかった。

目くじらを立てて怒る父の顔が思い浮かんだ。そのことを洋平が理解できるような言葉で、やんわりと説明しなければならなかった。

子ネコと戯れている洋平の無邪気な笑顔が、数馬の心に微妙な痛みを感じさせた。

大好物のサンドウィッチのパンの破片を牛乳に浸して、洋平は子ネコの頭を撫でながら食べさせている。

見るからに、可愛らしい子ネコではあった。小顔で透き通るようなブルーの目をしていた。毛並みも悪くはなかった。姿形が整っていてどことなく品の良さも漂っていた。

「洋平・・・聞いてくれ・・・」

「はい・・・」

子ネコを連れて帰ることのできない理由を説明した。

頭の良い子だった。

泣きながら「はい」と言った。

その素直さが、数馬を悲しくさせた。

「ここでサヨナラしようで。パンくずと牛乳ばもっと置いて帰ろう。さぁ、来い」

洋平の手を引いて、後浜の段々坂を上りつめたときだった。

子ネコがヨチヨチながらも、必死で歩いて洋平の後を追って来ていた。

「兄ちゃ・・・」涙ポロポロの洋平はとうとうしゃがみ込んで動かなくなった。ニャンニャンともの悲しい子ネコの鳴き声だった。

「さっ、洋平、帰ろう・・・」

無理やり立たせて、数馬は洋平の手を取って歩き出した。鳴き声は遠去かるどころか段段と近くなってきていた。振り向きながら歩く洋平は、路上の石につまずいた。その度、数馬は引き上げて後ろを向かせないようにした。洋平の泣き声と、子ネコの鳴き声が呼応しているかのようだ。

とうとう追いついた子ネコは、どことなく嬉しげで、ふたりの前へ飛び出しては、洋平を見上げていた。

「兄ちゃ、兄ちゃ・・・」

洋平の涙が、子ネコを飼わせてくれと懇願していた。

「可愛か子ネコだもんな。おいたちが見放したら、このチロがかわいそか。よーし、も少し大きゅうなるまで、面倒みようか。そいでよかな?」

洋平は「はい」と言って、頭を数馬の胸へ押し当てた。

旅館の駐車場の片隅に石炭や木炭を保管している小屋があった。

数馬は船から破れかかった座布団を運んで、チロの寝床を作った。水入れなどの食器類もそろえた。

父や母に発見されることを恐れて、二人はつとめて普段通りの行動を心掛けた。

しかし、細心の注意を払って行動しても、いつかは水は漏れるものであることを数馬は思い知らされた。

ある土曜日の昼下がりだった。学校から後浜までおよそ四キロ弱の行程を、数馬は走りつづけた。おやつを手にした洋平とチロが、自分を待っているからだった。

心地良い浜風が、肩を切り、体の中を吹きぬけていった。

「洋平!・チロ!」

広い磯浜を見渡してみても、その姿はなかった。いつもなら、チロが勢いよく走ってくるのだ。浜で遊んだ気配もなかった。不吉な予感が、数馬の胸の中を走った。

走りつづけで、苦しい息遣いのまま、小屋の引き戸を開けた。チロ、チロ、チロ、と叫んでも何の気配もなかった。

子供の泣き声がした。それも激しい泣き方だった。紛れもない洋平の泣き声だった。慌てて、旅館の裏手へ回った。

海へ渡した竹やぐらの上で、洋平がひとり泣き崩れていた。

「洋平!・どうした!」

「兄ちゃ、兄ちゃ!」

洋平が数馬の胸で泣きじゃくった。涙で濡れた小さな手で、数馬の手を引いた。洋平が指差した海の上で、灰色の巾着袋が浮いていた。袋はまだ動いていた。

「えっ、うそ!・チロか?」

洋平が頷く間もなく、数馬はランドセルを放り投げて海へ飛び込んだ。

海面をたたく激しい波音が立った。洋平が浮き桟橋で待っていた。

「袋を開けて、水を吐かせろ!」

チロを逆さに持った洋平が、胴体を振り出した。波音を聞きつけて父と母が調理場から血相変えて出て来た。

「あれっ、洋平のおらんぞ!・洋平、洋平」

竹矢倉の先端まで来て、父が桟橋の上の洋平を見た。ずぶ濡れの数馬が、片足を桟橋の縁へ掛けて、上がる所だった。

母が驚いていた。

「まぁ、数馬、大丈夫?・洋平かと思って背筋が凍った。なんてことを。早く上がりなさい」

父は舌打ちして、家の中へ消えた。

チロは息を吹き返した。ブルブルと大きく水を振るって、桟橋を駈け上がって行った。

「びっくりしたんだろうな。危ない所だった。水とご飯ば運んどけ。すぐ帰って来るさ。帰るあては洋平のとこしかないんだから。そうだろ?」

「はい、兄ちゃ・・・」

洋平が抱きついてきた。

「お父さんに見つかったのか?そいでん、お父さんのやることはひど過ぎる。文句言ってやる。来い」

父は調理場で刺身包丁を研いでいた。眉間にしわを寄せた父はいつになく険《けわ》しい顔付きだった。

「お父さん・・・」

数馬の声は震えていた
「なんだ・・・なんだと言っておる!」

怒気を帯びた父の荒々しい語気だった。

「子ネコを、あんな風にして海へ捨ててしまったら、死んでしまいます。かわいそうだと思います」

つとめて冷静さを装ったが、寒さも手伝ってガチガチと歯ぎしりをかんでしまった。

父は無言だった。

庖丁の刃先を左手の親指の指平に当て、刃の立ち具合を試していた。


母が洋平の手を握っていた。

「数馬、冷たいでしょう?洋服脱いで、早く風呂場へ行きなさい。ほら、もういいでしょう。風邪引いてしまうから、はやく」

「ばって、お父さんは、おいたちの可愛いがっていた子ネコば、殺そうとした」

「なにっ!」

遂に、父が牙をむいた。数馬の耳を引っ張り「これを見てみろ!」と、数馬の体を押し倒した。

ぞっ、とした。

調理された塩焼用のタイや、さく取り（魚の身を切り分けること）された刺身用の白身魚が無残な姿で食い荒らされていた。

「どうしてくれるんだ!宴会は六時からぞ。まだ文句あるか!」

立ち上がろうとする数馬の腰の辺りを父は片足で踏みつけた。

「あなた、もういいでしょ。早よ風呂に入《は》れんと、風邪引いてしまいます」

「お前が甘えかすから、こんな生意気な奴になるんだ。時には、ぶったたけ！」

父は母の肩をこづいて、胸も押した。

母はよろめいて、転びそうになった。

「お母さんに何ばすっと。お母さんは関係なかやろ。お母さん、大丈夫？」

涙の露がふくらんできた。

数馬は洋平と調理場のコンクリートの上で跪《ひざまず》いた。

「お父さん、ごめんなさい。申し訳ありませんでした。わたくしが悪うございました。子猫を内緒で飼っていたこと、深く反省しております。ほんとうに、ごめんなさい・・・」

父も母も、ぽかん、としていた。

「あなた、数馬もああして謝っています。許してやって下さい」

「ばって、宴会の魚はどうするんだ」

数馬は泣いている洋平を抱き寄せた。

「ふたりで弁償します」

「なに？どうやって弁償するっていうんだ。もう時間もなかとぞ。このアホンダレが」

「これから、洋平と沖へ出ます。六時まであと四時間半あります。何をどれだけ釣り上げたら許してもらえるんでしょうか？」

「ふん、ばかな。塩焼のタイ十五枚と、十五人前の刺身の魚だ。二、三キロの大物のタイぞ。釣ったこともあるまいが」

「やってみないと分かりません」

「無理だ」

「やってみないと分かりません」

「第一、エサはどうするんだ」

「洋平が岩虫を掘っています」

「岩虫なんかでタイの釣れるはずもなか」

「やってみないと分かりません」

「うるさい！同じことを何回も何回も」

そこへ祖父がやって来た。

寝巻姿で、杖をついていた。

「爺ちゃん」洋平が抱きついた。

「洋平、泣かんでもよか。久憲、お前もつまらんことで大声出して大人気ない。怒鳴り声の奥の部屋まで聞こえてくるぞ。数馬たちが釣って返すというんだ。信じたらどうね。のう数馬、やってみらんと分からんぞ、なァ。冷蔵庫の中ば見てみろ。エビの入っとる。あれば全部持って行け」

「でけん！あれは、お客さんの明日の弁当のおかずたい。

でけん、でけん」

「何ば言うか。カキ揚げはエビでなくてもできる。野菜ば使うたら、よかろうもん。子供たちの初陣ぞ。親が堂々と送らんで、どうする。ほらほら、お母さん、数馬のガタガタ震えよるじゃなかね。はよ、風呂ん入れてやらんと」

「あら、ほんとに。数馬、風呂場へ早く。洋平、兄ちゃんの着替え、持って来なさい」

「はい」

洋平は祖父の部屋へ、祖父は風呂場の数馬の所へ来た。

「数馬、いま潮はどんな風だ」

「下げ潮です。あと一時間すれば潮が変わります」

「そうな。時間のなかけん番屋の上の方から流せ。潮が変っても、そのまんま流れろ」

「はい」

「それから、道具だが、物入れの中に爺ちゃんのこれまで使ってきたテグスの入っとる。わしの形見だと思って使え。洋平にはお前の道具ばやれ。飛ばし一本のやつだ」

「はい」

「がんばれよ」

浴室を出かかった祖父を、数馬が呼び止めた。

「爺ちゃん。ありがとう・・・」

「うん。よしよし。お前ならできる」

父は、まだ庖丁を研いでいた。七寸の細身の出刃庖丁だった。父の庖丁はいつもピカピカで刃先もバリバリだった。庖丁を研ぐ父の後姿が、数馬は好きだった。しかしそこには「お父さん」と甘えることのできるような雰囲氣はなかった。

母が猫に食い荒らされた魚を片付けていた。

祖父はその横に立っていた。

「お母さん、そのタイば一匹見せてみんね」

祖父は猫の歯型のついた魚を、じっと見ていた。

「これば見てみんね。腹側の身を一口で食いついとる。子ネコのものではない・・・数馬には黙っておこうで。話したら、また大ゲンカだ。で、子供たちのおやつは用意したと？」

「あっ、忘れとる。すぐ佐渡屋まで走ってきます。あらっ、二人とももう船に乗って。数馬、待ちなさい。おやつを買ってくるから」

裏木戸を開けて走って行く母の姿が見えた。数馬は船を下りた。洋平もついて来た。調理場の父は、まだ包丁を研いでいた。

「お父さん、お願いがあります。・・・お父さんて・・・」

「なんだ、聞こえておる」

苛だった父の声だった。

「塩焼き用の小ダイ一五匹と、さしみ用の大ダイ一枚を釣り上げたら、子ネコのチロを家の中で飼わせてください。お願いします」

眉間にしわを寄せた、いつものにがにがしい渋面《しぶつら》の父が二人を睨み付けた。

父の手は砥石の砥ぎ水で汚れていた。その手の平で、数馬のアゴを押し上げた。

洋平が数馬の手を握りしめた。

「お前、親に条件つける気か！バカ者が。もし釣れなかったら、どうする気だ、えっ！」

殴りかかるような、父の迫力だった。

「家を出ます・・・」

「なんだとぉ、この野郎、小学生の分際で。家を出てどこへ行く気だ」

「洋平の、黒瀬の家へ行きます」

「ほう、いまのことば、忘れるな」

「ぼくのお願いはどうなったんです」

「勝手にしろ」

「それは、飼ってもいい、ということですね？」

「勝手にしろだ」

「そんなあいまいさでは困ります。はっきりして下さい」

「この野郎、いつのまにか、生意気になりやがって。勝手にしろは、勝手にしろだ」

「わかりました。では、勝手に飼うことにします。洋平、よかったな。お父さんが許してくれた。時間のなか。はよ、船ば出そうで」

つないだ洋平の手が熱かった。

母が走って来ていた。

洋平が、母のおやつ袋を受け取った。

「数馬、洋平の面倒、よーく見てあげてね。まだ小さいんだから。洋平はあなたではないということを忘れないで。波が高くなったら、すぐ帰って来なさい。分かった？ちゃんと返事しなさい」

「分かっとるって。心配せんでよかよ。なぁ洋平」

「はい。お母さーん、お母さーん」

洋平が手を振っていた。

母は泣いているようだった。

「あっ、爺ちゃん。爺ちゃーん」

祖父が桟橋の先端で手を上げていた。

数馬は左手一本で艪を漕ぎ、右手を高く振りかざした。

「お母さん、数馬のあの船の漕ぎ方ば見てみなっせ。とても小学生とは思えん。久憲の子供の頃とえらい違いだ。大丈夫、信じなさい。わしの仕込んだ孫だ。どんなことがあっても生きる術は教えてある」

船が、呼崎の恵比須神社の前まで来た。ふたり、手を合せて大漁祈願した。数馬は両手を添えて船を漕いだ。洋平は船尾に座らせた。舳先が浮いた分、船の速度は増した。艪を漕ぐ回転を早くした。数馬の船は海の上を走った。

潮風が、ぐんぐん体の中を吹きぬけて行った。曲りの鼻まで来て、西方の沖合を見渡した。高い青空だった。水平線が澄んでいた。絵葉書よりも鮮明な五島の島々が、浮き上がって見えた。大立島、小立島をはじめ、江島、平島が黒々と点在していた。

平戸島の志々岐の下を、貨物船が通っていた。佐世保の黒島の沖合では、五島通いの定期船が高後崎灯台へ舳先を向けていた。

片島の東方から、ガネ瀬諸島を見やった時だった。海面が何かしら際立って見えた。

船を漕ぐ速度を緩めた。黒っぽい海原の上空では、海鳥たちが騒いでいた。

「洋平、ガネ瀬の東側の海ば見てみろ。ありゃ、もしかしたらイワシかもしれん。あれだけの海鳥だ。イワシの大群にまちがいなか。こっちん来てくれんかなぁ。イワシの下にゃ太っか魚のウジャウジャぞ。大物一本で、十五人前の刺身のできるけどなぁ」

番屋の瀬が近くなった。

べた凪ぎ状態だった。風の音や波の音もない静寂な海が広がっていた。

やがて、めざす漁場だった。数馬は漕ぎ方を洋平と交代した。ほとんど毎日、穏やかな湾内で練習させていた。非力ながらも洋平は上達が早かった。

「白瀬灯台へ向けて行け。ゆっくりでよか。兄ちゃんな洋平の釣り道具ば作る。波のなかけん、漕ぎ易かやろ？」

「はい」

「チロの命のかかっとるけん、頑張ろうで」

「はい！」

洋平は、鼻先で歌でも唄う軽やかさで船を漕いでいた。

「よーし、できた。あれっ?洋平、白瀬はもっと北ぞ。東に向かっとる。これじゃ曲りの地下山のたかり下へ行ってしまう。どうした洋平、白瀬って言うとるやろ」

「兄ちゃん・・・」

それでも、針路を変えようとはしない洋平だった。

「どれっ、代われ!」

「兄ちゃん・・・」

一本の舵を、二人で争った。洋平が泣いていた。

「どうしても、自分のヤマで釣りたかと?」

「はい」

「よーし、泣かんでもよか。そしたら、三十分だけ洋平のヤマで釣って、釣れん時は、兄ちゃんのヤマで釣る。それで、よかな?」

洋平がにこやかな声で「はい」と言った

洋平が漕いで向かおうとしているすぐ先の海面が青くなかった。山の影かと思ったが、影の映る岸辺とはまた違う。高い空は青く、雲ひとつなかった。雲の影でもない。洋平の進む海は、その海域だけ茶褐色で、それもかなり広い。もし、その色が海底の岩瀬の色だったら、洋平のお手柄だった。

洋平が船を漕ぐのを止めて、「兄ちゃん、ここ」と、白い歯を見せた。数馬はヤマになりそうな近隣の風景を三百六十度見回した。

「ここは爺ちゃんとも来たことがなかった。まだ荒らされてない瀬だとしたら、洋平、おいたちは大漁するぞ」

数馬は洋平の指にもビニールテープを巻いた。アラカブと違ってタイは引きが強い。保護手袋をしない素手釣りの一本釣りでは、指が切れる恐れが強かった。

親指を除く左指四本と、右指も四本、ぐるぐると巻いた。

「指を曲げてみろ。きつうなかな?よし、そんなら、エサは尾っぽから通して針を出すんだ。やってみろ・・・よし、そいでよか」

港湾の岸辺でアラカブ釣りをしてよく遊んでいた。洋平の仕草は自然でゆったり構えていた。

「釣り方はアラカブと同じだ。あれと同じ要領で釣ればよか。洋平の仕掛けは飛ばし一本だから、最初のあたりは強かぞ。チロのためだ。十五匹、なんとしても頑張ろうで。そーれ、エビス様!」

数馬は二本針だった。飛ばしは岩虫を、重り下の針は一本にしてエビを付けた。スルスルと糸が沈んで行った。

水深は、およそ二十五メートルだった。浅かった。

海底から三十センチほどたぐり上げてエサを踊らせた。するとググッと強いアタリがあった。反射的な勢いのある合わせだった。

「わっ、洋平、もう来たぞ。あっ、おーっ、しくる、しくる…こりゃ凄かぁ・・・リャンコかもしれん・・・」

十メートルほど上げて、海をのぞいた。キラッ、キラッと銀色の泡を散りばめながら、まさしくタイが二匹、右へ左へ暴れ踊り、数馬は立ち上がって、ぶり上げた。

塩焼きではもったいないような、型の良い肥《ふと》ったマダイだった。

「見てみろ洋平、きれかタイの二匹ぞ」

洋平が手をたたこうとした瞬間だった。

「わっ、兄ちゃん、キタよ、キタ、キタ」

「慌てるな。ゆっくりでよか、ゆっくりと。引くときは無理せんで、糸ばビニールテープで滑らせろ」

数を釣らなければならなかった。数馬はエサを付けて、素早く投げ入れた。

洋平の糸が船底へ流されていた。

数馬は座ったまま、片腕で操船した。

洋平も良型のマダイだった。糸が底をとるまでの間、釣り針を外してやった。

「エサは自分で付けてみろ。そうそう、エビの尾っぽば歯先で切り落として、ぐっと突き刺せ。うまい、うまい。そいでよか。今がチャンスぞ。すぐ投げ入れろ。あっ、ほーら、兄ちゃんのは大当りだ。おおーっ、おおーっ、またリャンコかもしれん」

海底を探る前の当りだった。魚たちがエサを、待ちあぐねたかのような食い方だった。

「あっ兄ちゃん、キタ、キタ」

洋平の糸の操り方は実に可愛らしかった。両膝を付いたり片膝をついたりと、その姿は洋平の父茂と瓜二つだった。

数馬はリャンコの連続だった。ほとんど良型で、洋平もまた真紅のマダイをつづけていた。

釣り落としがない分、イケスは真赤な色で染まりはじめていた。数馬はヤマを確認した。

南側は太田和の呼子の鉄塔、西側は西大島の岬の鼻と片島の位置を頭の中へ入れた。

塩焼き用のタイは、すでに二十匹は超えていた。しかし肝心の刺身用の大ダイがまだ釣れてなかった。

「洋平、塩焼き用は目標達成ぞ。あとは、大物一枚だけでいいんだがなぁ。小ダイがあるということは大ダイもおるということだ。なぁ洋平。ああー、腹減った。おやつば食べようで。チロ騒動で昼飯ば忘れた」

数馬がサイダーを飲み、アンパンを頬張る頃、洋平が小首を傾げながら、釣り糸を上下させていた。

「どうした?地球ば釣ったな?どら、兄ちゃんと代わってみようか」

「あっ、重か魚の・・・」

「えっ、魚の釣れとると?」

船縁には釣り糸の摩擦を防ぐための竹竿が、両舷とも渡してあった。その竹竿がキキッ、キキッ、と音をたてていた。

「よーしひとりで上げてみろ。急がんでよか。ゆっくりな。兄ちゃんがタビば用意する。ガンバレ」

それにしても、魚が暴れ動く様子ではなかった。ただ重いだけのもので、洋平は必死な仕草を見せていた。

海底の石かと思ったが、考えてみれば、洋平のオモリの下に釣り針は付けてなかった。とすれば、重いだけの魚だ。何だろう。数馬はタビを構えて、海の中をのぞき込んだ。

黒っぽいものが見えた。魚ではなかった。やはり石か?四、五メートルまで来て、何か足のようなものが動いていた。

「ん?あっ、伊勢海老だ。太か伊勢海老だ。洋平、ぶり上げたら糸の切れる。海面で止めろ。スロー、スロー、よーし、もう少しだ・・止めろ。やったぁ、獲った、獲った」

赤紫色の伊勢海老は、貝殻の付着した、見事なものだった。タビの中で、ギシギシ鳴いていた。

タイとは別の、船尾のイケスへ入れた。

洋平はニコニコだった。

「あげん大きかとば、ようひとりで上げきったなぁ。さすが父ちゃんの子だ。こっちへ来い。おやつば食べようで」

「兄ちゃん、爺ちゃんへ・・・」

「おおっ、爺ちゃんへか。伊勢海老は爺ちゃんの大好物だもんな。二キロ近いかもしれん。よーし、片身は刺身で、あとは天プラにしようで。足と頭はみそ汁で食べよう。おいが料理する。お父さんへは渡さん。爺ちゃんが教えてくれたけん、できるぞ」

おやつを食べて、サイダーを飲んだ。小潮のような穏やかな潮流だった。風もなかった。船はほとんど動いていなかった。中瀬の浮標の海域がにぎやかだった。海鳥たちが群れをなして騒いでいた。

海面が雨でも降っているかのようでドボドボと激しい音

をたてている。異彩を放つ海鳥がいた。黒味がかった細身のからだで大空から海中めざして突撃していた。

「わァ、見てみろ洋平、あの鳥はすごかなぁ。海ん向かって真っ逆さまぞ。ゼロ戦のごたる。息も長かなぁ。自分より大きが魚ばくわえて飛び上がってくる。あっ、海へ落とす鳥もおる。何ていう鳥だろう。帰ったら聞いてみよう。爺ちゃんなら何でん知っとる」

タイを釣り上げる時、のぞいた海中は銀色だった。キラキラと輝く銀鱗は帯のような隊列をなして、くねくねと太い模様を描いていた。

イワシの群れは、時として船の回りで小島をつくった。イワシがイワシの背にのし上がり、数千数万匹という大群が数馬たちの小船を揺らした。跳ねたイワシは船の甲板まで飛んで来た。

カモメの鳴き声は響き渡り、ゼロ戦の精悍な鳥たちは、空中から次々と急降下しては海深く潜って行った。

船の中の容器という容器を出して、イワシをタビですくい入れた。洋平は船べりから手を延し、わしづかみでイワシを取っていた。捕ったイワシは頭を指で落とし、ひょいひょい食べはじめた。

数馬もわしづかみしたイワシを頭ごと口の中へ入れた。跳ね回るイワシが口の中の天井やホッペタをくすぐった。苦みの強い味がしたが、かみ砕いてみるとイワシの甘さが広がった。コリコリした歯ごたえは後を引いた。

その時、ドスンと空から魚が落ちて来た。数羽のゼロ戦が、船の上空で海面をうかがっていた。ゼロ戦が落としたのだ。

降ってきた魚はまだ甲板上で跳ねていた。この土地で、ネリゴと呼ばれるカンパチの子だった。頭の付け根あたりを、一撃で仕留めていた。

多くのゼロ戦は、獲物をくわえて、海岸線の山際まで運んでいた。もどって来た後も、雨のような体当たりをくり返していた。

カモメはカモメで、羽をバタバタさせながら口先で器用につっついていた。

ドスン、とふたたび魚が降ってきた。ネリゴよりは大きなスズキの子だった。

数馬は洋平を船尾へ呼び寄せた。肩を組み座布団をかざした。空から飛んでくる魚への構えだった。

船は完全にイワシが占領していた。船の回りという回りはイワシだらけで、青い海の色がイワシの銀鱗で深い銀色の海となっていた。

船の近くを、佐世保港へ向う魚の運搬船が通った。その機関の音でイワシの大群が海深く潜って消えた。イワシの銀色のウロコが夜空の星のようだった。ふたりは船べりから顔をのぞかせていつまでも海中の星々を追った。

船の上もまたウロコ一色で船が輝いていた。洋平はひしゃくで海水を流し入れ、数馬はタワシで甲板を洗った。大物のタイは釣れなかった。塩焼き用は三十五匹までは勘定できた。ふたつのイケスはぎっしりで、海水が泡立っていた。

もはや、エサ用の小エビも岩虫も使い果たしていた。ふたりは最後に、イワシを頭から引っかけて落とした。ほどなくして数馬の糸が当たった。ジワーと重くなった。合せをがまんした。飛ばしへ食い付く魚を待った。

重り下の針にはアラカブが、飛ばしには小ダイが掛かっていた。

その日は、アラカブもよく釣れた。型の良いアラカブばかりだった。やはり、ここはまだ糸の入っていない漁場だったのだ。

数馬は釣り糸を巻いて、帰り支度をはじめた。

「洋平、帰ろうか。ちょうどよか時間ぞ。黒島の沖ば、五島行きの最終便の走りよる。どうした?地球か?」

「兄ちゃ、兄ちゃ、サカナ、サカナ」

糸がシュルシュルと勢いよく引かれていた。

「どらどら、兄ちゃんと代われ。船の舵ば取れ、糸の船底に持って行かれんよう注意し艪・・・オオッ、こりゃ凄か大物だ・・・オッオッーチクショウ、糸ば止めきらん・・・洋平、船ば沖へ出せ…わっ、熱《あつ》っ、指のテープの切れた…痛い、痛い」

「兄ちゃ、兄ちゃ！」

「大丈夫だ。何のこれしき。チロの命のかかっとる」

糸のもどしが無くなっていた。糸を巻いた木枠が宙を飛んだ。

飛んだ木枠は、ガタガタ、ガタガタと甲板をたたいた。

数馬は叫んだ。

「爺ちゃーん、どうすれば止めきると?爺ちゃーん」

てぐすの残量が、あと数メートルも残っていなかった。無くなれば、万事休すなのだ。切れた人差し指が痛かった。猛烈な痛さだった。

糸を中指に持ち変えた。千代吉の姿を思い出した。

大物と対峙する時、千代吉は両膝を付き、斜め半身の姿勢で構えていた。船縁から身を乗り出して、右腕一本で魚の動きと合せていた。

数馬もその姿勢を保った。魚の強烈な引きはまだつづいていた。右腕一本をゴムのようにしならせて、魚が弱るのを待った。

重い。ずっしりと重かった。

魚の勢いが、おとなしく感じられた。数馬は慎重に手繰りはじめた。

五十センチ、一メートル、少しずつ、少しずつ引き上げた。右手の人差し指は割れていた。糸が食い込むたび、数馬は「痛い」と大声をあげた。
四、五メートル上げた所で、ふたたび、シュルシュルと持って行かれた。
「チクショウ、せっかく上げたのに」

洋平を見た。

泣き虫の洋平が「兄ちゃ、兄ちゃ」と呼びながら、艪をしっかり握っていた。

「太っか魚ぞ。いっちょん、上がって来んたい。やれる所までやろうで。糸の切れても泣くなよ。って言うても兄ちゃんな泣くぞ。ここまできて悔しかやろ。血だらけで釣っとるとけんな・・・」

船縁の渡し竹が、魚の重さでキュッ、キュッと鳴いていた。

糸が切れる気がして、数馬は竹は通さず、千代吉と同じ姿勢で、海へ身を乗り出した。

この魚は海底の深い所では大ダイのような暴れ方だった。もうそろそろ弱ってもいい頃合いだと思ったが、いつまでも元気のいい魚だった。頭を下へ下へと向けようとしていた。数メートル上げた所で、こんどは右へ左へ走り出した。

タイの上がり方ではない。イワシの群れを追った青物ではないか、と思った。ブリかヒラス、あるいはカンパチの大物かもしれなかった。

魚のしくりはずっと続いていた。

重いうえに強いしくり方で、一尋二尋と手繰り寄せるのは、数馬の体力では容易ではなかった。その分、時間がかかった。

一隻の漁船が、数馬たちの船の近くまで来て、エンジンを止めた。茂の船だった。

黒瀬沖を通りかかった時、茂は番屋の瀬近辺で、子供二人が乗っている小舟を確認した。数馬が上半身を海へ乗り出して、今にも落水してしまうのではないかという格好で懸命な姿だった。ひとり息子の洋平は、必死で艪を操作していた。茂は熱いものがこみあげてきて「ウッ」とむせび泣いてしまった。

余程の大物なのか、数馬は持ちこたえるだけで、上下の運動は弱かった。自分が手助けすることも考えた。しかし、ここは子供たちだけで乗り越えた方がいいと思い直した。

数馬はやっと、五メートル手繰り寄せた。魚が暴れたりしても、糸を送り出すことは止めていた。重い魚だけに、暴れ出すと半身の体は海中へ引き込まれそうだった。割けた指は海水の中で、針を刺す痛みだった。じっと耐えるしかなかった。

六メートル、七メートルと、糸の余裕がでてきた。千代吉は大物と戦う時は、いつもお題目を唱えていた。

南無妙法蓮華経。

数馬も、いつかしら唱えていた。

神様仏様、どうか、この魚を釣らせて下さい。チロを助けて下さい。南無妙法蓮華経、南無妙法蓮華経・・・

魚は疲れてきたのだろうか。・・・しくり方が弱まってきていた。しかし、重量感だけは、少しも変わってなかった。もうすぐ、魚影が見えてくるはずだった。

「洋平・・・」海の中をのぞいてみろ、と言いかけた。

そのとき突然、涙がこみあげてきた。涙であとのことばがつづかなかった。千代吉の道具は、道糸十二号、鉤素《はりす》は五号のはずだった。洋平のものも同じだ。よく耐えたものだ。いつ切れてもおかしくはなかった。

茂父ちゃんが言っていた。

お前には海の神様がついている、と。

蒼白い物体が見えはじめた。横になり立てになりして、その姿がいよいよ目の前だった。

数馬は、その魚の大きさを見て圧倒された。震えおののいて血の気が引いた。

「洋平、一番大きか網ば用意しろ!兄ちゃんの左側に来い・・・魚の横んなったとき、頭の方からすくい取れ。よかな・・・」

あと五メートル、四メートル・・・。

最後の大一番、その瞬間こそが、大勝負だった。

あと三メートル、二メートル。

「ようし、まだぞ、まだまだ・・・もう少し頭の横んならんかなぁ・・・よし、今だ」

と、そのとき、おとなしかった魚の目がパッチリ開いた。魚は洋平の網を軽やかにかいくぐり、ふたたび海底へ向けて泳ぎ出した。

洋平が大声で泣き出した。

「泣かんでよか。兄ちゃんが、もう少し待つべきだった。泣かんでよか。ほら、まだ逃げたわけじゃなか。ちゃんと鉤のかかっとる」

姿が見えないほど沈んでしまったが、たしかな手応えは残っていた。数馬はふたたび、根気よくじっくりと糸を手操りはじめた。

魚影が見えてきた。

今度こそは、失敗は許されない。

魚の目と自分の目が合った時は、数馬もハッとした。

「洋平、もう失敗でけんぞ。すくい損ねたら、それでおしまいだ。さっきのごと、サッと入れたらだめだ。頭の方からスーッと、ゆっくりすくい取ろうで。太か魚けんな、洋平ひとりの力では上げきらん。兄ちゃんひとりでも上げきらん。ふたりで力ば合せて上げようで。わかったな?」

「はい」

「よーし、来たぞ、来たぞ、・・・ん?前よりも元気のなかごたる。チャンスかもしれん。あと三メートル、二メートル・・・構えろ、まだぞ。まだまだ・・・腹の、空ば向いときだ。よーし、まだまだ、ウッ、今だ!ゆっくり寄せろ!」

大物が白い腹を見せた一瞬だった。洋平の持った網が、スーッと魚の頭を拾った。魚は網の目を突き破る勢いだった。

数馬は網の取っ手を握り、左手で網の輪の太い針金を抱えた。

「せーの」

ふたりは、よろけながらも、甲板の中央まで取り込んだ。

ブリかと思ったが、魚体の中央の鮮やかなブルーの模様はヒラスだった。

見事なヒラスだった。

ふたりは「やった。やった」と、肩を抱き合って喜んだ。

「よかったな、洋平。これでチロと一緒に、家の中で暮らせる」

「兄ちゃ、兄ちゃ」洋平は大粒の涙だった。

茂はエンジンを吹かせた。いちはやく気付いた数馬は、

「あっ、父ちゃん。洋平、父ちゃんの帰ってきとる。手ぇば振れ」

洋平が両手を振り上げて「父ちゃ、父ちゃ」と叫んだ。

茂がロープを投げた。数馬は空中でつかんだ。

「数馬、何だったな、今の魚、太かったな」

「ヒラスです。五キロはあると思う。父ちゃんの活間《いけま》、栓は切っとると？」

「そう思って、今切ったばかりたい。そのタビでは小さ過ぎる。これば使え」

茂は魚がすっぽり入るような大きくて深い網を渡した。

魚を受け取った茂が、

「うーん、こりゃ立派かヒラスたい。ヒラスでは一番型ぞ。七キロ、いや十キロ近いかもしれん。子供たちだけで、ようもまぁ・・・数馬、腕ば上げたな」と、自分のことのような喜び様で、涙ぐんでいた。

「まぐれです。洋平も手伝ってくれたし。最後の最後、洋平の道具に掛かりました。これは洋平の魚です」

「ほう、そうな。よかったたな、洋平、兄ちゃんの上げてくれて。こっちん来るな？」数馬は洋平を抱き上げて、茂へ渡した。

茂と洋平は、しばらく抱き合ったままだった。


太陽が西の方へ傾いていた。ハッとした。ヒラスとの格闘で、時間の経過を忘れていた。

「父ちゃん、五時はもう過ぎた？」

「ちょっと待て・・・十五分前だ。洋平は会うたんび、体格のしっかりしてきとる。数馬、いろいろありがとうな」

「はい、洋平と一緒だと、楽しいです。頭の良い子だといつも感じています。あっ、時間のなか。タイの釣れ過ぎでイケスがすし詰め状態です。そっちへ移していいですか」

「よかよか、持ってこい・・・お前たち、大漁しとるじゃなかな。たいしたもんだ」

「洋平も十匹以上釣りました。なぁ洋平。わっ、急がないと。お父さんと五時までの約束です。実は、おいたちの可愛がっていた子ネコが、お父さんの宴会用の魚を食い荒らしてしまいました。弁償したら子ネコを家の中で飼うことができます。そういう約束です」

「ふーん、そうな。兄貴は怒ったやろ？」

「はい。ズタ袋に入れて海へ捨てました。もう少しで溺れて死ぬところでした」

「ハッハッハ、兄貴らしいな。そんなら早《は》よ帰ろうで。数馬、こっちへ来い」

係船ロープをくくりつけて、数馬はひょいっと飛び移った。海は銀鱗の喧噪がうそのような、もの静かな佇まいだった。

船尾の洋平は茂の懐で甘えていた。数馬は船の舵を取り、面高の港へと向った。

片島の沖を見た。水平線はまだ青白く、たそがれ色の空ではなかった。

切れた指が痛かった。厚目に巻いたビニールテープは、ざっくり裂けていた。凝血した裂け目から生々しい赤い肉がのぞいていた。

気が遠くなりそうな気がして、数馬は舵をにぎりしめた。

桟橋には父と母が立っていた
千代吉は座布団を敷いたビール箱に腕を組んで腰掛けていた。

接舷するや、洋平は千代吉の元へ走った。数馬もその後を追った。数馬は顔面蒼白の自分を意識した。こういう経験は初めてのことだった。

「どうした数馬?」

「指が、指が・・・」

「えっ、あっ、指のプラプラじゃなかな。どげんした?指の千切れかかっとる」

それを聞いて、数馬は気を失った。

「茂、茂、たいへんだ。ちょっと来い。急いで来い。数馬ば隣の病院へ運んでくれ。かわいそうに、こげん怪我までして・・・」

「数馬、しっかりしろ!」

「兄ちゃ、兄ちゃ」洋平が大声で泣き出した。

騒然とした中で、父は茂の船の甲板でタイの仕分けをしていた。活き締めの楔を入れるのは母だった。

「あなた、数馬が変です。何かあったようですよ」

「時間のなか。大丈夫だ、死にはせん。お前は荒仕込みしながら、炭を起してタイを焼け。そのイワシも刺身にして、酢ヌタで和え物にする。アラカブは、これだけ型の良かったら唐揚げしてポン酢を添える。みそ汁もアラカブだ。刻みネギとショウガの薬味を忘れるな。分かったか?めそめそするんじゃない!」

「だって、数馬が・・・」

「時間のなか。急げ」

「あなたはいつもそうやって仕事仕事で数馬を叱りつけてばかり・・・、時々はほめてやって下さい。四時間足らずで、こんなたくさんの立派な魚・・・、子供たちがかわいそうでしょう。父親からはよくやった、とねぎらいのことばもなくて・・・」

　母は泣きながらそう訴えた。

「うるさい、どけっ!」

　千代吉がやぐらの上から、二人のやりとりを聞いていた。

「こらこら、夫婦喧嘩はそこまでだ。せっかくの魚だ、時間との勝負ぞ」

　父がバケツのタイを祖父へ見せた。

「あいつら、こげん良かタイば、この倍も釣り上げとる。爺ちゃん・・・ありがとう」

「なんな、なんな。気持ち悪い。して、大物のタイは?」

「タイの大物はなかったけど、十キロ近いヒラスば釣っとる。見事なヒラスばい」

「それだ、ヒラスだったか。数馬の右の人差し指が、テープごと切れとった。血も出たんだろう。顔色が蒼かった。ようがまんして釣り上げたものだ。お前の子供時代とえらい違いだ。指の千切れよると言うたら、数馬のやつ気絶しよった。アッハッハ」

　母が祖父たちの会話を聞いていた。

「えっ、まァ、数馬の指が千切れたんですか?」

「いやいや、そうじゃない。切れかかっていたのはビニールテープだ。二、三針縫ったら、すぐ直るさ。お母さん。様子ば見て来なさい。そして、茂ばすぐ呼んで。あいつも漁師だ。魚のウロコぐらい落とせるやろ。あんたも、すぐもどりなさい」

「はい、ありがとうございます」

　数馬は病院のベッドから下りる所だった。指の感覚がなかった。麻酔が切れたら少し痛むかもしれないと先生が言った。痛み止めを受け取り、外へ出たとき、血相変えた母と会った。

「あっ、お母さん、どうしたと?」

「どうしたって、指、ケガしたんでしょう」

「たいしたことないよ。少し縫っただけ」

「ああ、もうびっくりした。お爺さまが数馬の指が千切れたって言うもんだから。洋平、あなたの指、見せてごらんなさい。まァ、こんな傷だらけで。茂さん、洋平のテープも剥がして、見てあげてね」

「はい。おかみさん。さぁ、帰ろうで」

茂はタイの荒仕込み。母はそのタイを二台の七輪で焼きはじめた。八・八キロのヒラスだったとのことだった。父はヒラスを三枚から五枚へと切り分けていた。一キロ足らずのタイも二匹、皮を霜ふりして冷水で冷やしていた。

父は板前としての腕はいいのだ。とくに刺身用の大根のツマは、繊細で切り口は鋭いものだった。数馬は自分のツマと比較して、恥ずかしいことを知った。そして揚げものの父の手際の良さといったら、数馬はとてもかなわないと思った。

造りは薄切りのヒラスとタイの霜ふり。焼きもののタイは身がホクホクで骨から反り返るほどの新鮮さだった。洋平が古伊万里の焼き皿の上に南天の枝葉をあしらい、数馬は焼き上がったタイの塩焼きを盛り付けた。

宴会が散会して家族が夕餉の円卓を囲んだのは十時過ぎだった。

祖父の千代吉はコップ酒、父と茂はビール、数馬と洋平はサイダーで、祖父の「お疲れさん」でやっとご飯にありつけた。

母の焼きたての塩焼きは、それまで食べてきた中で最高の味だった。右指の使えない数馬は、左手のスプーンで焼き身をほぐし、頭は手でかぶりついた。タイの目の玉がほどよい塩味で、トロッとした甘さがなんともいえずうまかった。

洋平は茂の膝の上だった。その胸ではチロがおとなしく抱かれていた。洋平の手の平のほぐし身を、チロはペロペロと食べていた。

その時、洋平が突然立ち上がった。チロが驚いて「ニャン」と鳴いた。

「兄ちゃ、アレ・・・」手をモジャモジャさせて、物の大きさを両手で示していた。

「あ、そうだ。忘れとった。洋平、懐中電灯持って来い」

船まで走った。チロもつづいていた。

洋平の電灯が映した物は伊勢海老だった。重量感たっぷりの伊勢海老はイケスの中でのっそり動いていた。

「爺ちゃん、これっ！洋平が釣ったんだよ。爺ちゃんに食べて欲しいって」

「うへぇ、太か伊勢海老じゃなかかな。洋平の釣ったとか？」

「そう」

「一人でか？」

「そう、なぁ洋平」

　洋平はニコニコ顔だった。その胸にはチロがしっかり抱かれていた。

　竹のイケスカゴへ移した数馬は、あのゼロ戦についてたずねた。洋平は千代吉の懐で甘えていた。

「ほう、ゼロ戦の狩人ば見たか。わしはむかし、アメリカ海軍のお偉いさんたちと、釣りばしたことのあっての。あん時も、イワシの群れば見て突撃する鳥がいた。英語でナントカ、ナントカと叫んで興奮しとった。うーん、思い出しきらんばい。あの鳥はワシやタカの親戚でな、この辺ではミサゴっていう勇敢な鳥たい。なんせ空高くから海中へ向って一直線で突撃するんじゃからの。それも百発百中だ。たいした鳥だよ。洋平、良かもんば見られてよかったのう」

　洋平が大きな声で「はい」と言った。

　チロが家族の一員となった。洋平はいつも、チロを抱いて寝ていた。調理場への出入りも自由ではあったが、父の目は厳しかった。

　ある日の昼下がり、数馬は母の焼いたホットケーキを、祖父と洋平と共に食べていた。

　母が、お茶にしませんかと熱々の紅茶を勧めても、父は背中を向けたまま、ひたすら包丁を研いでいた。

　母のホットケーキやドーナツ、フレンチトーストなどは最高のおやつだった。とくに傑作だったのはプリンだった。その作り方を数馬は見て、聞いて、実践して、とうとう母と同じ味のプリンが作れるようになった。

　なごやかな話題がつづいていた時だった。

　突然「ギャアッ！」という父の悲鳴があがった。全員が驚いて振り返った。

「あなたどうしました？指、切りましたか？」

　父は庖丁を持ったまま。両足をバタバタさせていた。

「ち、違う。大きかネズミの、いまおれの足の上を歩いた」

　母が「うふっ」と笑った。父の慌てふためく姿を見て、数馬もこらえきれず笑ってしまった。

「笑うんじゃない！」

　と、目をひんむいて怒った。しばらくして、ふたたび「ギャーッ」と、前より増して悲鳴をあげた。

　こんどは祖父が、お茶を吹き出して笑った。

「アッハッハ、バーカの、ネズミぐらいで。大潮で浜から上がったネズミたい。足で蹴ったくれ」数馬も洋平も、目を見合わせて、声は出さず、肩を揺らして笑った。

洋平の横でパンくずを食べていたチロが、ステンレスの調理台の上へ移動していた。背中を沈め、ある一点を集中していた。

洋平が数馬の肩をたたき、あごをしゃくった。ちょうど、チロが父の足元めがけて飛びかかる瞬間だった。

空中へ飛んだチロは、ネズミの頭めがけて襲撃していた。ドタバタと激しく暴れ回り、父は「キャーキャー」と叫び声をあげた。チロとネズミは父の足の上で戦っていたのだ。素早く立ち上がった洋平は、ネズミを口にくわえて、外へ出て行くチロを見た。

「洋平、その紅茶ば飲ませてくれ、ハァー」

弱音など吐いたことのない父が「チロのおかげで助かった」と肩を落とした。

「ネズミなんか、大嫌いだ」

数馬は、〝ギクリ〟とした。自分は昭和二十三年生まれの、ネズミ年だった。祖父がすかさず「お前のことではない。気にするな」と、数馬の背中をさすった。

チロが洋平の元へ走り寄ってきた。ところが、父がすっと抱きあげて、

「チロよ、お前は勇敢なネコさんだ。ありがとう。ありがとう」と耳を疑うかのようなことを言った。数馬はいまだかつて、父からありがとうのことばを掛けられたことはなかった。

その日を境として、父とチロは大の仲良しとなった。食事の時は自分のあぐらの上で魚の切り身を食べさせる、にこやかな父の姿があった。

窓の外は海だった。

潮が引いて、数馬の船は竹のやぐらの下で見えなかった。開け放たれた窓から、涼やかな風が流れてきた。

父に抱かれたチロの名を、洋平が呼んだ。

「チーロ」

チロは洋平へ向けて「ニャーン」とやさしい声で鳴いた。

# 六　いくつかの場面

ソフトボールの白球が小学校の校舎めがけて高い放物線を描いていた。

打ったのは数馬、左手一本で打ったような打球だった。ボールは軽々と屋根を越えるかに見えた。が、失速したボールは廊下の窓ガラスを直撃してしまった。

昼休みだった。児童たちが校庭で遊んでいて助かった。親切な小使いさんとふたりでガラスの破片を拾った。

午後の始業ベルが鳴った。職員室へ行った。担任はお茶を飲んでいた。少し遅れますと頭を下げた。数馬が大嫌いな担任だった。胸を小突かれた。

「五時間目が算数のテストだということは知っていたはずだ。お前は自習もしないで校庭で遊んでいたのか！」

「・・・」

「遊ぶことだけは一人前だからな。なんだその目は。お前が遅れたらみんなが迷惑する。遅れることは許さない」

「・・・」

数式の計算を済ませた頃、前列の男の子が「先生」と手を挙げた。

「ウンコしたくなりました。トイレに行かせて下さい」震えるようなか細い声だった。

「何を言うか。だめだ。試験中だ。がまんしろ」

バカな先生だと思った。転校して来てまだ数カ月の原政和君だった。成績優秀な子だった。

反面、体は見るからに貧弱で、体育の時間は陽の当たらない場所で見ているだけだった。

額が脂汗でにじんでいた。数馬は手を挙げた。

「先生、ぼくもウンコがしたくなりました。便所へ行かせて下さい」

わざと、響き渡るような声で言った。

チョークが飛んで来た。避けることはできたが、そうしたら後の子に命中すると思った。数馬は右手で受け止めた。腹が立った。黒板めがけて、それを投げ返した。チョークは黒板でパチンと弾けた。その破片が先生へ当った。

「きさま・・・」

目を怒らせた担任が近寄って来た。拳《こぶし》で首と肩の付け根をグリグリと押さえつけられた。

「痛い！」

「痛くない」

「やめて下さい、もう。あっ、屁をこいたらウンコが出ます。外へ出してもらえなかったら、教室の後ろでバケツの中に出します」

　数馬は席を立った。教室がどよめいた。騒然とした中で担任が一喝した。

「静かにしろ！出て行け。呼びに来るまで校庭でずっと立ってろ！」

　数馬は脂汗の子の所へ行った
「行こ！」

　手をつないでトイレへ急いだ。

「ゆっくりしていいよ。校庭で待っとるからね」

「君は？」

「朝、いっぱい出たから、今したくない」

「えっ・・・ありがとう」

　誰もいない校庭は寂しかった。下級生の教室の方からオルガンの懐かしい音色が流れてきた。

　数馬は玄関脇の朝礼台の上で深呼吸した。青白い高い空が広がっていた。

　のどが渇いた。バス停横の子供相手の店へ走った。亡くなった父方の祖母と縁つづきとのことで、数馬には特別優しくしてくれるおばちゃんがいた。椅子の上で足を組み新聞を読んでいた。

「おばちゃん、お腹の痛くならないやさしい飲み物を2本ください」

「あらっ、腹が痛い？勉強、終わった？時間が半端だよねぇ」

「昼休み時間、ソフトボールで窓ガラスを割ってしまいました。それでいま校庭で立たされています」

「オッホッホ、野球、うまくなったのね。お腹にやさしい飲み物ねぇ、なんでも好きなもの飲みなさい。好きなもの飲んで、それでピーピーだったら納得でしょ」

「うん。そうだよね。コーヒー牛乳とキャラメル、それとクラッカーを」

　長いトイレだった。キャラメル二個、クラッカー三枚を食べた頃、白いハンカチで手を拭きながら、やって来た。

　校庭の朝礼台の上、二人は並んで座った。「足がしびれてしまって。でも、すっきりした。小さい頃から胃腸が弱くて・・・ありがとう。算数のテスト、ぼくのためにごめんね」

「いいよ、いいよ、なんでもない。半分はできたから。君は？」

「全部できた」

「わっ、すごい。おれ、算数3だもん」

「でも、国語、体育は5でしょ？」

「3だよ。今の担任になってから、オール3。3なんて、とったこともなかったんだけど」

「先生が君のこと嫌っているんだね。チョークまで投げられて。驚いたよ。君は堂々と投げ返した。ぼくなんか、あんな勇気はない。ぼくのことで、また嫌われてしまった。ごめんね、ほんとうに」

「いいって。あと一年、がまんすればいいんだから」

「あーあ、こんな学校、もう、やーめた。転校するよ、ぼく。佐世保駅の上の方にね、お母さんの実家があるんだ。祖父母が住んでる。ねぇ、君も来ない？」

「ぼくはどこへも行けない。勉強それほど好きじゃないし。大好きな爺ちゃんや弟もいる。魚釣りももっとうまくなりたいから」

「へぇー君んとこ漁師なの？」

「漁師もやってるし、お父さんは旅館の板前。ぼくも修行中だよ」

「え？板前さんになるの？」

「そのつもり。板前になって、お金稼いで、弟を病院の先生にする。二人でアメリカへも行くんだよ」

「目標があっていいねえ。あっ、それで君はローマ字を英語で読んで、あのオバカな先生から叱られるんだね。ぼくはすごいと思っていた。英語はどこで勉強してるの？」

「ほとんどラジオ。爺ちゃんが二台買ってくれて、弟といつもアメチャンの番組を流している。弟は頭がいいんだ。ぼくはエルビス・プレスリーっていう歌手が好きで、アーユーロンサム トゥナイトという歌詞を覚えようとするんだけど、どうしても聞き取れない所でも、弟は一、二回聞いただけでスラスラと書いてしまうんだ」

「ふーん、弟さんは優秀なんだね」

「そう思う。佐世保の金明堂書店へもよく行くんだけど、ぼくはマンガ本で、弟はいつもむずかしい英語の本。トランジスタラジオのイヤホンつけて、フンフン歌いながらその本をめくっている。あっ、のど渇いてない？コーヒー牛乳あるよ」

「ありがとう・・・冷たくて、ほんのり甘くて、おいしいね」

六時限目のベルが鳴った。日差しが強くなった。朝礼台の鉄板が焼き焼きして尻が熱くなった。日陰になりそうな場所がなかった。政和君の口数が少なくなった。顔色が蒼白くなり、汗が吹き出している
「気分が悪い？保健室で休もうか？」

「いいや。あそこで寝ていると、体中がかゆくなる。数馬君、お母さんへ電話してくれる?·迎えに来て欲しいって。これ、家の電話番号。体が気怠《けだる》くなって歩けそうもない。はぁ、目の前が白くなってきた・・・」

数馬は政和を背負い、おばちゃんの店へ急いだ。苦し気な少年を見て、おばちゃんは布団を敷いた。

「数馬ちゃん。どうしたと?·」

「校庭で立たされていたんだ。日射しが強くなって、倒れてしまった。おばちゃん、電話借りるね」

連絡はすぐ取れた。学校前の小店で休んでいることを伝えた。数馬は汗を拭いてやり、うちわで涼しい風を送った。

面高湾はさざ波さえもない。穏やかな海が広がっていた。向こう岸の恵比須神社の海岸線は緑色の海操が干上がっていた。

大潮前の中潮で、数馬が帰る頃、潮は厚さを増して石垣の根元まで満ちているはずだ。

洋平の岩虫掘りはほぼ日課となっていた。潮の引き具合を見て、洋平は後浜へ向かう。木製の風呂桶の、ほぼ半分まで虫を掘った。それを見た数馬は必ず「よう掘った」と頭をなでた。

お昼まで、まだ時間があった。千代吉は布団の中だった。洋平は手を洗い、濡れ新聞紙を風呂桶へかぶせて、千代吉の布団の中へもぐり込んだ。

うとうととした感じだったが、時計は十時をとうに過ぎていた。

「お爺さま、洋平も、ほら起きなさい」

母が旅館から、お茶と甘い物を運んでいた。

「ああ、よう寝とった。あれっ、洋平もいつのまに。そげん端っこで、寒うなかったか?·お母さん。お茶ばくれんね」

母は台所だった。

「はーい。洋平、来なさい。これ、お爺さまへ持って行きなさい。あなたのは練乳をあたためたホットミルク。お兄ちゃんが帰ったら、同じものを作ってあげようね」

「はい。お母さん」

「まぁ、自然な声が出て。もうすぐ茂父さんが帰って来る頃だから、お父さんをびっくりさせましょうね」

千代吉は縁側の藤椅子で、足を組んでいた。開放された窓から、南寄りの風がそよいでいた。千代吉の手の中の新聞紙が揺れている。

起床してからの千代吉の朝の日課は、時間をかけて新聞を読むことだった。

　長崎新聞、読売新聞、朝日新聞など七十歳を過ぎても、千代吉の新聞好きはつづいていた。

　洋平は千代吉の両股の間でちょこんと座り、千代吉の読んで聞かせる記事を目で追った。時々、千代吉がいたずらな質問をする。

「洋平、爺ちゃんな今、どこば読んどるしょ？」

　洋平の目は輝き「ここ！」と、間髪を入れず指を差す。

　母が軽い食事を運んでくる。

「まぁ、そうしていると、小さい頃の数馬とそっくり。お昼前だから、軽いものですよ。お爺様、お飲み物は？」

「紅茶ばくれんね」

　母の手料理は洋風も和風も楽しい夢があふれていた。

洋平はフォークの使い方がうまかった。

　ハムのスクランブルエッグと野菜サラダ、一口大のバナナにはイチゴジャムが添えられていた。

　トースト用のガーリックバターは、千代吉が佐世保や長崎の店を探して、やっと入手したものだった。

　母が数馬と洋平の机の上を、掃除していた。英語関連の本が散乱している洋平の机と比べ、数馬の机の上は何もなかった。

「お爺様、数馬はちゃんと勉強してます？」

「英語の本は、洋平とよう勉強しとるぞ。何か気掛かりな事でもあるかね？」

「通知表をずっと見ていません」と母が言った。

「オール3じゃ。恥ずかしくて、見せられんやろ。父ちゃんの雷も落ちるし」

「え？オール3・・・5はないんですか」

「ない。3ばかりじゃ。よかじゃなかね。病気せんで、元気一杯だし。魚釣りも上達した。のう洋平、兄ちゃんな優《やさし》かもんのう。通知表見せたかと聞いたら、あいつ、お母さんの悲しむけん、見せとらんと言うた」

　母がへたへたと座り込んだ
「理由があるはずです。これまで科目の半分以上は5だったのに。お爺様、オール3の理由、聞かせてください」

「困ったのう。口止めされとるんじゃ。ばって、お母さんには隠し事はできん。冷静に聞いてくれるかね」

「もちろんです。私はいつだって冷静です」

　五年生へ進級した頃、先生方の地区への家庭訪問があった。母は不在だった。茂の娘の学費や生活費やらを届けるため、佐世保まで出かけていた。そのうえ、美容室へ寄ったりして帰りが遅かった。

担任の対応をしたのは父だった。父はお茶を出そうとした。あいにく茶筒の茶葉が切れていた。父は水を出した。そのコップの水が問題だった。水を飲んだ担任は、みるみる顔色を変えて帰ってしまった。

「ただ、それだけのことだよ」

「それが、数馬の成績と関係あるんですか？」

「あるんじゃよ。よその家では、コップに酒を出していた。うちだけがコップに水だった。酒なら腐るほどあるというのに、久憲め、数馬のあとさきも考えんで、水なんか出しよって」

「まぁ、うちの人が、恥をかかせてしまったのですね！」

「そうだ。もうすぐ学芸会があるじゃろ。数馬の役は何だと思う？・・・木だ」

「木？木って何ですか？」

「森の木じゃよ。はじめから終りまで、木の格好をさせられて、舞台の袖で突っ立ったまんまじゃと。まるでさらし者だ」

「ええーっ、そんな それじゃあんましです。数馬がかわいそうです・・・」母は泣き出した。

「ほらほら、だから冷静にと言うたやろ」

洋平が椅子を立った。母の肩越しから「お母さん」と言って抱きついた。

「ごめんね、洋平。泣いたりしてお母さんが弱虫だった。これからのこと、ちゃんと考えてあげないと」

千代吉はフォークでバナナを突っついて、ジャムをつけていた。

「先生も数馬も傷付けんで、丸く収まるような方法はないもんかのう・・・」

洋平は母の膝の上だった。

「この月末に県庁のお偉いさんが宿泊予定です。数馬のことは、小さい頃からよく知ってるお客様なので相談してみます」

「うん。それがいい。くれぐれも穏便にな。数馬とはこれまで通り接しなさい」

「はい、ありがとうございました。知らなかったら数馬を叱りつけるところでした。洋平、あなた達の洗濯物、出来てるから取りに来なさい」

洋平は母と手をつないで歩いた。途中、雑貨屋の太田店の中へ入った。

「洋平、お昼は何が食べたい？」

洋平は首を傾《かし》げた後「オムライス」と答えた。母は玉子を買った。紙袋は洋平が持った。

港の中を、一隻の漁船が走っていた。数本の大漁旗を掲げている。速い船だった。

新造船の「もちまき」があるはずだった。千代吉は港を走る新船をじっと眺めていた。

千代吉は下駄履きで岩壁の階段へ向かった。洋平が岩虫を掘っていた。数馬が帰れば、ふたりでアラカブ釣りのはずだ。ふたりの孫のために釣り道具を用意してやりたかった。

調理場の窓からも、港の中を勢いよく走る新船が見えた。久憲は包丁研ぎの手を休めた。大漁旗が風で大きく揺れていた。チロは流し台の水を飲んでいた。久憲はチロを抱き上げて矢倉へ出た。千代吉が船の係船ロープをたぐり寄せているのが見えた。

「ふん、親父の女のために、おれは船を買うための金を全部失くしてしまった。チロよ、あげん良か船ばおれも欲しかァ」

久憲の腕の中で、チロが「ニャン」と鳴いた。


母と洋平はオムライスを作っていた。

「洋平、もうすぐできるから、お爺ちゃんを呼んで来なさい」

洋平は勝手口から走り出した。旅館から千代吉の家まで、およそ百メートルだった。洋平は全速で走った。

「爺ちゃん、爺ちゃん・・・」

部屋の中はシーンとしていた。千代吉の姿は無かった。便所の戸は開いたままだった。

縁側の下駄が消えていた。洋平は裸足で外へ出た。船はロープでつながれたままだった。船の上も、千代吉の姿はなかった。縁側の踏み台へ足を掛けたとき、「洋、平、洋、平・・・」とかすれた声が聞こえた。海岸の石段をのぞいた。ロープを握りしめた千代吉が見えた。頭だけ残して海の中だった。洋平は慌てて、石の階段を下ろうとした。

「来るな！父ちゃんば呼んで来い。急げ」

洋平は裸足のまま走った。

父は玉子焼の銅鍋を握っていた。

「爺ちゃんが、爺ちゃんが」洋平は久憲の胸にすがって泣き出した。

「こらこら、玉子のこぼれるたい。放せ、放さんかい！」

「まぁ。洋平、どうしたと？お爺ちゃんは？　何かあったの？」

洋平は母の手を引いて、千代吉の家の前の海を指差した。

「えっ、お爺ちゃんが海に落ちたと！　あなた、あなた」

久憲は走った。長靴のまま海に入りロープを引き寄せて千代吉を抱きとめた。

「波でバランスが・・・」

「よかっ、何も言わんでよか。どこもケガせんやったね？　風呂ん入って、着替えようで。早《は》よ見つかって良かった。洋平のおかげだ。洋平、ありがとう。洋平？あれっ、たった今までおったのに」

洋平は走っていた。裸足のままだった。数馬の学校まで走りづめだった。息をきらせながら学校の見える所まで来た。

停留所前がにぎやかだった。救急車と大型消防車がライトを点滅させていた。

「あっ、兄ちゃん」

店先の数馬の姿が飛び込んだ。

「兄ちゃーん！」

「あらぁ、数馬ちゃん。あなたそっくりな子供が走って来るよ」

「ん？あっ、洋平じゃなかね。よーへーい」

数馬も走り出した。

「爺ちゃんが・・・」

洋平は数馬の腕の中で倒れた。

政和君を乗せた救急車が動き出した。お母さんが何回も頭を下げていた。数馬は手を振った。

洋平は冷たいリンゴジュースを飲んでいた。

「おばちゃん、タオルを貸してください」

「はいこれ、新品よ。あげるから、汗をふいてあげなさい。かわいい子だねぇ」

足は切れた個所はなかった。水で洗い流してふいてやった。

「爺ちゃんが、どうかしたんだな？よかよか、すぐ帰ろうで。ずっと裸足で走って来たと？腹へったろう？兄ちゃんも腹へった。パンば食べようで。おばちゃん、メロンパン二つと、あんぱん二つ。それにサイダー二本。二百円で足りる？」

「おつりが出るよ」

「おつりはいらない。電話借りたし、タオルももらったから。いつも皿洗いしとるからお母さんがアルバイト料くれるんだ。二人は小金持ちなんだよ」

「まぁ、頼もしいこと。気を付けてお帰りね。先生が来たら、おばちゃんが上手にあしらっとくからね。バイバイ、チビちゃん」

数馬は裸足の洋平を背負って歩いた。パンを食べサイダーを飲むときだけ足を止めた。

長崎バスが二人の横を通り過ぎて行った。バスは十メートルほど進んでウィンカーを点滅させて停車した。車掌さんが降りて来た。

「明治屋の坊ちゃんでしょう？ いつも休憩させてもらって、ありがとう。運転手さんがねえ、お客さん、誰も乗ってないから乗らないかって。さ、乗りなさい」

顔馴染みの運転手さんだった。戦争体験者で、弁当休みのとき、数馬と洋平は運転手さんの大陸での実戦の様子を聞いた。戦車部隊の一員として敵と激しく戦ったことを身ぶり手ぶりで面白く話してくれた。そして話の最後の方では「多くの戦友をなくしてしまった」と必ず泣いた。

砂漠を走るとき、戦車内の熱さは限度を超えた。窓から顔を出して走りつづけたことがあった。砂漠の熱砂でのどを焼かれ、声が出なくなったと寂しく笑った。

二人はバスの最前列へ座った。

「戦車のおじちゃん。ありがとう」

「よう。どうした？ チビは裸足じゃなかかね」

「爺ちゃんがどうかしたらしく学校まで走って来てくれました。おじちゃん、戦争のおはなし、また聞かせてね」

「三日に一度は寄せてもろうとるけどなぁ、お前たちはおらんじゃなかかね」

しゃがれて、ひきつるような声だった。横顔が父とよく似ていた。

千代吉は布団の中だった。診療所の先生が往診したらしく、部屋の中はアルコール臭が残っていた。

「爺ちゃん。爺ちゃん」

小さな声で呼びかけてみた。千代吉はスースーと静かな寝息をかいていた。

聞いたことのない男たちの声が、海の方から聞こえて来た。数馬は縁側の濡れた下駄をつっかけて海岸をのぞいた。

父とふたりの男たちが船の上で談笑していた。数馬は不安なものを感じた。

「お父さん、船ばどうかすると？」

父は吸いかけの煙草を投げすてた。

「売るったい。爺ちゃんな、船ん乗ろうとして落ちた。もう年だ。これからもまたあり得ることだ」

「船ば売ること、爺ちゃんは知っとると?」

「知らん。知る必要もなか。親父のものは、おれのものだ」

「違う。それはお父さんの勝手やろ。その船は爺ちゃんからオイと洋平がもろうた船だ。オイたちの船ば売らんでください。お父さんは自分の船ば持っとるやろ。売るんだったら、自分の船ば売ってください」

「なんだとぉ!」

「爺ちゃんのお金で造った船だ。父さんの船じゃなか。どうしても売るというのなら爺ちゃんの許しをもろうてください。爺ちゃんば連れてくる」

「待て、待たんか。よう寝とるやろ。起こすな」

「起きとるぞ!」

褌一丁の裸体の上から、のりの効いた浴衣を羽織った千代吉が洋平の手を引いて立っていた。

「売ることぁ、ならん!」

千代吉の激しい口調だった。男二人が無言で立ち去った。父も船を下りた。

「この船は数馬のものだ。わしが死んでからも、ずっとだ。忘れるな!」

父は千代吉の目を見ないまま、ふてくされたような態度で消えた。

「困った奴だ。のう数馬、しばらく学校ば休めんか?まだ元気なうちに、長崎の銀行まで行って、お前の名義にしておきたいものがある。あの調子だと全部取られてしまうけんなぁ」

縁側で腰を落とした千代吉が、洋平をすっぽり抱きかかえていた。

新造船が港の中を、行ったり来たりしている。

数馬は大口の湯のみ茶碗の中に粉ココアと練乳をかきまぜて熱いお湯を注いだ。

「おっ、こりゃ、おいしか。のう洋平」

「はい」

数馬は千代吉の隣で、ココアを飲んだ。

「爺ちゃん・・・」

「ん?どうした、涙なんか流して・・・」

「いつもの爺ちゃんで安心した」

「うん、まだ死なんぞ。死んでたまるか」

「船のことありがとう。あさっての金曜日、学芸会のある」

「出となかやろ。主役じゃなかもんのう。お前が木とは、ふざけとる。休め、休め」

「お母さん。許してくれるやろか?」

「よーし、晩飯のとき、相談しようで」

「爺ちゃん、体の方はよかと?」

「なんでんなか。洋平がすぐ見つけてくれたけんな。風呂ん入って、少し寝ただけで、ほれ、この通りピンピンたい」

千代吉は胸を張り、両手を広げた。

青空からふり注ぐ太陽の日射しが、千代吉のハゲた頭を照らしていた。洋平がその頭をなでて、数馬も千代吉も笑った。

宿泊客のいない日の夕食は早かった。青磁の大皿に大盛りの皿うどんが湯気をあげていた。魚介類と野菜それにチャンポン麺を母特製のあんでからめた一品で、数馬はそれにウスターソースをかけて食べるのが好きだった。

母はまず千代吉の取り皿へ小分けした。祖父の分だけ伊勢エビの切り身が添えられた。花びらのはじけたような切り身でピンク色だった
数馬は自分の分と洋平分をエビを多めにして皿からあふれるほど盛り分けた。

「きょうは心配かけた。この通り、なんともない。ありがとう。いただきます」

千代吉がコップ酒半分を持ち上げた。父はウィスキーをストレートでのんでいた。

横を向いて拗《す》ねたような態度だった。

「あなた、どうしたんです。前を向いて、ちゃんとした姿勢で食べてください」

「うるさい。おれはこの方が楽なんだ」

「久憲、お前は楽かもしれんが、わしたちは不愉快だ。昼のことをまだ根に持っておるのか。男らしゅうない」

母が目を白黒させている。

「何かありましたか?」

「こいつがの、数馬の船を無断で売ろうとした」

「まぁ」

「おれは親父の ことを心配して、船は無い方が安全だと思って・・・」

「もういい。せっかくのお母さんのご飯がまずくなる。お前はここの大黒柱ぞ。もっとどっしり構えたらどうね」

洋平の足元で寝そべっていたチロが父の膝の上へ移動していた。

「なぁ、チロ、チロだけがおれの味方だ」

父はチロの頭をなでている。母が数馬へ厳しい目を向けた。

「数馬、きょう学校でなにかあったでしょう?」

「あっ、ごめんなさい。電話してもらうの、忘れてた」

「学校から電話があったのよ。それも、校長先生から直々。でも、なんだか変だった。あなたを叱るのではなく、何か聞きたい様子だった。職員室の中もざわついた感じだったし。救急車は誰が呼びましたか、とかなんとか。こちらはチンプンカンプンだし、知りませんと言って電話を切ったのよ。私も腹に据えかねる事があったから」

父が子供たちのサイダーをウィスキーのグラスの中へ割り入れていた。

「何だ、腹に据えかねる事って。おれの兄貴分も校長先生を張っとるんだ。学校のことならいつでも相談しろ」

千代吉と数馬の目が合った。数馬は声を落として、お母さん、と甘えた。

「あさっての金曜日、学校、休ませてください。明日からでもいい・・・」

反応が早かったのは、父だった。

「バカヤロー、何考えとるんだ。あさっては学芸会じゃろ。休むこたぁ、でけん!」

母は淡々とした調子で、父を制した。

「休みなさい。あなたも辛いでしょ。さらし者になんか到底させられません。お爺さま、子供たちのこと、よろしくお願いします」

「よーし、わかった。気分転換させてやろう。のう数馬、学校だけが教育の場じゃなか。広く社会へ出て見聞を高めることも大事な教育だ」

父は苛立たしく円卓の縁を激しくたたいた。驚いたチロが、ピョンと飛び跳ねた。

「お前たちは、おれん隠し事しとる。何がどうしたんだ。おれが何をしたというんだ。久江、言うてみろ」

母は冷めた目で父を一瞥した
「先生が来たとき、コップで水を出しただけです」

「いつだ」

「家庭訪問のときです」

「おお、あのときか。それがどうした。お茶っ葉のなかったけん、水ば出しただけだ」

「よその家では、みなさん、コップにお酒でした。うちだけがコップに水でした」

「ええーっ、そんな」

「あれからの数馬の学校生活を考えてみてください。成績はオール3、学芸会では木ですよ」

「木?木ってなんだ」

「森の木です。劇のはじまりから終わりまで、舞台の隅の方で、ずっと立っているだけです。さらし者ですよ。あなたの水のせいで、数馬は・・・」

「ふざけとる!ふざけやがって、どうしてくれようか」

「あなたが出しゃばると、また事がこじれてしまいます。わたしとお爺様がなんとかします。任せてください」

父はウィスキーのサイダー割りをがぶのみしていた。

「学芸会の日は、休ませます。それでいいですね」

「よか。数馬、お父さん、すまなかったな」

父が家族の前で初めて頭を下げた。

数馬は学校でのその日の出来事を洗いざらい話し出した。

「救急車は政和君のお母さんが呼んだんだよ。呼吸の仕方がおかしいって。大きな消防車も来てびっくりした」

「聞いとると?」

皿うどんを、それぞれがゾリゾリと音をたてて食べていた。

数馬がただ一人の語り部で、小エビとキャベツを少しだけ食べただけだった。

「聞いとるさ。それからどうした」

父がビールの栓を抜きながら言った。

「飛んで来たチョークを投げ返したら、担任が怒って肩と首の付け根をぐりぐりやられた。腕が上がらないほど痛かった。今もどうかしたらピリピリって痛みが走る」

「まぁ」

母は驚いて、数馬のシャツを脱がせた。こぶし大の赤いアザが生々しく残っていた。

「なんてひどいことを。これから診療所で診てもらいましょう。準備しなさい」

「ごはんは?」

「あとで、ゆっくり食べましょう。洋平も来なさい。お爺様、しばらく席を外します」

「待ちなさい。お母さん、冷静さを忘れてはいけない。ドクターのご家族だって食事中だ。数馬、ずっと痛いのか?」

「ずっとじゃない。ときどき、ピリッ、とするだけ」

「ようし、そうしたら明日の朝行って、終わり次第、洋平と三人で長崎へ行く。お母さん、数馬をしばらく休ませなさい。のこのこ学校に出て行ったら何されるか知れたもんじゃない。心配じゃからの。久憲はおまえの兄貴分の校長へ電話しろ。つべこべ言うたら、病院の診断書を添えて警察へ被害届を出すと脅してみろ。校長同士、テニス仲間じゃからの。なんとか穏便に済ませようとするじゃろ。お母さん、とりあえずそげん風でどうかの？」

「はい、お爺さまのおっしゃる通りにします」

「ありがとう。いつも、わしが言うとるじゃろう。泣いても笑っても一生は一生やけん、できるだけ笑いの多か人生にして穏やかで楽しい時間を過そうと。いまそのことをよく考えてみるべき時だとわしは思う。お母さん、数馬も洋平も大きくのびのび育てて行こうじゃなかね」

日の暮れた湾内を、試運転していた新造船がまだ走っていた。次の日曜日は大安で暦もいいから、新波止の広場でモチ撒《ま》きのあると、千代吉が沖を見ながらぽつりと言った。開け放された窓から、夕闇に紛れた潮風が流れてきた。

伊勢エビの切り身を、千代吉から一切れもらった洋平が数馬の皿へ移した。半分かじった身を数馬は洋平の口の中へ入れた。洋平がおいしそうな笑顔を見せた。

朝一番の長崎バス、長崎行直行便には乗れなかった。首肩の湿布薬が痛々しい数馬と千代吉そして洋平の三人は海路、大生丸で佐世保へ向った。

父が病気のとき、数馬は学校を休んで、大生丸への渡し船の船頭をやったことがある。顔馴染の船員が一等室へ案内した。

お茶と栗饅頭が出た。田舎の店では見たことのない、洋平の手の平よりも大きな栗饅頭だった。粉砕された栗の実が白い餡《あん》の中にぎっしり入っていた。

高後崎灯台を過ぎて間もなく、右手の海岸線には寄船地区の民家が迫っていた。佐世保港湾は面高港を拡大したような奥の深い良港だった。大生丸は庵の浦崎の岬鼻を通過して北へ進路を向けた。

東側の海岸線は、海上自衛隊の基地が連なり、西側の赤崎地区海岸線はアメリカ海軍赤崎貯油所の施設がつづいていた。

星条旗が風で揺れていた。直径三メートルはありそうな円柱形の白いアンカーブイに米軍の潜水艦が係留していた。外の景色を眺めていた洋平が、突然、サブマリン、サブマリンと叫んでデッキへ飛び出した。

母の持たせた白地のハンカチを短パンのポケットから取り出してしきりと手を振っている。数馬も洋平の隣で帽子を振りかざした。艦上で作業中だった水兵が子供たちへ両手を大きく振り上げていた。それは二人三人と増えてとうとう多勢の水兵さんたちが、手を振ってくれた。

大生丸の操舵室から、船長が出てきた。

「きょうはアメリカの兵隊さんたちの、やけに愛嬌があると思っていたら、君たちが手を振っていたんだね。潜水艦、好きかい？」

洋平がうなずいて「サブマリン、アイ、ライキッ」と、なめらかな発音で応じた。驚いたのは数馬だった
「洋平、声が。いまの日本語で話してみな？」

洋平は涙ぐみ、数馬を見上げた。

「よかよか、ゆっくりでよかとぞ。もうすぐだ。よう頑張ったな。なしてか、兄ちゃんなられしか」

数馬は洋平を静かに抱いた。ふたりのやりとりを聞いていた船長が首をかしげながら消えた。

千代吉が「腰が痛い」とさすっていた。市営桟橋から佐世保駅まで徒歩で数分の距離だったが、タクシーを拾った。

洋平は初めての列車旅だった。

進行方向の右手の車窓は海だった。大村湾の波ひとつない海が湖のようで、海面がキラキラと輝いていた。海の上のレールを走っているような個所もあって洋平は興奮していた。窓際で顔をぴったり押し付けていた。数馬は駅の売店で買ったキャラメルを箱ごと手渡した。

海の向う側は西彼杵半島だった。山々が黒々と連なっていた。

川棚駅から、彼杵《そのぎ》駅、千綿《ちわた》駅を過ぎる頃となって、洋平がコクリコクリと船を漕ぎ始めた。運動靴を脱がせ、数馬は自分の太腿の上へ頭をのせた。気持ち良さそうな寝息をたてていた。

線路下の海岸線は岩場が少なかった。その下へつづく海底は白々としていた。恐らく沖一帯の海底は砂地で、岩場の瀬々は少ないのではないかと数馬は遠い海原を見渡した。波ひとつない凪いだ海だったが、漁船らしい漁船の船影は一隻もなかった。

大村駅のアナウンスを数馬は夢うつつで聞き流していた。終着駅となって数馬は千代吉の呼び掛けでハッとした。洋平は起きる様子もなく数馬は背負って歩いた。お昼過ぎで腹が減っていた。

「まず用事を済ませてから、ゆっくり食べようで」と、千代吉の張りのある声だった。

銀行まではタクシーだった。用件は電話で既に話してい

たようで、数馬名義の新しい通帳が渡されるまで時間は要しなかった。

　自分の口座を解約した千代吉は、分厚い札束と書類などを黒いバッグの中へ入れた。

　一部のお札は、ズボンを膝の辺りまで下ろし腹巻へ収めていた。白い褌が見えかくれして、数馬は辺りを見回した。

　女子行員がお茶を運んできた。制服の似合う清楚で美しい人だった。

「お姉ちゃん、きれいだね」と数馬が言うと、

「まぁ、ありがとう」と答えてくれた。千代吉と支店長が大笑いしていた。

　天ぷら屋まで銀行の車で送ってもらった。浜町アーケード路地裏の小さな店だった。

　昼時を過ぎても満席状態だった。三人はカウンター席へ案内された。千代吉は冷酒、数馬たちはサイダーを注文した。お品書きを見ていた千代吉が手を挙げた。てきぱきと動いていた愛嬌のある女子店員が「はい」とやって来た。

「このランチコース三人前と、カウンター脇のあのガラスケースのぶくぶくのものは注文できるのかね？」

「はい、できますよ」

「そうしたら大き目のアワビをバター焼きしてくれんかの。わしゃ、歯が弱くて刺身じゃ食えんたい」

「聞いてみますね。お父さん、お父さん、まだ忙しい？アワビバターできないかな？」

　魚を仕込んでいた親方が顔を上げた。数馬と目が合った。

「こんにちはおじちゃん」

　親方は「ムウッ」とだけ言って「できる」と、ふたたびまな板へ視線を移した。

　店の親方というものは、どこもかしこも気むずかしい人がやっているものだと、数馬は自分の父親とよく似た天ぷら屋の親方の動きを追った。

　親方の娘が飲み物を運んできた。千代吉はふたたびぶくぶくのケースを指差して、

「あの車海老、造りで三匹もらおうか。孫たちが食べた事がない」と注文した。

　親方の背後で天ぷらを揚げていた若い衆が、

「はい、かしこまりましたわたくしがやります、いいですね、親父さん」と、親方の顔色をうかがっていた。

「ウムッ、頭は塩焼きでな」

　顔形や身のこなし方まで、そっくりな二人だった。父子

でまちがいないと数馬は将来の自分たちの姿を見る思いだった。父も、そしてこの親方も、仕事は丁寧で早かった。包丁もピカピカだった

　塩を敷いた焼きもの皿で、アワビの身とワタが貝殻の上でジュージューと音をたてていた。熱々のアワビはホクホクして柔らかく、千代吉が二切れ食べて、残りは数馬と洋平がペロリと食べてしまった。

　車海老の造りに、若い衆が手こずっていた。殻と身をうまく剥《は》がせないでいた。舌打ちした親方が、サラサラとむいた後、背ワタを外した。

　千代吉はヒクヒク動いている透明なムキ身へ本ワサビを付け、レモン汁を落として食べた。数馬も洋平もそれを真似した。ワサビがツンとして洋平は涙ポロポロだった。

　三人の天ぷらは親方が揚げたもので、一ネタごと出してくれた。父の天ぷらとは、また風味が違っていた。穴子が最高だった。

　見習い小僧が網ですくってきた小ぶりな穴子を、親方は目の前で魔法のような庖丁さばきで切り開いた。サラシで水分を拭き取った後、衣をつけてサッと揚げた。サクサクで香ばしく、天つゆとの相性が抜群だった。

「何か食べたいものがあったら、言ってごらん」と、親方が数馬を見た。

「穴子が食べたい。弟の分と、二匹ずつください」

　千代吉はにこにこ顔だった。洋平の口回りをナプキンで拭いている。

「おじちゃん、穴子の割き方、上手かねぇ。手品のごたる。どうしたら、そんな風な割き方ができますか？」

　カウンター席から立ち上がり、数馬はショーケース越しの親方の手先をじっと見ていた。

「年季だ。どんな仕事も、がまん強くひたすら修練することだ。穴子だけをうまく調理できても、それだけで一人前の職人とはいえない。玉子焼一本焼けないで、職人面した板前が多くなった。嘆かわしいことだ。お前さん、わしの手元ばかり見ていたが、板前の仕事、興味があるのかね？」

　どこかで見たことのあるような親方の眼差しだった。

「お父さんが、旅館の板前をやっています。ぼくもなりたいと思っています。でも、お父さんは見とけ、見とけ、で少しも仕事を教えてくれません。この間、見とるだけじゃ、練習にならん。て言うたら、怒り出して、下駄で足を蹴られました。痛くて、悔しくて泣きました」

　カウンター席の後方でクスッと笑う女性がいた。親方の娘の店員だった。

「笑ったりしてごめん。うちの父子とそっくりなものだから。弟もやっとカウンターに立てるようになったのよ。お父さん、頑固で厳しい人だから。あなたも頑張って欲しい。お姉ちゃん応援してるからね」

　千代吉がお勘定の合図をした。娘が「銀行の方へ請求するように、と連絡かありました」と、洋平の頭をなでながら言った。

「それはいけません・・・そうしたらランチコース三人前だけを請求してください。残りはいま現金で払います」

　親方と娘がうなずき合っていた。千代吉は茶封筒を持っていた。

「これは親方への、少しばかりの心付けです。わしゃ、もう来ることはできんが、孫たちは親方が好きなようだから、また来るじゃろ。そんときは、よろしくな」

　娘は店先まで出て、ありがとうございましたと手を振った。タクシーへ乗ろうとした時だった。親方が走って来た。

「旦那さん。ありがとう存じました。また、ぜひお出で下さいまし。坊主、頑張れよ」

　親方は数馬と洋平の頭をなでて、千代吉へ深々と頭を下げた。

　長崎駅へもどった三人は、構内の日本食堂へ入った。千代吉は紅茶、二人はアイスクリームとココアだった。

「さて、これからどこへ行こうか?数馬、長崎の地図ば買うてこい。そこの売店で売っとるはずばい。洋平は爺ちゃんの側だ」

　地図を広げた千代吉が「洋平、行きたか所ば探してみろ」と、地図を渡した。

　洋平が「ここ」と示したのは、長崎半島の最南端、野母崎《のもざき》町《ちょう》樺島《かばしま》だった。

「ほう、樺島か。カラスミで有名な所だ」

「行ったことあると?」

「ない。戦死した長男の戦友の一人がここの出身だった。いつだったか、わざわざわしを訪ねてくれての、戦場での思い出話を聞かせてくれた。うーん、名前ば忘れた。何かの縁だ。行ってみよう。洋平、ぬしゃ、よか所ば当てたぞ。ありがとう」

　長崎駅前のバス停、野母崎行の路線バスはどれも満員だった。腰の痛い千代吉が、タクシーで行くと言って、腰長崎港湾を右手に見ながらタクシーは長崎半島を南下して行く。駅前を出発して数分後、大浦天主堂やグラバー園の案内標示板が見えた。

前席は数馬、後部席の海側は洋平、陸側の千代吉は腰深く座り目を閉じていた。

「爺ちゃん。疲れたと?」

千代吉はガバッと起きた。

「うんにゃ、真っ昼間から酒ば二杯のんだら眠らなった。お前たちションベンしとうなったら車ば止めてもらえ。洋平、爺ちゃんたちは寝とこうで。数馬、良か景色の見えたら起こせ」

香焼町を過ぎた頃から景色が田舎っぽくなった。都会らしい洒落た建物は見えなくなり、故郷のデコボコ道を走るようだった。

国道499号線の掲示板が、通り過ぎて行く。

「おじちゃん、いま、ここは何ていう所ですか?おいたちの村ん中ば走りよるごたる。小便もしとなった。どこかで止めて下さい」

終始にこやかな運転手は、ウィンカーを右へ出して海岸の広場で停止した。二人並んでジョゴジョゴと音をたてた。

の中央部位を挙で押さえている。

駅前のタクシー乗り場には十数台のタクシーが並んでいた。

「数馬、お前の好きな運転手を捜してみろ。何気なく、ゆっくり歩いてな。わしたちは、そこの便所でションベンしてくる」

一台目、二台目と数馬はちらちら運転手を見ながら歩いた。七台目の運転手が手を振った。戦車のおじちゃんによく似た人だった。

「おじちゃん、この辺で福砂屋のカステラを売っとる所、ある?」

「そこのホテルの中の売店だとあるよ。二人でどこかへ行こうとしとるのかね?」

「うん。野母崎の樺島へ行く。おじちゃんの運転する車で行きたいな。どうすればいいですか?」

「あと五番目だ。まもなく博多からの特急列車が到着する。すぐだよ。並んで待ってなさい」

運転手は車を下りて、案内係員と何か話していた。数馬はホテルへ走った。カステラの中箱を買って戻ったとき、洋平が車の外で兄ちゃ、兄ちゃと飛び跳ねていた。

海原がはてしなく広がっていた。

「ここは三和町の蚊焼《かやき》港という港だよ。ここの港から西へ西へ進んで行くと、五島列島さ。行ったことあるかい?」

「ないけど、面高からも上五島の島々が見えるよ。宇久島辺りでタイ釣りがしたい。でもあの辺は潮が速くて波も高いから、大きな動力船でないと行ってはだめだって爺ちゃんが」

「ほう魚釣りが好きなんだ」

「うん、小さい頃から爺ちゃんの船ん乗っとる。爺ちゃんは石ダイ釣りの名人だよ」

「へぇーっ、漁師の爺ちゃんを尊敬してるんだね。漁師さんたちもいろいろとたいへんだよねえ。三和町にはもうひとつ長崎半島の東側に為石《ためし》港という港がある。そこは天草灘に面していて、昔から勇敢な漁師さんたちが住んでいた港だ。でもね、悲しい歴史の港でもあるんだ」

「勇敢な漁師さんたちがいて、なして悲しい港なのかな?」

　運転手の声が震えた。遠い海を見つめる目に涙の粒が光っていた。

　まだ本格的な動力船が開発されていない時代、為石の漁師たちは手こぎの船団を組んで茫洋たる東シナ海の男女群島へ向かった。目指す獲物はサンゴだった。速い潮流と荒々しい高波を腕一本で乗り越えた漁師たちの技量は見事なものだった。しかし不運だった。猛烈な台風と遭遇し、彼らの運命は悲惨なものへと変じた。

　視界ゼロの暴風雨の大海原はまさに地獄絵だった。船という船は、それまで経験したことのないような猛烈な高波の壁で押しつぶされ、一瞬で消えてしまった。

「え?どこん消えたと?」

「深い深い海の底さ。悲しかなぁ。板子一枚下は地獄なんだよ。坊ちゃん」

　運転手が鼻汁をすすった。ハンカチで目頭を拭いた。

「数馬」

　千代吉が洋平の手を引いて立っていた。

「西あがりの海を覚えておるじゃろう。あの時化《しけ》の何倍もの凄《すさま》じい海だった。普段でも厳しい男女群島の海だ。明治三十九年十月の下旬だったと思う。わしが十代の頃だ。新聞の一面の記事を涙ながらに読んだものだ。八十数隻の船々が転覆沈没し、二百人近い漁師たちが死んでしまった。あの出漁した船団の母港がこの辺だったとは知らなかった。数馬も洋平も沖へ向って合掌しろ。明日は我が身だ。

数馬、海をなめるんじゃないぞ。運転手さん、その為石港へも行ってみたいんじゃが」

「はい かしい まりこました。もう少し下ったら軍艦島が見えます。樺島も近くなりました。脇岬から半島を北上して、まもなくの場所です。それから茂木港まで上ってみましょうか。茂木から田上峠を越えると、もう長崎市内です」

「よーし、その行程で行きましょう」

　片側一車線の道路をタクシーはさらに南下して進んだ。青々とした海原が車窓の中で悠々とつづいていた。

「いよいよ野母崎です。坊ちゃんあの島が軍艦島と呼んでいる端島の炭坑だよ」

「わァー、アメリカの軍艦のごと大きかねぇ。洋平、見てみろ。後浜でよう見るアメリカの軍艦のごたるやろ?」

「うん、イッツ、アメージング」

「ん?数馬、いま洋平は何て言うた?英語じゃなかったか」

「ときどきねぇ、英語で話すごとなったんだよ。変わった子だ、洋平は。日本語でも話してみろというとね、悲しそうな顔するから、黙っておる」

「そうな、そいでよか。洋平、ときどきは爺ちゃんと英語で話そうか。爺ちゃんはな、むかしアメリカの兵隊さんと暮らしたことがあってな、英語も少し勉強した。この年寄りがだ。アッハッハ」

　長崎半島の南端まで来て、タクシーは脇岬へ向けて速度を落とした。樺島がすぐ目の前だった。

「おじちゃん。橋のなかねぇ。泳いで渡ると?」

「渡し船があるはずだよ。きょうは良い凪ぎだしね。聞いてくる。だんなさん、しばらく休憩しましょうか」

「そうしよう、腰が痛くなって、背のびしたいと思っていた」

　数馬は後部席のドアを開けて、千代吉へ両手を差し出した。千代吉の体は重く腰へ片腕を回した。

　洋平が、シッコ、シッコと叫んで走り出した。

「待て洋平、走るな。爺ちゃんも行く」

　洋平の成長は著しかった。動作は俊敏で足も早い。物覚えが良く、総じて聡明である。そんな洋平を千代吉は深い愛情で包んでいた
「洋平、こっちへ来い。ちゃんと手ーばつないで歩こうで。知らん所では走り回ったらだめぞ。見てみろ。この先は崖だ。落ちたら数馬も助けん行けんからな」

「はい」

　三人は並んで放尿した。天草灘が洋々と果てしなく広

がっている。そよいでくる北風が、イリコを乾燥させるときの香ばしいにおいを運んでいた。脇岬の港は多数の小型漁船がひしめいていた。

タクシーの運転手が走って来た。

「渡し舟があるそうです。でも、あいにく今一隻だけで、その船頭さんが腰が痛いらしく、休憩中だそうです。どうなさいます？」

「うーん。せっかくここまで来たのになぁ」

「洋平、どうする？」

洋平は長崎南部地域の地図を広げていた。

「オオウナギ…」赤い小さなカタカナでそう書かれていた。

「読めるのか？偉い偉い。洋平、ふたりだけで行ってみようか？」

「うん」洋平の目が輝いていた。

「爺ちゃんは腰の痛かけん、ここん残るやろ？あそこん食堂のある、あそこで待っってて」

「よし、行って来い。運転士さん、ここまでの代金、払っとくよ。また市内へもどるかもしれん。しばらく待機してくれんかの？」

「はい、それはもう喜んで。ありがとう存じます」

「お茶でも飲もうや」

「子供たちは？」

「漁師の伜たちだ。舟のひっくり返っても沈むこたぁなか。ちゃんと仕込んである」

「漁師の・・・へえ、しっかりした子供たちなんですねぇ」

数馬は洋平の手を引いて海岸へ出た。係留した舟の上で船頭がキセルを吹かしていた。目が合った

「おじちゃん、島へ渡してください」

うさんくさそうに、船頭が二人の後方をのぞいた。

「子供二人だけか？いま腰の痛うして舟の漕げんたい」

半天のような着物を着ていた。短髪でねじり鉢巻き、すすけた下着一枚と汚れた褌を付けていた。

「ぼくは漁師の子です。船は漕げます。弟がオオウナギを見たいと言ってます。船賃は払います。ほら、往復分、前金で」

「ほう、ありがてぇ。わしは横んなってていいんだな？」

「もちろんです。帰りもまたお願いします」

「よし、いいだろ、出しな」

洋平が岩場の岩を片足で押して、飛び乗った。汚い褌の船頭が歌い出した。

「〽ハァー、踊り踊るなら、チョイト東京音頭、ハァヨイヨイと・・・おっ、おめぇ、うまいもんだのう。腰のよう据わっとる。片手でスイスイとは恐れ入った。坊主、どっから来たな?」

「西海村です」

「サイカイソン?どこな、それ?」

「西彼杵半島の北端です。ここは長崎半島の南端で、長崎の半島の北から南まではるばるやって来ました」

「ふん、はるばるか・・・西彼杵半島て言うたな。北端のどこだ?」

　船頭はあぐらを組んでキセルへ火を付けようとしている。船尾の洋平がスクス笑っている。

「どうした洋平?」

　洋平が船頭の股ぐらを指差した。汚い船頭の緩んだ褌の裾から船頭のもうひとつの顔が飛び出していた。

「おじちゃん。褌から丸見えだよ」

「ん?いいんだ。ときにゃ、風ん当たらせんと、痒くてしょうがねぇ。どうだ、大きいもんだろ」

「うちの爺ちゃんとは、もっと大きか、なあ洋平」

「イエス、ザッツライト」

「なんだ、このチビガキ、むずかしか日本語なんぞ使いやがって。半島の北端のどこだと聞いとるんじゃ」

　船頭の鼻の穴から吹き出されたタバコの煙りが、潮風に乗って流れて行く。

「おもだか、という所です」

「おもだか?はて、どこかで聞いたような気のする…あっ、思い出した。戦地から帰った息子が、戦友の墓へ参りに行った所だ。

戦友は、たしか旅館の息子だと言うとった。おめぇ。その旅館、知らねぇか?」

「知っとるよ・・・」

　船着き場が近づいていた。潮が満ちて、石の階段がさざ波で濡れていた。

「どんな風に着けますか!」

「ともから、そこの岸壁ん寄せろ」

　風はなかった。渡し船の船の長さを計算して、面舵いっぱいで流れをつくり、船ともが岸へ向いた瞬間、とり舵で船を後進させた。

　おだやかな接岸だった。洋平が船のロープを持ち、陸へ飛んだ。

「おおっ、うまいもんだのう。おめぇ、船ん慣れとる」

「漁師の子ですから。オオウナギの井戸はどこですか？」

「ここから五、六分だ。矢印の看板がある。すぐ分かるはずだ。で、その旅館の旦那にだな、うちの息子が世話んなったそうな。それで渡したい戦地の写真があるんだが、おめぇその旦那へ渡してくれんかのう・・・わしの家はすぐこの上だ。家の外で待っとるから、寄ってくれ、いいな」

「はい、家の外でいいんだよね・・・その汚い褌見たら、家の中までは入りたくない」

「ぬかしたな、この野郎。ずけずけ言いやがって。はよ行け。弟の方はにこにこして、ほんに良か息子なのになぁ。兄貴の方は何だ。年寄りん向って・・・ばって、妙に憎めん奴だ。チビ、バイバイ、またあとでな。井戸の中ん落ちらんようにな。オオウナギから食われてしまうけん」

　原っぱ道を矢印の方向へ進んだ。途中、大きな寺があった。村人は誰も歩いていなかった。洋平が立ち止まった。

「兄ちゃん、お墓・・・」

　洋平が見上げた山は、石墓で敷き詰められた、緑のない異様な山だった。頂上付近まで斜面にへばりつくように、墓石が天草灘の海原へ向かって、ぎっしり建っていた。それはもう、山自体がお墓のようだった
「わぁ、こげん山のお墓、はじめて見た。二百二百の墓じゃなかぞ。どんな造りか、登ってみようか？」

　洋平は首を振った。

「ノーッ、アイドン　ウォーク　エニイ　モー・・・」

「ええっ、疲れたと？よーし、兄ちゃんがおんぶしてやる。ほら、来い」

　数馬は膝を折って、洋平を背負った。スーッスーッ、と気持ち良さそうな寝息をたて始めた。汽車の中と同じような穏やかな寝顔だった。

　オオウナギの井戸まで来た。井戸の中は暗かった。暗くて何も見えなかった。洋平は起さなかった。背負ったまま広々とした野原を歩いた。しばらくして海岸へ出た。点在した家々の、はるか上の方でタオルを振る人がいた。

「こんにちは、坊ちゃん」

　ふっくらしたやさし気なおばちゃんだった。

「こんにちは。ここ汚い褌の船頭さんのお家ですか？」

「オッホッホ、そうですよ。さぁ、中へ入りなさい」

　玄関脇のたくさんの観葉植物の鉢が、水が張られて生き生きしていた。家の中も整然としている。線香のにおいが

した。

「きょうはね、亡くなった長男坊の月命日で、たった今、ご住職が帰ったとこ。何か冷たいものあげましょうか」

「ありがとう。サイダーがあったら・・・仏様へお線香あげさせてください」

洋平を座布団へ寝かせて、数馬は整座した。お鈴を鳴らした。無常甚々を詠んだ。方便品も覚えている所だけ唱えた。数馬のたたく木鉦が響いた。

「おめぇ、漁師の小伜とほざいていたが、お寺の小坊主だったのか？」

石けんの香りをぷんぷんさせた船頭が、浴衣の帯を締めながら立っていた。

「汚い汚いというもんだから、風呂ん入ってさっぱりした。褌も、ほら、婆さん手作りの新品だ」

船頭は浴衣の前裾を開いて見せた。真っ白なさらし木綿だった。

「きょうは、死んだ息子の月命日だ。この日は必ず息子の着ていた肌着を着けている。息子を忘れたくないからの。わしが生きとる限り、そうする。ひと様から汚い汚いとののしられてもだ」

軍服姿の凛々しい青年の写真が壁に飾られていた。どこか哀し気で、何か語りかけてくるような白黒の写真だった。

「ごめんね、おじちゃん。何も知らないもんだから」

「いいってことよ。仏さまへありがたいお経まで・・・感動して涙が出たよ。これ、お前さんからもらった船賃だ。お布施代りに取ってくれ。倍は入れてある」

「ありがとう。そうしたら、これをお賽銭で、南無妙法蓮華経・・・」

洋平が座布団の上で、キョトンとしている。

「おっ、起きたな。ほら、冷たかサイダー」

ゴクゴク飲んで「おいしか」と、はにかんだ。

「チビちゃん。これ茂木の一口香というお菓子。お兄ちゃんも食べてみて。お爺さん、兵隊さんの写真は？忘れんうち用意して。息子がね、おもだかの旅館で三日間も泊めてもらったって、それはもう喜んでいたのよ。旅館のお爺さんとふたりで魚釣りへも行ったって。あんな嬉しそうな顔・・・・・・」

船頭が茶封筒の写真を取り出しながら、涙ぐむおばちゃんの隣であぐらを組んだ。

「こらっ、子供たちの前だ。息子はな、せっかく戦地から生きて帰ったというのに、ここの前の海で、おぼれかかった子供を助けて、自分がおぼれてしまった。バカな奴だよ…お前たちは、お父さんやお母さんよりも早く死ぬんじゃねぇぞ」

　ふるえる肩を寄せ合った老夫婦が、仏様の前で手を合わせていた。数馬は何と話していいものか、ことばが出なかった。

「その旅館の爺さんというのは、ぼくたちの爺ちゃんです。祖父は元々が漁師です。イシダイ釣りの名人です。旅館は父で二代目、ぼくは三代目です。船頭のおじちゃん。知らんふりして、ごめんなさい」

　船頭は驚いた様子だった。

「こりゃこりゃ、なんという縁だ。命日の日に出会うとはな。息子の魂が、お前たちを呼び寄せたのかも知れねぇ。そうしたら、戦死した、うちの息子の戦友というのは？」

「ぼくの叔父さんです。爺ちゃんの長男です。あの写真と同じような軍服姿の叔父さんの写真が爺ちゃんの部屋にもあります。爺ちゃんはいつも何かしら語りかけているような感じです」

「ふーん、わしも、その爺さんと会いとなった」

　数馬は空っぽの洋平のコップへサイダーを注いだ。シュワシュワと細かな泡がはじけた。

「爺ちゃんはいま、脇岬の食堂です」

「ほう、そうな。会いたかなぁ。婆さん、行こうか。うちの息子が世話んなった大事なお人だ」

　四人を乗せた渡し船が、狭い樺島水道を渡っている。片腕では重い舟足だった。数馬は両手を添えた。舟が揺れないように用心して静かに力強く漕いだ。船尾では洋平と婆さんが手をつないで座っている。新品の褌を着けた船頭は、浴衣の裾を尻に端しょり、舟縁でタバコを吸っていた。褌の白い前垂れが潮風でまぶしくそよいでいた。

　船着場では、千代吉とタクシーの運転手が待っていた。

「爺ちゃーん」

　洋平が舟の上から、大きく手を振った。

「遅いもんだからどうしたかと思うて下ってきた」

　洋平が千代吉の胸へ飛び込んだ。

　食堂は年寄りたちの会話で、にぎやかだった。千代吉は戦地での初めて見る長男坊の写真を見て涙ぐんでいた。千代吉と船頭夫婦それぞれの感動や感傷がよみがえり泣いたり笑ったりの、思いがけない楽しい時間が流れていた。

束の間の出会いではあっても、いざ別れの時となれば悲しいものである。おばちゃんが船頭の肩に隠れて泣いていた。洋平は老夫婦の姿が消えるまで手を振りつづけていた。

タクシーは茂木の港を目指していた。脇岬までは長崎半島の西海岸を南下して来た。そして茂木へは半島の東海岸を北上することとなる。山を切り開いてできたような坂道をタクシーはゆっくり登りはじめた。右側の車窓に、天草灘の海原が青々と凪ぎ渡っていた

狭い道路際まで繁って来ている両斜面の樹々が、同じ形状で生き生きとして葉ぶりよく息づいていた。運転手が「枇杷の木だよ」と言った。枇杷の実はこの辺一帯の特産物で、長崎を代表する果物のひとつだと自慢気な説明である。天草灘の塩気を含んだ潮風と温暖な気候の中で育まれた枇杷は、芳醇で上品な甘さを含んでいる。一級品はとても高価で、自分たちの口までは入らないとも笑った。枇杷の並木道はしばらくつづいた。

峠を越える頃、洋平が「シッコ」と前席の数馬の肩をたたいた。千代吉も出て来た。二人が並んで海へ向って放尿した。晴れやかな青空に雲はなかった。そよそよと染み透るような潮風は心地良かった。

「ふぉー、気持ちん良か風ばい。酒の飲み過ぎで頭んふらふらする・・・洋平、今夜はどこのお宿に泊まろうかの」

千代吉は辺りの頃合いの石へ腰を下ろした。

車へ走った洋平は、千代吉の膝の上で地図をのぞいた。数馬は地図上の地形と現風景を交互に見比べた。眼下の海原は橘湾で、遥か彼方のなだらかな稜線を描いている山々は、おそらく島原半島にちがいない。洋平が半島の中央付近の一点を指差している。

「ここん行きたかと?」

「はい」と言って、千代吉の背後から抱きついた。

「爺ちゃん、海の向うへ渡る船はあると?」

「昔はあったけどな、今はどうじゃろ?」

運転手が話を聞いていた。

「あると思います。茂木港と小浜港を結んでいるはずです。これから桟橋へ行ってみましょう」

下り坂となった。木々の枝葉の隙間から茂木の港が見え隠れしている。橘湾に面した通りまで来て、威風堂々とした風情ある建物が並んでいた。

「わーっ、ここはどんな人が住んどると?」

車を減速させながら、運転手が「これは長崎でも有名な料

亭なんだよ。長崎市内から、お偉いさんたちがたくさん来て会食するんだ。私も一度は来てみたかったけど、安月給じゃとてもとても手が届かない」と、深いため息をついた。

「料亭って、どんな料理を出すんだろう？ねぇ爺ちゃん。うちの旅館だってタイやイシダイや伊勢海老とか、ここと比べても負けないほどの美味しい料理をお父さんが造るよねぇ」

「そうだ。長崎の県知事や中央の政治家さんたちも寄るくらいじゃからの。うちは隠れた小さな料亭だ。器類も古伊万里や有名な窯元の有田焼も使うとる。ここを知っていれば、予約しておいたのになぁ、残念。一見の客はお断りのはずだ。お前たちは大きくなって、金を稼いで、自分の金で、こういう一流の料理屋で酒の飲めるようにならんとだめぞ。よかな」

「はい」と、数馬と洋平は千代吉を見上げた。

「この海を渡ることができたら今夜の泊まりは小浜温泉だ。実はな、死んだ婆ちゃんとの新婚旅行が小浜温泉だった。えーと、伊・・・なんとかいう旅館だった。婆ちゃんはまだ十代だった。きれか娘での、二十歳《はたち》そこそこのわしは一目惚れじゃった。洋平の行きたか所は、爺ちゃんの思い出の場所だ。船があれば良いがなぁ」

栈橋の待合室へ走った運転手が、息を切らせて戻って来た。

「定期船はないそうですが、今まさに小浜へ引き返そうとしている荷物の運搬船があるそうです。便乗なさいますか？」

「する、する。数馬、待合室へ行って交渉して来い。二泊三日の予定だ。洋平は爺ちゃんの側だ」

千代吉はタクシー代金を支払い、チップも握らせた。運転手は何回も頭を下げていた。

「数馬君ともお別れがしたかったですが、この私の名刺、数馬君へ渡して下さい。何かあったらいつでも電話するようにと。ありがとうございました」

クラクションを二度鳴らしてタクシーは長崎市内へ向かう茂木の坂道を上って、消えた。

待合室の中に観光案内の表札が見えた。ふっくらしたおばちゃんが欠伸《あくび》をしていた。

「おばちゃん、小浜まで運搬船に乗れるんだよね」

「出航準備して、待ってますよ」

「ありがとう。旅館の予約もお願いします」

伊という屋号のつく旅館は一軒だけだった。おばちゃんが電話している。

「坊や、何名様？」

「三人です。爺ちゃんと小学五年生のぼくと五歳の弟です。二泊三日でお願いします」

「どこから来ましたか？」

「西彼杵半島の北端の、おもだか、という所です。長崎半島の野母崎を経由して脇岬からここまで来ました」

「ずっとバスで乗り継いだの？」

「長崎駅前から、タクシーで回りました。途中、樺島へも寄りました。そこの旅館は桟橋から遠いんですか？」

「近いですよ」

「爺ちゃんは腰が痛いので、旅館の車は来てくれませんか？」

「交渉してみますね。少し待ってね」

洋平を背負って、中型の運搬船まで歩いた。

船室には他に誰もいなかった。千代吉も洋平も足を延ばして寝ている。数馬は、静かな橘湾の中でひと際《きわ》けたたましい船のエンジン音を聞き流しながら、鏡のような海原をながめていた。海面上のあちらこちらに白い浮標が浮いている。田舎の海でもよく見かけるようになった刺し網漁の仕掛けだと数馬はひとり呟《つぶや》いた。そうだとすれば、その辺りは岩礁地帯で瀬魚の群遊する、千代吉の好む漁場に違いない。山を見たいと思ったが、船窓に映る風景は異国の山を見るようで、確信できる自分の山を立てることはできなかった。遅い船足だった。いつしか数馬はうとうとと夢の中をさ迷いはじめていた。

「ハイハーイ、みなさん終点ですよ。起きて起きて。三人が三人共、同じ顔をくっつけとる」

数馬は肩を揺すられた。

「あっ、ああーっ、よう寝とった。船長さん、ここはどこですか？」

「どこって、小浜の港だよ。小浜温泉だ」

「あっ、そうだった。船長のおじちゃん、伊乃屋っていう旅館、ここから遠いですか？」

「近いよ、すぐそこだ。予約してあるのかね？」

「はい、茂木の港で」

「わしが案内してやろうか？」

「おばちゃんが電話してくれましたから、宿の人が来とると思います。おばちゃんが、船賃はタバコ代でいいって言ってたけど、爺ちゃんが茶封筒に多めに入れてあります。ありがとう。おじちゃん、元気でね。バイバイ」

「あいよ、お前さんたちもな。チビがよう寝とる。どれどれ、わしがそこまで抱きかかえてやる」

海の見える和室だった。夕焼けの名残が、黄昏《たそが》れた橘湾の上空で燻っていた。数時間前に越えた長崎半島の稜線が、一面のオレンジ色の空を背景に黒色の墨を吹き流したかのようで鮮やかだった。

大浴場からも海が見えた。ねじり鉢巻の千代吉が洋平と並んで海を見ていた。千代吉が歌い出した。十八番の三橋美智也の「夕焼けとんび」だった。

〽夕焼け空がまっ赤っか・・・。哀愁を帯びた物悲しさの漂う歌声だった。洋平を抱いた千代吉が、爺ちゃんな洋平の歌ば聞きたかばい、と濡れた手で頭をなでた。洋平はにこやかだった。千代吉も数馬も、まさか洋平が歌い出すとは思いもしなかった。しかも〽アーユ ロンサムトゥナイ…と、エルビス・プレスリーの曲を原語で歌い出したのだった。音程のしっかりした、語りかけるような切なくて物さびしい歌声だった。台詞までペラペラとこなした。

千代吉は何度もうなった。

「数馬よ、洋平はわしの見込んだ通りの子供だった。この一、二年が大事かぞ。死なせんよう、小さな所まで目配りせんとだめぞ。お前だけが頼りなんだからな」

「はい」

歌い終えた洋平を、千代吉は洋平の脇の下へ両手を渡して軽々と持ち上げた。

「洋平、ありがとう。爺ちゃんな感動して涙の出たばい。アメチャンのラジオば聞いて覚えたと？」

「はい」

「そうな、よしよし。爺ちゃんが褒美ば買うてやる。兄ちゃんと佐世保へ行って、欲しかもんば相談しろ」

「はい、爺ちゃん」

翌朝の朝食後、部屋はきちんと清掃されていた。海に面した窓は解放され、網戸からそよいでくる潮風が心地よかった。故里の海と同じような凪ぎ渡った海原だった。沖合で数隻の漁船が漁をしている。この海ではどんな魚が獲れるのだろうかと夕べお茶を淹れてくれた女将さんに聞いてみた。着物姿の女将さんは上品で美しい人だった。橘湾から天草灘一帯の海は、魚種も豊富でタイやヒラメなどの高級魚がよく釣れるそうだ。海は一年を通して穏やかで時化の日も少ないと話していた。

ここで水揚げされた魚介類は評判が良くて他の地域の魚よりは高く売れる。漁師たちは早朝から沖へ出て漁をする。釣り目当ての観光客も多くなり、当旅館でも数隻の釣り船と契約している。それぞれの漁師たちの暮らし振りは豊かで、船を新造する漁師さんたちも多くなった。などなど、女将は微笑《ほほえ》みながら、洋平と数馬にジュースを勧めた。

洋平と新聞を読んでいた千代吉が、布団を敷いてくれ、きょうは調子がいい。お前たちはあとで下着ば買うてきてくれ、と言って千代吉は浴衣に着替えた。数馬と洋平は、千代吉の布団の中へもぐり込んだ。洋平の寝入りは早い。千代吉が数馬へ語りかけた。

「お前は学校ば卒業したら上京しろ。アメリカへ行きたいと思うなら、東京だ。父親は長崎の料理屋で修業させようとしている。あいつはあいつなりの、お前の将来のことを考えてのことだと思うが、地方ではだめだ。東京で働いていたら渡米のチャンスはかならずある。よかな、東京だ。いまから心の準備はしとけ。ふうーっ、よか旅のできたぁ。どれ、ゆっくり寝かせてくれ」

千代吉のあたたかな温もりだった。

数馬は洋平と連れ立って国道へ出た。表通りから細い路地道へ入り、洋品店らしき店を捜した。あちらこちらの建物の脇から湯けむりがたちこめていた。温泉地特有のにおいがした。スナックや喫茶店、ラーメン店や食堂など、小規模な飲食店が並んでいた。その前方の店が洋品店だった。千代吉の注文したLサイズの猿またと肌着、自分たちのパンツとランニングシャツを買った。

神社の境内の方から、子供たちの声がした。十人ほどの子供たちが野球をしていた。ボールはゴム製、バットは竹筒を切ったものだった。みんな素手だった。ふたりは大木の回りを囲んだ石の上で、ぼんやり見物していた。数馬と同じくらいの年格好の子が二人いた。どちらも、あまり上手とはいえなかった。平凡なフライをポロポロ落球していた。打つ方も、腰がふらふらだった。数馬の足元へボールが転がってきた。座ったままの姿勢で数馬はキャッチャーへ強いボールを投げ返した。リーダー格の少年が走り寄って来た。

「ねぇねぇ、野球やらない？この辺の子じゃないよね、観光客？」

子供たちが二人を取り囲んだ。数馬は洋平の手を取り、立ち上がった。

「きのうから伊乃屋で休んでいる。ぼくが打ったら、あの大きな木を越えて、ボールを失くしてしまうよ」

「アッハッハ、こいつ、大ホームラン打つんだってよ」

子供たちがドッと沸いた。「どこまで打つって?」「うそっ」

「あの木までは、中学生でも打てないのにな」「打たせてみたら?」

「おーい、ケン、お前の速球でこいつをきりきり舞いさせてやれ」「お前、もしホームランが打てなかったらどうする気だ」「打てるさ。もし空振りしたらアイスキャンデーでもジュースでもおごってやるよ」

数馬はニヤリと笑って洋平を見た。洋平もにこにこしている。ふたりは旅館の駐車場でキャッチボールや素振りで鍛えていた。

「で、ぼくがホームラン打ったら、君たちはどうするんだろう?」

リーダーの少年が大声を張りあげた。

「素っ裸になって、ハダカ踊りでも何でもやってやろうじゃないか。なぁ、みんな」

少年は腰を振る仕草をして、仲間の少年たちが大笑いした。


数馬は紙袋を洋平へ渡して「ここで待ってろ」と言った。洋平は「ファイト!」と叫んだ。数本の竹筒のバットの中から、数馬は重いものを選んだ。バッターボックスの後方で構えた。風がセンター方向へ吹いていた。

高い外野フライを打てば風に乗る、と数馬は軽い気持ちだった。

速いボールではあった。一球目、二球目ともワンバウンドするボールだった。三球目、半速球が真ん中高目へ入ってきた。ストライクをねらったボールで、力がなかった。数馬は右足へ重心を移し、左足を軽く上げてボールを呼び込んだ。引きつけて、思いきり大きなスイングをした。ボールは勢いよく舞い上がり、風にも乗って、大木のはるか遠くまで飛んで消えた。サードを守っていたリーダーが慌てて走り去った。他の子供たちも次々と後を追った。ピッチャーとキャッチャーだけが残った。数馬は洋平の手を握り、帰りかけた。

「あのう・・・約束ですから、ハダカ踊りを二人でやります」

「いいんだよ、別に。リーダーは逃げてしまったし。男らしくない」

ふたりの少年は、ランニングシャツを脱いだ。短パンも脱いで、素っ裸となった。パンツは穿《は》いていなかった。

ソーラン節を歌い出した。歌いながら船を漕ぐ振り付けで、ときどき腰を振った。先の萎んだ少年のモノが、右に左に揺れていた。ぎこちない踊り方だった。それがかえって滑稽さを増していた
「船は、こうやって漕ぐもんだよ」

数馬はシャツを脱いだ。パンツまで脱いだ。洋平が両手を広げて受け取った。

〽ヤーレンソーラン、ソーラン、ハイハイ
洋平が手拍子を打ち出した。数馬の船の漕ぎ方は、さすがだった。

「ワァー、お兄ちゃん、上手かねぇ・・・」

ピッチャーとキャッチャーの子が、数馬の真似をした。ハイハイで腰を前後左右に振って、おどけた。洋平も、三人の踊り手たちも大笑いだった。

路地裏の喫茶店で、数馬は四人分のフルーツパフェを注文した。キャッチャーの子はアキラという名前だった。自分の父ちゃんは漁師だけど、チャッカ船なので船は漕いだことがないと頭をかいた。坊主頭で日焼けした顔は溌剌《はつらつ》としていた。


「父ちゃんは、前は一本釣りの漁師だったけど、いまは釣り客を乗せて沖へ出ているんだ。その方が現金収入になるって。ぼくも大人になったら漁師になる。遊漁船の船長さんだよ。長男だから妹や弟を高校まで行かせたい」

数馬は船が見たいとアキラの顔をうかがった。

「いつでも見せたいけど、まだ帰ってない。三時頃帰港して夕方はまた別の釣り客を乗せて出港する。夕釣りだよ。潮の塩梅《あんばい》で夕釣りの方が大漁することが多いって。ぼくは暗くなるまで港で待って、父ちゃんの船を掃除するんだ」

ピッチャーのケンはおとなしい少年だった。アイスクリームを洋平と仲良く食べている。

「洋平ちゃんは笑っとるだけで、少しもしゃべらないんだね」

アキラが洋平をじっと見ている。

「英語で話してごらん。洋平は今は英話の勉強中で、英語でしかしゃべらないんだよ」

「うへぇ、そうなんだ。初めて見たときから、どこか、なんか違うと感じていた」

アキラは話しかけたい素振りで、そわそわしている。数馬は洋平の目を見た。

「洋平、セイハロー」

「ハウ　ア　ユー　トゥデイ、アキラ。イッツ　ファイン　デイトゥデイ。アイム　ベーリー　グラッド　トゥ　シー　ユー」

「ええーッ、どうしよう。どうしよう。ケン、何か話してみろ」

ケンはもじもじしている。そしてゆっくりと大きな声で

「アイ　ラブ　ユー　洋平。ラブ　ユー」

と、スプーンを握った洋平の手の甲に、自分の手を重ねた。

「サンキュウ。アイ　ドン　フォゲット　ユー」

芝居がかった洋平の仕草で数馬は笑いをかみしめた。

旅館の玄関の前で別れた。アキラが振り返っては手を振っていた。

千代吉が品の良い老夫婦とロビーでお茶を飲んでいた。洋平が「爺ちゃん」と抱きついた。数馬は「こんにちは」と頭を下げた。

「まっ、可愛いらしい坊ちゃんたちだこと」

ご婦人が手を挙げた。着物姿の仲居さんが飛んで来た。

「子供たちの飲み物を」

数馬はホットミルクを二つ注文した。

「遅かったな」

「野球してきました」

洋平がフーフーと、ホットミルクを飲んでいる。帽子を取って汗をふいてやった。

「こちらは、むかし婆さんと世話んなった、この旅館のご主人さまだ」

紹介されて、魚釣りなどの話をしている時、着物姿の先ほどの美しい人と連れ立って、ピッチャーのケン坊がにこにこして現れた。

「あれ?ケンちゃん」

「うちの孫ですよ。両親は諫早に住んでいます。咳の出る病気で、空気のきれいな小浜へ転校させました。知っていますの?」

「はい、さっき神社の境内で一緒でした。野球したり、踊ったり」

「まぁ、ケンちゃんが踊りを。お爺ちゃん、その踊り、わたしたちも見たかったわね」

「ふむ・・・」

ここの爺様は、無口で神経質なのではないかと、数馬は爺様をしげしげと見つめた。爺様と目が合った。

「ケン坊は、うまいんですよ、踊り・・・」

「そうかね」

雰囲気が鯨取りのおじちゃんとよく似ている。着物姿は風格があった。

洋平が外のガラス窓へ向い、しきりと手を振っている。別れたばかりのアキラが、大窓のガラス面へ顔をくっつけてロビーの中をのぞいていた。ケン坊が出て行った。

アキラとケン坊が数馬の前で、

「数馬ちゃん、キャプテンが、さっきの事謝りたいと来ています・・・」と俯《うつむ》いた。

「もう、いいよ。逃げたくせして」

玄関先で、七、八人の男の子たちが、うなだれてウロウロしていた。

「あれからすぐ、反省して境内までもどったそうです。だけど誰もいなくて、捜し回ってここまで来たと言ってます」

洋平が数馬の肩を揺すっている。ケンの爺様が張りのある声で言った。

「何があったのか知らないが、数馬君、会ってあげなさい。悪かったと反省して来ているんだ。勇気のいることだよ。君もしっかり誠意を見せるべきだ」

「はい」

アキラが、来い来いと手招きしている。


緊張したキャプテンは、蒼ざめた顔で気を付けして立っていた。

「ごめんなさい。あのホームランを見てびっくりして、知らないうち逃げてしまった。約束破ってごめんなさい。いまここでみんなで裸踊りをします」

「えっ、ここで?お爺様、裸踊り、ここでやってもいいですか?」

数馬は爺様を見た。

「ケンもやるんだね。よかろう。やりなさい。内輪の人間ばかりだから遠慮しないでやりなさい」

千代吉はいつものような穏やかさで洋平を抱いてニコニコ顔である。

「ありがとうございます。では、ぼくも一緒に踊ります。みんな、船は漕いだことがないだろうから、ぼくが手本を示します」

「ほら、数馬君は船が漕げるんだ!」

「お爺様、数馬ちゃんは、とってもうまいんだよ。踊りだって。ねっ、アキラちゃん」

子供たちが、あれよあれよで、素っ裸となった。

「まァまァこれはこれは、勇ましいこと」

お婆様が身を乗り出して、爺様の手をしっかり握っている。

「よし、みんな！」

数馬がひとり、先頭に立った。

「ソーラン節を、みんなで元気よく歌い、そして踊る。ハイハイで腰を面白おかしく振る。一番を二回つづけてね。最後のドッコイショ、ドッコイショでオーレと勢いよく腕を突き上げる。ぶっつけ本番だからね。じゃ、最後の方だけ、一回練習する。ハイ、みんなで、ドッコイショ、ドッコイショ、でオーレ！と。うまい、うまい。恥ずかしがらず、大声でね。じゃいくよ、そーれ！」

〽ヤーレンソーラン　ソーラン〽

素っ裸の十人の子供たちが、力強い声で歌い、踊った。うまい、へたは別として、その真剣さは迫力さえあった。見物人は手拍子をとり、大いに笑った。ドッコイショ、オーレで大歓声が上がった。ロビーはいつのまにか旅館の従業員やレストランのお客さんまで足を運び、その熱気は異常なものがあった。

旅館の前に大型の観光バスが停車した。外国人の背の高い女性がドアを開けた。香水のかぐわしい匂いのする白人の中年女性だった。イヤリングやネックレス、指のリングやブレスレッドなど、ゴールドでピッカピカだった。

「サムバディ、スピークイングリッシュ？」

なめらかな、流れるような生の英語を、数馬は初めて聞いた。ロビーの中は一瞬シーンとなった。

「イエス、マム」

旅館のタオルで腰回りを隠した数馬が、一歩前へ進んだ。

「僕の弟ハ　少シ話シマス」

「グッド、弟サンノ　名前ハ？」

「洋平ト　言イマス」

「洋平チャン、ドコデスカ？」

「マーム、アイム　ヒヤ」

「オオッ、コチラヘ　イラッシャイ。マァ、ナンテカワイラシイ　ボーイナンデショウ。年ハ　イクツデスカ？」

「五歳デス」

「マァ、小サナ　天使ノヨウデス。実ハ私タチハ島原半島ヲドライブ中デス。通リガカリノ　バスノ中カラボーイタチノ、ダンスパフォーマンス　ガ見エマシタ。私タチニモ見セテクレマセンカ？」

「兄チャンニ聞イテミマス・・・オーケーダソーデス」

「アリガトオ洋平。仲間タチガ　バスノ中デス。呼ビマスネ」

千代吉が目を真ん丸くして見守っている。観光バスの中から三十人ほどのアメリカのご婦人たちがドヤドヤと下りて来た。香水のにおいで頭がくらくらした。

数馬はロビーの支配人の所へ行き、人数分のタオルを分けてもらった。少年たちは素っ裸の下半身を隠した。円陣を組んだ。大体の流れを提案した。オープニングは洋平のプレスリーの歌。フルコーラスの後、先程と同じ要領のソーラン節。最後のオーレでタオルを天井へ投げること。大声で歌い、力強く踊ることをくり返した。子供たちの目が輝いていた。気合十分だった。

洋平がハンドマイクを握った。

「アーユー　レディー?」

「ヤーッ、みんなで、も一回」

「ヤーッ」

「アメリカン　ビューティフル レディズ、ウェルカム　トゥ ザ 小浜スパ　リゾート　ステーション。アワー　ショート ショー　タイム　オープニング!」

「ヤーッ」

「ヤーッ」

館内に拍手の輪が響き渡った。洋平が情感たっぷりのスローバラードを歌い出した。数馬はコーラスで伴奏した。少年たちは両手を後に回して肩を揺らしている。

〽アーユー　ロンサム　トゥナイ・・・

どよめきの波が、群衆の中から沸き上がった。

「ワオーッ、プレスリー!」

「キャーッ、プレスリー、マイ　ラブ」

予想だにしなかった盛り上がりだった。洋平の英語の台詞は魅惑的だった。色白なブルーのワンピースの白人女性が、洋平を抱きしめてキスした。どよめきが、更に人々の感情を高ぶらせた。

ソーラン節がはじまった。観客たちは総立ちで、手拍子を打った。少年たちは大声で歌い、力強く踊った。ハイハイ、での微妙な腰使いが、それぞれ個性的だった。腰回りのタオルがほどけて、それを拾い上げて着け直そうとする、下級生の仕草が滑稽で、それも大受けだった。「オーノー」「オーマイ」「イッツ　アメージング」などと、英語と日本語が交錯して、歌声が聞こえないほどだった。

フィニッシュのオーレも、力強いものだった。少年たちの腰回りのタオルが天井へ向けて投げられ、スッポンポンの少年たちの姿にまたまた大声援となった。

「ブラボー、ブラボー」「ファンタスティック」

初めて見聞きしたアメリカ人の人々の声々が、少年たちの胸を熱くした。モテモテは洋平だった。持ち上げられ、抱きしめられてキッスの嵐だった。落ちていた野球帽子はドル札のチップであふれていた。洋平はその帽子を二つも三つも受け取った。売店へも人々が流れていた。その通訳のために数馬と洋平は大忙しだった。

「ヘーイ、タイムアップ、タイムアップ」

金ピカのご婦人が、洋平の手を引いて、バスへ誘導していた。

「洋平ト　ソノオ兄サン、私タチハ　タイヘン　ハッピーナ　時間ヲ　過ゴス事ガ　デキマシタ。楽シイ思い出　デス。アリガトウ、アリガトウ。ソシテ　グッバイ　ラブリー　ボーイズ。バイバイ」

「マーム、ハブア　ナイス　トリップ」

洋平と数馬を抱きしめて、ほおずりした。洋平の涙を見たご婦人は「オー　マイ　ボーイ」と長い間、抱きしめていた。

踊り子の少年たちが、整列してバスを見送った。窓を開けたアメリカのご婦人たちも、いつまでも手を振っていた。

疲れ果てた少年たちは、床の上でべったり座り込んでいる。

「みんな、こちらへ来なさい」とケン坊のお爺様が手招いていた。

「お疲れさまでした。たいへん楽しいダンスでした。レストランへ行って、何でも好きなものを食べなさい。それから、いただいた帽子の中のチップが五百ドルもありました。チップというのはアメリカやヨーロッパの習慣です。自分が受けたサービスや好意に対するお礼の気持ちをお金で表現します。日本流のご祝儀のことです。アメリカドルから日本円へ両替するには、長崎の東京銀行まで行かないと交換できません。そこで、数馬君のお爺様が、立替えてくれるそうです。手数料を引いて、一ドル三百円で計算します。五百掛ける三百で十五万円になります。これを洋平君を入れて、十一人で平等に分配します。一人当たり、約一万四千円です。ご飯が済んだら、ここへ来て受け取りなさい。はい。以上です。ありがとう」

千代吉が濡れたタオルで洋平の顔を拭いていた。

「あれっ、爺ちゃん、どうしたと?」

「どうもこうも、見てみろ、顔中、姉ちゃんたちの口紅だらけぞ。爺ちゃんにも少ししてくれたら良かったのになぁ。のう、洋平。ばって、きょうは爺ちゃんはうれしかった。

数馬も洋平も、さすが、爺ちゃんの孫だ。涙の出たばい。涙でお前たちのダンスのよう見えんやった。数馬、洋平のこと、これからも頼むな」

「はい。風呂ん入れてこようか?」

「いや、子供たちが帰ってからでいい。あれっ? 数馬、ぅしろば見てみろ。小さかダンサーの二人立っとるぞ」

上半身はだかの、まだ小学一、二年生らしき子供二人が、数馬のシャツを引いていた。

「ん? どうした?」

「お兄ちゃん、さっきのお爺ちゃんのお話の、おいたちは、ようと、分からんやった。ドルとか円とか、何のこと? おいたちも、お金ばもらえると?」

「もらえるよ。みんなが一生懸命、上手に踊れたから、アメリカのおばちゃんたちがたいそう喜んでね、そのごほうびにとアメリカのお金のドルというお金をくれたんだ。ドル札は日本では使えないから、ドル札と日本で使える円札と、交換する必要がある。ここまで分かる?」

「うーん、なんとなく分かった」

「両替は長崎の銀行まで行かないとできないから、兄ちゃんの爺ちゃんが、ここで両替してくれるんだ」

「ふーん、そしたら、おいたちは小さかけん少しだけでも、もらえるんだよね」

「少しじゃない。みんなで同じように歌って踊ったんだから、上級生の子供たちと平等にもらえるんだ」

「わっ、ホント? いくらもらえると?」

「ひとり一万四千円だよ」

「一万四千円って、いくらんなると?」

「百円札、知ってるよね。百円札を百四十枚もらえるんだよ」

「わぁ百四十枚も。見たこともない。うちのお母さん、買い物行っても一円しかくれない」

「この金は、君たちが自分の体を張って稼いだお金だから、君たちが自由に使えるお金なんだ。ご飯食べたあと、ここで配るからね。さっ、みんなで一緒にご飯食べようね」

「ハーイ」

洋平はまだ口紅を落としていた。

「洋平、この子たちと先に行っとくぞ。兄ちゃんと同じものでよかやろ」

「はい」

レストランで子供たちが待っていた。

アキラが走って来た。

「数馬ちゃん、みんな何を注文したらいいのか分からないって。兄ちゃんに任せるってよ」

「よし、分かった。じゃ、おなか減ってる人、手を上げて。わっ、全員だ。そうしたら、ご飯ものがいいよね」

数馬はウェイトレスを呼んだ。

「まずね、クリームソーダを人数分、十一杯ください。それから、オムライスを九人前とホットケーキを二人前、アイスクリームをのせて下さい。以上です」

「はい。あれっ。洋平ちゃんがいないわね。お姉ちゃん、洋平ちゃんの英語の歌、しびれたぁ。売店で通訳までしてくれて大助かりだったのよ、ありがとう。洋平ちゃん、日本人の子でしょう？」

「そうだよ、ぼくの弟だもん」

「数馬ちゃんも英語、上手だよねぇ、もう学校で習ってる？」

「まだですよ。ぼくたちはね。大きくなったらアメリカへ行くんだ。だからトランジスタラジオを二台買ってもらって、アメリカの番組ばかり一日中流している。佐世保の本屋で英語の本も買って、洋平と一緒に勉強してるんだよ」

「へぇー、すごいわねぇ」

「クリームソーダ、早くしてね」

「あっ、そうだった」

四人掛けのテーブルを三台並べて、子供たちは落ち着かない様子だった。数馬の両隣の席は洋平とチビ二人が座った。

「みんな、楽しかったね。大成功だった。アメリカのおばちゃんたちからも、たくさんのチップももらったしね。はい、それではクリームソーダで、乾杯！」

「カンパイ！」

レストランで食事をするのは初めてだという子供たちが多かった。スプーンを落としたり、水をこぼしたり、クリームソーダのストローをペロペロなめる子供もいた。にぎやかな光景がしばらくつづいた。

たそがれて、夕闇迫る橘湾で、漁火がぽっぽっと灯りはじめていた。海の景色はいつ見ても飽きることはない。長崎半島の山々が、いつしか消えてしまっている。やがて星空が浴場の大空へもふり注いできていた。

千代吉は洋平のことがかわいくて仕方ない様子だった。いつも自分の手の届く範囲で遊ばせている。千代吉がふたたび洋平の歌をリクエストした。洋平は千代吉の懐に抱かれて、プレスリーのバラードを歌いはじめた。

曲が終る頃、拍手して「数馬ちゃん」と呼びかける子供の声がした。ケン坊が立っていた。

「アキラちゃん父子がフロントまで来ています」と言って、返事を待っていた。

「行って来い」と千代吉の声が響いた。

「風呂へ入るよう勧めろ。一緒んご飯ば食べようって」と付け足した。

潮の匂いがぷんぷんするような漁師がアキラと肩組んで立っていた。白い長靴を履いて、まだ作業着姿だった。

「息子が世話になって、ありがとう」

日焼けした顔の白い歯が印象的だった。

「これ、お母さんの作った魚の干物と樺島のカラスミ。母さんは樺島の出身なんだ」

遠慮する父子を数馬は「祖父が会いたいと言ってます」と温泉を勧めた。ケン坊がアキラの手を引いて、父親もつづいていた。

フロントの支配人が数馬を呼んだ。

「子供たちの親から、こんなにたくさん、おみやげが届いているよ」と言った。お米や野菜類の箱々が山積みされていた。

「明日の朝、十一時頃、うちの送迎バスが諫早まで行くんだけど、どうします？」

「わっ、乗りたい、乗せてください」

アキラ父子の入浴をお願いして、浴衣と風呂あがりの、ちょっとしたつまみもお願いした。数馬は部屋へ急いだ。

タクシーの運転手から渡された名刺の電話番号へ、ダイヤルを回した。コールして、二回で応答があった。「もしもし」というなり「数馬君だね」と、弾んだ声がした。

「明朝、小浜を十一時出発、到着する頃に諫早の駅前で待ってて欲しい」と連絡した。運転手は喜んでいた。子供相手とは思えないほどの丁寧さだった。

風呂場では、洋平がアキラの姿を見て、アキラちゃんと駆け出した。アキラが「父ちゃんだよ」と紹介した。

「おおっ、君が洋平ちゃんか。よか顔ばしとる。どれ、おじちゃんに抱っこさせて」アキラの父は、抱き上げて頬ずりした。

「爺ちゃん」と洋平は手を振った。

「えっ、これはこれは、アキラの親父です。きょうは倅がたいそう世話んなって、ありがとうございました」

千代吉は「ゆっくりしなっせ」と握手した。無精髭を剃ったアキラの父は精悍で凛々しい漁師そのものの姿だった。

洋平の父親茂をひと回り若くしたような風貌だった。橘湾や天草灘での一通りの漁の話で盛り上がり千代吉とアキラの父は、旧知の友であったかのような仲の良さだった。酒を楽しくのみ、地元の漁師との出会いで、千代吉は上機嫌な時間を過していた。

翌朝のロビーの前が騒々しかった。アキラの父は部屋まで来た。数馬たちをそっちのけで、千代吉の身の回りの世話で忙しく動いていた。子供たちの親たちが、何人も来ていた。

「父ちゃん。みんながお礼を言いたいと、こうして、朝はよから待っていました」

アキラの父は千代吉のことを、父ちゃんと呼んでいる。漁師の心のふれあいは、そういうものなのかと数馬はふたりの様子をうかがった。

「わしは何もしていません。子供たちの心と心が意気投合して、異国の人たちの心を打ったのです。みなさんとこうして少しでも触れ合うことができて、小浜まで来た甲斐がありました。ありがとう。わしの所も田舎で小さな旅館をやっています。わしの生きとる間、ぜひとも遊びに来てください。アキラ君の親父は、漁船で必ず行くと張り切っています。ではでは、おみやげもたくさんもろうて、ありがとうございました」

アキラの父が洋平を持ち上げている。

「洋平、また近いうち会おうで。会いに行くぞ。アキラとおれの船でだ。元気で暮らせよ。兄ちゃんとも仲良くな」

洋平が涙ぐんでいた。父の茂を思い出したのではないかと数馬は洋平の手を引いてバスへ乗り込んだ。

バスは大勢の人たちの見送りを得て、島原半島の西海岸を北上して進んだ。千々石町の海岸線を走り、愛野町の展望台で休憩した。眼下の橘湾の海原が湖のようだった。運転手の支配人と一緒にソフトクリームを食べた。冷たくておいしいクリームだった。朝、頭の痛みがとれないと元気のなかった千代吉だったが、「休んだら、少しようなったごたる」と洋平の手を取り、売店の方へ歩いていった。

長崎のタクシーのおじちゃんと連絡がとれて、諫早の駅前で会う予定だと、昨夜千代吉へ話していた。「もう、どこへも寄らんで、実家へ帰ろう」と、疲れた様子だった。

駅前の広場ではすでに長崎のタクシーが待っていた。トランクルームはおみやげ類で満杯だった。千代吉は後部席で横になった。枕を運転手が用意してくれていた。

西海橋を過ぎて、小迎の交差点を右折した。それから先は数馬がずっと案内した。千代吉も洋平も寝息をたてて気持ち良さそうだった。到着したのは、午後三時を過ぎていた。

　父と母が出てきた。その荷物の多さに驚いていた。

「どうしたの、この荷物?」

「あとで説明するね。お母さん、お茶を一杯入れてあげて。広間へ案内してもいいでしょ? 長崎でもお世話になったんだよ」タクシー代は千代吉が茶封筒を二枚用意していた。車代とチップだった。中身を確認したあと、ありがとうございますと深々と頭を下げた。

　紅茶とカステラで一服してのち、タクシーは引き返した。帰り際、運転手は「数馬君。いつでも電話しなさい」と、握手して別れた。

　短くて長い旅が終わったのだ、と数馬は深いため息をついた。

　音のない、面高《おもだか》の静かな港だった。カァカァと烏《からす》が飛んでいる。一本の線香の薄いけむりが漂っている。「数馬ちゃーん」と母の呼ぶ声がする。なんとなく、気怠《けだる》い感じがした。座布団を丸めて、数馬は千代吉の体へ身を寄せた。遠去かる船の音を聞きながら、いつしか深い夢の中へ誘われた。

# 七　悲しみの海

満月ではなかった。月のふくらみが少し欠けている。うろこ雲が夜空いっぱいの広がりを見せて、雲の透き間から星々が点々と輝いている。月と雲が、静まり返った港の海面にそっくり映し出されていた。

真夜中を待っていた。

村々の灯りは消えて、時の流れが止まったような静けさだった。

二人は面高の後浜の海岸へ向けて歩き出した。洋平が懐中電灯を照らしている。数馬は洋平の手を取り、片方の手でバケツを握りしめていた。バケツの中身は千代吉が失禁した褌を新聞紙で丸めたものだった。二重三重の新聞紙ではあったが、じわじわと液体がにじみはじめていた。異臭が鼻をついてくる。涙が出た。数馬は浜へ急いだ。高後崎灯台の閃光が一瞬、闇を照らしていく。

二人が浜へ降りようとした時、太い声で呼び止められた。聞いたことのある声だった。「数馬じゃなかね？こげな夜更けの時間、なんばしよると？」

母の実兄だった。

「あっ、虎爺ちゃん・・・」

「そのチビちゃんは誰ね？」

「家で預かっとる、黒瀬の漁師さんの息子で、洋平といいます・・・」

洋平が頭を下げた。

「あっ、うんこの臭いのするぞ。さては、チビちゃんの、しかぶったとやろな？」

「洋平ではありません・・・」

「えっ、そんなら誰ね。まさか、千代吉さんじゃなかろうね？」

「爺ちゃんです。便所の前で倒れていました。もう、びっくりしてションベンもウンコも垂れ流しだったし・・・二人でやっとこさ風呂場まで運んで、体を洗い流したり、着替えさせたり・・・・・・」数馬は涙声になった。

「ふーん、お母さんたちは、その事、まだ知らんと？」

「はい。向こうが気付くまで知らせるな、て爺ちゃんが・・・ぼくは爺ちゃんに、もっと生きていて欲しいと・・・・・・」

「泣かんちゃよか。そしたら、すぐお母さんたちへは知らせんと」

「ばって、こげん無様な姿は見せられんて泣くし・・・」

「そーな。そげんじゃろ。千代吉さんは殿様じゃったけんな・・・よーし、数馬ウンコば早《は》よ捨ててこい。わしの特製の椅子で作った小型の便器のある。それば使うてみろ。椅子の間《あいだ》ん、バケツば置くだけたい。わざわざ浜まで捨て《こ》ん来んちゃよか」

潮が変る頃だった。浜へ降りた。やはり引き潮へ変わっていた。波打ち際の石ころが濡れて光っていた。千代吉の褌が引き潮で沖へ流されて行く。いくつもの漁火が星々よりも深い輝きを放っていた。

高後崎灯台の灯りを左に見て、海岸線を歩くことおよそ十分。細い路地を入って、丘の麓の大きな家だった。

「うちの死んだ爺様の使っていたものだ。水で洗えば、まだまだキレカもんばい」と虎爺は洋平の頭をなでて「おやすみ」と手を振った。数馬が簡易トイレの椅子を抱え、洋平が足元を照らして歩きはじめた頃だった。

後方から「数馬ちゃん」と呼び返す声があった。お寺の行事があるごとに、誘ってくれる母方の祖母だった。おいで、おいでと手招きしている。祖母は懐からカンロアメを出した。

「暗いから、気を付けてお帰りね」

祖母の体温であたためられた、表面が溶け出した、丸い大きなアメ玉だった。二人は口の中でコロコロ転がしながら、千代吉の待つ家へ急いだ。

「遅かったじゃなかな、心配するばい」

呂律の回らない、たどたどしい物言いだった。

「ごめんね。小屋の中ば捜して、やっと座ってウンコのできる椅子ば見つけた。これだとずいぶん楽なはずだよ。尿《し》瓶《びん》も薬屋で買《こ》うたし、もうビチョビチョ汚れることもないね、爺ちゃん」

数馬と洋平の純な瞳が、痩せてしまった千代吉をのぞき込んでいる。千代吉の目じりから、ぽろりと涙が落ちた。

「左手と左足の動かんごとなった・・・情けんなか・・・」

「大丈夫、おいと洋平のついとる。爺ちゃんの左手と左足の手助けばするけん・・・なぁ洋平」

千代吉の手をにぎりしめた洋平は、爺ちゃん、爺ちゃんと泣いていた。数馬は泣くまいと必死だった。こらえればこらえるほど数馬の肩は震えた。

千代吉が「腹を切る」と暴れ出した時は驚いた。病人とは思えぬほどの力で、数馬は投げ飛ばされた。

「刀ば、刀ば早《は》よ持って来い」と数馬を追い回した。数馬は逃げるしかなかった。

落ち着いた頃、倒れて動けなくなった千代吉の側へ布団を移動し、寝かせた。

「指ば少し切っただけでも痛かとに、腹ば切ったらどうなると?爺ちゃんは痛がって転げ回るだろうし、血の海でこの部屋もまっ赤たいね。よかって。二人で出来るだけのことはするけん。なぁ、洋平」

洋平はしゃくり上げて、ただ、激しく泣くばかりだった。

「洋平、もう泣かんちゃよか。爺ちゃんの悪かった。水の飲みとうなった。水ばくれんな」

プラスチック製の「らくのみ」を買っていた。洋平は薬《や》罐《かん》の白湯《さゆ》を入れた。ひと口飲んだ千代吉が、

「うーん、こりゃ、まだぬるうして、ごうぎ旨《うま》かぁ・・・洋平、も少し、飲ませてくれ」と飲み干すごとに、穏やかな息を吐いた。

「夕べは、長い夜じゃった・・・洋平の水のお陰で、今夜は気分がいい・・・不思議じゃのう・・・洋平の手のぬくもりが、わしを支えておる気のする・・・数馬、シッコ、尿瓶ば当ててくれ・・・」

千代吉は裸体のまま寝かせていた。尻の下のタオルは、まだ汚れてはいなかった。

数馬は萎れて縮んだ千代吉のものを引いた。白髪の陰毛が雁先で絡んでいた。

「出して、よかよう・・・」

と促しても、流れ出るまで時間がかかった。黄色くて、匂いのきつい尿水だった。

「洋平、爺ちゃんの寒かけん、腹の上ん、タオルば掛けろ・・・よし、そいでよか。それから、チリ紙ば二、三枚くれ」

数馬は千代吉の筒先をチリ紙でくるくると巻いた後、布団を掛けた。

「すまんのう・・・まさか、お前たちから、下の世話を受けるとは思いもせんやった。思えば、お前が赤ん坊の頃は、婆ちゃんや爺ちゃんたちがオシメば換えよった・・・いま爺ちゃんが赤ん坊のごと、なってしもうた。人生じゃのう・・・よーし、今夜は三人で寝ようでお前たちも裸んなれ・・・爺ちゃんの体のぬくもりば、忘れるんじゃなかぞ」

網戸から冷んやりした風が流れてきた。四角い窓の夜空の星が、遠く遠く輝いていた。千代吉の心臓の音が「トクッ、トクッ、」と波打っている。「死なんで、爺ちゃん!」数馬は涙で濡れた顔を千代吉の胸の上へ押しあてた。厚かった千代吉の胸が、知らないうちに、骨がごつごつと浮き出ていた。骨が数馬の頬をなでた。悲しくて悲しくて、数馬の

肩はふたたび大きく震えた。

「数馬、泣くんじゃない・・・人は誰だって死ぬ・・・死ぬために、生きとるようなもんだ・・・爺ちゃんが、爺ちゃんである時間は、もう今夜だけかもしれん・・・ひとりごとば話すけん、子守歌だと思うて、聞いてくれ」

「あんときの、小浜への旅は楽しかった」と、千代吉は「ふーっ」と息をついた。

「結婚して初めての旅が小浜だった。婆ちゃんが十六、爺ちゃんな二十歳《はたち》じゃった。色白でぷりぷりした体だった。気立ても良くて。顔の小さか、良か女子《おなご》だった・・・」

「好いとったと?」

「大好きじゃった。六十そこそこで死んでしもうたけんな、かわいそかった。もう少し生きていて欲しかった。軽い風邪だったとに、強心剤の注射一本で、コロッて死んでしもうた。わしゃ腹ん立ってな「なんばしよっとか!」て怒鳴りつけた。あのヤブ医者め。数馬、わしには注射ばさせんでくれ。注射一本で、五年十年生き延びるならまだしも、たかだか数時間のために、余計なこたぁ、せんちゃよか。死ぬときゃー、あっさり死にたか。婆ちゃんが死んで、がっくりしての、しばらくは魚釣りも出らんで、部屋ん中でポケーってしとった。そんなとき、志野がわしの面倒ば見てくれるごとなった。姿形や心意気まで婆ちゃんとそっくりだった。お前の父ちゃんは大反対だったけどな。わしは志野と、この家で暮すごとした・・・洋平、また水ばくれ・・・ハアー、うまい・・・」

　千代吉は天井の一点だけを、見上げていた。その目じりから、涙の粒がこぼれていた。

「爺ちゃん・・・」数馬も泣けてしまった。

「志野姉ちゃんと、もう一度会いたかやろ?」

「会いたかさ・・・ばって、もう、よか・・・お迎えの、すぐそこまで来とるごたる・・・洋平の、あの英語の歌、忘れきれんばい・・・洋平、兄ちゃんと、いつまでも、いつまでも仲良うしてな・・・楽しか、良か人生ば送らんと、爺ちゃんな、悲しかばい。わしは、空の上からも、海の底からも、いつでん、お前たちを見守っておるぞ・・・おっ、そうだ。数馬、旅館のわしの部屋、刀ば隠しとる場所、知っとるやろ?曲がりの沖の番屋の瀬のあたりに、あれば沈めてくれ。あの沖ば通るたんび、爺ちゃんのことば思い出して、爺ちゃーんて呼んでくれ・・・わしは婆ちゃんとお茶ばのみながら、ほらほら、あそこば数馬の船の通りよるって、空の上から、手ば振りよるけん、お前は下は向かんで、空ば見上げて、爺ちゃーんて呼んでくれ。元気良う、前へ前へ進んで行け・・・東京へ出ても、爺ちゃんな、お前の側におる・・・そのことは忘れるな・・・いろんなことがあったなぁ、後悔するこたぁ、なーんもなか、良か人生じゃったぞ・・・最後の方は、お前たちの人間性ば、良か方ん、育てられたと思うとる・・・数馬、洋平、ありがとう。爺ちゃんなられしゅうして、また涙の出るばい・・・」

洋平は泣きつづけだった。涙と鼻水で千代吉の胸は濡れていた。

千代吉が倒れたことを、母へは知らせておくべきではないかと数馬は迷っていた。「腹を切る」などと、千代吉が大暴れすることを恐れた。

「爺ちゃん・・・」

「ん？なんだ・・・」

「爺ちゃんのこと、お母さんだけでも、話した方がよかと思うけど、どう思う？」

「そうさな・・・渡しておきたかもんもあるし、それとなし、話しておけ・・・大騒ぎはせんごとな。騒いだら、ほんなこて、腹ば切る・・・ばって、ふらふらじゃ、刀も持ちきらんたい・・・数馬、腹の減ったごたる。なんか、食べるもん、なかな？」

三日間、千代吉は水だけだった。ウンコのことで困らせたくないと遠慮していた節もあった。数馬は裸のまま起き出した。冷蔵庫の中は母の作った三日分のおかずが残っていた。千代吉の好きな明太子もある。卵もある。長崎の天ぷら屋の親方が作っていた雑炊を思い出した。下準備して、千代吉の所へ行った。

お湯であたためたタオルを、洋平へ渡した。洋平は、ふたりの涙で濡れた胸を、何度も拭き取っていた。

千代吉を寝かせたままの布団を、壁際まで引いた。壁を背にして千代吉を起こした。寝巻は洋平が千代吉の肩へ掛けていた。洋平は不思議な能力を持っている。折に触れ、数馬は誰よりも、そのことを知っていた。できるだけ千代吉の側を離れないよう、足をもませたり背中をさすったりさせた。

小鍋のごはんが沸騰した頃合いをみて溶き玉子を流した。仕上げの明太子は小さく刻んでたっぷりのせた。味見した。薄味だった。薄口を少量加えた。

竹スプーンで、少しずつ、口の中へ移した。

「アッチッチ」と言いながらも、千代吉は次々と口を開けた。

「うーん、うまかった。いままで食べた料理の中で、一番の料理じゃった。数馬、腕ば上げたのう・・・ほんなこて、涙の出るばい」

「爺ちゃん、夜の明けたら、歯みがきして、のび放題のヒゲも剃って、浴衣も、新しかとに着替えようで。褌は締めん方がよかよねえ。ションベンヤウンコの、すぐできるごとしとこうで。そいでよか?」

「よかよか。手足の爪も切ってくれんか。みすぼらしか姿は見せられんけんな。洋平、また水ば飲ませてくれ。お前の水は、わしの命の水ぞ・・・こげんうまか水はなか。力の湧いてくる・・・ありがとう・・・数馬もありがとうな。もう、思い残すこたぁ、なか。どれどれ、数馬、寝かせてくれんか・・・ションベンも取ってくれ・・・ふーっ、よかぁ気持ちばい・・・ションベンの出たら。電灯ば消して、お前たちも、爺ちゃんの側で、一緒ん寝てくれ・・・〽アーユー　ロンサム　トゥナイ・・・」

　千代吉のもの悲しい歌声だった。洋平が千代吉の調子と合せるような、低い声で歌っている。その声は震えていた。せりふの所へきて、いつもと違うフレーズで、ペラペラと流暢な英語を語っている。深閑な闇の中で、耳を澄まし、集中した数馬ではあったが、その意味を聞き取ることができなかった。かなり長いせりふだった。洋平は何を話したのだろう。数馬は、質の高い洋平の英語力を賞賛するしかなかった。

　千代吉がいびきをかき出した。千代吉の胸の辺りで洋平の手と触れ合った。小さな手だった。手は、洋平の流した涙で濡れていた。

　小鳥が鳴き出した。闇の一隅が明るくなっている。はっとして、千代吉の息を探った。安心した。規則的な安定した息がつづいていた。起きあがり、お湯を沸かそうと台所へ立った。

「兄ちゃん!」と、洋平のしっかりした声が響いた。

「爺ちゃんのウンコ」数馬は慌てた。椅子の便器を、布団の脇へ運んだ。

　千代吉は、まだ夢うつつの状態だった。数馬の肩へ、重い千代吉の体を掛けた。

　引きずるような格好で、椅子の上へ乗せた。前かがみな姿勢とならないよう、数馬は椅子の後へ回り、千代吉を支えた。

「プッープップー」と千代吉の弱々しい屁がつづいた。シッコの音が流れ、ポトポトと千代吉の尻からウンコが落ちた。洋平の肩を借りた千代吉が、中腰で尻を突き出した。肉のない、しわだらけの尻だった。ちり紙二枚を重ねて尻をぬぐった。拭き上げたとき、数馬の右手の甲が、つるっと滑った。ウンコで汚れた甲を紙で拭《ぬぐ》った。

歯ミガキは洋平の担当だった。洋平が、座った千代吉の上で股がり、歯ブラシを器用に動かしていた。足の爪は数馬が切った。手の親指の爪はお多福豆をつぶしたような形状だった。熱いタオルで口回りを何度も蒸した。安全カミソリを使った。ゾリゾリと削り落とした千代吉の顔は、むかしの顔が残っていた。メンソレータムをたっぷり引きのばした。

北側の窓は解放し、南の窓も開けて、風を通した。北から吹いてくる海風が、冷んやりして心地よかった。浴衣は裸体の上から掛け渡し、その上へ布団をのせた。

「部屋らしゅうなった。きれか、もんばい」

「お母さんが来ても、爺ちゃんのションベンとウンコは、おいと洋平の取るけん心配せんでよかよ。洋平、兄ちゃんな、爺ちゃんの病気のこと知らせてくるけん、爺ちゃんば、ようみてな」

「イエスサー　アイ　ドゥ　ベスト」

「アッハッハ、爺ちゃん。洋平って、おもしろかねぇ」

「ほんなこて。フフン、洋平、爺ちゃんの側で、また、あの歌ば聞かせてくれんか・・・」

泊まり客も帰った頃で、旅館は一服の時間帯だった。数馬を見るなり、チロが走り寄って来た。小浜温泉での千代吉は、頭が痛い、肩が痛い、腰も痛いと二晩つづけて按摩師を呼んだ、その要領を観察していた洋平は、家でも千代吉の痛いという部位を、柔らかく丁寧な手さばきでもみほぐしていた。

「洋平の手は、プロよりも気持ちいい」と、朝昼晩、洋平の手を借りた。

その千代吉が倒れたことを母はまだ知らない。千代吉の部屋で、母は洗濯物を整理していた。

「あら、数馬、おはよう。みんな起きた?」

「おはよう。起きとろよ。お母さん・・・」

「お父さんねぇ、ご機嫌斜めなのよ。数馬がまた、学校さぼっとるって」

「さぼってなんかいないよ。担任から受けた体罰、まだ首の回りがピリッとする。もう二度とチョーク投げたり叩いたりしないでたりしないって、約束状を取って欲しい。お父さん、そういうこと実行した？なんもしてない。約束してくれないと学校へは行かない。それにお母さん。重要なはなしがあります」

「えっ、何でしょう？お父さんも呼びましょうか？」

「いいえ、まずは、お母さんだけ、爺ちゃんの家まで、来てください。実は三日前の夜明け頃、爺ちゃんが便所の前で倒れました」

「ええーっ？なんですって！三日前？どうしてすぐ呼ばなかったの！先生はまだ？あなたが付いておきながら！もう、もう、お父さん、お父さん！」

　前掛けで手を拭きながら、父がとうとう来てしまった。いまいまし気な父が数馬の肩を小突いた。

「この野郎、学校またさぼりやがって！」

「お父さん、お願いがあります」

「お前のお願いは、ろくなもんじゃなか。また志野のことじゃろ。あれとは、もう、とっくに縁の切れとる。おれの前であいつのことは、二度と持ち出すな！」

「お父さんとは縁の切れても、爺ちゃんとはまだ切れていません。志野姉ちゃんのこととなると、なしてそんな風な態度をとるんですか？船を買うためのお金を手切れ金として渡したからですか？そんな金、ぼくが大人になってから全部返します。だから爺ちゃんの看病のため、呼んで下さい。お願いします」

　怒った父の、こめかみの血管が青白く浮き出ていた。かみつかんばかりの形相で、数馬の胸ぐらを締め上げた。

「あなた。それ所じゃないんです」

「なんだ！」

「お爺さまが、お爺さまが倒れているんです」

「なんだと！いつだ！」

「三日前だそうです。先生を呼ばないと」

「こいつ、そげん大事かこつば！」

　振りかざした父の腕を、母が止めた。

「あなた、そんな場合じゃないでしょ。わたしは先生を呼んできます。あなたは早くお爺様の所へ」

「お父さんは来ないで下さい。大騒ぎしたら、爺ちゃんは腹を切ります。ほんとうです」

「何をばかな事を！どけっ！」

「どきません。お父さんは来ないで下さい」

「バカヤロウ、おれの父親だ」

「だったら、志野姉ちゃんを許してください。爺ちゃんは、婆ちゃんの面影を偲んでいるだけなんです。だから、お願いします。呼んでください」

「くどい！だめなもんはだめだ、どけ！」

父は数馬を押し倒して出て行った。これで爺ちゃんは死んでしまうと、数馬は肩を落とした。知らせるべきではなかった。涙があとからあとから流れ出た。

港の沖がさざ波立っていた。ちぎれた雲が北から南へ流れていた。千代吉のタンスの中を探した。大小二本の刀が化粧袋に包まれていた。千代吉の船の物入れへ二本とも隠した。

「兄ちゃん」

洋平の涙声が数馬を探していた。桟橋へ下りたとき、洋平がやぐらの上で泣いていた。チロを抱いていた。チロと一緒に洋平の肩を抱いた。

「おいと洋平が世話したら、爺っちゃんな、まだまだ何十日も生きられたのになぁ・・・こっちへ連れてこられたら、あと四、五日の命ぞ、悲しかなぁ・・・」

「兄ちゃん・・・」一緒に泣いた。

千代吉の部屋が騒々しくなっていた。父の、あれこれと采配する声が聞こえてきた。涙ひとつ見せない父の、得意気な顔が思い浮かんだ。

「洋平、腹へったなぁ。まともなご飯、食べとらんもんな・・・おいたちは邪魔者扱いだし。よーし、佐世保まで行こうか。瀬川丸で三十分で行ける。金はたっぷりある。爺ちゃんから、たくさん貰《もろ》うとるし、小浜で稼いだ金もある」

洋平の手を引いて横瀬の港をめざした。二人ともいつになく無口だった。バス通りの曲がりくねった道路はひっそりしていた。港が近くなった頃、洋平が立ち止まった。数馬は洋平を背負った。気持ち良さそうな寝息だった。

佐世保港へ到着しても、洋平は熟睡していた。洋平をおぶったまま「四ヶ町」のアーケード街を歩いた。信号待ちで立ち止まったとき、洋平が「兄ちゃん」と肩をたたいた。

「あそこの、美松というレストランへ行く。お母さんや爺ちゃんとも何回も来た。ハンバークの肉が厚くてうまいんだ。デザートは買い物してから、白十字パーラーのフルーツパフェば食べようで。よかな？」

嬉し気な洋平の笑顔だった。数日もの間、ふたりは泣いてばかりだったのだ。父のあの様子では、自分たちの立場は弱い。もう二度と、洋平と二人、千代吉のあたたかな温もりの中で添い寝することなど出来はしない。「もはや、思い残すことはない」と呟やいた千代吉の言葉が思い出されて、数馬は目頭が熱くなった。こぼれた涙が鉄板皿の上でジュージューと弾け散った。洋平も数馬も泣きながらハンバーグを頬張った。

島の瀬公園のベンチで二人は休息した。数十羽の鳩が行き交う人々の間隙を縫うように、地面の上を突っ突いている。バス停の前は黒山の人だかりだった。

「洋平、爺ちゃんの命、あと、どれくらいだろうか？」

洋平が四本の指を示した。

「あと四日か・・・・・・」

泣きしきる洋平の泣き顔を数馬は抱き寄せた。声を押し殺した激しい泣き方だった。

「もしもし、ボクたち、どうしましたか？」

二人の警察官が立っていた。

「いいえ、なんでもありません。悲しいから泣いていただけです」

「悲しいこと、何かありましたか？」

チリ紙で洋平の鼻汁をふいた。

「爺ちゃんが、あと四日で死にます」

「あと四日？ はて、どうして断定できますか？」

「弟は、そういう勘の鋭い子なんです」

「ほう、参考まで、君たちの名前と住所、教えてくれないかなぁ」

「ぼくたち、何か悪いことしましたか？」

「いやいや。おじさんね。気になることがあったりすると、一晩中、眠ることができない性分でねぇ。協力してもらえないかな？」

数馬は洋平を見た。小さく頷いている。

「ぼくは大藤数馬、弟は洋平といいます。西海村面高郷から ご飯食べに来ました。これから玉屋へ行きます。子供服売り場で、爺ちゃんの葬式用の洋服を買います。お金はあります。母が旅館をやっていて、ぼくたちは、いつも皿洗いしてバイト料をもらいます」

若い方の警察官が、手帳へペンを走らせていた。

「おじさんたち、あそこの交番ですか？」

「そうですよ。何かあったらいつでも来なさい」

交番前の鋪道では白い着物を着た人たちが、数人並んでいた。アコーディオンを弾いている人は、足の不自由な人だった。

「あの人たちは、何をしているんですか?」

「戦争で傷付いた軍人さんたちだよ。道行く人たちに、寄附のお願いをしているんだ。みんな生きて行くことで一生懸命なんだ」

洋平が手の平を出した。数馬はポケットの中の小銭を握らせた。洋平が走り出した。缶詰の空き缶の中へジャラジャラと音をたてた。片腕を負傷した人が、ありがとう坊や、と白い歯を見せていた。

「お家へは、バスで帰りますか?」

「バスは西海橋で乗り換えたりするから、時間がかかります。市営桟橋から瀬川丸で帰ります。六時台の船は、最終の長崎バスと連結しています」

「そうね。気をつけて帰りなさい」

「はい。洋平、セイグッバイ」

「バイバイ・ハブアナイスデイ」

「わっ、坊や発音がいいね。この若いおじちゃんも、英語の勉強してるんだよ。佐世保はアメリカ人の人たちが多い町だからね」

デパートへの道すがら、洋平は若いお巡りさんと手をつないで歩いた。洋平がペラペラ話しかけても、お巡りさんは、しどろもどろだった。

幼い頃から、数馬は母と連れ立って、デパートへはよく来ていた。フロアプレートを見ただけで、洋平は「五階、オネガイ　シマス」と、人声で呼びかけた。美しいエレベーターガールだった。「かしこまりました」という声が、静かな庫内で響いた。くすんだ赤っぽい色の口紅が印象的な、都会的な人だった。

葬式用でありながら、普段でも着られるような洋服を店員と探し回った。店員はショートパンツのスーツを勧めたが、数馬は、いまひとつという思いが強かった。

「洋平、どうだ、これ?あれっ?」

てっきり一緒だと思っていた洋平の姿が見えなかった。手をつないでおくべきだったと、数馬は焦った。広いフロアだった。「洋平、洋平!」一周してエレベーター前まで来たとき、「兄ちゃん!」と洋平がマネキンを見上げていた。

「びっくりしたぞ。兄ちゃんの側を離れるな、よかな」

「はい。ゴメンナサイ。コノ服、良イ　ト思ウ　ケド」

濃紺の半ズボン、白のハイネックセーター、ジャケットは同色のスタンドカラーで、堅苦しい感じではなかった。

「おっ、こりゃ、兄ちゃんも好きぞ。値段はどうだ?そんな高くはないな・・・」

　遠くからふたりの様子を見ていた店員がニコニコして寄って来た。

「これね、日曜日まで三十パーセントの割引なのよ。サイズは揃ってるわ。試着しますか?」

「うん、これがいい。弟と二人分ね。それと、靴と白いソックスも」

　バラ印の手提げ袋を洋平へ渡して、公衆電話脇の椅子へ座らせた。

　志野姉ちゃんの電話番号は暗記していた。下五島の実家から今は上五島の宇久島のはずだった。宇久島へは、初めての電話だった。市外局番は〇九五九だった、五回コールしても出なかった。

　八回目で切ろうとしたとき「もしもし」と応答があった。子供の声だった。男の子である。

「お母さんはいますか?もしもし・・・」

　しばらく沈黙の後、意外なことばが返ってきた。

「数馬兄ちゃん、やろ?」

「えっ、どうして・・・」

「お母さんが、いつも言うとる。自分になにかあったら、面高の数馬兄ちゃんの所へ行けって。面高の港へは、船で何回か通ったことのある」

「ええーっ、知らなかった。して、お母さんはいますか?」「いまいないけど、もうすぐ帰ってくるよ。イリコの工場で働いとる・・・」

「そう・・・君の名前は、何ていうのだろう」

「コウキチだよ。漢字ではね、左側に船って書いて、右側に、こう書くんだけどなぁ、説明できらん」

「ああ、航海の航かもしれないね」

「それそれ。キチはね、おみくじの大吉のキチってお母さんが教えてくれたよ」

「分った。航吉は、いま何年生だろう?」

「一年生」

「お父さんは?」

「知らない・・・若い頃は漁師だったたって。お父さんのこと、詳しく話してくれないもん。あっ、お母さんの足音がする。お母さんが帰って来た。お母さん、お母さん、数馬兄ちゃんだよ」

　志野とは六年振りだった。あの日、長崎の港で別れて以来である。桟橋の待合室で、千代吉は座ったままだった。

志野は振り返り振り返り手を振っていたが、千代吉はとうとう立ち上がろうとはしなかった。数馬は霧雨の中へ消え行く志野の後姿を、ひとり見送った。

「数馬ちゃん、お久しぶり・・・元気だった?何年生だろう?だんな様は、いまも魚釣りですか?」

「年が明けたら、僕は6年生・・・姉ちゃん、爺ちゃんが、死にそうなんだ・・・」

「えっ、悪いの?」

「あと四日なんだ・・・」

泣きながら、数馬は千代吉の容体を説明した。葬式には出て欲しい、と念を押した。

「荷物は、すぐ引っ越しできるよう、まとめておいてね。航吉の転校手続きも、忘れないで。住む家のことは、黒瀬の茂父ちゃんと相談して、探しておく。父ちゃんのこと、会ったことあるよね。心配しないで。父ちゃんの船で必ず迎えに行くからね。行く前に電話する。どこの港に着けるとか、詳細は父ちゃんと相談してね。五島のことは、父ちゃんは詳しいはずだよ。姉ちゃん・・・爺ちゃんはずっと、会いたがっていた・・・呼べなくて、ごめんね・・・」

受話器の向う側で志野も泣いていた。

「父ちゃんのひとり息子の洋平も、いまここにいる。いろいろあってね、面高の家で一緒に住んでいるんだ。声だけでも聞いてくれる。五歳だけど頭の良い子だよ。英語の勉強中で、英語が話せる。洋平、セイハロー」

「ハロー、洋平デス。ゴ気ゲン イカガ デスカ?早ク会イタイデス」

「まあ賢い子ねぇ。声が幼い頃の数馬ちゃんと、よく似ている・・・」

数馬は、思い切って、航吉のことを聞いてみた。

「姉ちゃん、航吉は、もしかして・・・」

「そーよ。だけど、まだこのことは、数馬ちゃんの胸の中だけにしといてね」

「分かった。爺ちゃんの、生まれ変りだね。うれしい」

「洋平ちゃんと同じように、航吉のことも仲良くしてね」

「うん・・・姉ちゃん、葬式用の黒い服、持っとると?航吉は?」

「わたしはあるけど、航吉はまだよ」

「それだったら、ぼくが用意する。この電話、佐世保の玉屋の公衆電話。お客さんが並んでるから、切るね。引越の準備だけ、急いでね」

「はい、そのために、荷物は極力少なくしてきたの。数馬ちゃん・・・ありがとう」

「もしもし忘れてた。航吉の体格は？　普通？　了解、じゃ、またね。バイバイ」

　二人は五階の売り場へもどり、航吉用の洋服も用意した。交番の前では、年輩のお巡りさんが立っていた。数馬は頭を下げた。

「たくさん買物したね。気を付けて帰りなさい」

　洋平が、バイバイと手を振った。

　白十字パーラーの喫茶室は、午後のティータイムを楽しむ人たちで混んでいた。奥のテーブルがひとつだけ空いていた。フルーツパフェをふたつ注文した。千代吉は酒も強かったが甘党でもあった。ここのパフェはボリュウムもあり、フルーツとソフトクリームのコーンの盛り付け方が気に入っていた。コーンのクリームをスプーンで食べる千代吉のうまそうな顔を思い出して、数馬は悲しくなった。

　洋平は小さくカットされたメロンから食べていた。数馬は自分のメロンも洋平の口の中へ入れた。パフェグラスでリンゴ細工の飾りが目立っていた。

「洋平、見てみろ、このリンゴ細工。はしごのごと、ようできとるなぁ。兄ちゃん、このまんま食べんで持ち帰るぞ。勉強する」

　洋平の口元でクリームが落ちかかっていた。数馬は指先で拾い、食べた。

　佐世保港の薄暮の空が、焼けていた。港湾の岸壁の渕をなぞるかのように、街の明かりが波のない海を照らし始めている。

　船のエンジンルームの上の客席で、洋平は数馬の肩へもたれていた。行き交う船々の片波で客船は波とぶつかり、大きく揺れた。洋平は数馬の膝の上に頭を移して、スヤスヤである。バス停まで洋平を背負って歩いた。

　千代吉の家はガランとしていた。寝かしていた壁際の布団もそのままだった、悲しみがふたたびこみあげてきた。

　旅館の門をくぐった。見舞客らしき人たちで、広い座敷は騒然としていた。誰かが、来た、来た、と大声を出した。

　父が血走った顔を引きつらせて、千代吉の部屋から飛び出して来た。洋平が、数馬の手を握りしめた。

「この野郎、こげん暗うなるまで、どこばほっつき歩いたか！お前たちの姿が見えんて言うて、爺さんな薬も飲まんで待っとったとぞ！このふうけもんが！こっちへ来んか！」

　荒々しい息遣いの千代吉だった。楽のみが空だった。枕辺の洗面水がお盆を濡らしていた。診療所の先生が来たらしく、アルコール臭が漂っていた。

「お母さん。爺ちゃんと洋平と、三人だけにしてくれませんか？」

　母と並んでいた父が、にじり寄った。

「何をばかげた事を！お母さんのおらんで誰が面倒みるというんだ」

「それじゃ、お父さん、クンクンこのウンコの臭い、お母さんも、これで面倒みとるって言えるんですか。倒れたとき、ぼくはすぐ知らせようと思いました。だけど「こんな無様な姿は、お母さんには見せられん」て言うし「知らせたら腹を切る」と暴れたんです。爺ちゃんの体を拭きます。だから席を外してください。お父さん、爺ちゃんに恥をかかせる気ですか！」

　舌打ちして、父は出て行った
「数馬、ごめんね。お母さん、何も知らないで」

　母は泣きながら、ふすまを閉めた。

「洋平、体を拭いてやろう。矢倉の上にバケツの乾してある。二つ持ってこい。ひとつには水を半分入れてな」

「はい」

　洋平は俊敏な動きをする。かかえてきた水は、生ぬるいものだった。

「お湯ば入れたと？」

「はい」

　数馬は頭をなでた。

　千代吉の尻の肉がげっそりと落ち込んでいた。しわ枯れた千代吉の体が涙を誘った。部屋の障子を空けた。縁側のガラス戸も開放して風を通した。

　数馬は自分の敷布団を出した。洋平と二人で千代吉をやっとの思いで移動した。千代吉は目を閉じたままだった。航吉のことをなんとしても伝えたかった。洋平が新しいタオルを出した。お湯に浸して千代吉の顔をふいている。〜アーユー　ロンサム　トゥナイ・・・悲しくて、わびしい洋平の歌声だった。数馬は千代吉の下半身へ尿瓶《しびん》をあてた。

「数馬、もう、いいかしら？」

　ふすま越しの母の低い声だった。

「も少し待って・・・」

「お爺様を見たいって、たくさんの方がお見えなのよ・・・

急いでね」

「はい」

　見せ物ではないんだ。腹が立った。

　尿瓶がほんの少しだけ湿っていた。

「よし、またあとで・・・爺ちゃん、爺ちゃん、聞こえたら、手をにぎって」

　千代吉の耳元で数馬はささやいた。千代吉の手がかすかに動いた。

「志野姉ちゃんと連絡がとれた。聞こえる？」

　手は先程よりも強く動いた。

「子供を産んでいた。男の子だよ。航吉っていうんだ。爺ちゃんの子だって、姉ちゃんが・・・」

　千代吉の右手が宙へ浮き上がった。数馬は両手で追った。千代吉が泣いていた。涙がとめどなく流れているのを見て、数馬は思わず「ワーッ！」と大声で泣いてしまった。

「どうした！」

　隣りの部屋で待機していた父がふすまを開けた。

「爺ちゃんが泣いたから、ぼくも泣きました」

「ばか野郎、びっくりするじゃねぇか。サァサァ皆さん、息のある父の最後の姿です。いろいろとお世話になりました。見てやってください」

　数馬と洋平の小さな姿は、部屋の隅の方へ押し流された。

「なぁ洋平、お父さん、バッカじゃないの。あんなこと、ぬけぬけと・・・まだ生きとるとに・・・あと少しだったのになぁ・・・よーし、洋平、夜遅く、みんなが寝静まってから、爺ちゃんばもう一度、呼び起こそうで。航吉のこと、喜んでたなぁ。手ーば振り上げたぞ・・・」涙が止まらなかった。

「こらっ、お前たち！」

　父が仁王立ちしていた。

「お前たちは、今夜から二階の布団部屋だ。二、三日したら兄貴が向うの家ん入る。もうあの家は兄貴のものだ。忘れるな！」

　はぁ、と数馬は深いため息をついた。自分たちにとって千代吉の存在がいかに大きなものであったか思い知らされた。

「洋平、おれたちは布団部屋だとさ。情けないなぁ。こんな家、こんなこせこせした所、出て行きたいよ。お前を残しては行けない。一緒ん付いてくるな？」

「はい。兄ちゃん・・・」

「悔しかなぁ。爺ちゃんは、あと三日ぞ。三日間じゃ、何もしてやれん・・」

二人は肩を抱き合って泣いた。

「これこれ、お前たちがそげん泣いたら千代吉さんも安心してあの世へ行けんたいね。爺ちゃんのそばん、いてやらんと、ん?」

虎爺がアメ玉を二個くれた。

夜が更けて見舞客が帰って行った。父も自室へ早々に引き上げた。母だけが残った。

「お母さん、疲れた?おいたちが起きとるから、休んでいいよ。お母さん、疲れた?・・・お母さんにだけ話しておくけど、爺ちゃんはあと三日間の命なんだよ。だから、薬も飲まないし、これからも無駄な治療とかさせないでね。爺ちゃんを苦しめるだけなんだから。お父さんはすぐ先生を呼べというけど、おいはあの先生は信用できない。お婆ちゃんに注射して死なせてしまった先生だから。呼んだら、爺ちゃんの貴重な時間が一日減ることになるんだよ」

「どうしてそんなこと」

「爺ちゃんのことは、おいたちは何でも知っている。ただ、それだけのことだよ」

母は泣いていた。

「結局、わたしは、お爺様のためになんにもできなかったのね・・・」

「そうじゃないよ。こんな長生きできたのも、お母さんがいたからだよ。お父さんはあんな風だし。おいたち、今夜から布団部屋だって。バカにして。あんなカビ臭い部屋」

「まぁ、なんてこと。しばらく我慢してね。わたしがなんとかするから」

「いいよ、もう。この家を出て行く。行くとしたら、黒瀬の洋平の家しかない。もし、そうなっても、心配しないでね。どこへ行ってもぼくは負けない。がんばるから」

「いいえ、出てはいけません。お爺様が悲しむわ。あなたをここまで育ててくれたのは誰ですか。よく考えなさい。どうしても出て行くというのであれば、最後に、お父さんも入れて話し合いましょう。あなたの決心が変わらないのであれば、お母さんは、あなたと一緒です。あなたを、ひとりぼっちにはさせたくない。ふたりで新しい道を歩きましょう。数馬も洋平も、わたしの大切な子供たちです」

「お母さん・・・」

静まり返った夜の闇が、港の海の景色を閉ざしていた。向う岸の天久保崎の低い山並が、灯台の光線で瞬くように姿を見せている。穏やかではない千代吉の呼吸がつづいていた。あと二日となってしまった。

　数馬は仏壇の珠数を取り出して千代吉の胸をさすった。胸はあばら骨が浮き出て痛々しいほどのやせ方だった。爺ちゃん・・・涙がほろほろとこぼれ落ちた。こぼれ落ちる涙をぬぐうこともせず。数馬は心の中で南無妙法蓮経のお題目を何回も何回も繰り返した。洋平は千代吉の足元へ回り、足の裏をしきりともみほぐしている。洋平のつぶやくようなメロディーが、なぜかしら悲しみを増して流れて行く。

「水を・・・」と千代吉が、突然声を発した。

　爺ちゃん、爺ちゃん、二人は同時に千代吉の手を握りしめた。

　千代吉が目を開けた。穏やかな表情だった。微笑んで優しい千代吉がそこに居た。洋平の水を、ひとしずく、ひとしずく、かみしめるように飲んでいる。語りかけたいことがたくさんあったが、涙と鼻水で数馬の声は途切れた。千代吉の口元が動いている。数馬は千代吉の顔へ、耳をぴったり寄せた。

「志野、航吉のこと、茂と相談・・・黒いバッグ、金、お母さん、志野、半分ずつ・・・志野、洋平のお母さん・・・」

「わかつ たよ爺ちゃん、よーく分かった。ん?・もうひとつ?・・・」

「家は出るな・・・さみしか・・・約束・・・しろ」

　千代吉は母とのやりとりを聞いていたのだ。数馬は大声で泣きたかった。

「ごめんよ。爺ちゃん。約束する。爺ちゃん!」

　千代吉も泣いていた。千代吉の流す涙が耳の中へ伝わっていた。

　洋平が洗面器を用意していた。数馬はタオルを浸し、千代吉の顔をふいた。

「洋平は・・・おるな?・・・」

「ここんおるよ。ずっと爺ちゃんの足裏をもんでいたんだよ。洋平、顔ば見せろって」

　千代吉と洋平は、手を握り合ったまま涙するばかりだった。これが意識のある千代吉と触れ合うことのできる最後の時間だと思った。頬肉のそげた顔は蒼白く、不自然な呼吸は異常なほど早かった。

「爺ちゃん、爺ちゃん!」

　呼びかけても、まばたきするだけで、千代吉の目は二度と開くことはなかった。千代吉の枕辺に正座して数馬と洋平は千代吉の手を話さなかった。

「爺ちゃん・・・ありがとう・・・ありがとうございました・・・」大声で泣いた。

千代吉の表情がかすかな動きを見せた。こみあげる思いが次々とあふれてきて、数馬は洋平と泣きつづけた。

千代吉の最期の日の夜が明けた。数馬は父たちの部屋へ行った。明かりが点いていた。障子の外から、呼びかけた。

「お父さん、お母さん、爺ちゃんの呼吸がおかしい」とだけ言った。

「入れ!」という父のとげとげしい声がした。

父は布団の上であぐらをかいていた。褌一丁の裸の上から浴衣を引っかけていた。

「お前は、きょうは学校へ行く準備ばしろ。三週間もぶらぶらしやがって。わかったか!ちゃんと、返事ばしろ」

「きょうは爺ちゃんとのお別れの日です。あと四、五日は休ませてください。お願いします」

「だめだ!お前の仕事は勉強することだ。これは父親としての、おれの命令だ。学校へ行く、いいな!」

「それは困ります。爺ちゃんの側に、居させてください。こんな日に学校へ行ったって、勉強になりません。ぼくは残ります」

「なにぃ!きさま、親に逆らうのか、バカたれが。その根性ばたたきのめしてやる。こっちへ来い!来んか!」

蒼ざめた母が、ふたりの間で両手を広げた。

「あなた、それくらいにして下さい。数馬がお爺さまの側にいたいと言ってるだけです。勉強はいつだってできます。だけど、お爺さまの命は限られています。数馬の願いを許してやってください」

「だめだ!お前がそんな風だから、こいつはのぼせあがる。おれはこの家の主だ。主の命令がきけなかったら、出て行け。数馬、お前のことだ。なんだ、そのふてぶてしい顔は。この野郎!」

父が殴りかかってきた。ひょいと体をひるがえして、肩を押した。父は浴衣の裾を自ら踏みつけて倒れた。

「数馬、やめなさい。お父さんですよ」

「ぼくは何もしていません。お父さんが勝手に転んだだけです・・お父さん、褌のヒモがほどけていますよ。しっかり結んでください」

「うるさい!」

父は有無をいわせず、低い姿勢のまま、突進してきた。

枕を拾った数馬は、枕で父の顔を払った。食い止めて足技で父を倒すことはできた。しかし、母の前でそれは止めた。父は執拗に数馬を倒そうとした。数馬は腰を落とし、父の動きに合せた。

「父子ゲンカしている時ですか！あなた、お爺さまの所へ早く行かないと」

　洋平が千代吉の手を取って寝そべっていた。

「まぁ、数馬、あなたたち一睡もしなかったの？早く洋平の布団出して、寝かせなさい」

　千代吉はいびきをかいていた。口が開いて不自然ないびきだった。父は違う見方をした。

「いびきかいて、よう寝とる。どこがおかしいというのだ。バカが。お前は学校へ行く！いいな！」

　母までが、

「お父さんの言う通りにしなさい。あなたも徹夜して、かわいそうだけどまだまだ大丈夫みたいだから、ねっ、お願い」と言いながら、洋平を抱き起こして布団へ寝かせている。

「お母さんまでが・・・爺ちゃんの元気な頃のいびきと、全然ちがうのに・・・洋平」

　洋平はぐっすり寝入っていた。

「お父さん。約束してください」

「なんだ」

「病院の先生が来ても、脈をとるだけで治療は絶対させない、って。それが爺ちゃんの願いです。約束ですよ。きょうの日が、爺ちゃんの最期の日です。潮見表では干潮がお昼頃です。二時頃が・・・」

　涙で、あとの言葉がつづかなかった。

「なにを偉そうに。わかった、わかった。あとのことは任せておけ。はよ、行け」

　投げやりな父の態度だった。

　千代吉のいびきの強弱が激しかった。息のある千代吉との、これが今生の別れのような気がして、数馬は千代吉の額をなでて肩を震わせた。

　母からの連絡があったらしく、校門前で校長先生と担任が立っていた。涙を見られまいと、数馬は終始俯いていた。二時限目の途中、校長先生が来た。すぐ帰りなさい、と肩をたたいた。思っていたより早い時間帯だった。数馬は走った。風が涙を吹き飛ばしていた。

　旅館の玄関前、人々がにわかな動きを見せていた。走り疲れた数馬は庭先の水道管の蛇口をくわえて水をゴクゴク飲んだ。息を整え、千代吉の待つ座敷へ進んだ。

父と母が並んで座っていた。涙はなかった。数馬を見て、父が席を譲った。無言だった。千代吉の額はすでに冷たくなっていた。

蒼白い表情は、どこかさびし気だった。

千代吉の手の冷たさに触れた。ぞっとするような手の冷たさだった。

「冷たい・・・」

数馬はこらえきれず、とうとう大声で泣き出した。激しい泣き方だった。

枕辺に丸盆が置いてあった。注射液のガラスキャップが残っていた。あれほど念を押していたにもかかわらず、父は自分との約束を破ったのだ。腹が立ってキャップを父へ投げつけた。

「お父さんは、おいとの約束を破った。注射はしないって約束したやろ!注射して、おいの爺ちゃんば殺してしもうた。人殺しと同じだ。人殺し!」

涙で震えた数馬の声は、迫力があった。

「数馬やめなさい」

母も泣いていた。しかし、数馬の怒りは増した。

「あの先生は、婆ちゃんも同じ手口で死なせた。むかしのこと、何も聞いとらんと?ちくしょう。学校へ行くべきではなかった。ここん残って爺ちゃんを守るべきだった。ちくしょう。ちくしょう。爺ちゃんを死なせてしまったのは、お父さんの責任だ。爺ちゃんには、お父さんはずっと優しくしてくれなかった。志野姉ちゃんも呼んでくれなかった。爺ちゃんのことなんかより、自分の船が欲しかっただけなんだ。だから、姉ちゃんのことが憎かった。父さんは親不孝者だ。親不孝者・・・」

沈黙していた父が突然、数馬の肩をつかみ上げた。

「もう一度、言うてみろ!この野郎、いい気になりやがって。立て!立たんか!」

母が、

「あなた、待ってください」という間に、父は数馬の体を腰にかついで空中へ放り投げた。無抵抗だった数馬の体は軽々と宙を飛んで、ふすまを突き破った。

数馬は泣き叫びながら外へ走り出た。

面高湾内は波がなかった。波のないいつもの静かな海が凪ぎ渡っていた。矢倉の先端まで進んだ数馬はいっそ、海へ飛び込みたい衝動に駆られた。

「爺ちゃん…」

張り裂けそうな深い悲しみだった。肩の震えが止まらなかった。

その時、新波止の広場で、時間調整していたバスのクラクションが鳴った。運転手席から戦車のおじちゃんが手招きしていた。数馬はバスへ走った。

「どうしたね、坊ちゃん。あげな先まで行ったら海ん落ちてしまう・・・父ちゃんとケンカでもしたと?肘から血の出よるたい。父ちゃんに負けたと?泣いてばかりじゃ、なんも分からんばい」

「戦車のおじちゃん、このバスはどこまで行くと?」

「外海経由で大瀬戸の板の浦まで。終点でわしは上がりだから、鳥加《とりか》のわしの家まで遊びん来んね?娘たちの四人もおるぞ」

「この次行く。太田和まで乗せてください」

「よかよか、どこまででん連れて行く、太田和で下りて、どうすると?」

「大島へ渡って、黒瀬まで行きます」

「おっ、そうか、チビちゃんが黒瀬だったな」

「あっ、洋平ば忘れた・・・」

家の中に洋平の姿は見えなかった。いれば数馬の所へ来るはずだった。母が茂へ電話したと言っていた。茂が帰って来て洋平と黒瀬の家へ帰ったのだ。

バスは国道２０２号線を走っていた。天久保、黒口のバス停を過ぎて右側の車窓から海の景色が流れてきた。

番屋崎の瀬が見える。白瀬や飛瀬、ガネ瀬や片島まで千代吉と過した島々が、そこにはあった。数馬の頬は震えた。涙で島々が濡れ細り、なにもかも見えなくなった。

「父子ゲンカの出来て、息子ん子はよかなぁ」

戦車のおじちゃんが、しみじみと語り出した。

「五人目の子が男の子だった。うれしかった。かわいくてかわいくて、毎晩、抱いて寝とった。だけどのう、一年生になった頃からわざと厳しくした。それが間違いだった。ある日、あれは小学二年生頃じゃった。登っていた柿の木が折れて、池ん中ん、落ちてしもうた。わしにまた怒られると思い、一日中濡れたまんまだった。その晩から熱ば出して、肺炎を起こしてしまった。それっきりたい。かわいそうでなぁ。思い出すと、今でん、つらい・・・」戦車のおじちゃんは泣いていた。

バスは池崎の海岸線を走っていた。片側一車線の道路をバスはときどき蛇行して走った。

「おじちゃん、しっかり運転してね」

「あいよ。涙の、目ん玉ん、くっついてしもうた」

太田和の船着場で洋平の家へ電話してみた。応答はなかった。

防波堤の突端から、中の島や黒瀬の港が見えた。呼子水道の潮流が渦を巻いている。

大潮で、満潮まであと数時間ある。

せめて、自分が帰るまで生きていて欲しかったと数馬は目頭をぬぐった。千代吉との思い出は尽きることはない。父や母と過ごした時間より、千代吉と一緒だった時間の方がはるかに長かった。

数馬の原点は海である。その海へ誘ってくれたのも千代吉だった。千代吉は父であり母であり、心の拠り所でもあった。

次のフェリーで大島へ渡らなければならない。桟橋へ戻り始めた。そのとき、数馬の背後から、自分の名を呼ぶ子供の声が響いた。

「数馬兄ちゃーん」

振り返り、寺島水道を見渡した。海は静然として動くものは何もなかった。

不思議な力を持つ洋平を、数馬は信じていた。この海のどこかの島陰で、自分を見ているに違いない、と。

一隻の漁船が、寺島の端崎から走り出て来た。波しぶきを巻き上げて滑走している。あっと叫んだ。あれこそ茂の船影だった。直進していた船はやがて急旋回した。

舳先で、洋平が白いタオルを振っている。茂は巧みな操船で、岸壁へ船を寄せた。

「兄ちゃん」洋平が泣きながら、数馬の胸へ飛びこんだ。

「洋平、爺ちゃん死んでしもうた・・・」

「数馬、これからどうする?」

茂の声も震えていた。

「黒瀬の家から五島へ電話したい」

「五島?よし、分かった。燃料も満タンだ」

太田和港から黒瀬港まで船を操る茂の足元で、二人は泣きつづけた。

宇久島の志野と連絡がとれた。電話を待っていた様子だった。呼び鈴は二回だった。経過を報告した数馬は、茂と交替した。

洋平が母の仏前で正座していた。洋平と視線が合った。

数馬は洋平の頭をなでた。

「グッボーイ、洋平」

線香を手向けた。香りの良いお線香だった。お鈴の音色が、悲しいほどの響きだった。

開経偈《かいきょうげ》を読経した。方便品第二《ほうべんぼんだいに》へ移ったとき、洋平が左手で木魚を打ち出した。いつ覚えたものか、洋平の木魚は、数馬の調子を狂わせることなく、むしろ、なめらかな雨だれ拍子だった。茂の電話が終る頃だった。所謂諸法《しょーいーしょーほう》は、一回で済ませた。洋平がお鈴を二度打った。灯明を落とした。

「数馬、ありがとう」

茂が正座していた。

「久しぶりの洋平ば見て、母ちゃんも喜んどるぞ。洋平、母ちゃんの前でお前を抱かせてくれ。膝の上ん来い。うーん、骨格のしっかりしてきとる。兄ちゃんのお陰だ。父ちゃんも、洋平のこたぁ、いっときも忘れたこたぁなかった。海ん落としたりして、すまなかったな。それがずっと苦しかった。洋平があのまんま海の底へ沈んでいたら、父ちゃんも死ぬつもりだった。ここまで生きて来られたのは、千代吉爺ちゃんの後ろ盾があったればこそだ。これからも三人で仲良くやって行こう。それが爺ちゃんへの恩返しだ。そうだろ、数馬」

「はい。お茶を入れます。父ちゃん、志野姉ちゃんとこの場所、わかった？」

「うん、すぐわかった。何回も行ったことのある港だった。おれの船で二時間足らずだ」

茂は洋平を抱いて、体を揺らしている。

「父ちゃん。うれしそうだね」

「そりゃ、うれしかさ。こげん、ゆったりした気分で洋平ば抱くなんぞ。初めてぞ」

太田和港の売店で買ったカスマキとケーランをお盆の上に広げた。洋平はケーランをかぶりついている。

「実はね、父ちゃん・・・」

「なんだ、どうした？」

「爺ちゃんのいまわのときに言い残したことが、あるんだよねぇ。洋平も聞いとる。ここで話しても、よか？」

「よかさ。むかし、爺ちゃんから怒られたなぁ・・・わしたちは赤の他人じゃなかぞって。目ぇのくりくりしとった。あの言葉は胸ん染みた。うれしかった。涙の出た。言うてみろ」

「志野姉ちゃんには、男の子が一人います。一年生です。

爺ちゃんの子です。母子のことは、くれぐれも茂と相談するようにと。その含んだ意味が、いま、わかったような気がします」

「ほう、そんなことを。よーし、わかった。爺ちゃんの遺言だ。洋平のためでもある。母ちゃんも、もう許してくれるやろ。ばって、志野さんの方はどげんじゃろ?」

「大丈夫だと思います。航吉のことがあります」

「そうな。志野さんの来てくれたら、おれは嬉しか。なぁ洋平、新しかお母さんの来たら、この家でまたやり直そうで」

洋平は寂し気な表情だった。笑みはなかった。

「ココノママ　ノ　方ガ　イイ。ドコヘモ行キタクナイ」

驚いたのは茂だった。口を開けたまま、目の玉だけが大きく見開いていた
「数馬、洋平はいま、何て言うたんだ。いつからしゃべるんだ。洋平」

抱きしめて、茂は泣いた
「どこへも行きたくないって。父ちゃん、洋平は天才だよ。おいたちとは違うたくさんの能力を秘めている。爺ちゃんの買ってくれたラジオで朝から晩までアメチャンの番組を聞いていた。英語で歌も歌えるよ。この間、小浜温泉でアメリカ人のおばちゃんたちと出会う機会があってね、そのとき、洋平はペラペラだった。可愛いって、顔中がキスマークだらけになった。チップもたくさん貰ったんだよ」

「ほう!洋平が英語をな。日本語は?」

「もうすぐだと思う。何でも理解しているから、父ちゃんも話しかけてね」

「よし、分かった。ところで父ちゃんって英語では何というんだ」

「パパ、だよ」

「パパ?なんだか、背中がむずがゆいのう。あっ、こうしちゃおれん。宇久島へ行かんと。数馬、今夜はどうする?」

「泊めてください。あんなとこ、帰りたくない」

「・・・そうか、よかよか。この家は洋平と数馬の家だ。好きなだけ居たらよか。引っ越して来てもよかとぞ・・・顔色が悪いなぁ。洋平も元気のなかごとしとる。船ん中で寝たらよか。布団一式積んである。よし、そしたら行くぞ」

「はい、お願いします。洋平、来い」

黒瀬漁港を出港して、船は平戸島の志々伎をめざして進んだ。昨日まで強かった風は、片島を通過する頃にはほと

んど凪ぎ状態だった。水平線の西空は、蒼白く凪ぎ渡る海の色をすくい上げて、晴れやかだった。

かつて千代吉と漂流した黒島の南沖を走っている。あの日のことが、あれこれと思い出された。悲しみがじわりと数馬の涙を誘った。堪《こら》えても堪《こら》えても涙はあふれ出た。洋平と二人、船尾の甲板で肩を寄せ合って泣いた。

高後崎灯台から、寄船・本谷・面高の鼻へとつづく山々が、次第次第《しだいしだい》に小さくなって行く。伏瀬灯台のすぐ南側を通り、平戸の帆上《ほあげ》ノ瀬を過ぎた頃、船足は弱まり、やがて茂は船を止めた。

平戸本島の最南端の沖合に尾上島がある。その海域全面が波頭を白く泡立たせている。その一帯だけが異様な海の顔を見せていた。

「数馬、見てみろ。凪《なぎ》の海でもあの状態だ。大潮でしばらく潮目の潮流がつづく。沖の海の潮流は複雑怪奇なものだ」

茂に促されて、数馬と洋平はキャビンの中へ入った。機関室の天井に板を張っただけの粗末な部屋だった。茂はその板張りに厚目の毛織物を敷きつめ、布団や毛布を折りたたんで置いていた。

エンジンの機械の音、油の匂い、そして漁師茂の、潮っぽい男の体臭が充満していた。腰をかがめて布団を敷いた。数馬の腕枕で横たわった洋平は、たちまち寝息をたてた。

バシーン！と、突然に起こる衝撃波は凄いものがあった。船は更に速度を緩めた。前後左右に大きく船体を揺らしながら、船はゆっくり前へ進んだ。

数枚の写真がガラス窓に貼り付けてある。どれもこれも洋平の幼い頃のものだった。この狭い空間で、茂は洋平のことを思いつづけながら生きてきたのではないか。数馬は茂の意外な一面を見た思いがした。

船の軋む音が消えた。やがて船の速度は上がった。なめらかな滑走だった。布団からはみ出した洋平を抱き寄せて、いつしか、数馬も深いねむりの中へ落ちた。

どれほどの時間が流れたのか、遠去かっていた船音がしだいに耳をつんざくような騒音となっていた。船は全速力で走っている。一体どの辺りなのか。起き上がるには気怠《けだる》い感じがした。数馬は自分が泣いていたことを知った。毛布の縁が濡れていた。

「兄ちゃん、数馬兄ちゃん」

誰かが自分を呼んでいる。鼻頭をいじったり、耳たぶを引いたりしている。ハッとして、我に返った数馬は、洋平と同じほどの男の子が自分を見つめていることに気付いた。

「数馬兄ちゃん」

「えっ、あっ、航吉か？」

　男の子ははにかんで「はい」と笑った。親指の爪が、お多福豆を縮めたような形状だった。

「これは洋平だ。兄ちゃんの大切な弟だ。これからは、航吉の弟でもある、やさしゅう、仲良く遊んでな」

「うん、航吉です」

「アイム洋平。アイム　ベーリー　ハッピー　トゥシーユ」

　航吉はポカンとしている。

「兄ちゃん、洋平はおいたちと同じことばで話さんと？」

「今はまだよその国のことばだ。兄ちゃんたちは大人になったら、アメリカという国へ行く。だから、今のうちからアメリカの言葉を勉強しとる。航吉も行くな？行きたかったら、向うで困らんよう勉強せんと。英語は世界の共通語だ。どうだ、行くな？」

「行かん。勉強、好きじゃなかもん。それに、お母さんは一緒じゃなかやろ？」

「お母さんたちは関係なか。自分たちだけで行くんだ」

　洋平が数馬の袖を引いている。

「兄ちゃん、シッコ」

　船尾の甲板上で、座布団を敷いた志野が遠い島々を眺めていた。うっすらと化粧して、髪は短くカットしている。

「志野姉ちゃん・・・爺ちゃんが死んでしもうた・・・」

「まぁ、数馬ちゃん。大きゅうなって。だんな様のこと、ご心痛、お察しします。あの頃が夢のようです。あ、あなたが洋平ちゃんね。志野です。ふたりともそっくり。航吉もなかまに入れて、仲良く遊んでね」

　洋平がコクンとうなずいている。

「洋平はね、英語は話すんだけど、まだふつうの言葉が出ないんだ。でも、何でも分かってるから優しくしてね。きょうから暫《しばら》くは茂父ちゃんの家で世話になるから、何にも心配しないでいいんだよ。そして落ちついたら、またお母さんのこと、手伝って欲しい。お母さんね、ぼくとお父さんの仲が悪いもんだから、いつも悲しい思いをしてると思うんだ」

　船のエンジン音が高く、数馬は一言一言《ひとことひとこと》、力をこめて語りかけた。

　洋平が数馬の肩をたたいた。

「あっそうだった。父ちゃん、オシッコがしたい。船をスローにして」

「おお、そうな ストップする。二度と失敗はしたくないからの。二人がよう寝とったけん、起こさなかった。荷物も少なかったし、すぐ出発できた。数馬、イケスにイッサキば活かしとる。あれで刺身と塩焼きば作ってくれんか。今夜は、うまい酒がのめそうだ。爺ちゃんのことは悲しかけどな。おれまでがめそめそしとったら、爺ちゃんから怒られる。数馬、応援するけん、元気ば出さんばだめぞ」

　船は東へ向けて進んでいる。平戸島の南沖の航路で、平島と江島がくっきり見えはじめた。

「海が凪いでいて、よかった」

　茂が志野へお茶を勧めている。

「数馬、五分間休憩する。航吉ば呼んでこい」

「はい、あれ、布団の中で寝とるよ」

「そうな、じゃ、寝かせとけ。数馬、江島の北側の沖合ば見てみろ。横一直線、白々としとるじゃろ。満潮時にゃ、あれが沈んで見えんごとなる。この辺は海底の起伏の激しかところたい。おまけに潮も速か。小潮でないと、とても釣りのできる漁場ではない。ばって、平島水道、江島水道は、マダイやアコウといった高級魚の宝庫だ。ヒラスやカツオ類も釣れる。瀬際では太っか平目も釣れるぞ。お前や、洋平や・・・志野さんが許してくれたら、新しか息子の航吉と四人で、ここで船いっぱい釣ろうじゃなかな・・・志野さん。洋平のお母さんにも、なってくれんやろか?と思うとります。すんません、急に、こげんこと。数馬と相談してくれたら嬉しかです。あれは金頭瀬、その先の小島は江島の黒島。家に海図のある。興味があれば勉強しろ。海図の読めんと、良か漁師ん、なれんばい」

　崎戸半島が悠々と浮かんでいる。小立島、大立島、色瀬の沖を通過して、船は片島の南側へと針路をとった。

「志野さん。そこは風の当たる。ここん来なっせ。数馬、船室から毛布ば持ってこい」

「はい。人見知りする洋平の、姉ちゃんにはすぐ懐《なつ》いたね」

　志野のふところで、洋平は寝入っている。

　数馬は舵取りを交替した。

　船の舷側から勢いよく飛び立つ魚がいる。飛び魚だ。胸びれを広げて船と並走するかのような飛び方である。五十メートルを越すほどの飛行距離で、海面上を群れをなして飛行する光景は圧巻だった。洋平にも見せたいと思ったが、志野の胸の中だった。茂は志野の隣で足を組み、五島列島の島々を、何やら説明している様子だった。肩が触れ合うほど接近している。志野の表情は明るいものだった。二人はいずれそうなるであろう、と、舵を取る数馬の手も自然と力が入った。

　片島を過ぎて、西大島の海岸線を越えた。

　数馬は船の速度を落とした。黒瀬の港へ入港し、茂の桟橋へぴたり接舷した。志野が立ち上がって拍手した。

「志野さん、あんたの子守りした数馬は、ここまでに成長したんだよ」

「うれしい。時の流れを感じます。茂さんが仕込まれたのですね」

「いや、おれじゃない。すべて、千代吉爺ちゃんです。数馬も洋平も、それはそれは可愛いがられて、爺ちゃんの秘蔵っ子のごたるもんです。おれの尊敬する唯一の人でした。さぁ、行きましょう。小さか家ばってん、自分の家だと思うて下さい。志野さん・・・おれはこれからずっと、あんたと一緒に暮らして行きたい・・・」

　たそがれ間近い、港の風景だった。茂は航吉を、数馬は洋平を背負っている。漁仕事帰りの漁師たちが、船を掃除したり、甲板上で網の修繕などの作業をしている。おーい、茂、と呼びかける漁師もいた。航吉を背負った茂は声のする方へ片手で応えている。あとへつづく志野は、両手の風呂敷包みを持って進み、数馬は顔見知りの漁師たちへ、笑顔で頭を下げて歩いた。

　茂は辰爺の家の前で足を止めた。ぷくぷくとしたおばちゃんが、漬け物用の大根の干し加減をみている。

「きょうは良か天気で。辰爺はおらすやろか?」

「おるよ。少し待ってね。あらあら、坊ちゃんも。大きゅうなったねぇ」

　寝室らしき部屋から、寝間着姿の辰爺が出て来た。前がはだけて、褌の白い布が見え隠れしている。

「腰の痛うしての。座らせてもらう。どっこいしょっと。おお、坊ちゃん、腫れぼったか顔ばしとる。洋平も、まぁ、兄ちゃんにそげん甘えて。ん?茂の、そん子は?」

「実は爺ちゃん・・・」

「よかよか、なんも言わんちゃよか。五島までまめに行きよると思うてはいたばって、そげんこつだったか」

「はい、まぁそういうことで。辰爺だけには、真っ先《さき》ん知らせておこうと」

「志野です。よろしくお願いします」

「ふーん、これも何かの縁だ。こっちこそよろしゅうな」

「で、引っ越し祝いば夕方します。爺ちゃん、どげんですか？」

「わしゃ、この通り腰の痛うして行けんばい。ありがとう」

「そしたら、タマちゃん、あとで魚ば持たせます。食べてください」

「いつも、ありがとうね」

おばちゃんは、どんぶり山盛りのみそ漬をくれた。背中の洋平を下ろして、洋平が受け取った。

「まァ洋平ちゃん、あちらの言葉ば知っとっと。はい、サンキュ」

「サンキュウ、マーム」

二十数匹のイッサキを数馬は手際よくさばいた。調理済みの魚を辰爺の所へ持って行った。タマおばちゃんは喜んで、佐世保の一休の回転焼饅頭を新聞紙でくるんだ。

「ありがとう。おばちゃん、生の大根、ありませんか？刺身のツマを作りたい」

「あるよ、うちは野菜と米は自給自足だからね。八百屋ができるほど、いろんなものを作っとる。こっちん来てみんね。裏庭でも、ちょっとしたもんば作っとる」

畳六帖ほどの畑だった。手入れの行き届いた畑で、小ネギや大根、白菜などが青々と繋っていた。柑橘類の木々もあった。

「あれは夏みかんですか？」

「違う、橙の木だよ。これから冬の近づいて、もっと黄色くなるよ。坊ちゃん、橙の欲しかったと？」

「橙を絞って、ポン酢を作ってみたい」

「ポン酢？なんね、そいは」

「調味料です。白身のお魚の刺身は、ポン酢が一番だと思っています。薬味をたっぷりのせて」

「へぇえ！坊っちゃんな、やっぱり料理屋の子だよねぇ」

「小ネギもください」

「好きなだけ取ってよかよ。上の畑にも、玉ネギや人参、白ネギや春菊も作っとるよ。欲しいときは、いつでん取ってよかけんね」

「ありがとう。あれっ、ここに風呂場があったよね。破れた屋根の間から、お星さまが見えていた。辰爺ちゃんに抱かれて、よく五右衛門風呂に入ってた」

「そうだねぇ。あの頃はまだ彦爺ちゃんも生きていて、歌ったり踊ったりして、楽しかったねぇ。風呂場はね、海上自衛隊の一郎が建て増してくれたんだ。二郎も三郎も高校まで進学させてもろうて。あたし達は貧乏でね、一郎は中学までしか出せんやった。いまね、佐世保駅の上の方でアパート借りて、茂さんのナミちゃんと一緒。ときどき二人で帰るとやけど、ナミちゃんね、すぐ隣が実家だというのに、家の中へは入ろうとせんで家ん前でシクシク泣いとる。父さんから勘当されたって・・・なんか不憫でさぁ、坊ちゃん、茂さんに執成《とりな》してもらえんかねぇ。洋平ちゃんのこと、心から反省しとるんだから」

「ぼくは、そういう資格、あるでしょうか」

「あるある、ナミちゃんね、いつも言うとるよ。お父さんと数馬ちゃんは、絶対的な信頼で結ばれてるって」

小ネギの土を払いながら、タマおばちゃんは「他に要るものは?」と笑った。

「ゆずこしょう、持ってませんか」

「持っとるよ。うちの爺ちゃん、大好きやから、年中、切らしたことはない」

「わっ、何でもあるんだね・・・おばちゃん、ナミ姉ちゃんのこと、もう少し、時間をください。洋平の背中、姉ちゃんたちから受けたアザが、まだ消えないで残っています。生まれて五年間、足で蹴られたり、殴られたり、洋平はたったひとりで泣いていたんです。父ちゃんに相談しても、もう少し待て、もう少し待て、で何もしてくれませんでした。二人して海岸で泣いたこともありました。姉ちゃんたちは自分たちの幸せな時間を手に入れた今頃になって『洋平のことを許して下さい』では、ぼくは納得が行きません。洋平は、英語は少し話すようになりましたが、まだふつうの言葉の声が出ないで苦しんでいます。姉ちゃんたちのせいです。だから、せめて洋平の声が出るようになるまで待ってくれないでしょうか・・・・・」

「まぁ、坊ちゃん、おばちゃんが悪かった。そうだよねぇ、あの姉妹、端で見とっても、ひどい時期があったもの。ごめんね。これからも、洋平ちゃんの味方でいてね。おばちゃん、坊ちゃんたち応援するからね」

新しい五人家族での門出の夕食だった。

刺身好きな洋平は、数馬の薄造りをポン酢を少しだけ浸して黙々と食べている。航吉は焼き魚の頭までかぶりつき、志野の分まで食べ始めた。茂は熱燗の酒で、志野が隣の席で酌をつづけていた。

「数馬、さっき、おかみさんから電話のあった。明日が本通夜らしい。すぐ連れ帰って欲しいとのことだったが、明日にしてもらった。何のことだかよくわからなかったが、布団部屋ではなくて二階の自分の好きな部屋を使って良いとのことだった。どうするな、洋平ば連れて朝一番で帰るな?」

帰りたくはなかった。父のあらゆる行動が、自分の体質と異質なものを感じていた。しかし、生死の境をさ迷う千代吉の、喘ぎながら訴えたあの言葉がしみじみと蘇った。

「家は出るな」

千代吉との約束は守らなければならない。

「明日の、お昼過ぎてからでいいです。洋平と航吉も連れて行きたい。姉ちゃん、いいですか?」

志野は茂と顔を見合わせた。心なし、頬が紅潮していた。茂はコップ酒を一気に飲みほした。志野が母親らしい笑顔で話しかけた。

「航吉、あした洋平ちゃんと、数馬兄ちゃんの所へ泊まりがけで行ける?次の日、お母さんたちも行くけど」

「行きたい。お母さん、かならず迎えに来てね」

母ひとり子ひとりで育った航吉は、まだまだ甘えん坊なのだ。洋平はただひとり、甘えることのできる人を知らないまま育ってきた。自分が洋平を支えなければと、数馬は傍らの洋平をしげしげと見つめた。

石炭で茂が風呂を沸かした。子供たち三人と茂が一緒だった。茂は航吉の、数馬は洋平の背中を流した。

二階の茂の寝室で、五人が枕を並べて雑魚寝した。黒瀬の夜は、面高の夜とは違った海の音が聞こえてくる。寺島水道沖を走る貨物船が暗闇の中、夜を徹して航行している。石炭を満載して北へ上る貨物船の音は重々しく、南へ下る船は軽々しい音を立てて過ぎて行く。

数馬は耳を澄まして船の跡を追いつづけては、次の船音をまた追った。千代吉のことを忘れようとすればするほど、悲しみはこみ上げてきた。胸が痛くなるほどの深い重苦しい悲しみで、数馬は何度も鼻をすすった。涙がじわりじわりと流れて行く。寝静まった家族の寝息の中で、数馬の押し殺したような泣き声が闇を走った。

「数馬…数馬…」隣で寝ている茂が、数馬の肩を揺すった。

「遠慮することはない。悲しいときは大声で泣いていいんだ・・・」数馬は布団の中で号泣した。心配した洋平が、茂の体の上を転がるように数馬の横へ滑り込んできた。

「兄ちゃん・・・兄ちゃん・・・」洋平も驚くほどの声で泣き出した。数馬は洋平の背中をさすった。

「洋平…泣くとは、もう今夜だけにしような。明日は爺ちゃんの側で、一晩中、線香ば上げようで。虎爺ちゃんの言いよったやろ、おいたちが泣いたら、爺ちゃんの成仏できんって。誰も人のおらんごとなってから、二人で爺ちゃんの好きだった歌ば歌おうで。よかな？」泣きじゃくる洋平が「はい」と、声を震わせた。

部屋の隅の方で、航吉の声がする。

「お母さん、兄ちゃんも洋平も、なして泣きよると？」

「大切な人が死んでしまったからよ。あなたにとっても、忘れてはいけない人」

「大切な人、忘れてはいけない人って誰だろう？ねぇ、誰、誰？」

「明日、兄ちゃんの家へ行って、兄ちゃんから直接聞きなさい」

数馬は洋平と手をつないで眠った。数日前までは、千代吉の両脇で、そうやって甘えていた。

「爺ちゃん・・・」

心の中でプレスリーを口ずさんだ。貨物船の音は消えていた。茂のイビキも無い。無音の屋内で、数馬はしばし時を忘れた。

「兄ちゃん、兄ちゃん、アイム　サースティー、兄ちゃん、兄ちゃん、サム　ドリンク」

茂がその声をとらえていた。

「洋平、どうした？英語で話したっちゃ、父ちゃんな何もわからんばい、どらどら、数馬、数馬」

茂が数馬のホッペタをはたいた。

「ん、あっ、どうしたと父ちゃん？」

茂の顔が目の前だった。

「洋平がな、さっきから英語で話しかけよるばって、さっぱり分からんたい。聞いてくれんか」

「はい、洋平、どうした、眠れんとな？」

洋平は布団から肩を出していた。茂はその肩を抱いて、自らも布団をかぶった。

「アイ　ウォナ　サム　ドリンク。ベーリー　サースティ」

「オーケー、来い。下へ行ってみようで」

ふたりともランニングシャツとパンツ一枚だった。

「父ちゃん、冷蔵庫の中、牛乳は入ってた？」

「ああ、知らんぞ。洋平は何てな？」

「のどが乾いたって。あれだけ刺身食べたら、のども乾くよねえ。洋平は刺身さえあれば、ごはんを二杯も三杯も食べるんだよ」

「ほう、そうな。おれの血だ」

「下へ行ってみる。何もなかったら、砂糖水をあたためて飲ませるね」

「すまんな、面倒かけて」

二色光のスイッチを入れた。志野と航吉が同じ布団の中だった。

「数馬ちゃん、サイダー、わたしが入れといた。サイダー、好きだったでしょ」

「ありがとう。まだ起きとったと?航吉は?」

「起きとるわよ。航吉、兄ちゃんたち、サイダー飲みに行くって。あなたは?」

「飲みたい。行ってよか?」

「よかよ。これからは数馬兄ちゃんの側から離れないで、お母さんと同じように、兄ちゃんの言うことも素直にきくんですよ」

「うん、わかった。兄ちゃんも洋平も、おいは好きやもん」

数馬は階段の手すりを持ち、洋平の手を引いて下りた。航吉も一歩ずつ下っている。

茂はふたりだけ残された寝室の中で、もじもじしていた。

異様な胸の高鳴りだった。

「志野さん・・・」

「はい何でしょ」

「おれの独り言だと思うて、聞いて下さい。おれには洋平のほかに、三人の娘たちがいます。洋平のことでいろいろあって、娘たちはいま、この家の敷居が高うなっていますばって、近いうち許してやろうと考えています。で、そのう、船ん中でも話したけど、洋平の母ちゃんになってもらえんかと、思うとります。返事はあとでよかとです。おれの正直な気持ちだけ、伝えておきたいと思って。こんなさびれた漁村は嫌いかね?」

「いいえ、わたしの生まれて育った実家も、同じような漁師村です。このようなわたくしでいいのでしょうか?」

「いいも悪いも、来てくれたら、うれしかです。数馬も喜びます」

「えっ、数馬ちゃん。知ってるんですか?」

「爺ちゃんの最後のことばだったらしかです。志野に洋平の母ちゃん、と」

「まぁ、だんな様の・・・安心しました。航吉もいます。よろしくお願いします」

「ありがとう、ありがとう。あっ、子供たちの足音がします。いなかったら、抱きたいくらいです。志野さん」

「志野でいいです。わたしも、何だか恥ずかしいけど、あなた、と呼ばせてください。こんなにはやく夫婦約束して、数馬ちゃん、驚くでしょうね」

「いやいや、あの子は勘の鋭い子です。こうなることを信じていました。大したやつです」

「血のつながりは無くとも、茂さんと数馬ちゃんは本当の父子なんですね。だから洋平ちゃんも、兄ちゃん、兄ちゃんと、心から慕っている」

「おっ、来た来た。寝た振りしましょう」

　数馬は足音を忍ばせた。静かな足取りだった。それでも階段は軋んだ。

　茂と志野は離れ離れだった。布団類も整然としていた。

「チェッ、ふたりだけの時間を作ってあげたのに」

　数馬はつぶやきながら航吉の手を取った。

「航吉、兄ちゃんたちと同じ布団で寝るな?」

「うん、兄ちゃんが真ん中やろ?」

「そうだ。いつもお母さんと一緒の布団だったのか」

「そうだよ、だって、ふたりだけだもん。お母さんのオッパイって、柔らかくて、ふんわりなんだよ。朝までぐっすりだった。洋平のお母さんは、どうしたと?」

「死んだ。洋平が生まれてからすぐに。病気で。だから兄ちゃんはミルク飲ませたり、負んぶしたりして子守りしたんだ」

「ふーん、洋平はかわいそうなんだね。そうしたら、うちのお母さんが、洋平のお母さん役もしたらいいのにね。おいは、もうどこへも行きたくない。兄ちゃんたちと、ここで暮らしたい。あっちこち、島から島へ渡ったんだよ。お母さんと泣いたこともあった。ごはんが買えなかった」

「えっ、そんなことが」

　数馬は泣きたかった。千代吉の顔が思い浮かんだ。父が許せなかった。

「兄ちゃんが、なんとかする。父ちゃんやお母さんとよーく相談して、ここでみんなで仲良う暮らそうで。大きゅうなったら、兄ちゃんと洋平はアメリカという遠い遠い外国へ行く。もしかしたら、もう帰れんかもしれない。航吉は、お父さんやお母さんをずっと守って欲しい。できるな?」

「できるさ。おみやげ、忘れないでね。あっ畳の上だよ、冷たい」

「ん?あれっ、ほんなこと、洋平、父ちゃんば少し動かせ」

「アイ　キャント　トゥ　ヘビー」

「どれどれ、父ちゃん、父ちゃん、少し姉ちゃんの方へ動いてよ。航吉が布団からはみ出しとる。もう、寝た振りして。まぶたが動いとるよ」

茂と志野は、体が寄せ合う格好となった。志野の手が触れた。人肌のやわらかなぬくもりだった。志野が力強く握り返してきた。高まる感情を押さえた。子供たちの声を聞きながら、茂は夢の中へ落ちた。

朝日が障子をくぐりぬけてきた。小鳥たちがピーピー騒いでいる。手は、まだつながれたままだった。

「お、は、よ、う」

耳元で数馬の声がした。

「あっ、なんだ、数馬の手だったたか。志野は？」

「下で朝ごはん作っとる。父ちゃん、姉ちゃんね、ニコニコして喜んでたよ。よかったね」

「そうな、よかった、よかった」

「おいの手と、姉ちゃんの手、間違えた？夕べはどうだった？」

「どうって、何もしとらん。お前たちが二人もいたからな。まじめなもんさ」

「これから先、長いもんね。姉ちゃんのこと、優しくしてね。とくに、うちのお父さんの前では、姉ちゃんのこと、守ってあげてね」

「兄貴とは争いたくないなぁ。数馬、どうしたらいい？」

「父ちゃんらしく、素直な心で、よろしくお願いします、でいいと思う」

「そんだけでよかと？兄貴は良か人ぞ。なしてお前と衝突するのか、おれにゃ、理解できんばい。子供たちは？」

「向こうで寝とる。航吉、洋平、こっちん来て父ちゃんと一緒に寝ろ。もうすぐ朝ごはんぞ」

ふたりとも枕を抱いてフラフラで歩いて来る。洋平が数馬の手を引いた。

「兄ちゃんシッコ」

「そうな、行こ行こ」

航吉は茂の横で立ちすくんでいた。

「どうした航吉、下へ行くぞ」

「おいは、よかよ。お母さんは？」

「下でみそ汁ば作りよる」

「兄ちゃん、おじちゃんに甘えてよかと？」

「よかさ。きょうからは、おじちゃんじゃなくて、お父さんぞ。呼んでみろ」

「お、おじちゃん、おじちゃん、お父さん」

「アッハッハ、無理せんでよか。おじちゃんでよかとぞ。ここへ来い。数馬もな、はじめはおじちゃんだった。船が好きな子でなぁ。ある日、ひとりで沖へ出てしもうた。まだ洋平ぐらいの歳じゃった。暗くなっても帰って来んでなぁ。おとなたちは酒ば飲んどった。数馬の姿が見えんて、大騒ぎたい。夜の海は真っ暗闇じゃからの。体は冷えるし、海ん落ちでもしたら、おしまいたい」

「そして、見つかったと?」

「おじちゃんの船の見つけた。クンクンって数馬の匂いば嗅いだら、風に乗ってな、数馬の匂いの飛んできた」

「ふーん。おじちゃんの鼻って、すごかねぇ。おいの匂いも嗅いでみて・・・わかった?」

「まーだ、わからんばい。おじちゃんのホッペタん、顔ばくっつけてみろ」

「わっ、酒の匂いのする。ヒゲもチクチクする。こいが、お父さんの匂いなんだね」

「そうだ。アッハッハ、今日からこの家がお母さんと航吉の家だ。仲良うしような。洋平のほかに、おじちゃんの娘たちの三人おる。大きゅうなって、もう外で暮らしているがな、ときどきは帰ってくる。姉ちゃんたちとも仲良うせんと、だめぞ」

「はい。数馬兄ちゃんは?」

「数馬は、おれの特別な子だ。心の中の大事な大事な息子だ。洋平もおれも、数馬がいなかったら死んでいた」

「ふーん、だから特別なんだね。おいは兄ちゃんのことは、もっと小さい頃から知っていた」

「ん?」

「お母さんが毎日毎日、話して聞かせるんだもの。お母さんに何かあったら、面高の兄ちゃんの所へ行けって。住所まで暗記したんだよ。ナガサキケン　ニシソノギグン　サイカイソン　オモダカって。漢字も書けるんだよ」

「そうな、えらい、えらい。ここから、海を渡ればオモダカだ。早く船が漕げるようになって、自分ひとりで行ったり来たりできるごとならんとな」

「はい。ねぇ、お父さん。船の漕ぎ方、すぐ教えてね」

茂は航吉を抱きしめた。

「よし、おれの子だ、おれの子だ」

黒瀬港を出港したのは午後だった。舳先の甲板上で、茂は航吉を、志野は洋平を抱いていた。ふり注ぐ陽の光はあたたかく、無風状態で海はべったり凪ぎ渡っていた。中瀬の浮標の沖合を、江島通いの「みしま丸」が緑色の船体を水面に映して緩やかな速度で航行している。その北側の海域では、白瀬灯台や飛瀬、西側へつづくガネ瀬や片島が、千代吉との思い出と共に、変わらぬ姿を見せていた。

数馬は中速で走らせた。洋平が、航吉が笑顔で手を振っている。鮮やかな緑の山々が、虚空蔵山の高みへとつづいている。その背景は青い。悲しいときは空を見上げろ、と千代吉は言った。いま、千代吉の愛した志野と、とうとう見ることのできなかった航吉を乗せて、船は悲しみの海を渡っている。青い空の、そのまた遥かな空へ、千代吉の優しい笑顔を思い描いた。涙がポツリ、数馬の頬を流れた。

出港前、数馬は母に短い電話をかけた。

「これから帰ります。志野姉ちゃんと息子の航吉も一緒です。茂と姉ちゃんは結婚します。父を諭《さと》してください。志野姉ちゃんを否定することは、茂父ちゃんも否定することと同じです」

母は泣いていた。

「ごめんね数馬。お母さん、何もできなくて」

天久保の松前崎を過ぎた。横曽根から網屋の鼻まで徐行して面高湾へ入港した。父と母と、数人の黒い洋服や着物姿の人たちが桟橋で待っていた。数馬は舳先を南へ向けて接岸した。なめらかな操船だった。茂が、よしよしとうなずいている。父と視線が合った。冷たい目だった。

父が洋平と航吉を、抱きかかえるようにして降ろした。

「兄貴、この度はどうも悲しかです」

「むっ」

「志野、こっちへ来い。兄貴、志野を女房にして、これから生きて行きます。よろしくお願いします」

父は無言で頭を下げた。志野が蒼ざめた顔で、

「若だんな様、長い間、ごぶさた致しました。茂さんと、残された人生を歩いて行くことにしました。よろしく、ご指導ください」と、

しばらくの間、俯いたままだった。

無器用な父が、やっと切り出した。

「茂とわしは兄弟だ。兄が弟の幸せを喜ばないはずがない。よう来てくれた。お前のことで、数馬とはしょっちゅう喧嘩ばかりたい。爺さんにも悪かったと思うとる。済まなかったな。数馬のことで久江もいろいろと苦労しとる。お前が

側《そば》んいてくれたら、あいつも心強いじゃろう。よろしく頼むな」

調理場は親戚縁者や隣近所の人たちでごった返していた。矢倉の上で洗い物している人たちも少なくなかった。千代吉の安置されている座敷へ向った。虎爺が仕切っている様子で、大人たちへあれこれと指示している。

航吉と洋平が、数馬の所へかけ寄って来た。

きらびやかな布団が掛けられて、千代吉はひっそりと寝ていた。「爺ちゃん」と呼びかければ、目を覚ましてくれそうな気がした。呼びかける声が震えた。涙をこらえようとして、肩も震えた。白い布が顔を隠している。整座して合掌した。洋平がするすると千代吉の枕辺へ座り込んだ。いきなり白い布をはぎ取り、「爺ちゃん、爺ちゃん」と泣き出した。

航吉はキョトンとしていた。数馬は洋平の肩を抱いてしばらくの間、頭を垂れた。たくさんの花々が届いていた。赤紫色の百合の花が満開だった。

涙をこらえて、お経を唱えた。経本を広げ、開経偈《かいきょうげ》から方便品第二《ほうべんぼんだいに》、自我偈《じがげ》、運想《うんぞう》、宝塔偈《ほうとうげ》、四誓偈《しせいげ》へとつづけた。後方で母方の祖母の声が聞こえた。幼い頃、数馬を寺へ誘ってくれた人だ。息を継いで祖母の後へつづけた。木鉦を打っていた洋平が、経末のお鈴を打った。線香の煙が程よい香りを漂わせていた。心なし、千代吉の蒼白な表情が穏やかに見えた。この人のお陰で、自分は自分らしくなったという思いが、しみじみとあふれてきた。千代吉の額をなでた。志野が航吉を抱いて、茂と並んで焼香した。

母がお茶を運んで来た。御仏前には博多や長崎の有名な菓子箱が供えてあった。数馬は、千代吉の好きだった福砂屋の黄色い包装紙を破いた。父が「こらっ」と怒っても、茶だんすから千代吉の形身の柳包丁を出して切り分けた。お茶と二切れのカステラを千代吉の枕辺へお供えした。お鈴を打った。洋平と航吉へも渡した。数馬は、ひと口がぶりと食いついた。歯型の付いたカステラを見て、数馬は「わっ」と泣き出してしまった。ガヤガヤだった室内が、一瞬、水を打ったような静けさとなった。手にした歯型のカステラを母と志野へ見せた。ふたりともハンカチで目頭を押さえた。幼い頃、千代吉がザラメのおいしい部分だけ食べて、残りの歯型の付いたカステラを、数馬へ食べさせていた。そのことを覚えていたのだ。長崎の築町から来た親類のおばちゃんが、お茶を飲んでいた。

「まぁ、わたしカステラ食べて泣き出す子供なんて初めて。数馬ちゃん、明日また買ってきてあげるね」

　父は知ってか知らずか、航吉の面倒をよく見ている。通夜の席では喪主を務める自分の席の隣に航吉を据えた。数馬と洋平、茂がつづき、母と志野は、弔問客の接待で走り回っていた。向かい席は縁者の年寄連で、気むずかしい顔で控えている。筆頭は虎爺だった。洋平がスルスルと虎爺のあぐらの上へ移動した。何も知らない茂が「こらっ、こらっ」と慌てている。洋平は笑顔だった。虎爺も膝など揺らして遊んでいた。

「数馬、あの人は？」

「友だちなんだ。お母さんの実の兄さんだよ。ほら、前列の右側のお婆ちゃん、あの人がお母さんのお母さん。七人の子供産んで、みんな頭が良くて優秀なんだって。うちのお父さんと、えらい違いだよね」

「数馬、もっと小さな声で・・・」茂がささやいた。

「兄貴も優秀なお人だ。板前の腕は一流だし、魚釣りもうまい。漁師は頭が良くないと、いい漁はできないもんだ。おれは好いとっ」

　床が抜けはしないかと思うほどの弔問客だった。夜が更けて、ようやく家族だけとなった。父ははやばやと自室へもどった。茂と志野も、早朝早出すると自船で黒瀬へ帰った。数馬は桟橋まで見送った。千代吉から預かった封筒の金を志野へ渡した。志野は驚いていた。ありがとう、と涙ぐんだ。布団を一枚、千代吉と並行して敷いた。洋平と航吉を寝かせた。母が疲れた様子だった。

「お母さん、明日はもっとたいへんだから、眠った方がいい。炊き出しは公民館でしょう？志野姉ちゃんも手伝ってくれるから、お母さんはお父さんの側で、お客さんの相手をしてね。お父さん、無口だから。あ、そうだ。待って・・・これね、爺ちゃんから。自分が死んだら、葬式代にしてくれって。お父さんには内緒だよ。おいと洋平は、アメリカへの留学費をもらった。長崎の銀行に預けてある。お父さんはこの家と土地が少しあるから、それでいいって。本当は、お前に全部やりたいって言ったんだ。寂しそうだった。お父さんは爺ちゃんには冷たかった。もっとやさしくして欲しかったと今でも思う」

「数馬、アメリカ行きのこと、本気でそう考えてるの？」

「本気も本気。大の本気だよ」

「茂さん。洋平もひとり息子だけど許してくれるかしら？」

「父ちゃんは、おいたちを信じとる」

「どうしても行くの？」

「行くさ、爺ちゃんと約束した。もし反対したらここへは二度と帰らない」

「お母さん、悲しいわぁ。涙が出そう・・・」

「泣かないで。拳銃で撃たれても、絶対死なないで帰るから。ねっ、大丈夫って。洋平も一緒だし、助け合って生き抜いてみせるよ、お母さん」

　母は泣いていた。

「お母さん・・・泣いたら、悲しくなる。爺ちゃんの魂が、今のおいたちの話、聞いてるかもしれない。この間もね、死ぬ前だったけど、苦しいはずなのに、ぼくの手を取って、家は出るなって泣いたんだよ・・・」

　母と子が千代吉の枕辺で、シクシク泣いている。洋平と航平は軽やかな寝息を立てている。

　座敷の障子が勢いよく開いた。寝間着姿の父が立っていた。

「出るの、出ないの、何の話だ。チッ、線香の消えとるじゃなかな。夜明けまで消すことはありません、と言うたのは誰だ！　数馬、お前のことだ。しっかりせんか、このバカタレが」

「あなた、数馬だって疲れているんです。少しは労《ねぎら》ってください」

「いつもいつも、お前は甘いというんだ。早よ線香の火ばつけんか、アホが」

「あなた、言葉遣いが悪いですよ。いくら自分の息子だからといって、いまの言葉ばは数馬に謝るべきです。さぁ、謝りなさい」

「なんだ急に！」

「謝りなさい！」

「知ったこつか。どいつも、こいつも」

　父が障子をバタンと叩きつけるように閉めて出て行った。

「お母さん」

「悪かったね数馬。お父さんのこと、ごめんね」

「なんでもないよ。ああいう人だと思っているから」

「お母さんも、今夜はここで寝る。布団、もう一つあったよね。まぁ子供たち、かわいい顔して。数馬、眠たくなったら代わってあげる。お母さん、少し寝かせてね」

　母は結局、夜明けまで熟睡していた。数馬は一人、祖父千代吉の顔を忘れまいと涙を流しながら通夜して、朝を迎えた。

明けたばかりの面高湾は、静寂そのものだった。遠照院寺の森から吹き下ろしてくる東風は、海面をそよがせるほどの微風で、桟橋に係留された船影が揺れて波立つことはなかった

そういう夜明けの海を数馬は千代吉と何度も迎えていた。明日からは独りである。

悲しさと寂しさで数馬の心は震えた。

恵比須神社の沖合《おきあい》で、数羽の海鳥が羽を休めている。向う岸の天久保地区の稜線が青味を濃くして広がりはじめた。

曲がりの鼻を通過した漁船が、船音を高めながら港へと向って来ている。それが茂の船であることは間違いない。割烹着姿の志野を下ろして、ねじり鉢巻の茂が「精進上がり用の魚ば獲ってくる」と、港を出て行った。葬儀が始まろうとする時間となっても、茂の船は来なかった会葬者があふれた室内で、住職が時計ばかりを見ている。

「もう待ちきれない」と、父が進行役の虎爺へ合図した。

父は黒い着物、母も志野も黒地の着物を凛として着こなしている。ふたりとも艶やかな姿形だった。数馬は美しい人たちだと思った。

数馬、航吉、洋平の三人は、デパートで購入した揃いのスーツを着た。これもまた見事な子供たちの姿だった。母たちは一様に驚嘆の声をあげた。「誰が買ってくれたのか」「お金はどうしたのか」などと、父は執拗なほど問いつめてきた。数馬はただひとこと「爺ちゃんが買《こ》うてくれた」と、洋平と頷きあった。

御導師の朗々とした読経が済んだ。父が立ち上がって挨拶した。

「自分は親父と喧嘩ばかりでした。親孝行な息子だったとは言えません。ああしてやればよかった、こうしてやればよかったと後悔することばかりです。きょうはこんなたくさんの人たちの見送りで、父も喜んでいると思います。八十年近い父の人生でした。ありがとうございました」

父の声は震えていた。ときどき、言葉が詰まった。

遅い、遅かった。茂はまだ来ていない。数馬は拳を握りしめた。洋平が「兄ちゃん」と涙ぐんでいた。

虎爺などの年寄連が、千代吉を木製の棺桶へ納めている。六人の屈強な若い衆たちが、二本の横棒を渡した棺桶を担いで歩き出した。数馬たちは、南無法蓮華経と清書された細長い和紙を竹竿に結んで先頭を進んだ。お題目を唱える

人々が長い行列をなしてつづいた。お鈴の音色が、厳粛な響きを伴って流れて行く。後浜へさしかかった。海風が竹竿の和紙をそよがせる。新屋敷地区の坂道を上りつめて、数馬は振り返った。人々の行列の背後は海だった。

海は従容泰然として静寂、千代吉が時を止めているかのようであった。

茂は来なかった。何かがあったのだ。来ないはずがない。千代吉は実の息子よりも茂を可愛いがっていた。耳を澄ませた。漁船のかすかな音が聞こえた。次第に大きくなってきている。やっと来た。茂の船に間違いない。時間を稼がなければならない。数馬は墓場までの短い坂道をゆっくり歩いた。

住職が欲令衆《よくりょうしゅう》を読経している。やがてお題目へ移り、いよいよ埋葬となった。棺桶は数人掛かりで墓穴へ移された。お鈴が続いて鳴っている。虎爺から父へ、スコップが渡された。ひと掬《すく》いの盛り土を、お棺へ落とそうとしたとき、数馬が父の前へ立ちはだかり、両手を広げた。

「お父さん、待って下さい。爺ちゃんと最後のお別れをさせてください」

「なにをバカな。どけ。こげんたくさんのお客さんの来てくれとる。早く済ませんと。どけっ、どかんか！」

「待って下さい。もう一度だけ、もう一度だけ爺ちゃんとサヨナラがしたい。お願いします。爺ちゃんと会わせて下さい」

「だめだと言うとるやろが。どけっ、どかんか！」

父は数馬を勢いよく突き飛ばした。盛り土でつまずいた数馬はバッタリ倒れた。

「兄ちゃん」

航吉と洋平が駆け寄って来た。航吉が土を掴《つか》んで父へ投げた。

「数馬、お前がそういう風だから、子供たちまで真似をする。立てっ、こらっ」

数馬は耳を引かれた。正に平手打ち寸前で、父の手を止めた人がいた。虎爺だった。

「あんたも、ひどいことをする」

「ばって爺さん、こげん多勢のお客さんの来とんのに、申し訳んなか」

「バカ者、葬式はお客さんのためにするとじゃなか。これまで一緒に暮らしてきた家族の最後の儀式じゃなかかね。数馬は爺ちゃんと最後のお別れをする権利のある。お前たちは、嫌な仕事は全部数馬に押しつけて、知らん振りたい。何も知らんくせして、偉そうな事が、よう言えたもんたい。爺ちゃんの倒れたとき、下の世話からなんから、面倒見とったは数馬ぞ。夜更けの後浜で、数馬たちは泣いとった。新聞紙でくるんだ爺ちゃんの汚物を、泣きながら捨てん来とった。久江、本来ならお前の仕事じゃなかかね。ほんなこて、お前たちはどうかしとる。よーし、数馬、ここん来てみろ」

虎爺は土で汚れた数馬の洋服を払った。

「この棺桶はわしの手造りたい。釘は一本も使うとらん。端々ばトントンと叩けば、すぐ開くぞ。ゆっくり爺ちゃんとお別れしろ。あとのことは、わしに任せておけ」

「ありがとう、虎爺ちゃん」

虎爺は、列席者を山際の海に近い方へ案内している。

「見てみなっせ。この海が千代吉さんの愛した海ですばい。きょうは、よう晴れて日本晴れじゃなかかね。島々もよう見ゆる。この正面が佐世保港の入口です。こちら側の山と、寄船《よりふね》という地区ですが、佐世保側の高後崎灯台までの距離は、およそ八百メートルです。戦争中は、ぎょうさんの艦船がここを通りよりました。わしたちは憲兵の目ば盗んで、山ん中から傷付いた艦船ば見とりました。そんな様子と見るたんび、ああ、日本は負けたと思うたものでした。西へ点在している島々が九十九島です。佐世保の名物に、九十九島せんぺいがあります。六角形でピーナツ入りで香ばしか、うまかせんぺいです。ぜひ一度は試してみて下さい。あの細長い島が黒島、キリシタンの島です。その西側が平戸島、平戸島南端の尖った山は志々伎山です。屏風ば広げたごとして、品のある山ですなぁ。水平線上の島々は上五島です。いつ見てもきれか島々です。あそこん浮いとる、山ば半分に切り落としたごたる島のあるでっしょ、あれは片島です。イシダイ釣りの名人だった千代吉さんは、あの辺りで二十も三十も大漁した事のあります。ほんに、千代吉さんは釣り名人でした。重しの鉛も、釣り針も、全部手作りでしたけん、惜しか人ば亡くしました。南無妙法蓮華経」

虎爺の説明で、会葬の人たちが、笑ったり驚嘆の声をあげたりしていた。

数馬と洋平は上着を脱いで、航吉へ渡した。洋平を抱きかかえた数馬は棺桶の千代吉の前へ立たせた。

「洋平、セイグッバイ」

「爺チャン　アイラブユー　ソーマッチ。バイバイ爺チャン、サンキュー」千代吉のつるつるの頭をなでながら、洋平はプレスリーを口ずさんだ。航吉の上着も脱がせた。洋平と同じように、千代吉と対面させた。
「兄ちゃん、お母さんの言いよった。大切な人、忘れてはいけない人ってこのお爺ちゃんのこと?このお爺ちゃんは誰だろう、ねぇ、誰?」

航吉が泣いていた。

「お母さんは何て言ってた?」

「兄ちゃんに聞けって。ねぇ、この人はもしかして、おいの本当のお父さん?」

数馬も涙が出た。

「そうだ。もう二度と会うことのできない人だ。航吉をこの世に送ってくれた、忘れてはいけない、大切な人なんだ。ほっぺたばつねって、サヨナラしろ。初めまして、そして、サヨウナラお父さんって。ウーッ」

「お父さん、お父さん!ワァー、ワァー」

航吉の激しい泣き声だった。

「よーし、よかな、これからは茂父ちゃんが航吉の新しかお父さんだ。おじちゃん、ではさみしいから、早くお父さんと呼んでくれ。そうしたら茂父ちゃんも喜ぶ」

「はい・・・あれっ?・兄ちゃん、足んなんか引っ掛かった。何だろう」

数馬は一気に抱き上げた。航吉の足先には千代吉の釣り道具が付いてきていた。

「おっ、航吉のお父さんが、息子の航吉と会えて嬉しかって、お土産ばくれたんだ。ほら、な、大事にしろよ」

「お父さんの形見だね。大事にする。兄ちゃん、おいにも魚釣り教えてね」

数馬の、千代吉との最後の対面となった。

「爺ちゃん、これが本当に最後のお別れだよね。航吉ともずっと仲良くするから、安心していいよ。サヨナラ爺ちゃんこれまで、いろいろとありがとう。大好きだった。おいはうれしかった。ありがとう、ございました」

数馬は千代吉の頬へ、頬ずりした。冷たかった。その冷たさが、数馬の涙を誘った。航吉の声がした。

「兄ちゃん、お父さんが来たよ。お父さんだよー。お父さーん」

立ち上がった数馬へ、洋平が上着を渡した。茂は誰かを背負っていた。黒い着物の辰爺だった。割烹着のタマおばちゃんが、寄り添っていた。

「数馬すまんな。遅れてしもうた。辰爺ばタマちゃんとリヤカーん乗せて、下まで来た」

今にも泣き出さんばかりのタマおばちゃんだった。

「坊ちゃん、遅うなってごめんね。爺ちゃんが喪服姿の茂さんば見て、どこの葬式な、ということでね、面高の千代吉さんと知って、教えんやったって怒ったり泣いたりで、とうとう連れて来たとよ。晩年の、爺ちゃんのたった一人の友だちだったけんねぇ。茂さん、きつかったやろ、ありがとう。爺ちゃん、千代吉さんの、ほら、ここん、間に合《お》うてよかったね」

辰爺は白装束の千代吉を見るや、大勢の人たちの目をも憚《はばか》らず大泣きした。穴の中へ落ちかかる辰爺の肩を支えて、茂も泣いていた。

辰爺が茂の手を借りて、スコップ一杯の土を投げ入れた。参列者も次々と投げつづけた。

近親者の番となった。

「数馬たちも土ば捧げて、お別れしろ」

父の差し出したスコップを、航吉が受け取った。数馬は渡されたスコップを、盛り土の小山へ放り投げた。

「おいは重たか土なんか、爺ちゃんには掛けきらん!」

そう言い切った数馬は、航吉と洋平の手を引いて墓屋敷の坂を下った。茂が追いかけて来た。

「数馬、そいでよかとな?」

航吉と洋平が茂の元へ走り寄り、抱きついた。

「おっ、お前たち、そげん良か洋服ば着て、父ちゃんな、うれしかばい」

「おいたちは、もう、お別れはした。父ちゃん、辰爺ちゃんたちも公民館へ案内してね。お斎《とき》が用意されとるから、そのあと、爺ちゃんの座敷へも案内して欲しい。爺ちゃんの遺影も見て欲しいから」

「よーし、分かった。数馬、頼みのあるとばってん。船のイケスん中ん、良かタイの五、六枚泳いどる。こげんときなんやけど、兄貴も忙しかけんなっ。あれで精進あがり用の刺身ばこさえてくれんやろか?できるな?」

「うん。やってみる。大丈夫、爺ちゃんの家で、何回も練習した。爺ちゃんの形見の包丁で作るから、きっと、うまい刺身のできるよ。父ちゃん、志野姉ちゃんとゆっくりできたと?」

「葬式の控えとったからな、ゆっくりはでけんやったけど夫婦の形はできた。数馬、ありがとうな。子供たちの洋服も、お前が段取りしてくれたんやろ?　志野もたいそう喜んどった。爺ちゃんの好意ばいただいたって」

「よかったね。姉ちゃんともこれからずっと仲良くしてね」

後浜の海岸から吹き上げてくる潮風が数馬の涙の顔を吹き払った。清々しい海風だった。トンビが羽を広げたまま流れている。一匹のネコがニャーン、ニャーンと鳴いていた。

「あっ、チロ、イッツ　カミングヒヤー」

洋平が走り出した。抱き上げたチロが、洋平の顔をペロペロなめている。

「兄ちゃん、あのネコ、洋平の友だちのごたるねぇ」

「友だちだよ。家で飼っとるネコなんだ。チロっていう名前だよ。ネコは嫌いか?」

「好きも嫌いもなか。島の家では、何も飼えんやった」

「そうな、こいからは、茂父ちゃんと相談して好きなものを飼ったらいい」

「うん、ばって、よか。ネコも犬も、いつかは死ぬやろ。死んだらかわいそうだし、悲しくなる。洋平のかわいがるものを、おいも一緒んかわいがるけん」

数馬は航吉のやさしい心根がうれしかった。横顔が千代吉とうりふたつの航吉だった。この先の長い道のりを、楽しく過ごして行こうと、丸刈りの航吉の頭を撫でた。

陽はさらに高くなっていた。白色を流したような青空だった。西へ渡る空も青かった。

水平線は透き通り、千代吉との思い出の島々が、こみ上げてくる熱い想いを寄せて、悄然と影を落としているようにも思えた。明日からはまた、新しい日々が始まるのだ。数馬は大空を見上げた。

千代吉は祖母と再会できたのだろうか。悲しいときは、空を見上げろ、と千代吉は言っていた。ふたりの愛情が、天から降り注《そそ》いでくるようで、数馬は大空へ向けて両手を広げた。涙を振るい、大声で叫んだ。

「爺ちゃーん!」

# 八　それゆけ航吉

千代吉の面影を残す、航吉との交流が始まった。

朝霧が立ちこめていた。早朝、黒瀬港を出航した茂夫婦の船を見送った後、数馬は布団の中の航吉と洋平を起こした。加糖して温めた牛乳を二人はフーフー湯気を飛ばして飲んでいる。「ごはんも食べたい」という。数馬はネギ入りの玉子焼を焼いた。

その日、数馬たちはガネ瀬沖の浅瀬で、アラカブ釣りの予定だった。

千代吉の四十九日の法要は済んでいた。次の日曜日は、茂と志野の結婚式が控えている。

「派手にはできない」という茂の希望で『見知り越しの食事会』という案内状を送付していた。招待客は親族と漁師仲間がほとんどで、それでも五十余人のお客だった。総て手作りということだった。茂はさしみ用の魚と塩焼き用の小鯛、数馬は唐揚げ用のアラカブを、それぞれ人数分用意することになっていた。

子供たちを乗せて、数馬は千代吉との思い出の船を漕ぎ出した。黒瀬港からガネ瀬周辺を目指している。

天気予報通り、波の高さは一メートルもなかった。しかし、薄い霧の名残は残っていた。虚空蔵山やそれに連なる山々の稜線は、霧の中だった。ガネ瀬や片島も、そこに島があるという姿で、霧が島々をうっすらと浮き上がらせていた。霧でガネ瀬までの海原を渡り切れないと判断した数馬は、千代吉のアラカブ瀬を諦めた。

「山が見えん時は、小島や海上の浮標の回りで釣れ」と言っていた千代吉の言葉を思い出した。緑色の浮標が見える。浅いはずだ。数馬は向きを変えた。

航吉が「自分も船が漕ぎたい」と、数馬を押しのけて櫓を握った。茂と練習しているだけあって、力強い漕ぎ方だ。その姿が千代吉と重なった。数馬は熱いものがこみ上げてきた。

洋平は数馬の体にもたれ、ラジオのイヤホンを付けている。数馬はイヤホンを引き抜いた。ラジオからはギターやドラムの激しい音楽が流れていた。洋平はリズムに合わせて小刻みな動作を見せている。その音楽に負けないような大きな屁を航吉が放った。洋平がくすくす笑っている。千代吉がいつも響くような屁を鳴らしていたのだ。数馬も笑った。航吉が手を休めた。

「兄ちゃん、ウンコのしとうなった」

「えっ、そりゃたいへんだ。ズボンとパンツば脱げ」

航吉を裸にした。船尾の舟縁から尻を突き出させた。数馬は両手で航吉の体を支えた。ゆらゆらと進む舟跡に、航吉の尻から落ちたものが浮いては沈んでいった。舳先の物入れから、洋平がチリ紙を持ってきた。数馬は一枚ずつ航吉に渡し、海水で手を洗わせた。

「はあっ、すっきりした。兄ちゃん、何か飲みとなった。何か飲ませて」

志野が菓子パンと飲み物を用意していた。ヤクルトを一本ずつ飲んだ。よしっ、と航吉が気合を入れて再び漕ぎ出した。山が見えないので、緑色の航路標識の周辺で釣ることにした。航吉は一人で漕いだ。

浅かった。水深はおよそ十メートル、海底が見えるか見えないかの深さだった。エサは三種類を準備していた。サバの切り身、キビナゴ、そして後浜で洋平と掘った岩虫。数馬は枝針も付けていた。下の釣り針にはキビナゴ、枝針は岩虫を使った。

一投目から、手応えがあった。重いしくり方で、型の良いアラカブがリャンコだった。航吉と洋平がエサを付けている間、数馬はふたたびリャンコで上げた。

「わっ、兄ちゃん上手かねぇ」と、航吉がやっと投げ入れた頃、数馬は六匹目のアラカブを釣り上げた。

航吉と洋平の仕掛けは飛ばし一本にした。初心者の二本針は根がかりしやすく、数馬も長い間、飛ばし（枝針）一本だった。千代吉が許してくれたのは、数馬が座ったまま舟が漕げるようになった頃で、数馬は左手一本で舟を漕ぎ、右手で魚を探った。

航吉は当たりがあれば立ち上がり「わっわっ」と声を発してたぐり寄せている。洋平は静かなものである。良型のアラカブでも、慌てることなく釣り上げて、「兄ちゃん」と笑って見せていた。

ものの二時間もかからないで、目標の五十匹は達成できた。イケスの中でアラカブが全部生きてくれるとは限らない。白い腹を上にしてヒラヒラと泳ぐものが多い。数馬は漂流している海藻を拾い上げ、イケスの中へ入れた。海藻には多数の稚魚が付着していた。百匹近い釣果が見込まれると、数馬はこの場所でよかったと安堵した。

志野が紙袋にいっぱいの菓子パンなどを用意してくれたことを航吉は知っていた。

「腹減った。ねぇ兄ちゃん、おやつの食べたか。食べようで、ねぇ」早々と釣り糸を巻き上げて立ち上がり、舟べりから放尿している。陽平は糸を垂らしながら、沖を見回したり、海面をじっと見たりしている。

「どうした洋平、探しものか?」「ノー、ナッシング。アイムオーライ」

「よし、そしたら、おやつにしようで。洋平、糸ば巻け」

数馬が糸をたぐり寄せようとした時だった。エサを食いついて、ジワジワと流れて行く大物特有の手応えがあった。

「おっ、太っか魚の来たごたる」数馬は握っていた櫓を放した。頃合いをみて、思い切り合わせた。しかし、それはいとも簡単に切れてしまった。勢い余った数馬はもんどり打って尻から倒れた。「おかしい、たしかに魚の食い方だった」

糸は飛ばしの上から、ぷっつり切れていた。擦れて傷んでいた糸を交換もせず釣り続けていたことを後悔した。それは、千代吉から口酸っぱく注意されていたことだった。

「ごめんなさい、爺ちゃん」

海底をのぞいていた航吉が、突然「ギャーッ!」と叫んで泣き出した。

「どうした!」

「海ん底の、浮き上がって来よる。ワァーン、お母さーん」

「そんな、ばかな」

数馬は急いで下をのぞき込んだ。腰を抜かさんばかりの衝撃だった。確かに黒々とした海底が舟底めがけて、あと数メートルまで迫っていた。洋平が突っ立ったままの姿勢だった。「洋平、伏せろ!」三人が甲板の上でひれ伏した。ガッ、グラグラと、小舟は揺れに揺れた。水しぶきが雨のようだった。航吉が「母さん、お母さん」と体を震わせて泣いている。

「大丈夫だ。ほらな、なんともなかやろ。兄ちゃんのついとる。心配せんでよか」

顔を上げた航吉が。こんどは悲鳴じみた声をあげた。

「わあーっ! 兄ちゃん、洋平が洋平が」

洋平は浮き上がった岩の背へ飛び移ろうとしていた。「危ない!」

片足が宙へ飛んだ洋平の体を、数馬は間一髪で抱き止めた。二人の体重の重さで舟は大きく傾《かし》いだ。低い舟べりから大量の海水が流入した。数馬は水びたしだった。

「危なかやろが、洋平」

「ノー、イッツ　マイ　フレンド」

「えっ?」

突然、海面上へ浮き上がってきた物体は、岩礁ではなかった。呼吸をしているかのような息吹が感じられた。生臭い匂いもする。温もりさえ漂わせていた。黒味がかった褐色系の表皮で、伝馬船より長く、幅も舟の倍もある巨体だった。数馬は鯨のおじちゃんの家で見せてもらった多数の写真を思い出していた。これは鯨だ。初めて見る本物の鯨だ。

「航吉、怖がらんでもよか。こりゃ鯨ぞ。佐世保の水族館でも見られん、本物の鯨さんぞ」

恐る恐る近寄る航吉の表情から、恐怖の色は消えていた。

「うへぇー、鯨さんて、大きかねぇ。あっ、兄ちゃん、洋平がまた背中ばさすりよる」

洋平は体をのり出していた。まるで鯨と遊んでいるかのようだった。ぶつぶつと、何か語りかけている。

「よかと?鯨さん、暴れんやろか?」

航吉は数馬の腰回りを抱きしめていた。

「洋平はこの鯨さんと友達らしい。暴れたりはせんぞ。航吉も、こんにちはって背中ば撫でてやったらどうね」

「おいは、よか。恐ろしかもん。洋平は変わった子供だね、兄ちゃん」

数馬は吹き出しそうになった。航吉の頭をなでた。洋平が立ち上がった。鯨が出現してから十分ほど経過していた。

「どうした洋平」

「イッツゴーイング」

「よし、座れ。三人で見送ろうで。航吉もここへ来い。尾ビレで海面ば叩かれでもしたら大変ぞ。この浮き輪につかまれ」

鯨が動き出した。少し動いただけで海面が波立った。海の底から唸《うな》るような声がした。プシュッと息を吐いて、沈んで行った。辺りに生息い匂いが漂った。

「わっ、鯨さんから太っか屁ばへられた。くさかあ」

航吉が鼻をつまんだ。洋平は泣いていた。

「またいつか、会えるかもしれんたい」

黒い巨体は海底の暗闇に紛れて一瞬で消え去った。その後の釣果はさっぱりだった。

おやつを食べながら、公海上の航路標識の脇へ舟を寄せた。何気なく見ていた標識ではあったが、近くで見てみると意外と大きいことを知った。鉄柵へロープを渡した。四、五メートル離れてロープを固定した。

五島通いの定期船が黒島沖を走っていた。あの船がふたたびこの前を通る頃、茂の船は漁をやめて寄港するはずだった。帰路は茂の船で曳航されて帰る、そう決めていた。

釣り飽きた航吉が、舳先で寝そべっている。洋平は鯨が消えた海上を見つめている。数馬は一人、サバの切り身で糸を流していた。

残り少なの水を飲んでいた航吉が、すっ頓狂な声をあげた。

「あれぇっ、兄ちゃん、大きか船の、おいたちの舟めがけてやって来るよ。何の船だろう？ねえねぇ、見て見て、すぐそこまで来とるよ」

片島を背にしたその船は、高速で走って来ていた。白い船体で、青い線が見えた。

「あっ、ありゃ、海上保安庁の船ぞ。よか、このまんまじっとしとこうで。航吉、あの船は、せからしかけん、洋平と二人、寝た振りばする。相手ばしろ。よかな？」

「よかよ。ばって、何て言えばよかと？」

「コンニチハ、よか天気ですね。で、よか」

「たったそれだけ？うん、わかった」

保安庁の船はスピードを落とした。舟から五メートル程離れて停止した。拡声器から怒ったような声が響いた。

「そこの伝馬船、なんだ子供か。公海上の標識にロープを結んで釣りをする行為は違反です。すぐほどきなさい」

航吉も負けてはいない。立ち上がり「コンニチワ、よか天気ですね」と応じている。

「早く移動しなさい」

明らかに苛立った様子だった。船のエンジン音は、さらに近くなった。

「ここで、そんな風な釣り方をしてはだめです。他の場所で釣りなさい」

「うん、ここん来る前にね、あの辺のもっと浅い所で釣っていたら、兄ちゃんが太か魚の食い付いたって合わせたら、ぷっつり切れて、魚の方がひとりで浮き上がって来た。この舟より大きか魚だった。おいはびっくりたまげて、泣いてしまった」

「ふん、そんな魚がいたら、おじちゃんも見たいもんだ。イルカでも上がって来たのかね？」

「違うよ、くじらさんだよ。プシューッて屁ばへられて、くさかった」

「ばかばかしい。こんな所で鯨が泳いでいるはずがない。それはイルカだ」

「違うってば。おいたちは漁師の倅だよ。くじらさんとイルカの区別くらいは知っとるもん」

拡声器の声が、若い声から渋い声へと変わった。「そこの二人、船酔いでもしたのかね?」

「うんにゃ、保安庁の船はせからしかけん、おいに相手ばしろって寝たふりばしとる」

乗組員が「クスッ」と笑っている。

「起こしなさい」

「怒らん?」

「怒らないから、起こしなさい」

「兄ちゃん、兄ちゃん、怒らんから起きろって言うとるよ」

数馬は洋平の手を取り、立ち上がった。保安庁の船員たちが、四、五人デッキの上から見ていた。灰色の制服姿で船尾では日の丸の旗が揺れていた。

「鯨を見た、というのは本当かね?」

「はい、本当です。見たというより、舟底をかすめるように上がってきました」

「イルカじゃないのかね。この辺りで、鯨の情報は入ってないがね」

「でも、鯨でした。黒瀬の友だちで、鯨取りのおじちゃんがいます。鯨のヒレの置物や写真を何回も見ました。日新丸や捕鯨船の船上での作業風景や、ペンギンと遊ぶ写真もありました。鯨でまちがいないです」

「う~ん。それが真実としたら、航海日誌に記録として残さなければならない。ノートと鉛筆を渡すから、君たちの住所と名前を書きなさい。本当にイルカではないんだね?」

航吉が、たも網の中のノートを受け取りながら、ぶつぶつ言っている。

「イルカじゃなかって言うとるやろが。何回同じことば言わせるとね。ほんなこと、兄ちゃんの言う通りたい。せからしか船だよねぇ。水、おじちゃん、のどの乾いた。水ば飲ませて」

乗組員のひとりがコップ一杯の水を航吉へ渡している。

「ええっ、たった一杯?三人もおるとに。兄ちゃん、はい水」

数馬は洋平に飲ませた。半分飲んだ。残りは航吉に飲ませた。航吉は元気がいい。

「おじちゃん。この水筒いっぱい、水ばくれんね。おいたちはアラカブばやるけん。物々交換しようで。よかやろ、兄ちゃん」

「よかよか。乗組員の人数ば聞いて、バケツばもらえ」

「はい。おじちゃん、この船ん何人乗っとると? きょうは五人? わかった。バケツばくれんね」

数馬はバケツへ海水を入れた。詰め過ぎのイケスの中から、刺身のできるアラカブと、みそ汁用のアラカブをすくい、航吉へ渡した。

受け取った船員が「え? これ君たちが釣ったのか? キャプテン、これ見てください」

「ほう、大したもんだ。ここで釣ったのかね?」

「ちがう、向こうの浅い所。兄ちゃんが半分以上釣ったんだよ。兄ちゃんは釣りもうまいし、料理もうまい。大きくなったら、弟の洋平とアメリカという国へ行くんだ。おいは、こん残って漁師のお父さんの手伝いをする。おいまで遠くへ行ったら、お父さんとお母さんの、かわいそかやろ」

「えらい、えらい。君たちは親孝行な子供たちだ。そうしたら、ご褒美として、おじさんの私物の救命胴衣をあげよう。海へ出たら、これをかならず着けるんだよ。命を守る大切なものだからね。君たちを海の事故で死なせたくはない」

「ありがとう。これ、どげんして着けると?」

「お兄さんに聞きなさい」

洋平が数馬の肩をたたいている。西の方向を指差して、うれし気な笑顔だ。片島の穴ん口を、波を巻き上げて進んで来る漁船が見えた。茂の船だ。志野も乗っている。

「航吉、父ちゃんの船の帰って来た」

「わっ、どこ、どこ?」

「片島を過ぎた所だ」

「あっ、あの船だね。お父さーん、お母さーん」

黒瀬の海岸線を目指して、白々と波を切っていた船は、舳先を伝馬船と保安庁の船の方へ向けた。数馬は標式のロープをほどいた。

スローで停止した茂は、目を白黒させている。

「お疲れさまです。子供たちが、何か?」

船長が敬礼した。

「いや、大したことではないんです。標式をアンカー代わりにして釣っていたものですから、注意しただけです。鯨を見たとかで、アッハッハ、楽しい時間でした」

茂の船へ飛び乗った航吉が茂へ強く抱きついている。

「これ、もらったんだよ、三人分。救命胴衣っていうんだよ」

「そうな。お礼、ちゃんと言うたな? よし」

茂は軽々と航吉を抱き上げた。

「船長、少し待ってください。イッサキの仰山釣れましたけん、食べてください」

　バケツの中で跳ね上がるイッサキを、茂は船員へ渡している。

「お父さん、この辺で鯨、見たことありますか？」

「おれはないけど。子供たちは見たようですね。おーい航吉、鯨はどこで見たんだ？」

「あそこの浅い所。舟にぶつかりながら浮いて来た。洋平はくじらさんの背中に乗ろうとして、兄ちゃんが危ないって抱き止めたんだよ」

「そうな、父ちゃんも生の鯨さん、この目で見たかったたな。誰もケガせんやったな？」

「しとらん。兄ちゃんが水びたしになっただけ。洋平ば抱いたときにね、舟のグラッと傾いてね、水のどっと入ってきて、おいはひっくり返るかと思うた。沈んで行く時ね、くじらさんが、ブシューって大きか屁ばへったんだよ。くさかった」

「ハッハッハ、そりゃ、くさかったやろ。数馬、とも柱にロープば結べ。こっちん乗るやろ」

　東方向の海を見ていた洋平が目を輝かせている。

「どうした、洋平？」

「イッツ、カムバックアゲイン。ルック、サウス オブ 白瀬アイランド！」

「父ちゃん、洋平の、また鯨さんの来るって。白瀬の南の方角だよ」

「よーし、早《は》よ乗れ。鯨さんば釣りに行こうで」

　数馬は保安庁の船へ向けて叫んだ。

「キャプテン、鯨さんの、また姿は見せます。白瀬の南方です。ありがとうございました」

　航吉と洋平が「バイバイ」と手を振った。

　茂の船は全速で白瀬へ向かった。伝馬船が大きく波打っている。

「父ちゃん、も少しスピードは落として。イケスの水のあふれとる」

「おっと、そうだった。忘れとった」

　洋平が茂の腕をつかんだ。

「ストップヒヤ。ベーリー スーン」

「ん？数馬、何てな？」

「船を止めて下さい。もうすぐ出てきます」

　海上保安庁の船も、茂の船の跡を追って来ている。洋平が舳先へ走った。驚いた数馬は走り寄り洋平を抱きしめた。洋平が右へ寄れと腕で合図している。茂はスローで前進した。

その二十メートル先で、黒々とした鯨の背中が現れた。潮を吹いた。凄まじい勢いだった。洋平が手を振っている。数馬がよろける程の力強い振り方だった。洋平が叫んだ。

「シーユー　アゲイン、バイバイ、バーイマイ　フレンド！」

鯨が動き出した。尾ビレを高々と舞い上げ、荒々しい迫力で海面をたたいた。轟音とともに、波しぶきが四方八方へ降り注いだ。鯨の背中が見えなくなった、洋平が数馬の胸で泣き出した。

海上保安庁の巡視船が船笛をひとつ鳴らして、茂の漁船を抜き去った。明らかに鯨の跡を追いかけているようだった。寺島水道を南へ向っている。西へ直進すれば五島列島へ、南へ進めば長崎半島である。鯨さんはどこへ流れて行くのだろうか。

数馬は南の大空を見上げている洋平を、すっぽり抱えた。また会いたかなぁと悲し気な洋平の頭をなでた。

茂の船は、面高の曲り鼻へ差し掛かっていた。船尾の航吉は、志野に甘えている。茂は洋平を抱いている。舵取りを交替した数馬は大空を見上げて叫んだ。

「爺ちゃーん！」


『見知り越しの宴』の当日となった。

大島港発、面高経由・佐世保行の大生丸が、面高港の岩壁寄りで静止していた。いつにもまして穏やかな港の風景だった。本船と陸地との間を往復するサンパン船（はしけ）がある。数馬の父が操船している。きょうはすでに二往復していた。

乗客はみな、数馬の知っている漁師や奥さんたちだった。茂と志野のお祝の席へ出席する人々で、数馬は手を渡して甲板へ降ろした。鯨取りのおじちゃんが姿を見せたとき、洋平は「おじちゃん」と叫んで抱きついた。

自分の漁船で来る人もいた。茂は父の小さな浮き桟橋へ立ち、手を上げて係船の手助けをしていた。船は次々と来港して大賑わいとなった。

陸へ寄せたサンパン船へロープを投げるのは航吉の役で、航吉は旅館の玄関への案内もやっていた。

ほぼ時間通りの着席だった。空席が二つあった。開宴まであと三十分となっても、その席の客人は来なかった。一つは洋平のすぐ上の、姉のアカリの席だった。

上座で茂と並んで、やや紅潮した面持ちの志野は母の着物を着ていた。黒地に鶴をあしらった絵柄で、着付けしたのも母だった。母と志野は姉妹のような仲の良さだった。

千代吉の通夜の席で再会した志野は、帰りしなに母へ航吉のことを打ち明けていた。父はまだ知らないはずだ。

志野と茂の両脇は、航吉と洋平が占めていた。来賓席の頭は、最年長の鯨取りのおじちゃんだった。洋平はそのあぐらの中で甘えている。玉屋で購入した三人揃いのスーツ姿だ。洋平には特に、可愛らしさと品の良さが漂っていた。

黒いダブルスーツの茂が、進行役の数馬へ何かしら耳打ちしている。その表情は青白く緊張していた。

「アカリは来ると言うたんだな？」

「はい、あの時は泣いて喜んでいました。まだあと二十分あります。佐世保発の大生丸だと思います。きっと来ます」

アカリの在籍する女子高校へ行ったのは、数馬である。洋平と航吉も一緒だった。三人一緒の佐世保は初めてだった。月謝と寮費、茂の手紙を預かっていた。長崎バスで横瀬まで行き、西の桟橋から瀬川丸に乗った。

市営桟橋のタクシー乗り場は、行列が出来ていた。母が書いてくれた女子寮までの地図を見せた。運転手は「女子のソフトボールの強豪校だよね」と、終始丁寧な対応だった。寮の責任者へ茂から預かった封筒を渡した。

日曜日でのんびりしているかと思ったが、部員は日曜日も祭日もないと寮のおばちゃんは笑っていた。

女子部員たちの気合の入った声の方へ、数馬は洋平の手を引いて歩いた。

航吉はサッサッと先頭を歩いている。

広いグランドだった。野手たちの打撃練習中で、左投手の投げた速球に打者はファウルのくり返しだった。前へ飛ばさんかとコーチの怒号が飛んでいる。

「脇を閉めてもっとコンパクトに、センターから右だ。そうそう、それでいい」

一塁側のベンチ前では、二人の投手が、見守るコーチの怒声を浴びながら、汗だらけになっていた。選手たちの、それぞれの練習風景を見渡しながら、航吉がつぶやいている。

「どれがアカリ姉ちゃんか、さっぱり分からん。みんな足の太かねぇ。オッパイも大きか。お母さんのオッパイのごたる。ねぇ兄ちゃん、アカリ姉ちゃんって、どの人？おいはみんな同じ顔に見ゆる」

メンバー全員がユニホーム姿で、帽子を深々とかぶっている。数馬もどれがアカリなのか、見当がつかなかった。洋平が、ある一点を凝視していた。

「ん?どうした洋平」

「姉ちゃん・・・」

ピッチング練習中の一人を洋平が指差した。左投げの投手だった。それがアカリだとしたら、彼女の投げるボールはコントロールが定まらず、暴投するたびに、コーチからバットのような物で小突かれていた。

左手をグルグル回して、ひょいと投げるボールは驚くほど速かった。そんな投球フォームを数馬は初めて見た。

「兄ちゃん。アカリ姉ちゃん、おったと?」

「あのベンチ前の右側の、左投げの投手だ」

「へぇー、ピッチャーばしよる人?わァー、あげん投げ方もあるったいねぇ。おいも教えてもらいたか」

航吉はストライクが入るたびに拍手した。

「アカリ姉ちゃーん、カッコンよかよーっ」

しかし、暴投してコーチから叱責を受け、小突かれたりする姿を見て、航吉が怒鳴った。

「こらぁ、姉ちゃんばたたくな。おいの姉ちゃんぞう。たたくなー!」

守備の選手たちがクスッス笑っている。

「姉ちゃーん。アカリ姉ちゃーん!おもだかから船ん乗って、会いに来たとよぅ!洋平も数馬兄ちゃんも来とるよぅ!」

笛が吹かれた。一同ベンチへ向けて走っている。水を飲む者がほとんどでしばしの休憩らしい。アカリがバックネットへ向けて走り出した。

「数馬ちゃん、洋平、あなたが航吉君ね、来てくれてありがとう・・・洋平、お姉ちゃん、ごめんね・・・」

アカリはバックネットの鉄網越しに、洋平の小さな手をにぎりしめて泣いた。

数馬は月末の日曜日の、茂たちの宴席を説明した。

「姉ちゃんも出席して欲しい。ナミ姉ちゃんもミサキ姉ちゃんも来るんだよ。月謝や父ちゃんの手紙、寮のおばちゃんに預けてある。父ちゃんの思い、よく考えてね」

月末は大村、長崎への遠征試合があると、アカリは悲しい目をした。数馬はベンチ前の監督の所へ行った。月末の遠征メンバーから姉を外して欲しいと懇願した。

「父ちゃんと新しいお母さんの結婚式なんです。アカリ姉ちゃんは下の弟をいじめぬいて深い心の傷を負っています。その弟はまだ声が出なくて苦しんでいます。姉ちゃんが再生できるかもしれない最後のチャンスです。先生、アカリ姉ちゃんを家族の輪の中へ戻してはいただけないでしょうか。お願いします」

あの日、洋平を投げ飛ばし、足で踏みつけたアカリの姿を思い出していた数馬は、あれ以来、アカリが実家の敷居を一度もまたいでいないことも知っていた。

沈黙していた先生が、やっと口を開いた。

「アカリの精神的な弱さが君の話を聞いて納得できた。アカリは先発させる予定だったが、なぁに、先はまだある。よろしい、リフレッシュできる時間をあげましょう」

数馬は深々と頭を下げた。アカリは何度も「ありがとう」を繰り返した。

「お父さんへ伝えて、必ず行くって。洋平も航吉君も風邪ひかないようにね。洋平、姉ちゃん許して・・・まだ声が出ないみたいで・・・私はなんてひどいことを・・・」

アカリの目から、大粒の涙がこぼれていた。

広いグランドへ笛の音が流れた。選手たちがベンチの中から走り出した。アカリも手を振りながら走り去った。

「兄ちゃん。アカリ姉ちゃんは、なして泣いたと?洋平、洋平って、ずっと泣いとった。下手なボール投げると、バットでこづかれるし、大声で叱られる・・・かわいそかねぇ、ほらほら、また暴投した・・・姉ちゃーん、ガンバレェー、姉ちゃーん、ガンバレェー」

航吉の涙声が、アカリの胸まで届いたのだろうか。数馬は自分の胸で肩を震えさせる弟たちが、いとしかった。

「あれが姉ちゃんの修業だ。監督は姉ちゃんのこと思って、励ましているんだよ。愛のムチであることを、姉ちゃんも早く気付いて欲しかなぁ。よーし、いつか三人で、姉ちゃんの遠征試合の応援に行こう。長崎や大村、諫早までも、どこまでだって行くぞ。行くな?」

「行く！」二人の弟たちが、数馬を見上げた。

大空は高く晴れ渡り、ときどき涼やかな風が吹きぬけて行く。佐世保湾内の海が真下に見えた。大型造船所のクレーンも見える。

疲れた様子の洋平をおんぶした数馬は、大通りへ出た。航吉が双手を挙げて、タクシーを拾った。

アカリが乗っているであろう正午前の大生丸が汽笛を鳴らしながら入港して来た。調理場で大忙しの父の代役で、サンパン船を操船するのは数馬だった。幼い頃から父の操船を見ていた数馬は、これまでも何度もひとりで漕いだことがあった。舳先では航吉が、洋平は船尾の船縁《ふなべり》に座っていた。

旅館の二階の窓からは、多勢の人々が顔を見せている。航吉がその方向へ手を振った。

漁師の面々も、手を挙げて応えている。数馬はしなやかな櫓さばきで、大生丸の乗降口へぴたりと寄せた。後方からの拍手が聞こえた。

日焼けしたアカリの姿が、最後の客だった。航吉が「姉ちゃん、待ってたよ」と走り寄って手を取った。

操舵室の外へ出ていた船長が「コンニチワ」と言った。

「数馬君、うまくなったね。きょうは旅館がにぎやかだね」

「漁師の父ちゃんの結婚式です。船長さん。また一等室へ乗せてください。大きな栗万十が食べたい」

「ああ、いつでもおいで。君のお父さんは、うちの会社の株主のひとりだからね、大歓迎だよ。じゃ油断しないで、安全にね」

汽笛を一発響かせて、大生丸は面高港を出て行った。航吉に手を引かれ、明治屋の玄関をくぐったアカリは、旅館の一室で初めて志野と対面した。

「アカリちゃん、志野です。航吉ともども宜しくお願いします」

「はい」と、アカリの声は弾んでいた。二人の姉、ミサキとナミに、志野が着物を着せていた。

定刻となった。上座のもう一つの席は空席のままだった。誰なのか、茂は言葉を濁すだけだった。

茂の合図で、数馬はマイクの前で頭を下げた。茂と何度も打ち合わせた通りの進行だった。

「みなさんこんにちは。黒瀬の茂父ちゃんと志野姉ちゃんのお祝いの席へ、海路はるばる明治屋まで御足労いただき、ありがとうございます。司会役の数馬です。ぼくの小さい頃から可愛いがっていただいた、おじちゃんやおばちゃんばかりで、こうして皆さんとご一緒にご飯が食べられると思うと、心がうきうきして、たいへん嬉しいです。ん?・・・・」

そこへ、洋平と航吉が数馬の隣に立った。洋平は数馬の手を握っている。予定外の事だった。茂も慌てている。

「えーっと、茂父ちゃんの洋平は、もうすぐ五歳です。ぼくと洋平は、大きくなったら、アメリカという遠い国へ行きます。ラジオで英語の勉強中です。洋平は天才的な少年です。いつのまにか、ぼくよりも英語がうまくなりました。英語の歌も歌えます。洋平、セイ　ハロー　トゥ　エブリバディ」

洋平はにこやかで、ペラペラと話し出した。やや長いスピーチだった。誰もが顔を見合せていた。拍手は長い間つづいた。

「サンキュウ洋平。ベーリー　ナイス　スピーチ。洋平はこういうことを話しました。ボクハ　ボクヲ　ウンデクレタオ母サンヲ　シリマセン。兄チャンノ　所へ来テ、亡クナッタ千代吉爺チャン　ヤ　数馬ノオ母サン　タチカラ　タクサンノ　愛情ヲ　イタダキマシタ。数馬　アリガトウ。ソシテ　コレカラハ、新シイ　オ母サント一緒デス。オ父サンオ母サン　ズット　仲良ク　シテ　下サイ。ボクハ　オ父サンノ　子デス。アリガトウ。以上が洋平の言葉でした」

「よっ、洋平！」

洋平をはじめて見た。という人も多かった。

「アイラブユー洋平！」

漁師の善次が立ち上がり、体をなよなよさせて、投げキッスした。緊張気味だった宴席が、それで一挙に和んだ。

「そして、もうひとり、新しい弟ができました。航吉といいます。航吉は英語の勉強が嫌いで、将来は茂父ちゃんの跡を継いで漁師を目指します。きょうここには一流の尊敬すべき漁師さんの方々ばかりです。どうか航吉を宜しくお願い致します。航吉、皆さんへひとこと挨拶しろ」

マイクを受け取った航吉は、数馬を見上げて「何て言えば良かと？」と、目を白黒させている「何でんよか。よろしくお願いしますって」

航吉は上座の二人の方を見た。茂も志野もにこにこ顔だった。

「航吉といいます。ぼくは茂父ちゃんの、酒とタバコの匂いが大好きです。一緒に風呂に入ると、いつも背中を流してくれます。夜、同じ布団で、抱かれてねむると、まだ見たことのなかった父ちゃんが、本当の父ちゃんだったような気がして、涙が出てしまいます。父ちゃんから教えてもらって、船も漕げるようになりました。釣り糸も結べます。父ちゃんのような立派な漁師になることが、ぼくの夢です。宜しくお願いします」

あたたかな拍手がつづいた。善次がふたたび立ち上がった。

「航吉、いいぞいいぞ。おじちゃんも元は漁師たい。お前の父ちゃんは、おいの心ん中の兄貴たい。船のことなら、おいも教えてやる。ここんおる漁師のおじちゃんたちも、みんな腕の良かおじちゃんばっかしけん、なんでん相談しろ」

「善次おじちゃんは、やめた方がよか」というヤジが飛んだ。宴席はどっと沸いた。

　主人公の二人が立ち上がった。茂がマイクを握った。しみじみ語る茂のあいさつは素朴で、ゆったりした語り口だった。

「子供たちの、いままで知らなかった心の世界を垣間見《かいまみ》たような気がして、たいへん嬉しく思っています。実は、娘たちが家を出て行ったあと、洋平を海の中へ落としてしまったことがあります。オシッコしたいという洋平が船尾へ立ったので、船を停止させようとしました。ところが、停止するクラッチレバーを、自分は誤って前進の方へ押してしまいました。船は急発進しました。その反動で洋平は海へ落ちたのです。洋平の帽子が浮き上がってきたとき、自分は救命用の浮き輪を投げて飛び込みました。浮き輪にはおよそ五十メートルのロープを巻いてあります。ところが、そのロープを船柱へ結ぶのを忘れました。必死でした。船は沖へ流されて行くし、洋平の姿は見えずで、生まれて初めて、死を覚悟しました。浮き輪から手を放し、海の底をのぞきました。幾条もの太陽の光線が、海の底へ深々と注いでいました。その窮地を救ってくれたのは、数馬でした。数馬は漁師として大切な、第六感を持った子です。港を出て行った俺の船の音が急に消えたので、おかしいと伝馬船を出して来てくれたのです。そのときの俺は、ほとんど夢遊病者で、男として情けない姿を見せてしまいました。数馬は洋平の名を泣き叫びながら、流された俺の船を追いました。船が近くなってトントンと船縁をたたく音がしました。感動的でした。洋平は船から吊るしてあるロープで編んだ梯子《はしご》を掴《つか》んで浮いていました。嬉しくて、嬉しくて、洋平を抱き上げて泣いてしまいました。自分たち父子が、いまこうして生きておられるのは、数馬の祖父の千代吉爺様のおかげです。きょうのこの宴席のことも爺様はずっと前から想定していて、兄貴も快く実行してくれました。人の出会いというものは、有難いものです。かつて、辰爺ちゃんの牛舎の便所の中で、足がしびれて動けんで泣いていた数馬を抱き上げた時から、数馬とは本当の父子のような、堅い絆で結ばれています。爺様はこんな俺に実の息子のような優しさで接してくれました。数馬の父親やおかみさんの愛情も温かくて、洋平もここまで成長しました。そして今、志野と航吉に出会うことができました。もう自分も若いわけではありません。これまで生きてきた人生と、これから先の歳月も同じように過ごすことができるかどうか、わかりません。しかしながら、娘たちや息子たち、そして志野と一緒にこれからもずっと、健康で明るい家庭を続けて行けるよう頑張りたいと思います。宜しくお願い致します。なお、最後になりましたが、きょうの料理の献立ての材料は、すべて自分たちで調達しました。タイのお刺身と塩焼き、イサキの煮付は自分が、カラ揚げのアラカブは数馬ら兄弟三人が釣り上げたものです。その他、漁師の仲間たちからタコや伊勢エビ、アワビやイカなどもたくさんいただきました。有難うございます。タコは酢の物で、伊勢エビはみそ汁として、アワビは茶わん蒸しの中へ入れてあります。明治屋の茶わん蒸しは天下一品です。大きか器で、たくさんの具材が入っています。熱々を食べていただきたいと、あと数分してから運ばれます。兄貴とおかみさんには、献立てはじめ、いろいろとお世話になっています。有難うございました。それでは乾杯の音頭を、子供たちが慕っている鯨とりのおじちゃんにお願いします」

洋平と手をつないだ鯨とりのおじちゃんがマイクの前へ立った。航吉がジュースグラスを洋平へ渡した。数馬はその横だった。

「みなさん。きょうは有難う。私まで呼ばれてたいへん嬉しゅう思うとります。それでは、茂君と志野さんの出会いを祝して、カンパイ！」

漁師たちの勇ましい声が響いた。着物姿の仲居さんたちが、燗酒を一斉に運んだ。冷や酒をコップで、という客もいた。ビールの注文も多かった。宴席はたちまち盛り上がりを見せた。志野と茂は二人お揃いで客席をまわり始めた。

数馬たち三人はこの日のために余興の練習を重ねていた。練習場所は、鯨とりのおじちゃんの家だった。おばちゃんは子供用の赤い褌まで作ってくれた。演目は小浜の旅館で演じた「ソーラン節」。おじちゃんがあれこれと振り付けを指南して、あのときよりも様《さま》になっていた。おばちゃんはいつも、腹をかかえて笑った。

半ズボンの下は赤い褌。航吉が、まだかまだか、と数馬の側を離れない。洋平は、おじちゃんと食べたり飲んだりしている。楽しそうである。一時間が過ぎた頃、洋平が数馬の袖を引いた。鯨とりのおじちゃんが手を挙げた。数馬がマイクを取った。

「これから、子供たち二人で、余興をはじめます」

ざわついていた宴席が、静まりかえった。茂と志野が、顔を見合わせている。内緒で練習してきたのだ
「まずは洋平が英語の歌を歌います。世界的に有名なエルビス・プレスリーの、アーユー　ロンサム　トゥナイ、です。この曲はぼくたちが大好きだった千代吉爺ちゃんも愛した曲です。いろいろ思い出して涙が出そうです。では茂父ちゃんの次男坊、洋平が歌います。アーユー　ロンサム　トゥナイ、スタート」

数馬と航吉のルルルのコーラスに合せて、洋平がしっとりと歌い出した。マイクもよく通っている。台詞もうまかった。洋平は情感たっぷりの歌唱で、歌い通した。

拍子の嵐だった。茂は熱いものがこみ上げていた。志野がハンカチを渡している。

長い拍手だった。すると、いきなり鯨とりのおじちゃんが立ち上がり、ソーラン節を歌い出した。数馬たちは上半身裸となった。ズボンも脱いだ。赤い褌一枚となった。宴席はどよめいた。

子供たちは声を張り上げて歌い、踊った。漁師たちも立ち上がり、手拍子をとり、そして歌った。子供たちの腰の振り方がかわいいと、おばちゃんたちは笑い転げていた。

とりの「オーレ」で、子供たちは赤褌を外して、天井高く放り投げた。「ウォウーッ」という大歓声と拍手が沸き起きた。興奮の余韻は、しばらくつづいた。

「最高、最高 いままで一番良かったよ」と鯨とりのおじちゃんが、洋平を高々と持ち上げた。

「おじちゃん。おいも、おいも」と航吉が素っ裸のまま、自分のものをいじりながら、おねだりしている。

隣席の漁師のおじちゃんが、数馬を手招きしていた。頭が禿げている。日焼けした顔の表情はおだやかで、白い歯が印象的な、やさし気な人だった。

「坊ちゃん、よかった、よかった。あんたのこたぁ、辰爺から聞いて、よう知っとる。おじちゃんな、酒ば飲ませたかごと、あるばってん。そうもいかんたい。これに金ば少し包んどるけん、二人で好きかもんば買《こ》うて食べんね」

チリ紙で包まれた金は厚かった。千円札が見えた。

「わっ、こげんようけ、よかとですか？」

「よかよか、こげんこつなら、もっと持ってきたらよかったのになぁ」

数馬は酒を注いだ。日焼けした手は、ごつごつしていた。

「おじちゃんは一本釣り？」

「一本釣りもするばってん。本業は伊勢エビばい。わしのエビは食べたね！イリコだしのきいた、美味《おいし》か味噌汁じゃった。坊ちゃんの父ちゃんな、腕ん良が板前たい。茶わん蒸しもうまかった。よそんた、めったん食べんばって、ここんた、熱々で、茶わんも大きかし、トロットロで、味付けもよかった。アワビもほんとうに柔らこうして、うまかった。板前の父ちゃんとも仲良うしろよ。茂にばっかし甘えたっちゃ、さびしかばい」

「はい・・・」

洋平は脱ぎすてた服を拾っていた。異様な盛り上がりを見せている宴席は、子供たちの余興のあともワイワイつづいていた。ふと、自分へ注がれている熱い視線に気付いた洋平は「あっ！」と声をあげた。

空席だった席に若い男が座っていた。男は洋平へ手を振った。黒のダブルのスーツ、黒いワイシャツ、赤いネクタイ。短髪でひきしまった顔だった。洋平は裸のまま抱きついた。

「弘平おじちゃん」

「あっ、おれの名前、憶えていてくれたか。ありがとう…」

二人は抱き合ったままだった。航吉はその様子を正面席から見ていた。数馬を探した。数馬は漁師たちの輪の中だった。

「兄ちゃん。兄ちゃん、洋平が知らん人と抱きついとる」

「ん？知らん人？あっ、あの時の。あの人は洋平のたった一人の叔父さんだ。航吉、漁師のおじちゃんたちの相手ばしろ。酒ば注いで回れば、それでよか。よかな」

「うん、よかよ」

数馬はその席へ急いだ。ふたりは仲良く刺身を食べていた。

「弘平兄ちゃん！」

「よっ、元気だったか。洋平のこたぁ、感謝しとる。ありがとう。三人の踊りも、よかったなぁ。涙が出てしまったよ」

数馬は洋平の上から抱きついた。弘平は笑っている。

「そげん押したら倒れてしまうたい」

「出て来るの早かったね。まだ、塀の中だと思っていた」

「こらこら、そげんこつ、そげん大きか声で。ハッハッハ、正当防衛が認められてな。そして、自首したことも大きかった。ありがとう。お前たちのお陰だ。洋平が少年らしく成長して、おいも、うれしかぁ。新しか兄ちゃんもできたとやろ。ここへ呼んでくれ」

数馬が振り返ったとき、航吉は目の前だった。

「わっ、びっくりした。呼びに行くとこだった。弘平おじちゃんだ。洋平の母さんのたった一人の弟さんだ。あいさつしろ」

「はい。こんにちは、航吉です」

「よしよし、よか面ばしとる」

航吉も自分のあぐらの上で、抱き寄せた。

仲居から冷えたビールを受けとり、数馬は弘平のグラスを満たした「ふうっ、うまい」

アラカブの唐あげを食べている。

「イッツ　アワー　フィッシュ　ベーリー　フレッシュワン」

「ん？」

きょとんとした弘平が、数馬を見た。

「洋平はね、英語ができるんだよ」

「ほう、そりゃすごい」

航吉が自分のアラカブの皿を持ってきた。

「おいも、ごおぎ釣ったんだ。ばって兄ちゃんが一番で洋平は二番だった。兄ちゃんは、クジラさんも釣り損ねた」

「クジラ？イルカの間違いだろ？」

「違うよ！クジラさんだよ。おとなの人は、なしてイルカっていうのかなぁ。お父さんとお母さんと、海上保安庁のおじちゃんたちとみんなでクジラさんの跡を追ったんだよ。洋平が潮吹いて、ドスンと海ばたたいて沈んで行った。洋平が泣いていた。ねぇ兄ちゃん」

そうだ、と言って、数馬はいつものように航吉の頭をなでた。

「ごめんな。おじちゃんも海でよく遊んだけど、クジラさんは見た事がなかった。お前たちは運がいい」

「洋平はクジラさんの背中をなでたんだ。だって、おいたちの舟の横で休憩したんだもの。洋平は背中へも乗ろうとして、兄ちゃんが、危いって抱きとめたんだ。舟が横に揺れて、潮水がいっぱい入ってきた。おいは舟の、さんくりがえるかと思った」

そうな、といいながら、航吉をあぐらの上へ座らせた。

「お前は元気がいい。洋平はおとなしいから、学校では洋平のこと、守ってくれよな」

航吉は「はい」と返事した。弘平は魚が好きな様子だった。塩焼の目の玉まで、チュルチュルしゃぶっている。

「腹が減った。白いご飯も食べたい」

おいが持ってくる、と航吉は赤い褌の尻をポリポリかきながら消えた。

　数馬は茂の席の刺身を洋平へ渡した。弘平のしょうゆ皿を使い、首をふりふり食べ出した。弘平が急に泣き出した。

「えっ、どうしたと、弘平兄ちゃん」

「嬉しいんだ。姉ちゃんと一緒に食べてるようで。姉ちゃんは左ききだった。見れば、洋平も左ききだ。同じ血が流れとると思うと、涙が自然と流れてくる・・・」

「はい、ご飯」と、航吉が丸盆の味噌汁も置いた。首をかしげている。

「わさびのツンときて、涙の出たったい」

「伊勢エビの味噌汁だよ。ショーガはいま、おいの摺《す》ってきた。はよ食べんね。おいしかよ」

「航吉、はだかで寒なかかな?」

「うん、大丈夫」数馬は航吉の背中を抱きしめた。

「ワァッ、兄ちゃんの胸のぬっか。洋平はおいが抱っこする。あれ?刺身ば食べてしまったと?あとでおいの分ばやるけん」

　弘平はみそ汁をゾリゾリ吸っている。

「うーん、うまかぁ。航吉のショーガのきいとる。伊勢エビのみそ汁もうまかなぁ。こげんうまか味噌汁は珍しか」

　弘平はごはんのお代わりもした。弘平を取り囲んだ子供たちの席へ、茂と志野が回って来た。

「弘平と子供たちが、そんな仲良しだとは知らなかった。初対面ではなさそうだな。洋平がようなついとる」

　弘平は正座して、一通りのあいさつをした。「兄貴、ムショまでも面会に来てくれて、有難うございました。嬉しかったです。こんな俺に、いつもいつも・・・」

「なして泣くと。家族じゃなかかな。おれはいつでん。お前を忘れたこたぁ、なか。死んだ女房からも、お前のことはくれぐれも、と頼まれた。あっそうだ。航吉、姉ちゃんたちば呼んでこい」

　はい。と立ち上がった時、航吉は「プッ」と屁をこいた。「こらっ」と茂が尻をたたいて、ふたたび「ピー」と音をたてた。

「あいつは、もう、アッハッハ」

　志野も数馬も洋平も、そして弘平も笑っている。ナミ、ミサキとつづき、航吉はアカリの手を引いて来た。茂の前で整座した。

「洋平とお前たち三人は、この弘平叔父さんと、同じ血の流れとる。いわば五人兄弟みたいなもんだ。それに新しい血も入った。航吉だ。数馬もおる。みんなで、仲良うやって行こうで。家の女房の部屋は、弘平の部屋とする。だから、弘平よ、お前は好きな時、いつでん帰ってきていいんだ。帰る家のあることを、忘れんでくれ。ナミたちも、お前たちの大切な叔父さんだ。いいな」

「はい」と、娘たちは声をそろえた
「兄貴・・・」弘平の肩が震えていた。

「よし、硬い話はそれだけだ。のうナミよ、数馬たちの歌と踊り、よかったなぁ」

「ええ、洋平の英語の歌って聞いて、私たちはハラハラでした。だけど、堂々と歌いあげて、驚きと感動で涙ものでした。数馬ちゃんと航ちゃんの踊りもステキだった。立ち上がって拍手したのよ。みんなが立ち上がっていた。よくあそこまで出来たわよねぇ。家で練習したの?」

数馬と航吉は、手をつないでいた。

「鯨とりのおじちゃんの家。この褌はおばちゃんの手製だよ。なっ、航吉」

「そう。おばちゃんね、練習が終わると、博多のおいしいお菓子を出してくれるんだ。男の子二人が、むこうで働いているって。おじちゃんね、歩きながら、屁をプップッてへるんだよ」

「アッハッハ、だから航吉も、おじちゃん式の屁をへるんだな。もう一発、やってみろ」

航吉は「ピーッ」とかわいらしい音を出して、腰を振った。

一同、大笑いだった。

短髪の若い衆が、弘平の所へ来た。時計を見ながら話している。

「兄貴、そろそろ福岡まで帰らんといけません。姉さんもこれからどうぞ宜しくお願いします」

「また、お出で下さいね。子供たちも待ってますから」

「ありがとう存じます。じゃあ、兄貴」

「少し待て。車か?若い衆はひとりか?数馬、何か見繕って折り詰めを頼む。できるな?」

「はい、できます。すぐ用意します」

急いで調理場へ下りた。父が食事中だった。

「どうした?」

「洋平の叔父さんが福岡へ帰ります。折詰を作ってやろうと思って。自分の塩焼きとアラカブの唐あげと、酢の物と・・・他に何かありませんか?」

「ほれ、エビフライの二本ある。玉子焼きとカマボコもある。塩焼きが大きいからな。八寸の折を使え。型抜きの銀舎利を隙間にな。どうだ?」

「ピッタリです。ありがとう、お父さん」

掛け紙をして、ゴムで止めた。

「おっ、早い早い。ありがとう。弘平、気をつけてな。いつでん帰ってよかとぞ」

「ありがとう存じます。みんな、又な」

駐車場まで、赤褌姿の三人が見送った。お祝の手荷物を航吉が若い衆へ渡した。

「兄ちゃんの弁当、こん中ん入っとるよ」

「おっ、ありがとう」

左ハンドルの外車だった。横文字のアルファベットを、洋平が「キャディラック」と発音した。弘平がもう一度、洋平を抱き上げた。

「お前は頭がいい。姉ちゃんの子だ。又な」

裸足の洋平をおんぶした数馬が、

「弘平兄ちゃん、こんどいつ来ると?泊りがけで来てね。魚釣りにみんなで行こうよ。洋平の泣きよる・・・」

「サヨナラ」と言った。

動き出した車が急停車した。バックドアから、若い衆がデパート袋を取り出している。


航吉が走った。クラクションが二つ鳴った。車が見えなくなるまで、三人は並んで手を振りつづけた。

「これね、おいたちだけで食べていいって。姉ちゃんたちへも、渡してあるからって。あっ手紙もあるよ」

それは恐らく、お金だろうと思った。洋平へ渡した。「黒瀬のお母さんに預かってもらおう。こんど佐世保へ行ったとき、三人でうまかもんば食べようで」

「はい」と洋平の震える声がした。

誰かが歌っていた。三橋美智也の炭坑夫の歌だった。とすれば、歌い手は泣き虫の善次だ。漁師たちは総立ちだった。手拍子を打ち、歌っている。おばちゃんの席からは、キャーキャーと笑い叫ぶ声が響いている。善次がスッポンポンで歌っていた。下半身を二枚の皿で、隠したり見せたりして腰を振っている。数馬も洋平も大笑いした。航吉の姿が見えなかった。洋平が「兄ちゃん、兄ちゃん」と、アゴで前方を示している。なんと、航吉は自分の赤褌を外して、善次の腰へ巻こうとしていた。客席はふたたび歓声の渦だった。子供の褌で紐が短かった。焦れば焦るほど褌はばらけた。とうとうポトリと落ちた。善次のモノが丸見えとなった。悲鳴にも似た笑いと歌と手拍子で、善次の爆笑ワンマンショーが終えた。

「サァお次の番だよ、お次の番だよ」という手拍子が、あちこちから上がっていた。マイクを握ったのは航吉だった。

「三橋美也の、夕焼けとんび、を歌います。〽夕焼け空がまっかっか、トンビがくるりと輪をかいた　ホーイのホイ…〽」

歌の途中、洋平が畳の上の赤褌を拾い、航吉の腰へ結んでいた。多勢の手拍子をうけて、航吉は三番まで、歌詞も間違えずに歌い通した。数馬の手をにぎる洋平の手が、力強く波打っていた。

祖父千代吉との、最後の旅が思い出された。小浜温泉の旅館の風呂場だった。千代吉はガラス窓から見える夕闇の海に向って、その歌を歌っていた。洋平は千代吉のふところの中だった。しんみり歌っていた千代吉の姿を思い出して、数馬は目頭を熱くした。洋平も同じ思いだったらしく「爺ちゃん」と言って泣いていた。

「この歌は爺様とのんだとき、聞いたことがある。五島の島の果てから、子は父を慕い、父はまだ見ぬ息子を偲《しの》んで、歌ったんだろうよ・・・。航吉め、泣かせやがって・・・よし、数馬、みんなでご飯ば食べようで。おれの席へ来い。おっ、航吉の来た。航吉、歌うまかったなぁ。父ちゃん。感動したばい。どらどら、こっちへ来い。お前ば抱かせてくれ。よかった、よかった。父ちゃんな、子供たちの応援団長ばい。病気せんで、仲良うやって行こうな！」

「はい、父ちゃん」

「よし、よし。腹減ったな、ご飯食べようか。また姉ちゃんたちば呼んで来い。父ちゃんと一緒にごはん食べよう、って。おっ数馬、ごはんとみそ汁ば、頼んできてくれんか。まだ食べとらんお客さんへも出してって」

「はい。洋平行くぞ、来い」

母は、大鍋の前だった。足や頭をぶつ切りにした伊勢エビを、それぞれのお椀へのせている。仲居さんたちがネギや薬味を入れて、父がみそスープを注いでいた。

洋平がくしゃみした。

「まぁ洋平、そんな格好で。こちらへ来なさい。うーん、熱はないわね、よかった。数馬も早く洋服着なさい。子供たちがすぐ真似するんだから。お爺さまの部屋へ行って、早く着替えなさい。私は手が放せないから、数馬、面倒みてあげて。洋平、デザートはね、あなたの好きなフルーツみつ豆よ。たくさんあるからねぇ」

「ハイ　マーム　サンキュウ。ハックション」

「数馬、つまみ食いしないで、急いで着替えさせて。さぁさぁ」

千代吉の仏壇の前へ座った。お鈴を打ち、お題目を唱えた。線香の煙が、千代吉の遺影の辺りでもやっていた。

「爺ちゃん、きょうはね、父ちゃんと志野姉ちゃんの結婚式なんだよ。お父さんが約束守ってくれたんだ。黒瀬の、爺ちゃんの友だちも、多勢来てるよ。楽しい宴会なんだ。良かったね・・・」

数馬はもう一度お鈴を打った。

テーブルを寄せていた。茂家族の食卓だった。航吉の歌が好評だった。航吉は漁師のおじちゃんたちから、たくさんお捻《ひね》りをもらったと、褌の中から取り出して喜んでいる。みそ漬けがうまかった。タマおばちゃんの特製だ。おばちゃんはソーラン節が感動したと、ナミがそのお捻りを数馬へ渡した。

航吉とアカリが、ご飯のお替りをした。善次が茂の所へやって来た。ふらふらだった。

「兄貴、おめでとう。こげな楽しか宴会は初めてばい。志野さんは、ほんなこて、きれかぁ。兄貴の第一子分の善次といいます。兄貴のためだったら、腹も切ります。よろしゅうね。坊ちゃん、おりゃ坊ちゃんの小まか時分からよう知っとる。兄貴の家ん、しょっちゅう泊まりん来て、兄貴の船で沖へ出とったもんなぁ。洋平は頭の良か子供だし、航吉はひょうきんで、愛嬌のある子たい。おりゃ、好いとっ。娘たちは三人共美人だし、兄貴は良か子供たちに恵まれとる。おりゃ嬉しゅうして、涙の出るばい・・・」

善次がとうとう泣き出した。数馬と航吉が肩を貸した。善次の席の、刺身、焼き魚、煮付けなど料理皿は空っぽだった。みそ汁の伊勢エビの足もかじっていた。

洋平がデザートのみつ豆を、鯨とりのおじちゃんと並んで食べていた。おじちゃんの顔も赤かった。

「おじちゃん、大丈夫？泊まってもよかよ。部屋はたくさんある」

「うんにゃ、帰る。婆さんの待っとるたい。子供たちへの報告も、せなならん」

「どうする？大生丸で帰る？漁師のおじちゃんたちの船ん乗る？」

「大生丸がいい。面々、ふらふらじゃからの」

隣席の伊勢エビのおじちゃんが「わしの船ん乗ればよか。なんのこれしきの酒、屁でもなか」と、数馬の手を取った。

上座では、茂たち親子がお茶をのんでいた。

「アカリも泊まるんだろう?明日はみんなで墓参りだ。もちろん、志野も一緒だ。これからは、家もお墓も、守ってくれるのは志野だ。お前たちはナミだけではなく、志野とも何でも相談して欲しい。よかな?」

「はい」と姉ちゃんたちが声をそろえていた。

数馬は茂の隣でみつ豆を食べていた。母の寒天がうまかった。

「父ちゃん、洋平はどうしますか?」

「それだ。どうしたらいい?手元で育てたいけどなぁ。英語で話されても、何もわからんたい。お前が側にいてくれたら安心だけど、そうもいかんし。洋平のこたぁ、お前がいちばんよう知っとる。数馬、洋平の心ん中、読めんな?」

「洋平は頭のいい子です。洋平の気持ちを尊重した方が、いいと思いますが・・・」

洋平のこととなると、三姉妹はうなだれて、アカリなどは、目がうるんでいる。

万歳三唱は、善次の役割だった。ワイシャツの地味なネクタイが捩《よじ》れている。航吉が善次のベルトを握って、歩かせていた。その姿が滑稽で、全員がクスクス笑っている。

「善次ガンバレ」「善次しっかりやれ」「もうストリップはよかぞ」などと、声が掛るたび、爆笑が起きた。

「ええ、きょうは、おれの尊敬する兄貴と志野さんの披露宴のために、黒瀬から船に乗って、ご参集いただきまして、心より御礼申し上げます。これからの兄貴のご家族と、きょう、ここへお出席下さいました皆さまのご多幸とご健勝をご祈念申しまして、万才、万才、万才ーっ。はい、ありがとうございました」

一字一句、メリハリのある万才だったと、数馬は善次の側で拍手した。一同の暖かい拍手が続いた。ヘタヘタと座り込んでしまった善次へ、航吉が冷たい水を持ってきた。

「おっ航吉はおれの一番の味方だ。ありがとう」

数馬がマイクを握っている。

「大島への大生丸の最終便は、四時四十分です。まだ十分に時間があります。漁船を利用する方々は、まず茂父ちゃんが自分の船を出します。十二人乗りです。もどり船で漁師さんたちの、それぞれの息子さんたちを、乗せてくるそうです。陽はまだ高いし、それだったら、安全確実だと思います。伊勢エビのおじちゃん、それでよかですか」

「よかよか、上出来たい」

帰り支度で、女性陣の席はざわついている。

「料理の残った方は、折箱があります。手をあげて下さい。お持ちします。まず女性の方が第一便です。用意が出来次第、出発します。うちの桟橋までは、航吉が案内します」

残り物は少ないと思ったが、女性客のほとんどが折箱を欲しがった。パシャパシャと料理を詰める音が激しい。

「坊ちゃん、ちょっと・・・」

タマおばちゃんだった。数馬はお捻りのお礼を言った。

「あのね、茶わん蒸しを爺ちゃんに食べさせたいんだけど、茶わんごと、借りていいかね」

「もちろんです。ぼくもまだ食べてないから、おばちゃん、食べて下さい。七、八分、あたため直したら、おいしいですよ」

「ありがとう。坊ちゃん、いい板前さんになれるわね。あっそれから、洋平ちゃんが海に落ちたこと、初めて聞いて、びっくりした。茂さん、何も話してくれないんだもの。助けてくれて、有難うね。涙の出てくる。だから茂さん、坊ちゃんのこと、心から信頼してるのね」

「辰爺ちゃん、寝たきりですか」

「そうならないように、夕方、散歩させているんだけど、すぐ座り込んでしまう・・・。坊ちゃん、あのソーラン節ね、うちの爺ちゃんの前でもやってくれないかねぇ・・・」

「いいですよ。近いうち、三人で行きます。何時頃ご飯ですか」

「爺ちゃんは六時頃、喜ぶよ、きっと」

「じゃあ、時間を決めましょう。来週の土曜日、夕方六時頃、どうですか」

「まぁうれしい。いいわよ。爺ちゃんね、子供の頃の坊ちゃんのこと、ニコニコして話すのよ。五衛門風呂へ飛び込んだって」

「へえっ、そんなことがあったんですね」

タマおばちゃんとの会話は弾んだ。上の方で、坊ちゃん、と呼ぶ声がした。伊勢エビのおじちゃんだった。

「坊ちゃん。おれの家んも遊びに来い。息子は一本釣りの名人ぞ。お前さんと、話の合うかもしれんて。茂のもどり船で来ると思う」

「はい、楽しみです。黒瀬へはよく行きます。必ず行きます」

第一陣の茂の船のエンジンが始動した。留守番役の航吉が、桟橋のロープを外した。

茂は洋平を抱いて、船尾で胡坐《あぐら》をかいている。二階の窓から漁師たちが手を振っていた。数馬はスローな速度で、慎重な操船を心掛けた。定員オーバーだった。船足が重かった。網屋の鼻を過ぎれば、黒瀬はもう、視界の中である。端の島の北の沖合から狭い港への水道を渡った。

長靴と漁着姿の若い衆が、茂の浮き桟橋で待っていた。

広場で遊んでいた子供たちが、婆ちゃん。婆ちゃんと叫んでいる。若い衆の手を借りて船を降りたおばちゃんたちが、一様のお礼を述べた。茂は一人一人と握手して、頭を下げた。

子供たちが、それぞれの婆ちゃんたちの元へ駆け寄っていた。紙袋をのぞき込む子供たちが嬉しそうな歓声をあげている。手をつないで帰る姿を見て、数馬は、なぜかしら熱いものが込み上げてきた。

お祝いの品を求めて、佐世保まで行った。茂と志野、数馬と航吉、洋平の五人一緒の外出は初めてだった。茂は陶器類がいいと、数軒の店を回ったが、志野も数馬も同意しなかった。二人は食品類を勧めた。二対一となり、数馬たちは佃煮の詰め合わせと、引菓子はパーラーの焼菓子の詰め合わせを注文した。果物は旅館出入りの卸屋からリンゴとバナナを仕入れた。

昼ごはんは航吉の要望で、デパートの大食堂へ行った。疲れた洋平を背負っていた数馬はサンプルケースの前で下ろした。航吉はカツカレー、数馬と洋平はオムライス、志野は肉うどんと稲荷寿司、茂はビールとうな重を注文した。食後のソフトクリームは航吉が食券売り場まで走った。

そういう経緯《いきさつ》があっての、祝い袋の中身だった。帰りの船上で、数馬はステップして帰る子供たちのことを話した。茂は「お前たちの選択が正しかった」と、おとなしい洋平の肩をたたいた。

漁師たちの若い衆が、それぞれの持ち船へ分乗していた。二階から続々とお客が下りてくる。鯨とりのおじちゃんと善次は、伊勢エビのおじちゃんの船だった。

父と母は矢倉の上から、茂の家族は桟橋の上で、仲居たちも窓を開けて手を振っている。列をなした船団が消え去った港は、何事もなかったような、静寂の海となった。

茂は娘たちを千代吉の仏前へいざなった。洋平が左手で線香をあげた。ナミたちもつづいている。数馬は無常甚々を読経した。父と母も後方で頭を垂れていた。仲居さんが切り分けたカステラとお茶を運んできた。

茂は父の手を握り「有難うございました」と、肩を震わせた。父は「親父との約束が守れて、良かった」と安堵の表情だった。

茂たちの乗った船のエンジンがかかった。

「兄ちゃんと洋平は、なして帰らんと?」

航吉が今にも泣き出しそうな声で叫んでいる。茂が船から降りてきた。洋平を抱き上げげた。

「洋平、家へ帰ろう。新しかお母さんも一緒ぞ。家へ帰ろう・・・」

洋平がとうとう泣き出した。

「ノー　アイ　ドン　ゴー。ステイ　ヒヤ」

「数馬、洋平は何て?」

肩を落とした茂は、おおよそのことは察したらしい。洋平を数馬の横へ立たせた。茂も泣いていた。

「おれの責任だ。ごめんよ、洋平。知らんふりして、苦しんどるお前を、助けることができなかった。洋平の心の傷は深い。父ちゃんな、待っとる。いつでん待っとる。ほれ、バイバイしてくれ、バイバイ」

泣きしきる洋平を抱いて、数馬は手を振った。茂の船が遠ざかって行く。恵比須神社の鼻を越えた船は、とうとう見えなくなった。船の航跡が海の上で、かすかな色を残している。船音が遠くなった。洋平の泣き声だけが、海の上を這《は》うような響きで流れていた。

千代吉の部屋へもどった数馬は布団を敷いた。寝かせても、洋平は泣きつづけた。こんなことは初めてだった。ドンチャン騒ぎの宴会が、昨日のことのように思えた。寂しい。寂しさと悲しさで、数馬もとうとう泣き出してしまった。洋平が「兄ちゃん」と言って起き上った。

「ウィ　ゴークロセ　フォロー　父チャン」

洋平がやっと笑った。ほんとうは家族みんなと、家へ帰りたかったのではないか?自分へ遠慮したのだ。数馬はぬるま湯で浸したタオルで洋平の涙のあとをふいた。

「明日は、父ちゃんの家族みんなで、お母さんのお墓参りだ。お母さんは自分の体を犠牲にしてまでも、洋平を産んでくれたんだよ。その洋平の姿が無かったら、お母さんが悲しむ。洋平が主役なんだ。これからは、お母さんの眠るお墓の近くの家で、父ちゃんたちと楽しく暮らした方が、お母さんも安心すると思う。せっかく新しいお母さんも来てくれたんだ。航吉だって、洋平を待っとる。洋平がいなくなると、兄ちゃんは悲しいほど寂しい。だけど、土曜日、日曜日は行ったり来たりして遊べる。その方が父ちゃんも嬉しいと思うよ。ラジオば聞いて、英語はちゃんと勉強しろよ。新聞もよく読んで二人でアメリカへ行こう。よかな?」

「はい」と澄んだ洋平の目が、何かを語りかけてくるような気がして、数馬は洋平とがっちり握手した。

洋平が黒瀬へ帰ることを、母へ告げた。洋平の洋服と下着類、航吉への数馬の古着など、母は風呂敷を何枚も広げていた。

「茂さんへ電話しとくね。気をつけて行きなさい。明日は学校は休みなさい。そのかわり、成績は上げないとだめよ」

母は洋平の手を引いて桟橋まで下りてきた。父も一緒だった。父が思いもしないことを言った。

「サンパン船の仕事がなかったら、おれの船で送ってやれたのにな」と。

千代吉の死後、父と母との間は、冷たい空気が淀んでいた。母は数馬たちと同じ部屋で寝起きしていた。父の方から折れてきたのも、数馬は知っていた。そういえば、あの頃から急に父は優しくなった。下駄で蹴り上げることもなくなった。洋平をあぐらの上に乗せて、ご飯なども仲良く食べるようになっていた。チロの存在も大きかった。チロは父と洋平の間を、うまく動き回っていた。チロは賢いネコだったのだ。

松山崎を過ぎる頃、海の色が変った。海らしい海の生気が感じられた。数馬は深呼吸した。曲がりの鼻では、タコツボ漁の漁船が海岸線へ沿って、仕掛けのツボをドボドボと投げ入れていた。

快晴で水平線の島々が、くっきり浮き上がっている。平戸の志々伎崎沖合のはるか西の果て、その水平線にうっすらと小さな島が見える。あの島が航吉が住んでいた宇久島ではないかと、船尾の洋平へ指差した。

洋平が、舟を漕ぎたいと言って、数馬と交替した。佐世保の高後崎灯台から出てきた一隻の船がある。団平船である。汚物を海へ運ぶ船だ。海鳥たちが群れをなして後を追っている。それは数百羽という大群で、団平船は白瀬の東側へ接近していた。

キィキィと舟を漕ぐ洋平の櫓が鳴き出した。よくある音だ。数馬は海水を手のひらですくった。櫓のへその部分へ水を流した。船はクークーと音を変えて、黒瀬へと向かっている。

番屋の瀬の下《しも》まで来た。これより北寄りの海底へ、数馬は千代吉の刀を沈めている。「この海では千代吉が自分たちを守ってくれている」と空を見上げた。白い雲は見えてはいない。しかし、よく見てみると、青々と広がった大空の色が、淡々と白っぽい一片があった。もしかしたら、爺ちゃんはあの空の中から見下ろしているのかも知れない。そう思って「おーい」と声をかけた。

洋平がプレスリーを歌い出した。数馬もあとに続けて歌い出した。大好きだった爺ちゃんが、婆ちゃんと手を組んで自分たちを見ているのではないかと、数馬はふたたび「おーい」と叫んだ。白瀬島から流れてきた海鳥が、羽を広げていた。

寺島水道へ差し掛かった時、黒瀬の港から姿を見せた一隻の漁船があった。舳先の波を巻き上げている。茂の船であることは間違いない。洋平が「兄ちゃん、兄ちゃん」と目を輝かせて指差した。

「そうだ、父ちゃんが迎えん来てくれた。洋平、こんどは爺ちゃんの精霊流しだ。花火ば、いっぱい上げような」

「はい」と答えた洋平は、櫓を甲板の上へと上げた。船尾でふたり並んだ。

「寒なかな?」数馬は洋平と肩を組んだ。

漁船の航吉が舳先に立ってタオルを振っている。その姿が千代吉の姿と重なった。数馬は何度も大空を見上げた。

「爺ちゃーん!」と、心の中で叫んだ。

# 九　星空の精霊船

民家百五十軒ほどの面高の墓地は、新屋敷地区の長い坂道を登りつめた所にある。リヤカー一台分の細長い農道が、野口山の山頂へとつづき、両側の段々畑は、墓石が点々と建っている。戦没者慰霊場前で頭を下げた数馬は、洋平の手を取り、千代吉の眠る墓地へ進んだ

いよいよ精霊流し本番の日が間近となった。

数馬たち三人は連日、墓掃除の役回りだった。ヤカンを振り回している航吉が、早く早くと呼んでいる。

雨対策として父が流したコンクリートの敷地には、方々から飛んできた枯れ葉が散乱していた。洋平はそれを一箇所へ掃き集めている。乾燥したハナシバを引き抜いた数馬は、つぼみの小菊の花々を供えた。航吉は墓石へ水をかけていた。

ろうそくへ火を点し、三人で線香を手向けた。枯れ葉は山際の崖下へ放り投げた。険しい山の断崖に竹矢倉が組まれていた。先端まで進んだ航吉が、鼻の中をいじりながら、遠い海の彼方を眺めている。

「わぁー、恐ろしかねぇ。竹のぎしぎしする。ばって、気持ちん良かよう。海のきれかぁ。軍艦のいっぱい通るねえ。おいの住んどった宇久島は、どの島だろう?黒瀬は見えんねぇ」などと叫んでいる。山の中腹では、鳥が飛んでいた。鳥の巣をかけているようだ。

佐世保港の入り口が真下だった。寄船崎と高後崎の海峡を、艦船やさまざまな形をした船々が頻繁に往来している。九十九島の小島や、名前を知らない島々が、高台からは良く見えた。

眼下の、面の下海岸から黒岩までの海の色が、はっきり分かれている。大潮で潮の引いた波打ち際の前方は、砂地で白々としていた。岩々の塊が、白い海の底で小さな瀬を作っている。あの辺りは大きな魚が棲んでいるような気がして、数馬は船を出したくなった。

「あいは、何ばしよると?」

航吉が波打ち際の潮だまりで遊んでいる子供たちを指差した。

「あれは、チンポカミでも追い回しているんだろう。潮が満ちてくれば、シバフグなどもいっぱい寄ってくる。おいたちも、磯釣りでもしようか?」

「うん、したい」

この地区では「チンポカミ」という名称で呼ばれている小魚がいる。かわいい頭をした半透明のつるつるした小魚

だ。数馬は佐世保の本屋で買った魚図鑑でギンポやハゼのなかまであることを知った。

　二人は急いで墓地を下りた。小屋の中から磯釣り用の諸道具を出して、後浜《うしろはま》への道を走った。洋平は足が速い。分教場の運動場へ行き、二人でよく走っていた。

　エサの岩虫は、防波堤の石垣の根元をカキ打ちを使って掘った。残飯や野菜クズを捨てるその場所は岩虫の宝庫だった。適当な石を起こしただけでも、岩虫がウジャウジャ動き回っていた。

　竹竿と同じ長さの糸を付け、岩場の岩々の間でエサを踊らせる。アラカブはあちこちから顔を出して、勢いよく喰いついてくる。沖のアラカブよりは小振りではあったが、「また釣れた」「また釣れた」と、航吉の声は弾んだ。

　数馬の隣の岩場に立つ洋平も静かな動作で釣果を上げていた。その洋平が、岩場の先の砂地との境目を見据えていた。

「ボッチョ、ボッチョ」と騒ぎ出した。

　海面へ黒っぽい帯状ものが浮き上がって来た。よーく見てみると、それは「サヨリ」だった。サヨリの大群だった。

「航吉、サヨリの寄せて来た。サヨリば釣れ。こうして水面ば泳がすように流すんだ。太っかサヨリぞ。洋平も早《は》よ釣れ。エサば換えてくねくね泳がすだけでいい」

　プリプリの銀色の美しいサヨリが、入れ喰いだった。大群は長靴の足元まで寄ってきた。磯際でピチャピチャと跳ね返るものもいた。

「兄ちゃん。エサの少のうなった」

「半分にちぎれ」

　サヨリは刺身でも、塩焼き、唐あげ、などどんな料理でも際立つ旨味のある魚だ。さらに美味しいのは、頭から背開きして作るサヨリの干物だ。数馬は千代吉手製の干物の味が忘れられない。塩が濃い目の、炭火焼きしたサヨリは、かめばかむほど奥深い旨味がいつまでも残って、白いご飯が何杯もたべられた。

　サヨリの群れはほぼ同じ海域で回遊していた。しかし、要領を得た数馬たちの漁場へ、突然ドボドボと多数の石ころが投げられた。潮だまりで遊んでいた子供たちだった。

「こらっ、お前たち！」

　石を拾って投げ返そうとしたが、洋平と同じくらいの童顔の子供達だった。投げるのはやめた。ガキ大将たちが、潮だまりでヘラヘラ笑っていた。亀市という六年生の悪ガキがいた。

サヨリの姿は消えてしまっていた。がっかりと肩を落とした航吉が、

「悪たれ小僧だねえ。兄ちゃん、仕返ししようか？」と、歯ぎしりして怒っている。

「よかっ、放っておけ いまに天罰の下る」

それにしても惜しいサヨリだったと数馬は海面を見渡した。既にサヨリの影も形もなかった。アラカブの魚信《ぎょしん》（あたり）も途絶えてしまった
「ガタンショ」釣りへ変更した。ふたたび岩虫掘りをはじめた。航吉が「あっ」と何かを見つけた様子だった。数馬と洋平は虫掘りに専念していた。

暫くして、潮だまりで遊んでいた子供たちが「キャア、キャー」と悲鳴をあげた。右往左往して逃げ回っている。「兄ちゃん、兄ちゃん」と洋平が手をたたいて喜んでいる。

航吉は石垣で這いつくばっていた大きな青大将を振りかざして潮だまりへ突進していた。驚いた子供たちは、つまずいて泣き出す子供もいた。

そーら、と投げ飛ばされたヘビは、潮だまりで水しぶきをあげた。胴回りが六、七センチ、長さは二メートルはあろうかという大物で渚へ逃げて泳ぎ去った。


「いつでん勝負するぞ、わかったか！」と大口をたたく航吉を見て、数馬も「クスッ」と笑った。千代吉の面影を見た思いだった。

「ガタンショ」はニシキギンポ科の穴子を平たくしたような十五センチ前後の魚だ。千代吉はその魚で穴子をさばく練習をさせていた。かば焼きでも天ぷらでも、白身魚のおいしい魚だと、数馬は見かけの悪いガタンショを釣り出した。一抱えほどの岩まわりの小石を払いのけ、潮水が岩底より二十センチ位の所が適所だった。ミナやマガリ、片貝などを小石で潰してマキエサとしガタンショをおびき寄せた。ガタンショはたちまち、顔をのぞかせた。

数馬はサヨリのバケツを覆う海藻を拾ってくるよう航吉へ頼んだ。航吉は潮の引いた波打ち際を水を跳ねながら歩いていた。

潮だまりでは、ガキ大将グループがふたたび集合して遊んでいた、子供たちが海辺から潮だまりまで縦に並び、石ころを払い除けて海道を作っている。洋平が首を傾げている。数馬は説明した。もうすぐ潮が満ちはじめる。シバフグがあの道を通って、潮だまりへたくさん流れてくる、と。

航吉が遅かった。跡を追った洋平が「兄ちゃん、兄ちゃん」

と叫んでいる。その様子から不吉なものを感じた数馬は、釣りざおを放り投げて走り出した。

航吉が足をばたつかせて跳ね回っていた。

頭からすっぽり、ゴム風船のようなものを被っていた。

「苦しい、苦しい」と、吐く息は荒々しいものだった。ゴム風船は鼻の穴も塞いでいた。手で破ろうとした。ぴったり吸着したゴムは破れそうになかった。ハサミやナイフは道具箱の中だった。もどろうとした時、洋平が「兄ちゃん」とポケットの中から小型バサミを出した。粘着したゴムは、ハサミの入れ処がなかった。洋平が「ココ」と耳の後ろを指差した。そこだけ小さな空間があった。慎重にハサミを入れて、刃先を頭の方へ、ゆっくりと切り裂いた。ハァハァ、と絶え絶えしい航吉の息遣いだった。

「何ばしよっとか！こげんもんかぶったら、息のできんやろが。どうしたんだ！」

航吉は泣いていた。「スッポリ入るかと思ったけど、途中から、きつうなった。あそこん、ゴム風船のいっぱい流れとる」

片足を上げて示した海岸の一辺には漁船用の古いロープや、廃船の木材、漁網、海藻類などが複雑に絡まり、漂流物として辺り一面に干上がっていた。ゴム風船のようなものも多数漂着していた。水を吸って膨張したゴムの中には、白濁した液体が残っている物もあった。子供の挙がすっぽり収まるような、ふやけた物も多かった。

「え？うそっ、あの白か汚れた物ばかぶったのか？」

「違うよ。ほら、この箱も流れていた。外は濡れているけど、袋の中は破れてなかった。新品だよ。まだ、いっぱい流れとる」

箱は英語で表記されていた。洋平が「スキンレススキン」と発音した。それがどういうものであるのか、数馬は千代吉から聞いて知っていた。

「こいは、風船じゃなかと？」落ち着いた航吉が、目を丸くして数馬を見ている。千代吉と同じ目だった。

「風船なんかじゃない。この間、兄ちゃんが包丁で指を切って、ゴム製の指サックを付けただろう。これもサックの種類だけど、指用ではない」

「指用じゃなかったら、何用？ねぇ、何用」

「うーん、男の大切なものを包むんだ」

「男の大切なもので、出張っている物というたら、あと、チンチンしかないよね。えっ、アメリカ人の物って、こげん大きかと？父ちゃんのものが二本も三本も入るよね」

「大きいからって、いいというものでもないよ。航吉が中学生になったら、兄ちゃんが詳しゅう教えてやるけん、このことは父ちゃんには内緒んしようで。父ちゃんの小さいね、って言うたら父ちゃんのかわいそかやろ」

「うん、そうだね。内緒んする。兄ちゃん、腹へった。パン、食べてよか？」

パンやキャラメルなどを紙袋の中へ入れていた。航吉は石ころの上で袋を広げていた。

波打ち際より、やや陸寄りで仕掛けた穴の回りは、満ち潮となって海水がふくらんでいた。石の間から、ガタンショの頭が覗いていた。岩虫を穴の前で泳がせる。ガタンショはエサを吸い寄せて、穴の中へ引き入れようとする。わざと思い通りにさせて、頃合いをみて引き出すという釣り方は、千代吉のウナギ釣りと共通するものがあった。数馬の釣り方を見ていた洋平が、見よう見まねで釣りはじめた。

ふたりが調子付いて、入れ喰い状態となった頃、おやつを食べていた航吉が、突然「キャァ！」と悲鳴をあげた。

「どうした！」

航吉は蒼白い顔で体が震えていた。口を開けたまま泣いている。右手で空を指していた。トンビが悠々と飛んでいた。その足元には、数馬たちのおやつ袋が下がっていた。

「全部取られたのか？ちくしょう。洋平、小石ば二つ拾うて持ってこい。面の下の崖の、松の木に止まるはずだ。鳥の巣ば造っとった」

数馬は石の上を走った。案の定、トンビは松の木の方へ飛んでいる。その場所で勝負できなければ、トンビはさらに山の頂の巣へ消えてしまう。松の木の下まで走った。農道を挟んで、およそ二十メートルの距離だった。

数馬は肩が強い。ソフトボール投げで六年生の記録を超えていた。六十メートルは遠投できた。洋平が息を切らせて追いついてきた。「兄ちゃん！」と洋平が持ってきた小石は、角のとれた丸まった二つの石だった。

「よしサンキュウ」

大きく振りかぶり、思いきり腕を振った。高速で走った二個の小石のひとつが、パサッとトンビの羽を掠《かす》めた。もうひとつの石は、止まった幹を直撃した。カキーンという乾いた音がこだました。驚いたトンビは、飛び立つとき、袋を地面へ落とした。洋平が石垣を這い上がり、兄ちゃん、と袋を掲げた。俊敏な動作だった。逞しくなった洋平を見て、数馬はうれしくなった。

風が吹いて来た。九十九島の海原が、青々と濃い色を増していた。色はしだいに幅を広げ、航路筋を越えて、浜辺の方へ近づいていた。

数十匹のガタンショを釣り終えた。三人は海風の中で、おやつを食べていた。岩虫の残りは、釣り場の穴口へ捨てていた。手を洗っていた航吉が「兄ちゃん、兄ちゃん」と高振った声をあげた。

「こんどはどうした？」

「タコの、太っかタコん足の。ほらほら、わっ、頭も出て来た。太かよう。どうしよう」

「つかめ！頭ばつかめ」

どうせ食用にならないテナガダコだと思った。穴の中へ足を踏み入れた航吉は「えい」と頭をつかんだ。引っ張り上げたタコは、キロ級の生き生きしたマダコだった。

「わっ、兄ちゃん、タコん足の、おいの腕ば締めつける。痛い。手ばかみつかれた兄ちゃん。手ば吸いつかれた。痛い、痛い、なんとかして、痛い」

「えっ！」

数馬は慌てた。タコの頭を裏返そうとしたが、活きのいいタコは、航吉の腕をさらに締め上げていた。両手で、やっとの思いで頭を返した。バケツの中でもタコは外へ出ようと暴れていた。数馬は細い流木を拾いくちばしから殺しを入れた。

航吉の手の甲から血が流れていた。波打ち際で、航吉の手と腕を洗った。マダコのくちばしの跡から血がにじんでいた。航吉はシクシク泣きつづけた。タコの吸盤の跡型が二の腕で赤紫のアザとなっていた。

「青大将ば、なぶり回しただろう。ヘビの罰が当ったんだ。ヘビは神聖な生き物だと爺ちゃんが言うとった。執念深い動物だ。海へ逃げて行った。ここで、ヘビさん、ごめんなさいって謝れ」

航吉が泣きながら「ヘビさん、ごめんなさい」と声を絞った。そんなとき、潮だまりで遊んでいた子供たちの集団から、ギァーッという、すさまじい声が上がった。洋平はバケツの中のタコを見ていた。数馬は航吉の手を洗い流しているときだった。一年生の子供たちが、三人走って来た。「数馬兄ちゃん、亀ちゃんが、ぶっくにチンポば噛みつかれた。血の出て泣きよる。助けてください」

「お前たちは・・・」数馬は立ち上がり、三人をにらみつけた。

「お前たちは、兄ちゃんたちのサヨリに、石ば投げつけた。みんながみんなだ！」

もじもじしていた子が「亀ちゃんが石ば投げろって言うたもん」と、気を付けして数馬の目を見た。

「人のせいにするな！」

怒鳴りつけると、子供たちは後ずさりした。入れ替わり、三年生の順が走り寄って来た。「サヨリのこと、すみませんでした。亀ちゃんのチンポ、なんとかして下さい。あのまんまだと、ぶっくの暴れて。千切れてしまいます・・・」

「病院の先生でもあるまいし、おいにどうしろっていうんだ。うちの弟もタコにかみつかれてケガをした。早《はよ》う家に帰って、赤チンキで消毒せんと。どけ、亀に言うとけ。困ったときだけ、頼み事するなって」

潮だまりの子供たちの目がこちらの様子をうかがっていた。航吉の手を引いて、帰り支度の洋平の所までも、その子は後を追って来た。洋平が「兄ちゃん」と、涙でふくらんだ目を向けた。

「あいつら、おいたちのサヨリに、石ば投げたとぞ。洋平は、それでん、許せっていうのか？」

「はい・・・」

「泣くな、泣かんでもよか。よし、そんなら、見るだけ見てみようか」

潮だまりへの道を通って流入したフグは、小ぶりなシバフグだけではなかった。手の平よりも大きなキンフグもいた。そのフグへ小便をのませようと口をこじ開け、流し込もうとしたとき、突然暴れ出して、食いついた、という。キンフグの上下の厚い鋭い歯が萎んだ性器の先端部分へ、食い込んでいた。

亀市は左手で自分のものを支え、右手でフグの胴体をつかんでいた。血で赤く染まった手が痛々しかった。フグはまだ元気が良かった。体を震わせるたび、亀市はワァーワァーと泣き叫んだ。

「この先、うちの弟たちには手を出さない、とみんなの前で約束しろ！」

「する、する、約束する」

洋平が釣り道具箱から、千代吉の形見の小刀を取り出していた。亀市の半ズボンは、下まで脱がせた。岩の上へ股を広げて座らせた。亀市をかみついたままのフグは、まだ小刻みな動きをみせていた。数馬はフグの両エラをつかみ、下半分を切り落とした。フグの動きは止まった。

「よしこのままの状態で板に乗せて、診療所へ運ぶ。誰か、上の牛小屋から亀市を乗せる板を捜してこい」

「おいが行く」と順が走り出した。航吉も後へつづいた。

「あと、診療所へも誰か行け・・・。なんだ、誰もおらんと？　さっきの三人組、ここへ来い。先生の所へ行って来い」

「・・・」

「よーし、行った人だけパンば買うてやる。ジュースもつけるぞ。誰か行って来い」

もじもじしていた子が、数馬の前へ進んだ。「おいが行く。ばって、何ていえばよかと？」「見た通りのことでいい。さぁ、言うてみろ」「えーと、亀ちゃんが、チンポばぶっくにかみつかれて、泣きよる。血も出て、ちぎれるごとある」

「おお、それでいい、上手上手」

「なんだそれだけでよかと。そしたら、おいも行く」「おいも行く」と、三人が手を上げた。

「よし、三人で行って来い。板に乗せて連れてくる、と最後に言え。よかな？」

「よか。パンはどこで食べると？」

「新波止の石段で待て。さぁ行け」

「はーい」と、三人は小石の浜を駆け上った。


航吉たちが、牛小屋から戸板を借りてきた。戸板の上で、亀市は両手で自分のものを包み、空を見上げて泣いていた。

佐渡屋商店で母が買物していた。航吉の入れ墨のような腕を見て、驚いていた。洋平は母の腕にすがっていた。パンとジュースを人数分買ってもらった。遊んでいた子供たちと数馬ら三人で、十一人だった。話題はやはり、亀市の傷付いたチンポのことだった。

「チンチンのなくなったら、おしっこはどうなると？」

と、真面目な顔で聞いてくる。数馬は笑いをかみしめて、わざと大げさな表現で応じた。

「腹ん中にいっぱいおしっこの溜まりパンパンとなって、やがて大爆発する」

「わァ、汚かねえ。尻からは出らんと？」

それを聞いた順が
「出るもんか。尻から出るとは、ウンコだけたい。バーカ」と、その子の頭をこづいた。「ばって、そうせんと爆発したら、亀ちゃんの死んでしまうたい。ねぇ数馬兄ちゃん」「院長先生が、何とかしてくれるだろう。きょうは兄ちゃんたちもいろんな事があった。浜辺では絶対一人で遊んだらだめぞ、泳ぐときもいつも友だちと一緒だ。よかな」

「はーい」

「あっ、それから、お盆の精霊流しの夜、兄ちゃんたちは、墓で花火ば上げる。線香花火じゃなか、打ち上げ花火だ。おいの爺ちゃんの初盆だから、いっぱい打ち上げる。一緒に上げたい人は、遊びに来い」

「はーい。打ち上げ花火って、おいはやったことのなか。火ば吹いて、空へ上がって行く花火やろ。おそろしかねえ。ばって、やってみたか。みんなで行ってよかと?」

「よかよか。みんなで来い」

ワイワイガヤガヤの内に、子供たちは帰って行った。航吉は消えない腕のタコの吸盤跡をさすっていた。洋平は赤チンキを、航吉の手の甲へ塗っていた。

波止場の石段の前で艀《はしけ》のサンパン船が揺れもせず浮いていた。佐世保の漁具店へ出掛けた父の代役で、数馬は最終便のサンパン船を出す準備をはじめた。

大生丸の汽笛が鳴った。とも綱を解いた航吉が石段を力強く蹴り出した。数馬は大生丸が進んで来る港の中央へと、ゆっくり船を漕いだ。汽船は完全な静止というのはあり得ない。惰性で常に動いている。風の強い日は手漕ぎの船の操船は、端《はた》で見るほど楽ではない。大型船の乗降口へ、ぴたりと寄せる技術は、悔しいけれど、父の指導があればこそだった。

大生丸から降りた父は、舳先の物入れの板へ腰掛けて洋平を抱いた。洋平は父のお土産の、蜂の屋のシュークリームの箱を「兄ちゃーん」と持ち上げて見せた。

数馬は船長さんへ手を振った。乗客の乗船券の半券を受け取っていた航吉も、船長室へ向けて、帽子を振った。出船の汽笛が「ポァーン」とこだました。静かな港の、のどかな風景だった。

丸に隅立て四ツ目の紋入り門提灯が、焼杉のスタンドで灯っていた。初盆参りの客が、朝から続いていた。数馬は千代吉の仏壇の前で父と並んでいた。お年寄りから、千代吉の若い頃の話を聞くのは、興味津々だった。母はお茶を運び、志野は返礼品を渡していた。

その日のサンパン船は、朝一便から茂が操船し、航吉と洋平はその助手だった。最終便を終えた茂父子が帰って来た。郵便物は郵便局へ納めてきました、と茂が父へ頭を下げた。父子三人が千代吉へ線香を手向けた。洋平がお鈴を一回打った。航吉は五、六回リンリンと鳴らしつづけた。

「こらこら」と、父が航吉を胡坐《あぐら》の上へ乗せた。

「そげん何回も打ったら、爺ちゃんのびっくりするばい」と、航吉の頭をなでた。

墓屋敷で盆提灯の矢倉を組み替えた、虎爺を中心とした親類の人たちも、戻って来た。

千代吉の特注した十人掛けの長方形の食卓で、飲み物が振るまわれた。刺身の盛り合せは、数馬が三台仕込んでいた。茂が釣り上げたイサキ、アジ、タイなどの三点盛りで、ツマ類はダイコンとキュウリ、ミョウガを刻んで、皿全体へ敷き詰めた。冷蔵庫で冷え冷えの刺身は、大好評だった。作り人が数馬と知れて、一同驚いていた。洋平は黙々と箸を動かしていた。カレー好きな航吉はお代わりして食べていた。

父の作るカレーは本格的だった。数種類の香辛料とカレー粉、小麦粉などを炒めていた。チキンスープがメインで、野菜、果物なども、ミキサーでブレンドしていた。柔らかく煮込んだチキンの肉はホロホロで、とろけるような旨さがあった。

「初盆さまです。よろしくお願いします」の父の一言で。それぞれが墓地へ向った。

盆帰りの帰省客や地元の家族連れで、墓屋敷全体が熱気にあふれていた。方々の墓所から、白い煙がたちこめていた。花火で遊ぶ子供たちがいた。爆竹も鳴っている。

「兄ちゃん、おいたちも、早《は》よやろうで」

佐世保の玩具店で、数馬たちは大量の花火を購入していた。打ち上げ花火や爆竹、値段の張った仕掛け花火も数発用意した。

盆提灯を吊り飾った三段仕掛けの竹矢倉は、虎爺の労作だった。墓石の両脇に堂々と二基建っている。千代吉の初盆らしく、華やかなものだった。数馬は夕闇の空のどこかで、千代吉が見ているのではないかと思い、輝き出した星空を見上げた。

打ち上げ花火用の台座も、虎爺は作っていた。細い水道管を長さ十五センチほどに切断したものが、五個並んでいた。しかし、火のついた線香の束を手にしたお参り客が、ひっきりなしだった。爆竹を次々と鳴らす航吉は父の大目玉をくらった。お客が引けるまでは、打ち上げ花火も厳しく禁止された。

先日、浜で遊んでいた子供たちが寄って来た。数馬は自分の墓で遊ぶよう、十本ずつ持たせた。

仏頂面の航吉とは対照的な洋平は、終始おとなしく、数馬の側を離れなかった。お坊さんが来た。無常甚々の読経が始まった。数馬たち三人は、ゴザの敷物の隅の方で手を合わせた。花火のできない航吉が泣いていた。

「帰ろうよ、兄ちゃん、帰ろ」

この人混みの中ではとうてい花火を打ち上げる状況ではなかった。精霊流しという、お盆のクライマックスまでの時間も少ない。三人で上げる打ち上げ花火を、星空の千代吉へ届けたい思いが、数馬と洋平の胸の中にはあった。花火用の台座は、航吉が持っていた。

「よし、家へ帰ろう。線香あげてからうちの桟橋で花火ばしようで。航吉、そいでよかな?」航吉が小さな声で「はい」と言った
墓へお参りする人々の波がつづいていた。数馬は、洋平と手をつなぎ、人波をひとつずつ越えて、半身で歩いた。打ち上げ花火の音が、ポンポンと聞こえてきた。浜の通りへ出た。

佐世保の街の灯りが、輝きを増していた。高後崎の灯台の明かりは、寄船の山を掠《かす》めて、浜へ立つ三人の姿を一蹴した。

船大工へ注文した精霊船が、仏壇の前で整然としていた。長さおよそ一メートル強、幅五十センチ程の船は、母と志野の手によって美しくお化粧されていた。舳先には住職の手による「西方丸」の旗が立ててあった。船べりを飾りつけた花々は、和紙で造った母と志野の手製のものだった。お盆の期間中、仏前に供えられていたブドウやリンゴ、なし、メロンなどの果物が、バランス良く盛り付けてある。白米やおはぎ、お団子なども並んでいる。船尾から舳先へ渡された針金には、おもちゃの提灯がずらり吊られていた。西方丸の下段には、ローソク立てと線香立てが並べてあった。それを見て、数馬はふと考えた。仕掛け花火が、この船上から打ち上げられないだろうか、と。一般の打ち上げ花火の導火線より三センチは長い花火を持っていた。これにどうやって火を付けたらいいのか、妙案が浮かんでこなかった。

「兄ちゃん、どうしたと?早よ、花火ば上げようで」航吉が口をとがらせている。

「この花火を、精霊船から上げられないかと考えていた。航吉ならどうする?」

「火ば点《つ》けるだけたい。ライターでおいが点けてやるよ」

「海へ流している船に、どうやって火を点けるんだ」

「え？海ん流してから打ち上げると？うーん、おいっちゃ、わからん。洋平考えろ」

洋平は祭壇からマッチ棒を四、五本持って来て、導火線をその中へ差し込んだ。

「なるほど。ばって、マッチへの着火はどうする？」

洋平は線香立ての中へ、導火線と高さを調整したローソクを立てた。

「うーん、その方がいいかもな。それにしよかで。もう、時間もなかし」

墓屋敷の方向から、花火の音が聞こえて来た。風もない、波もない、時の止まったような港内だった。宮の下の外灯が、海岸線の海へ落ちていた。網屋の鼻の岸壁が、もう闇に紛れて見えなかった。夜空には鮮明に輝く星々が、広がりはじめていた。

航吉が三箱の爆竹を開封した。引火線をひとつにまとめている。火を点けて、すかさず空中へ放り投げた。三箱分の爆竹が凄まじい音をたてて炸裂した。海面上へ落下しても、なおも暴れ回り、シュルシュルと鳴きつづけたあと強烈な破裂音を残して波を作った。

「わぁ、すごかな、航吉」

「島ではこうやって遊んだ」

「友だちと一緒にか？」

「うんにゃ、いつも一人だった。海が家のすぐ下だった。心配したお母さんが見に来て、お母さんと二人で飛ばしたんだ。ことしのお盆は、こうして兄ちゃんや洋平と一緒で、うれしい・・・」

「そうな・・・」航吉は打ち上げ花火用の台座へ、五本まとめて仕掛けている。数馬へ背中を向けたままだった。肩が小さく震えていた。

「これからは、三人一緒だ。ずーっと、死ぬまでだ。もう一人ではなかとぞ。よかな」

「はい」と振り返った航吉は、ライターを洋平へ渡した。五連発の火矢が、港の夜空へ高く舞い上がった。シュルシュル、パーン、という破裂音が、山々に響いてこだました。くり返し、くり返し、五連発の花火を打ち上げた。航吉は例の爆竹を海面で爆発させた。打ち上げ花火と爆竹の煙が、あたり一面濛々《もうもう》と立ちこめて、周りの景色が見えなくなった。

「おーい、沖でやる花火も持っとけよう」

父の声だった。薄らいだ煙の中で、母や茂、志野の姿が、矢倉の上に立ち並び、子供たちの花火を見ていた。

墓場の丘の上から、港で打ち上がる何発もの花火が、よく見えた。と茂が洋平を抱いて話した。「お前たちの花火だと、すぐわかった」と、航吉の頭もなでている。父が数馬を呼んだ。

「かき氷ば、前のおばちゃんに注文して来た。もうすぐできる頃だ。取って来てくれんか」

航吉が「おいも行く」と洋平と連れ立って走り出した。

波止場の大広場の中央では、盆踊りの矢倉が組まれていた。精霊流しの夜は仮装行列もあり、青年団の団員たちが大鼓や座布団などを運んでいた。まだ準備中だというのに、多勢の帰省客や子供たち、お年寄りまで、うちわで涼をとりながら、リンゴ箱に腰掛けて休んでいた。

数馬を見つけた子供たちが寄って来た。一年生の子だった。

「数馬兄ちゃん。花火ありがとう。楽しかった。墓で亀ちゃんと会った。くの字で歩いていた」「くの字？」「そう、パンツですれると痛いって。何針も縫ってくっつけてもらったって。ションベンするとき、まだ痛いとかで、顔をしかめていたよ」

「アッハッハ、そうな。どんな形なのか、見てみたかなぁ」

「おいたちは見せてもらった。腫れて、段違いのチンチンだった。笑ったら怒られた。あっ、航ちゃんと洋平ちゃん、何ばしよると？」

「兄ちゃんたちは、これから精霊流しだ。かき氷食べてからな。そうだ、お前たちもかき氷食べるか？よし、来い。三人だけな？おっ、あそこん順たちもおる。呼んで来い」

「わぁ、やったあ、ありがとう」

茂の漁船まで精霊船を運んだのは、数馬と茂だった。考えていたほど、船は重くはなかった。これなら沈むことはない。船の表の甲板へ、用心して降ろした。花火に気付いた茂が「何だ、これ」と引き抜こうとした。「あっ、触らんで。これ、洋平が考えた仕掛け花火なんだよ。お父さんには知られたくない」

父が団扇《うちわ》をぱたつかせながら、船へ乗り込んで来た。突如、父が大声を張り上げた。「女たちは船ん乗っちゃならん。降りろ、今すぐ降りるんだ」

とも綱を握りしめた茂が、立ちすくんでいた。

「兄貴、今夜は精霊流しという、特別な日です。千代吉爺ちゃんも、おかみさんや志野には世話んなってます。身近な人たちで、送ってやろうじゃありませんか」

「だめだ、女は船が汚れる」

「おれの船です。あとで塩まいて清めますから、大目にみてください」

「だめだ。そしたら、おれは下りる。お前たちだけで行ってくれ」

「兄貴・・・兄貴が行かなかったら、自分も下ります」

「えっ船は誰が運転するんだ」

「数馬です」

「こげん子供の、夜の海ば運転できるもんか」

「数馬なら大丈夫です。信じています。一人前の漁師にするため、爺ちゃんとおれが、小《こ》まか頃から、手塩にかけて育ててきました」

「ばって、見てみろ。闇の夜で、海は真っ暗闇じゃなかかな」

「おれがついています。さぁ、兄貴、乗って下さい。数馬の腕がどれほどのものか、みてやって下さい」

　抱きかかえられるようにして、父は渋々、船上の人となった。湯のみで酒を満たし、何事もなかった様子で、仲良く談笑していた。航吉と洋平は、船尾から花火を打ち上げたり、爆竹を鳴らしたりしている。

　数馬は、こういうことだったのか、と、妙に得心することがあった。この一週間、茂は夜の海へ数馬を誘っていた。闇の夜でも、何かしら目標となるものがある。それを自分のものにしろ。と茂は高後崎灯台や白瀬灯台の灯り、佐世保の街の灯や、呼子鉄塔の灯、大島や太田和の民家から灯る明かりなどを、しつこく、丁寧な言葉で教示してくれた。大空に映える、黒々とした山並みの稜線も目印となった。

　父たちは酒をのみ、弟たちは花火で遊んでいる。母と志野はずっと話し込んでいる。船は低速から中速へシフトした。白瀬の下《しも》からガネ瀬へ向う海上で、速力を落とした。茂と示し合せていた場所だった。

「お父さん、この辺でどうですか。爺ちゃんと、よく来てた場所です」

「よし、いいだろう。満ち潮から下げ潮へ変る時間帯だ。片島の沖へ流れて行くだろう」

　航吉が舳先のろうそく立てと、洋平の線香立てのローソクへも火を点けた。

「数馬、船をもう少し西へ向けろ」と、茂が大声を出した。

「やがて風が、北からそよいで来る。精霊船は吹いてくる風の方向へ流すんだ。忘れるな。南から流せば、本船とぶつかって転覆する」

千代吉の精霊船が着水した。洋平がリーン、リーンとお鈴を鳴らした。数馬は開経偈を読経しはじめた。

茂の読み通り、北の沖合から風が吹いてきた。強い風ではない。そよぐような音のない海風だった。

空は一面、満天の星だった。

紫色の空を背景とした一つ一つの星の輝きは、眩《まぶ》しいほどだった。その星空の下で、千代吉の西方丸は、漆黒の海原をあてもなく西へ西へと流れて行く。震えて灯るローソクの明かりを頼りに、茂の船は千代吉の精霊船の後を、ゆっくりと静かな流れで追いつづけていた。

この海域だった。山たてのことで、千代吉からこっぴどく叱られた。投錨した貨物船を目印としたヤマをたてたところ、動くものはヤマの対象にはならん、と千代吉は口から泡を飛ばすようにして怒った。大亀と衝突して海へ落ちたのも、この場所だった。「竜宮城へ連れて行かれると思った」と、数馬を抱いて涙したことも忘れられない思い出となっていた。いま自分が生きているのは、限りない愛情で見守ってくれた千代吉のおかげだと、消えて行く精霊船を追いかけながら、涙がこみあげてきた。読経する数馬の声は震えた。

茂の船は、チラチラと揺れるローソクの灯を追って、なおも追走した。数馬の読経が欲令衆《よくりょうしゅう》へと進んだ頃、洋平が星空を見上げて歌い出した。プレスリーの曲だった。スローテンポな洋平の声も沈んでいた。

〽アーユー　ロンサム　トゥナイ・・・死期が間近に迫っていたとき、千代吉はこの歌を歌ってくれ、と洋平の手を握った。洋平は賢い子だ。泣きながら歌っていた。

もはや、思い出の中でしか会えない千代吉の姿だった。数馬は涙で震える熱い思いを千代吉の精霊船へ描いて見送った。

「数馬、兄貴がそろそろ帰ると言い出した」茂が表の甲板へ来た。航吉と洋平の肩を抱いている。父は酒の湯のみ茶わんを手にして母たちの輪の中へ入っていた。「花火が上がるまで待ってください」とは言えなかった。父は自分本位で短気な人だった。

洋平と目が合った。父が悟ることのできないよう、英語で話した。

「洋平、ドウ思ウ。花火ワ失敗ダロウカ?」

「ノウ　イッツ　ベーリー　スーン。モウ少シデス。アト二、三分デス」

父が苛立った様子だった。

「なんばしよっとか！　早《は》よ帰らんか！虎爺たちの、家ん帰っとる時間ぞ！」

「・・・」

葬式は他人のためにやるもんじゃない、と虎爺は言っていた。精霊流しだってそうだ。いちいち他人の都合に合わせてやるもんじゃない、と数馬は考えていた。そのことをぶちまけようと「お父さん！」と語気を荒めて叫んだとき、母が「やめなさい、数馬、こんな海の上で」と制した。

「あらっ、精霊船の流れ方が、速くなったような気がする。茂さん。船を寄せてみて」

たしかに、一定の距離を保っていた船が遠去かっていた、船を吹き流すような強い風が吹いているわけでもない。この海域が、潮流の激しい場所でもなかった。追いつこうとすればするほど、精霊船の動きは速かった。

茂は船を停止させて、サーチライトを点けた。その光景を見て、数馬は息を呑んだ。

千代吉の精霊船を取り巻く一面の海原が銀色のきらびやかな色彩で、席巻されていた。エタリイワシの大群だった。かつて、数馬と洋平は昼下がりの海で、同じようなイワシの大群と遭遇したことがあった。夜の海原ではそれはさらに神秘的だった。

幾層にも折り重なったイワシの群れは、小高いイワシの丘を造り、頂上の西方丸へ向けて、雨のような跳ね方で飛び回っていた。銀鱗が一筋の海流となっていた。千代吉の船は、イワシの御輿の上で、果てのない夜の海原を彷徨《さまよ》いながら進んでいるかのようだった。

茂がサーチライトの灯を落とした。暗闇の海上で、精霊船のローソクの灯だけが、ほのかに揺れていた。

「どうする？」茂が誰と話すわけでもなく呟いた。

「もう、いいです」数馬は、消えて行くかすかな灯りを追いながら。暗い海へ向けて言った。

「ノーッ、兄チャン、イッツ　カミング」洋平が数馬の手を握りしめて叫んだ。

その瞬間はいきなりだった。なにもかも姿の見えない墨色の海原で、花火の着火する音が聞こえて来た。シュー、シュルシュルと打ち上がった花火は、満天の星空へ向けて舞い上がり、パァーンと弾《はじ》けたあと、大きな菊の花びらを咲かせた。花びらの散り落ちる海原の一点で、千代吉の船がくっきり浮かんで見えた。それはまるで、別れを惜しむかのような姿だった。船上の人々は手を合せた。

そのとき、闇を裂くような激しい声が響いた。航吉の声だった。

「父ちゃん、父ちゃーん！」航吉が数馬の胸で泣いた。

千代吉の精霊船は、とうとう闇の中へ消えてしまった。物悲しい余韻だけが残った。西の彼方の大空の星々が、海へふり注いでいた。

翌朝、ラジオ体操が終わる頃、茂の船が志野を乗せて桟橋へ横付けした。子供たち三人は走った。

「おはようございます。父ちゃん、船を貸してください」

航吉も洋平もすでに船上だった、茂の意外な返事だった。

「きょうは、だめだ。お盆の十六日様は、漁師は沖へ出るもんじゃない」

「釣りではありません。きのうの爺ちゃんの精霊船がどうなったか、見に行くだけです」

「だめだ、お前が行けば、あとの二人も付いて行く、とうてい、許せるもんじゃない」「もう、なしてだめと。船ん乗るだけたい」

「きょうという日は、地獄の大釜が口ば開ける日たい。海の神様が、せっかくこれまで、お前たちを見守って下さったのに、きょう海へ出たら必ず、不幸が襲いかかる。そのときでは遅い、明日にしろ。父ちゃんも一緒だ。なっ、わかってくれ」

「そんなこと、迷信やろ！」

「バカヤロウ、その迷信ば信じておれたち漁師は生きて来たんだ。どうしても行く、というなら、おれの首を締めてから行け。さぁ殺せ！」

茂は船尾で、あぐらをかいた。短髪の頭だった。その目を見た。涙が光っていた。

「そげんこと、出来るわけなかやろ。もうよかっ」

数馬は桟橋を駆け上がった。航吉もつづいた。洋平は残っていた。茂の肩を抱きしめていた。

「ドン　クライ。アイ　ラブ　ユー　パパ、ソーマッチ。ヒーラブズユー　トゥ」

洋平の悲し気な目だった。茂の頬へ頬を寄せた。

「洋平、なんば、しゃべりよるか、わからんばってん、お前が心の優しか子供ん育って、父ちゃんな涙のでるごと嬉しかばい。爺ちゃんや数馬のお陰だなぁ。朝ごはん、まだやろ？一緒ん食べようで。兄ちゃんたちば呼んで来い」「はい」洋平は走った。

引き潮だった。浜の石ころが濡れていた。凪ぎ渡った海だった。遠い島々が浮き上がっていた。「夕べの千代吉の精霊船は、どうなったのだろう。片島は越えただろうか？爺ちゃん」数馬の思いは沈んだ。

缶詰の空き缶を岩の上へ立てて、航吉は石を投げて遊んでいた。アンダースローの小石は速かったが、力が入り過ぎて、缶を鳴らすことはなかった。「もっと力抜いて、缶めがけて腕を振ってみろ」と、数馬は手本を示した。力強い石が命中した。空き缶は波打ち際まで飛んだ。拾いに行きかけた航吉が立ち止まった。

「あれぇ、兄ちゃん。兄ちゃん、ふっとか魚のすぐそこで行ったり来たりしとるよ。わぁ、太さぁ。あっ、あの木の葉のごたるもんは何だろう！兄ちゃん、来て、来て」

木の葉みたいなもの、はて、何だろう、と数馬は航吉と並んだ。浜辺の沖を見渡した。海面が何か変な感じだった。普通ではない。航吉の騒ぎ出したふっとか魚が右へ左へ激しく泳ぎ回っている。魚という魚が、何者かに追われている様子だった。木の葉に見えたものは、泳ぐたび、サッ、と色を変えた。

「あっ、あれはイカだ。それも一番型ぞ」

アオリイカが手の届く所まで来ていた。ふっとか魚はスズキだった。数匹のスズキが、海面を飛び跳ねるような泳ぎ方をしている。ときどき空中を飛んだ。

「兄ちゃん、石ば投げて、魚ば捕まえてよ。兄ちゃんなら、百発百中たいね。わっ、イカのスミば吐いて干上がった。取ってくる」

航吉が走り出そうとした。

「待て、何か変だ」と航吉を抱き止めた。

「放してよ。イカはお母さんの大好物だ。イカのサシミば、お母さんと食べるんだ。拾ってくるだけたい。放してって！」

「だめだ。きょうはお盆の十六日様だ。海で遊ぶな、って叱られたばかりだ。沖へ出るなら、自分の首を締めてから行け、とまで言うた。きょうは、海で遊んではだめなんだ」

「おいは言われてなかもん。父ちゃんは、兄ちゃんだけ言うたんだ。それに、ここは沖じゃなか。石ころだらけの浜辺だ。もう、放してって！」

航吉はいきなり、数馬の腕を噛んだ。

「イテテ、この野郎、放せ、放さんか！」

我慢できず、航吉を殴ろうとした。そのとき「兄ちゃん！」

と、振りあげた握りこぶしを洋平が押さえた。航吉は浜の石段を駆け上がって消えていた。

「兄ちゃん・・・」洋平が泣いていた。

「洋平、泣くな。兄ちゃんが、カッとしてしもうた。止めてくれて、ありがとう。爺ちゃんば殴るところだった。爺ちゃんは殴りきらん・・・」

航吉の噛みついた歯型のあとが、血がにじんで赤く腫れ上がっていた。洋平はポケットからハンカチを出した。泣きながら数馬の傷を押さえた。

「あっ、イッツ　カミング」

「えっ、何が?」

洋平の示した海上が、激しく波打っていた。「ウォー、ビッグ　フィッシュ。ザッツ　シャーク…わぁー、すごかねぇ、兄ちゃん、こげん大きかサメ、初めて見た」

三角形の背ビレを誇示するかのような大ザメは白っぽい巨体を悠然と泳がせていた。遠浅の海岸線までも忍び寄るサメを目の辺りにして、数馬は航吉を水際で制止したことが正解だった、と胸をなでおろした。お盆の十六日様の厄日を、迷信だとむきになった自分を恥じた。茂を泣かせてしまったことが、悲しかった。

魚たちが逃げ惑っていた。サメは頭の良い魚だ、と千代吉が話していたことを思い出した。空中へ飛び跳ねたスズキを大ザメは自らも跳ねて、空中でかぶりついていた。すさまじい波しぶきだった。スズキの流した血で海が赤くなった。航吉が欲しがったイカも、大ザメは一口でのみ込んだ。浜へ追いつめられて逃げ迷っていた魚たちも、そのほとんどの姿が見えなくなった。

海が何事もなかったような静けさを、取り戻していた。形の良い石へ腰かけた二人は、たった今まで続いていた殺戮の海を、呆然として見つめていた。

「兄ちゃん、噛まれた傷、まだ痛い?航吉兄ちゃん、許してね」

「えっ、洋平、いま何て言うた。あっ、さっきもきれいな日本語だった。声が出たんだ。出た、出た、よかったな、洋平」

数馬は洋平の肩をたたいて喜んだ。

茂と志野はまだ船の上だった。浜から走りつづけた航吉は、茂の胸で泣き崩れた。

「どうした航吉、兄ちゃんとケンカでもしたな?」

「兄ちゃんの腕ん、かみついた」

「ええー?そりゃ数馬も痛かったろう。なして、かみついたと?」

「浜に太っか魚とかイカの打ち寄せて、獲《と》りん行こうとしたら、兄ちゃんの今日は十六日様だから、海で遊ぶなと父ちゃんから叱られたって。おいは叱られてなかもん。そいで、体ば放して、というても、放さんやったけんかみついた」

「それで、数馬はどうした?」

「痛い、痛いって言うて、おいば殴ろうとしたけど、そこへ洋平の来て、兄ちゃん、としがみついた」

「そうな、洋平がなぁ・・よーし、兄ちゃんとこ行って、謝って来い。父ちゃんの言う通りして、お前にかみつかれたら数馬のかわいそかたい。兄ちゃんへ話すことは、弟のお前たちへ話すことと同じだ。さぁ、ごめんなさい、と言うてこい。行かんか!この野郎！　海ん、放り投げるぞ!」

茂はとうとう声を荒らげた。航吉の尻を、バシ、バシッと叩いた。航吉は「お母さん」と志野の所へ逃げた。志野もまた、航吉の尻を、音の出るほど叩いた。

「お父さんの言う通りなさい。兄ちゃんへかみつくなんて、あなた、兄ちゃんを何だと思ってるの。早く行きなさい。行きなさい!」

泣き叫びながら走り去る航吉の声が、港の中で響いた。

「済まんな、志野、航吉ば叩いてしもうた」

「いいえ、当然です。数馬ちゃんが心配です。わたしたちも、行ってみましょう」

竹やぐらの上で、父がタバコを吸っていた。

「航吉が泣いとったな。どうした。兄弟ゲンカでもしたか?」

「はい、その様です。うしろ浜まで行って子供たちの様子ば見てきます」

「そんなら、ご飯の前ん、墓掃除ばしようで。先ん行っといてくれ。すぐ行く」

茂は志野と肩を並べて歩き出した。まだ朝の早い時間帯で、人通りはなかった。

「志野、手ばつないで歩こうで」

「まぁ、恥ずかしい。人が見ますよ」

「おれたちは夫婦だ。どうということぁなか。この間、数馬の言うとった。洋平は手ばつないでやると、穏やかな表情ば見せるって。あいつは洋平のまだピーピー泣く頃から子守してくれた。洋平のこたぁ、おれよりもよう知っとる。なしてか今、お前と手ばつないで歩きたか。ほれ」

茂の差し出した手を、志野は強くにぎり返した。後浜から吹いてくる風が、涼やかだった。

数馬と洋平は海を見ていた。サメが新たな魚を追い続けている。三角形の背ビレが、ゆっくりと、時には激しい動きを見せて、小さくもない魚を襲っていた。紫がかった赤い血が、ここかしこの海面で浮いていていた。航吉がもしあのとき、のこのこと海へ入り、イカを捕まえようとしていたならば、と想像しただけで冷たい戦慄が走った。あのイカは、サメが子供を襲うためのエサだったのではないか、とサメの行動を観察していた数馬は、その思いが強くなった。

「危ないところだった」と、数馬はイカのことを話した。

「サメは頭の良い魚だと爺ちゃんが言うとった。一日中サメに付かれてタイが一匹も釣れない日があったって。兄ちゃん、あのサメは何ていうと?」

「サメは種類が多いからな。家の図鑑で調べてみる。腹へったな。帰ろうか」

「うん。あっ、兄ちゃん、航ちゃんが来た。泣いとるよ」

航吉は数馬の目の前で、片腕を差出した。

「ん!どうした、航吉」

「兄ちゃん、かみついたりして、ごめんなさい。痛かったやろ。おいの歯型のついとる。シクシク・・・おいの腕もかんでください」

「もういいよ。航吉、波打ち際の海の表面ば見てみろ。三角形した魚の背ビレが泳いどるやろ。あれは人喰いザメだ。あのイカをエサにして、航吉を浜辺までおびきよせようとしていた。あのサメはおいたちを、海の方から見ていたんだ。危機一髪だった。無事でよかった」

「兄ちゃん」航吉は数馬の手を握りしめた。

「うれしいニュースがあるんだ。洋平の言葉が出た。やっと出た。話してみろ」

「洋平?」

「航吉兄ちゃん、サメが何匹も魚を襲ったんだよ。そこまで来たんだ。その魚体の大きな姿を見て、兄ちゃんもぼくも、びっくりした」

「わっ、洋平の言葉は、はっきりして、きれかなぁ。兄ちゃん、早よ父ちゃんたちへ知らせようで。洋平のこと、いつも心配していたから、喜ぶよう」

「ほら、もうあそこで手を振っている」

浜の防波堤の入口に茂夫婦が立っていた。それを見た航吉が走り出した。「こらぁ、走るんじゃゃない。走るなって」茂が叫んでいる。抱き上げた航吉を志野に渡した茂が、こんどは自分が飛び跳ねながら走っている。両手を広げて洋平、洋平と呼んでいる。

「よう頑張ったなぁ。みんなのお陰だ。数馬ありがとう。うれしゅうて涙の出るごたる。何か、しゃべってくれ・・・」

「お父ちゃん」

「ん、それだけか?」

「人喰いザメを兄ちゃんと見たよ。まだ、この辺を泳いでいる。魚を何匹も食べていたんだよ」

「ほう、どんなサメだった」

　数馬はこのサメの特徴を、詳しく説明した。空中へ跳ねたスズキを、海面から顔を出して食いついたというサメに、茂は感心していた。

「おそらくホオジロザメかもしれん。ばってん、こげん遠浅の浅い所までも来るかなぁ。アオリイカは航吉をおびき寄せるためのオトリだったのかもしれん。危ないところだった。数馬、すまなかったな。腕まで咬みつかれて、踏んだり蹴ったりだった」

「いいえ、おいこそ我がまま言ってごめんなさい。十六日様は、父ちゃんの言う通りでした」

「そうな、よしよし。そうしたら、なんか、こうパァーってやりたかなぁ。洋平のお祝いだ。それにしても、数馬、おれは驚いたよ。夕べ航吉が爺ちゃんの精霊船ん向こうて、父ちゃん、て叫んだだろ。兄貴は知っとるのかなぁ。これから墓掃除だ。あれば見てみろ。航吉ば肩車して、兄貴は嬉しかごとしとる。笑うたら兄貴も優しか顔ばするなあ。おれは大好きぞ。お前も、もう少し寄り添ったらどうね。お前が殺気立てば、兄貴だって身構える。その繰り返しじゃなかね。おかみさんがいつもハラハラしとる。兄貴も爺ちゃんの子だ。航吉と同じだ。なっ、お前ならできるとおれは信じとる」

　サメの背ビレが消えていた。逃げ惑う魚たちの姿も見えなかった。打ち寄せるさざ波さえもなく、波打ち際はいつも通りの平穏な浜辺となっていた。上の方から航吉の声が聞こえてきた。「先ん行っとくよう」茂は洋平を抱いて、沖を眺めたまま手を挙げた。

　佐世保、五島通いの定期船が、黒島の沖の方から、九十九島の前を通り、高後崎灯台を目ざしている。茂がぽつりと言った。

「多勢の帰省客が都会へもどって行く。数馬、お前も東京へ行け」

「東京へ?」

「そうだ。爺ちゃんの元気な頃、おれの手を取り、数馬ば東京へ出してくれと言うた。アメリカへ行きたいのなら、東京へ出らんとだめだ。なんと言うても、東京は日本の中心だからな。東京の店で修業しろ。兄貴は長崎の料理屋へ入れたいらしいが、おれは反対だ。兄貴と仲たがいしてでも、おれはお前の味方だ。東京で一人前の料理人となれ。東京で通用せん者が、アメリカで生きて行けるはずもなか。爺ちゃんの精霊流しも済んだ。数馬は爺ちゃんの星だった。これからが、お前の勝負の時だ。どげんことがあっても、慌てんごと、しっかり勉強せんとだめぞ」

「洋平はどうなりますか?」

「心配せんでよか。漁師の船ば売ってでん、九州で一番の大学へ進学させる。福岡の洋平の叔父さんが守ってくれるはずだ」

東京へ。千代吉の臨終が近い夜、たしかに言っていた。東京へ行けと。それまで思いもしなかった新たな目標ができた。数馬は胸の中で、ふつふつとこみあげてくる熱いものを感じていた。

「兄ちゃん、頑張ろうね。ほら、見て見て、青空の中の白い雲。あそこだけ、ぽっかり浮いているよ。爺ちゃんがぼくらを見ているようだね」

「会いたかなぁ」茂がしみじみとつぶやいた。

「爺ちゃんだけだった。こんなおれを、ほんとの息子だと言うてくれた。兄貴の目の前でだ。うれしかった。親は生きとるというだけで、心ん中に安らぎをくれる。そう思わんか、数馬」

「はい、父ちゃんたちは仲良しだったもんね。父ちゃんが五島で働いている頃、爺ちゃんは洋平を抱っこして、まだ帰ってこんなぁ、まだ帰ってこんなぁ、て言うて、沖を眺めていたんだよ。洋平は涙ぐんでいた。父ちゃんが恋しかったんだね」

「そうな。あんなことがあって、おれを嫌っているかと思っていた。これからは、もうどこへも行かんぞ。洋平も航吉も、大事ん育てる。志野と一緒にだ。お前はおれたちの命の恩人だ。この先もよろしく頼むな、数馬」茂が数馬の肩を揺すった。

長崎空港を飛び立った飛行機が、高後崎灯台のはるか上空を飛んでいた。

「兄ちゃん、あの飛行機、どこまで行くと?」

「東京さ、おいも学校卒業したら東京へ行く。そしてその先はアメリカだ。洋平も来るな？」

「行くよ。兄ちゃんと一緒だったら、どこへでも行く。お父さん、よかやろ？」

「よかよか、お前の人生だ。洋平の好きんごとすればよか」

　北東寄りに旋回した飛行機が、佐世保の山々を越えて見えなくなった。水平線が透《す》けて見える。上五島の島々が連なるその北端の島影で、うっすらと小さな影を落としている島がある。おそらく、あの島が航吉が住んでいた宇久島で、いつの日か自分の船で行ってみたいと思った。浜風がそよいでいる。数馬は深呼吸して息を吐いた。漁船の少ない海原だ。海鳥が翼を広げたまま漂っている。

　大空の白い雲が、人の姿を象《かたど》っていた。あれはもしかしたら祖父千代吉ではないのか。数馬は果てしのない青空へ向けて叫んだ。

「爺ちゃーん！」

# あとがき

古稀を過ぎてもなお、忘れられない大切な一枚の写真がある。心の中のあのシーンがあったからこそ、私は十三年にも及ぶアメリカ生活が耐えられたと思っている。小説の創作期間中でも、あの情景が思い出されて、何度も涙ぐんでしまった。

下り寝台特急さくら号がなつかしい。私が最後に乗車したのは、一九七四年三月中旬だった。（古いパスポートをみると、私が日本を出国したのは同年の三月二十四日となっている）佐世保到着は正午前だった。駅前から歩いて、「四ヶ町」アーケード街へ向った。金明堂書店をのぞき、「三ヶ町」の白バラというレストランでランチした。そこのオムライスが好きだった。デザートはモンブランとコーヒーを注文した。仕事仕事の毎日で、レストランで食事するのは久しぶりだった。

七日間という長いようで短い渡航準備休暇で帰郷していた。東京に出て以来、六年ぶりの故郷だった。母の初日の献立は大村寿司と茶わん蒸しで、父が釣り上げたというタイの塩焼きも添えられていた。母の大村寿司は特別うまかった。ソボロはキロ級のマダイを頭ごとボイルして、母が丁寧に身をほぐしていた。煮上げた蕗《ふき》は針先で細長く切り裂いていた。かんぴょう、シイタケは甘目な味付けだった。具材が見えないほど敷き詰められた金糸卵は色鮮やかで、蕗の風味が際立っていた。

無口な父は、ウィスキーをストレートで飲んでいた。母と私の他愛ない会話の途中、父が突然、大声を出した。

「なにぃ、アメリカで住む所も給料も決まってないだと！ふざけるな。そげん会社のあるか。文句言うてやる。どら東京の本社の電話番号ば教えろ。この用紙か。どうかしとる。お前もお前だ。日本じゃなかとぞ。親戚もおらん、友だちもおらん外国で、どげんすっとか。電話するぞ。ふざけやがって」

父は本気で怒っていた。こめかみの血管がふるえていた。

「やめてください。なんとかなるって。やっとつかんだチャンスです。舎利番から、お茶くみ、仕込み、板前さんたちのまかないなど、下働きで朝から晩まで立ちづめでした。支店もたくさんありましたから、それらの店も転々と回りました。銀座店から新宿店・下北沢・浅草、芝浦の仕込みセンター、銀座本店まで三年かかりました。三十六人いた同期生も、残ったのは五人だけでした。会社とは揉《も》めたくはありません。ぼくを信じてください」

「どう信じろというんだ。ここん残れば、なんも苦労せんで暮らしていけるとに、バカじゃなかかな。まだ二十六じゃろ。子供んくせんして。よーし、もうよか。勝手んしろ。泣事《なきごと》は言うなよ。この親不孝もんが」

父は飲みかけのウィスキーを、私の顔へ打ちつけた。

休暇の初日でつまずいた父との関係は、口を閉ざしたままつづき、とうとう長崎空港での別れの時を迎えた。空港内のレストランで、父は生ビールとハムサラダ、母はミックスサンド、私はホットケーキとコーヒーを注文した。三人とも無言だった。時間だけが過ぎて行った。母はうつむいたままで、ときどき目頭を拭っていた。

アナウンスに促されて、私は搭乗口へ向かった。係員が私の搭乗券をチェックした。

「ロサンゼルスまでですね。羽田でハワイ行きに乗り換えです」

「飛行機は初めてです。よろしくお願いします」

「大丈夫ですよ。ハワイでの乗り継ぎは面倒ですが、現地スタッフがおりますから、なんでもご相談ください」そんなやりとりがあって、何気なくうしろを振り返った。父と目が合った。

一礼して前へ進もうとしたとき「待て」と、父が大声を出した。人波をかき分けて、私の所へ走ってきた。人目もはばからず、父はいきなり私の肩を抱いた。強く抱かれた。「いいか、死ぬんじゃねぇぞ。母さんの待っとる。死ぬんじゃねぇぞ」父の声は震えていた。祖父の葬式でも見せなかった父の涙を、私は生まれて初めて見た。母は父の背中に隠れて、声をころして泣いていた。その肩の震え方が激しくて、私も思わず泣いてしまった。「母さん」私の声は震えた。父へ「行ってきます」とこたえるのが精一杯だった。涙で母の姿がかすんで見えた。

ロサンゼルス到着早々、父が危惧していた事が現実となってしまった。会社側はアパートを用意していなかった。取りあえず店まで徒歩五分の安アパートへ荷物をおろした。月五十ドルの共同トイレ、共同シャワールームの粗末な建物だった。しかも私の部屋の地階は深夜まで営業するバーだった。ジュークボックスの音楽は鳴り響き、ラテン系の怪しげな人種たちがたむろしていた。ロサンゼルス市のサンペドロ通りとセカンドストリートの、いわばダウンタウンそのものの、危険な一帯だった。

打ち合わせのため会社へもどり、夕方部屋へ帰ってみて、愕然とした。部屋が荒らされていた。ボストンバッグの荷物がすべて床の上に散乱していた。金目の物は消えていた。餞別の祝儀袋、両替したばかりのドル札、日本円札まで盗まれていた。ポリスへコールし、アパートのマネージャーや店のスタッフも来てはくれたが、後の祭りだった。腹巻きの中のパスポートだけでも無事だったのが救いだった。治安の良い場所のアパートへ移りたかったが、車もない、免許証もない。おまけに金も全部盗まれて、無一文からのスタートとなった。仕事内容も不満だらけだった。メキシカンのキッチンへルパーと同然の扱いだった。さらに、二週間後の給料明細書を見て驚いた。東京時代よりはるかに少なかった。支配人へ抗議した。チップ収入を見込んで設定してある、の一点張りだった。スシバーのチーフからのチップ収入の配分はゼロだった。付け台へ立ち、接客するまではチップの分配は無いと冷たい返事だった。

面白くない日々がつづいた。さらに追い打ちをかけるかのように、オープンして間もない二号店への出向を命じられた。ロサンゼルスからパサデナ・フリーウェイを南下することおよそ五十分、アナハイムのコスタメサという閑静なロケーションだった。そこでも、まだ住むべき部屋が決まってなかった。もう、我慢の限界だった。

ランチタイムが終了し、私は外へ出た。ロサンゼルス市内行きのバス停を探した。歩いた。歩いても歩いてもバス停はなかった。疲れ果てて、テニスコートのある公園のベンチで休んだ。渡米以来ずっと寝不足がつづき、熟睡してしまった。誰かが肩をたたいた。夕暮れて辺りはほの暗くなっていた。店のスタッフが厳しい顔で立っていた。

ダウンタウンの店へ送られた。社長はカンカンだった。自宅謹慎となり、日本へ送還すると息巻いていた。私はただうな垂れて聞いていた。即送還となれば、父への面子が立たない。なんとかしなければ。私はひそかにハワイへの渡航を計画した。邦人向けの羅府新報という新聞があった。広告掲載されている旅行会社へ、片端《かたっぱし》から電話した。安いチケットはあったものの、手持ちの金は不足していた。悶々とした日が続いていたある日、安アパートの部屋をノックする人がいた。初めてのことだった。驚いた。社長と支配人が立っていた。すぐ店へ来て欲しいと言った。

年中無休のはずのレストランが、臨時休業していた。二十三席あるスシバーのカウンターも灯りが消えて、四人の板前さんたちの姿もなかった。従業員のストライキ発生で、半数以上が職場放棄したのだという。スシバーで残ったのは子飼いの私ひとりで、形だけでもオープンしたいと社長が私の手を取った。出来るか、と問われた。出来ないはずがない。東京銀座の本店で、親方がマンツーマンで仕込んでくれたのだ。彼らはお茶くみ時代の私の姿しか知らないはずだ。だからストライキへの勧誘もなかった。仕入れ担当者から、魚介類の仕入値と、にぎり寿司一個の設定単価だけを、くり返し聞いた。何かしらよそよそしい感じの語り口だった。「追ってまた相談しますが、フードコストは三十パーセント前後を意識してください。サーモン、イクラ、キングクラブはアラスカ産。ウニ、数の子・子持ちコンブ、ミル貝はシアトル産、白身はローカルのレッドスナッパー（タイ）やハリバット（平目）、マグロとトロはボストン産、赤身はハワイ産のキハダマグロがメインです。丸か片身で仕入れますが、おろすことできますか？」

「失礼な、芝浦の仕込みセンターでみっちり習得しています。ひと通り何でもできますよ」語気が荒くなった私を社長がまぁまぁと収めた。

「舎利は十グラム、ネタで包み込むような姿でにぎって欲しい」

「本店と同じスタイルでいいんですね」

「えっ？君は銀座二丁目の本店にもいたの？親方はぶんちゃんだよね」

「はい」

「そうしたら大丈夫だ。何も心配ない。長い間がまんしてくれたんだね。新人の定着率が悪い、と報告を受けていた。ありがとう」

目まぐるしい展開の数ヵ月間だった。ハワイへの逃避行どころではなかった。三年間の契約期間はあっという間だった。さらに一年間の延長を求められた。お礼奉行のつもりでそれに応じた。しかし、あと半年というとき、退社する決定的な事件が起きた。

　高級ホテルの宴会場で、すしの屋台をセッティングしてのケータリングサービスがあった。私は東京店の小僧の頃から、板前さんのヘルパーとして出張の仕事が多かった。たぶんそれは、私がホテル学校卒ということがあったのかも知れない。宴会場では必ずブラックタイの同期生がいた。私と知れて数人のホテルマンに囲まれた。そのほとんどが今度食べに行くよと言った。まだお茶くみなんだよ。と話したら笑われた。それでも色々と面倒みてくれて、大助かりだった。

　アメリカのホテルではまずホテルのバンケットマネージャーと仲良しになることだった。屋台へ招き、寿司でもてなした。彼は大いに感激し、何か手助けできることはあるかい？と聞いた。バケツに水が欲しい、とこたえたら、ホテルのバスボーイたちが運んでくれた。それぞれにチップを渡した。その効果は適面だった。清水が常に届いた。寿司の人気は凄まじかった。私の屋台は数分で長蛇の列ができた。ひとり二貫ずつに制限した。あっという間に時間が過ぎた。大盛会だった。後片付けしている所へ、笑顔のマネージャーがやって来た。ローストビーフの肉のブロックを持っていた。これで寿司をにぎって欲しい、と。私はにこやかに応じた。ホテルのステンレストレーへ盛り付けたあと、肉用のグレビィーソースで仕上げた。マネージャーは大喜びだった。ボスへのサプライズだよ、と握手を求めてきた。

　疲れ果てて帰路への途中、同行のクルーと一緒にファミリーレストランで休憩した。店ではランチタイム終了後二時から五時まで完全なフリータイムがあった。ところが、出張仕事だとそうはいかない。朝六時からの準備が必要で、ホテルのパーティー会場到着後は、主催者側の検分を受けて、ＯＫ

のサインをもらわなければならない。あれやこれやで夕方まで休める時間はなかった。腹も減っていた。パティメルトというホットサンドを二人分オーダーした。厚目のハンバーグパティに、ソテーしたオニオンとダブルのスライスチーズのサンドで、ライ麦のバタートースは香ばしくてうまかった。デザートのホットアップルパイ・アラモードも美味だった。私とウェイトレスはお替りのコーヒー三杯、バスボーイは四杯飲んだ。

店ではディナータイムのピークの時間帯が過ぎた頃だった。重い足取りで片付けを済ませ庖丁を砥いでいた。マネージャーが暗い表情でやって来た。社長室へ呼ばれた。クルーの二人も立っていた。レストランで食事したことが癪に障ったらしい。こんこんと説教された。聞き流してはいたが、ひとつだけカチンときたものがあった。社長いわく、レストランは劇場だ。お客様はこの私の劇場へ、食を楽しむために来る。君たちは劇場の踊り子にすぎない、と。

がっかりした。これまでの苦労は何だったのだろうか。張り詰めていたものが、ぷつんと切れた。踊り子ならたくさんいる。私でなくていい。ロサンゼルス店での、私の役目は終えたのだ。翌日辞表を提出した。驚いたマネージャーは執拗なほど翻意を促したが、私の決意は変わらなかった。しかしながら、私は東京店以来の子飼いである。次の人材が来るまでの条件で、シフトはディナーだけ、チーフ職も辞して、五年分の有給休暇をまとめて要求した。

私の店探しが始まった。ターゲットは白人層に絞った。彼らの居住地は治安が安定している。ある白人客から、独立するならベンチュラルブルーバード沿いの、既存の店を探すべきだ、と勧められた事があった。リトル東京から北へ、フリーウェイで一時間足らずの場所だった。街道の不動産屋を見かけるたびに立ち寄り、情報を得た。限られた予算で小規模な店など簡単に見つかるわけがない。来る日も来る日も、北へ北へとドライブした。懇意にしていた日本人の大工さんがいた。茨城県出身の職人さんだった。独立する時は自分を使ってくれと、彼の手掛けた店舗を見て回ったことがあった。日本でたたき上げただけあって、日本調のセンスの良い仕事振りだった。カリフォルニア州のインストラクターのライセンスを持たない分、工事料金が格安だった。人間性も誠実で信頼できる人だった。独立する時はこの人だと決めていた。

その人と連れ立って探していたある日、手頃な値段で売りに出ていたハンバーガーショップを見つけた。リースもまだ六年残っていた。ガス、水道、電気などの設備も整い、屋根と内外装工事だけでいい、と彼も乗り気な物件だった。ウッドランドヒルズ地区のオンベンチュラブルーバードに位置し、ワンブロック先はトパンガキャニオン通りがクロスしていた。立地条件が最高だった。契約して本格的な工事が始まった頃、元のレストランのマネージャーから電話があった。何を今更と思ったが、プリーズというので行ってみた。社長室へ通された。社長の第一声が「戻って来て欲しい」だった。表面上は円満退社を装ってはいたが、私の腹の底は煮えくり返っていた。東京で五年、ロサンゼルス店で五年も勤務したにも拘わらず、退職金はゼロだった。アメリカではそういう制度はない、とけんもほろろだった。もはや対話すべきことは何もなかった。早々に辞して表へ出たとき、チーフ、と呼ばれた。例のバスボーイだった。少し話があります、と言った。近くのコーヒーショップで会うことにした。仲間を二人連れていた。メニューを見ていたバスボーイが、この間のサンドが食べたい、と言った。ここにはなかった。クラブハウスサンドを勧めた。オリジナルでトマトとベーコンが厚切りだった。私はパンケーキと、サイドでバナナスピリットを同時に出してくれ、とオーダーした。食べながらバスボーイが語りはじめた。

「いつぞやの社長、ひどかったですね。お疲れさまもなしに、いきなり君たちは踊り子だなんて、非常識です。現場の苦労も知らないで。チーフの顔色が変わったので心配したんです。でも翌日辞表を出したと聞いて、安心したというか変に納得するものがありました。ぼくはウェイターに昇格したんですが、時給はそのまんまです。まったく責任だけ押しつけるんですから。以前、従業員のストライキがありましたよね。あの頃、ぼくは真面目に留学生していたんですが、LAタイムスや羅府新報で、経過はチェックしていました。板前さんたちも全員解雇で、なんか可哀そうな気がしました。あ、そうそう。この間、野球選手の江川卓さんが来店しました。チーフのこと、色々と聞いていました。その日はスシバーではなく、ダイニングでした。礼儀正しい人ですよね。僕なんかへも、丁寧な挨拶をしてくれます。日本のマスコミの報道とは、えらい違いですよね。ぼくはダイニングまで行って、チーフが独立することを伝えました。喜んでいましたよ。もうすぐ帰国します、とのことでした。この先、彼はどうなるんでしょうね。ぼくは応援します。チーフも巨人でしたね」

そこまで話して、仲間の二人が片ひじで合図していた。彼は本題ですと切り出して、二人共、私の店で働きたいと申し出た。私は快く承諾した。

紆余曲折はあったものの、私のスシバーはなんとか開店にこぎつけた。不明朗な寿司の値段を、その頃では珍しい、何を食べても一貫九十セントとした。無料のお通しも二品用意して付加価値を高めた。作戦は的中し連日行列ができた。お客はすべて白人だった。狙い通りだった。ビール・ワインのライセンスが許可されてからは、天ぷらも始めた。それも大当たりだった。ユニホームは全員が白衣、前掛け、帽子で統一した。すしの握り方や巻物の要領も教えた。グリーンカード（永住権）の申請もしてやった。いつもなごやかなスシバーを心掛けた。ユダヤ系の顧客が多かったので、彼らの祭日に合せて、店を四日間休業した。みんなで旅行した。ラスベガスが多かった。新聞の広告で格安のチケットがあった。飛行機代、一流ホテルの宿泊代含めた料金が、三泊四日で百ドルだった。有名アーティストのディナーショウが目的だった。ポール・アンカやトム・ジョーンズ、アン・マーグレットなどを、舞台近くのブース席で観ることができた。ホールのマネージャーと覚しき人へチップを渡した。百ドル渡したら大喜びで案内してくれた。旅行は大好評で、以来恒例行事となった。独立して八年間、事故もなく無事全うすることができた。すべてスタッフのおかげだったと感謝してやまない。

あとがきで「渡米中のあの頃」のことを少しだけ書いておきたいと考えていた。東京時代からアメリカ生活を通してただ一度の病気もせず、なんとか乗り切ることができた。それもこれも、母が丈夫な体に育ててくれたからだ。無器用な父のその心の奥に秘められた愛情にも救われた。あのときのあのシーンがあったればこそ、私は悲しい時も苦しい時も励まされた。ありがとう。

何もない白い原稿用紙へ一字一句と船跡を残してきた。それが六百枚を超えた。手書きであるが故に、忘れている漢字が多いのに気付かされる。国語辞典は大切な羅針盤だ。

長い航海だった。故郷面高港へ連なる山々の稜線が見えてきた。私の船は軽やかなエンジン音を響かせて進む。白い泡のような航跡が、幾条もの糸をからめて流れ去る。それはまるで自分の人生を振り返るかのようだ。

さて、『銀鱗』の題字はハシグチリンタロウ氏にお願いした。彼は長崎県西彼杵半島の最北端に位置する西海市面高郷の出身、つまり私と同郷である。かつてソフトボールなどをして一緒に遊んだこともある。そんな彼が新進気鋭の有名な現代書家だとは全く知らなかった。ある日、テニスの練習中に仲間たちがリンタロウ氏の話題で盛り上がっていたので、「リンタロウが、どうかした?」と尋ねたほどだ。

さっそく仲間の一人がスマホの動画を見せてくれた。私は驚いた。彼がテレビコマーシャルに出演しているのだ。その瞬間、ハシグチリンタロウ氏に題字を書いてもらえないものだろうかと考えた。連絡を取ると、彼は快く承諾し、多忙のなか打合せの時間も取ってくれた。有難かった。

こうやってハシグチリンタロウ氏（題字）と赤間龍太氏（装画）そして長崎文献社の山本正興氏のご協力によって、思い出深い本が出来上がった。私の物語に花を添えていただいたお二人に感謝するとともに、この長い小説を最後まで通読していただいた方々に最大限の謝辞を申し上げたい。

二〇二五年三月吉日
大久保　克吉

## 著者略歴

◆大久保 克吉（おおくぼ かつよし）

| | |
|---|---|
| 昭和23（1948）年12月 | 長崎県西海市西海町面高郷 生まれ |
| 昭和41（1966）年 3月 | 佐世保西海学園高等学校卒業 |
| 昭和43（1968）年 3月 | 長崎外国語短期大学卒業 |
| 昭和44（1969）年 3月 | 東京YMCAホテル学校卒業 |
| 同月 | 株式会社福助（寿司、和食）入社 |
| 昭和46（1971）年11月 | 東京・銀座ほり川 入社 |
| 昭和49（1974）年 3月 | アメリカ・ロサンゼルスほり川 入社 |
| 昭和54（1979）年 3月 | ロサンゼルスほり川 退社 |
| 同年 5月 | ロサンゼルス郊外ウッドランドヒルズで独立開業 |
| 昭和62（1987）年 3月 | 母の病気のため帰国 |
| 同年 8月 | 故郷の面高で明治屋寿司屋を開店し、現在に至る |

著書『西あがりの海』　文芸社、平成21（2009）年

# 銀鱗　少年の日の海


| | |
|---|---|
| 発行日 | 2025年3月15日　初版　第1刷発行 |
| 著者 | 大久保 克吉 |
| 発行人 | 江添 典幸 |
| 編集人 | 山本 正興 |
| 発行所 | 株式会社　長崎文献社<br>〒850-0057　長崎市大黒町3-1　長崎交通産業ビル5階<br>TEL：095-823-5247　FAX：095-823-5252<br>本書をお読みになったご意見・ご感想を<br>下記URLまたは右記QRコードよりお寄せください。<br>ホームページ　https://www.e-bunken.com |
| 印刷所 | 日本紙工印刷株式会社 |




ISBN978-4-88851-422-4 C0093 ￥1600E